U0929578

ZHONGGUO XIANDAI

# 中国现代
# 边地小说研究

BIANDI XIAOSHUO YANJIU

王晓文 著

人民出版社

# 序

中国现代文学研究曾是个热门学科，创新趋优的学术成果屡见不鲜；然而近几年进入阅读视野的论文或专著，能够激起笔者点赞的或兴奋的却越来越少了。有些著述的论证不是观点淹没于琐碎资料的堆砌中，就是理路消失在繁杂的考证中；不是史识散落于断断续续的碎片化的无序中，就是主体见解反复重合于所谓的文本细读的逻辑紊乱中。甚至有些著作选题，不是避重就轻惧难趋易，就是抓住芝麻而舍弃西瓜。虽然笔者的估量有以偏概全之嫌，但是老实说，真正能算得上优质创新的学术成果确实不多。承认这样一个严峻现实，正是为了激励学人们在学术研究上丝毫不能懈怠，务必立志永远创新。恰是在这种学术背景下，笔者欣读了王晓文博士的专著《中国现代边地小说研究》(以下简称《边地小说》)，倍感兴奋与喜悦。它仿佛验证了“十步之内，必有芳草”的古训，即世间人才辈出必须善于发现；更重要的是这位青年才俊以其优秀的研究成果呈现在我面前，尽管不能武断地说《边地小说》是整体通透的创新之作，至少它诸多创新点的强度和闪光点的亮度却是令人赏心悦目的。毫不夸张地说，它应是笔者目下阅读的最富有探索精神与创新意识的青年学者的开拓著作。其学术创新点或闪光点体现于方方面面，这里只能摘其要评述之：

勘探现代文学研究的新领地。若把现代文学研究喻为开矿，那首先应对这

座长度三十二年而宽度和高度难以准确估量的矿藏进行勘探，切实做到有选择有目标有价值的开采；不过这座矿并非是从未开采的新矿，经过近百年的纵横捭阖地探察与开采，从中国现代文学的版图上实难发现尚未开垦的“处女地”，即勘探不到新矿了。然而《边地小说》的研究主体却能独具慧眼，如同一位睿智高明的勘探队员于现代文学绵延数万里的版图边缘上，洞察出一些染有荒蛮原始色彩的地带；尽管这些地带也留下或深或浅或显或隐的勘探与开采的痕迹，但是它们却具有新颖而陌生的外在形态和丰赡厚实的内在意蕴，使这些所谓“边地”能称得上著述主体勘探出的现代文学研究的新领地。作为文化中国的“边地”，是相对于中原文化而言的，如果说古代的中原文化是以汉儒为主导的儒释道三位一体的结构形态，那么边地文化则是一种典型的杂交文化，内中既有多民族的文化因子的杂交，又有中华民族多元文化与异邦邻国文化的杂交。通过杂交后形成的文化形态，由于国内边地文化杂交的基因同本国与邻邦文化基因的差异，必会导致各个边地文化的不同。特别是因为边地文化处于主导文化统摄的薄弱地带，即作为统治阶级文化思想的儒学波及不到或者干预不深，故使少数民族文化的原始性和荒蛮性得以存活和流传，就是逮及现代中国的洋文化大量输入也没有从根本上改变边地文化固有的规定性。正是边地文化这种特异性，为《边地小说》专著的研究提供了创新开发的学术空间。作为文学中国的“边地小说”，虽然是边地文化的重要载体甚至它本身也是边地文化的一部分，使其与边地文化有着同源同质性；但是“边地小说”所对应的却不仅仅是中原文化乃是以北京和上海为两大轴心的现代性文学，它的思想内涵即使与古代边地文化有着千丝万缕的联系也难能取代它的现代文化意识。所以若将沈从文与京派绑在一起、端木蕻良与东北作家群捆在一起、蹇先艾与乡土派连在一起、艾芜与左翼文学置在一起，予以考察与研究，那么他们的小说就属于京沪两大轴心的现代性文学，而对其小说的非现代性的美学因素或被忽略或给出不得体的解释。正由于“边地小说”与边地文化具有同源同质性又同现代性文学具有明显差异性，故使《边地小说》的创新研究有了新的领地。实践证明，现代文学领域中的任何拓荒性的研究所呈现出的创新性成果，不足为奇；值得称

奇的倒是从已勘探过或已开采过的矿藏中又探出新矿苗采取新成品，这就是《边地小说》给笔者的第一个惊喜。

发掘现代文学的新意蕴。本书作者是遵循着边地——生命——生态，由文学反映文化，文化影响文学的生成的逻辑思路，来对边地小说的主题思想、文化内涵及审美意识进行发掘的。这并非说以前的现代文学研究没有对纳入边地文学的沈从文、端木蕻良等作家的小说文本给以发掘，而是屡屡地进行研究，持续不断地进行发掘，其文化意蕴和审美意蕴几乎发掘殆尽。该书之所以把这些作家的小说文本作为主要研究对象尚能发掘出新意蕴、凝聚成新观点、梳理出新思路，其重要缘由在于：一是这些作家小说创构的特异性组合的“边地文学”，能够成为现代文学研究新的审美共同体，类似于重新营造了一个个新颖独特的文学群落；因此可以说，这些边地小说集约式体现出湘西边地、川康边地、滇缅边地以及科尔沁旗草原为代表的塞北边地等边缘地区的风土人情与异彩纷呈的文化样态，立体式显现出多民族混居地区或相邻邦国之间文化杂交于文学形态的斑斓史实，这就为中国现代文学研究的新意蕴发掘提供了特异的文本。二是不是现代所有作家都能对边地的地理风貌、自然景观、风土人情和杂交文化、荒蛮野性等有所感受有所领悟，并将其物化为审美文本，唯有那些对族群或国家的边缘交叉的地理文化空间具有深切生命感受、独特生存体验、敏锐文化认知和富有艺术创造力的作家，方能建造起特异的“边地文学”王国。不论沈从文筑造的湘西文学王国，还是端木蕻良营构的塞北草原文学王国，都富有个性化的人性内涵和异质的文化意蕴，有待于研究者的竭力开掘。三是构成“边地文学”的文体既有小说又有诗歌也有散文，著者何以只选择小说作为研究对象，就因为小说这种文体样态的文化意蕴与审美意蕴，比其他文体丰富得多、深邃得多亦驳杂得多。不论写实型的小说文本、浪漫型的小说文本或者象征型的小说文本，都是适宜于边地独特自然景观、人文景观以及世间情态、心态的再现或表现或折射的最佳文类，它所形成的文化空间或美学空间中其储藏的文化意蕴或审美意蕴是可以成为供研究者发掘不已的宝库。四是由于边地小说文化意蕴和美学

意蕴的复杂性、错综性乃至陌生性，欲将其新意蕴发掘出来，仅凭一种理论武器是不可能奏效的，故研究主体运用了现代性理论、文化学、文化地理学、文化生态学、生命哲学、文艺美学、心理学等理论系统所形成的综合性效能，对边地小说的新意蕴进行了卓有成效的发掘，并对其所具有的建设现代多元文化的当代意义、富有艺术魔力的审美意义以及重写文学史的学术价值，给出了有新意的评析。这是专著《边地小说》给笔者的第二个惊喜。

运用新概念或者新范畴给现代文学研究予以创新性的概括和阐释。不论研究主体在中国现代文学版图上勘探新领地，还是对其纳入学术研究视野的“边地小说”的文化意蕴和审美意识进行发掘，都能有新的发现、新的感悟和新的认知；而对这些五彩缤纷的新货色仅从自己既有的理论知识或思维范式的装置里，寻找不出恰如其分显豁精当的理念或修辞予以命名和表述。因此这就迫使研究主体积极开动脑筋创造新概念或借用新范畴，以建构新的学术话语系统，实质上这是包括现代文学研究在内的人文科学的创新追求。《边地小说》学术创新所显示的重要特色，并非自创了多少新概念新理论，而是出色地借用了一些新范畴新说法，作为论著总体逻辑思路的“关键词”，并结合研究对象的独特需求作了有新意有深度的解释和阐发，使借用的范畴或理念的外延与内涵更加充盈更加丰实。且不论著者对“边地”范畴的运用，不只认定“边地是一个相对的概念，是一种文化空间也是一种文化隐喻”，它象征着“一种气质、性格、类型和话语拥有权”；而且指明“边地独特的文化空间是一种反向统一的特质”，为研究“边地文化和文学现象提供了丰富的阐释空间”，这是借用“边地”概念对主体在现代文学研究中所获取的新感悟与新认知而给出的创新性的表述。特别应该称道的是，研究主体能够创造性地借用杜维明的“文化中国有三个象征世界组成”的理论，对“边地文学”所作出新颖精到的概述与阐释：“边地文学也有三个象征世界组成。第一个象征世界包括出身于边地，有少数民族血统有明确的边地民族意识和体验的作家文学。像沈从文、端木蕻良等人的创作就较好地体现了边地文学的忧伤、粗粝、原始、雄强与诗意。第二个象征世界指的是关心边地生活状

态，为边地文化的魅力所吸引自愿选择‘流浪’边地的作家文学。艾芜是最突出的代表。”“第三个象征世界指的是本人属于少数民族，响应新文学运动的召唤走出边地来到中原文坛（尤其是北京和上海为代表的文学中心）的作家。他们身处中心文化圈，感受着内地中原强势文化的气息来创作边地母族的文学作品。他们既吸收内地汉族文学的养分，又不失其母族文化的特征，作品体现出中国文学（文化）的丰富和多元性。”这三个象征世界的文学创作共同组成了边地文学的生态样貌，其中“第一个象征世界的作家是边地文学创作的主体”，“第二个象征世界的文学创作是边地文化诸种构成因素的集约式反映”，“第三个象征世界的文学创作既属于少数民族文学创作，也属于边地文学创作”（以上引文，出自本书《导论》）。试看，著者活用域外理论范式，对中国现代边地文学阐述得多么有层次感、条理感、新颖感和区分度！并借以建构个性化的学术话语。这是《边地小说》给笔者的第三个惊喜。

点赞本书的开拓性与创新性，并不意味着它在学术上已臻完美无缺境界。其实它只是探索性的创新之作，不仅在边地文化、边地文学的史料发掘、搜求和甄别上还应下深功夫，就是对本书的逻辑结构也要以独具的匠心再打磨再营造。既然以“圈地”的高明手段从现代文学的版图上“圈”出一块块“边地”，那今后就要在“边地”里精耕细作，开出更多的灿烂之花，结出更优的学术之果！

晓文博士在专著中所显示出的强烈创新意识和出色创新能力，是其刻苦攻读硕博研究生而自觉培养和训练出来的。记得十四年前的一个秋日午后，一个朴实淳厚的女孩出现在我的书房，从谦和善良的眼光中闪露出一种灵气与稚气，这就是王晓文于2002年考取中国现当代文学专业硕士研究生给我的第一印象。随着时间的推移，我们师生之间在“传道、授业、解惑”的相互对话与交流中建立起诚信友好关系。作为导师我想方设法将晓文领进学术之门，激发她热爱文学拥抱学术，从热爱文学中寻找人生乐趣，从拥抱学术中发现真理。要是一开始如晓文所说，她“像蹒跚学步的孩子紧抓住他（指笔者）思想的衣角，在他那里了悟文学的真谛，获得学术的激情”，那么不

久晓文就以自觉攻读的研究姿态投入茫茫无边的“苦作舟”的学海，“有了先生的点播，我才懂得文学的魅力，学会真正的思考”，从而使她既增强了学术创新意识，又提高了创新能力，进了学术之门便旋即触摸到了做学问的奥秘。获得硕士学位后经过短暂的心理调整和学业准备，晓文又在魏建教授的“精心指导”下“读博三年”，学术视野越发开阔了，创新意识越发强烈了，知识结构越发充实了，创新能力亦越发雄强了，这些在其博士学位论文中得以体现；而她的博士学位论文就是“中国现代边地小说研究”，“从选题到建构以致最后成文都离不开先生（指魏建）的拨冗指教”。拿到博士学位后，她便到山东省委党校执教从研。王晓文从十四年前一个单纯朴实的大学生能够变成今天的学有专攻、研有专长、勇于创新、敢于吐真言的稳健深沉的有为青年学者，不管硕导的指点或博导的指教都是她嬗变的外在条件；真正促使她变化的内在根据和动力，是其顽强的拼搏精神和坚韧的意志力。恰如她深有体会地诗意描述：“漫长也短暂的求学之路”，在“寒来暑往的季节变换中，唯一不变的是书桌上的寂寞的小台灯，忠实陪伴在眼前。人生因为充满了挑战和苦恼而获得在世的意义。就像现在一样，每天陪伴着论文度过的日子，尽管多的是黑白颠倒，少的是朗晴惬意，但却增添了生命的丰盈和深度。当黑夜慢慢隐去，天空渐渐变灰白色的时候，自己的‘夜晚’才刚刚开始，也许生命的厚重就在于无悔的坚守与不懈的拼搏”（以上引文，出自本书《后记》）。也许正是这种无怨无悔的忠贞不渝的坚守精神和夜以继日的拼搏意志，培养出晓文博士孜孜以求的创新意识，并训练出她的从不示弱的创造性格。《中国现代边地小说研究》的问世，标志着她在学术征途上有了良好开端。虽然对于晓文的学术研究来说这仅是“万里长征”的第一步，但是只要坚持不懈地拼搏和持续不断地创新，笔者充分相信晓文的学术研究必将永远充满新奇与活力！相信晓文一定能成为学者中的佼佼者！

是为序。

朱德发

草于2016年元宵佳节

# 目录

# 导 论

1919 年至 1949 年这段时期一般被划分为中国现代文学的三十年，[①] 是中国现代文学与古典文学分庭抗礼的起始阶段，也是中国文学从古典性向现代性迈进的时期。在现代文学史上，五四文学革命揭开了中国文学崭新的一幕，现代知识分子怀着一种激动且反叛的创世纪的心情开始了新的文学征程。所以，这三十年文学的发展对整个中国文学来说，都是至为关键的。因为在这三十年中，中国文学在创作理念、文学模式、话语运用、叙事技巧、文学功能等诸多方面都发生了根本性的变革。随着社会的转型和发展，中国知识分子开始脱离传统的士大夫阶层，其中一部分逐渐过渡为独立自由，卖文为生的职业作家。这种根本性的转变使得文学这种专属于上层社会的特有品转变为普通大众也可以享有的精神食粮。在雅俗互动的文学生态中，庙堂与民间、现代与传统、中国与西方各诸种关系通过文学的媒介作用而呈现出前所未有的复杂互渗的格局。尤其是自梁启超在《小说与群治之关系》中将小说推崇

---

① 按照惯常文学史的分期方法，1919 年至 1949 年为现代文学的三十年，1949 年至 1966 年为十七年文学，1966 年至 1976 年为“文革”文学，70 年代末至当下为当代文学。这种分期方法主要是从时间意义上来体现中国现代文学发展的历史流变，自有其合理性。依据钱理群等人的著作《中国现代文学三十年》的观点：现代文学无疑要突出“现代”的特性，由“文学的现代化”反映出“思想的现代化”和“人的现代化”。本书仍然沿用现代文学三十年这样的分期来审视现代文学史的书写秩序，立足“边地”这样一个新的理论视角，在时间的线性推进中更强调突出不同审美文化空间的文学反映，以此丰富和完善现代文学史的建构格局。书中所涉及的边地小说尚不包括港、澳、台三地作家的创作。

到无以复加的地位后，小说这种在古典文学中非主流的文学样式俨然成为中国文学最重要的表现形式、最合适的社会批判工具和知识分子想象现代民族国家最好的载体。所以，对小说的阐释与研究逐渐成为评论家们的重头戏，文学史的书写也将小说作为很重要的现象来梳理。新中国成立以来所编定的150多部文学史几乎都对小说存有偏爱。不可避免的，小说研究也就成为中国现代文学研究的一大重心。鉴于这种情况，选择现代边地小说作为本书的研究范畴似乎也有跟风之嫌。但是，现代边地小说研究并非泛泛地探讨其艺术价值。基于“边地”既是空间文化概念，也是一种文学价值体验的构成，因此，要探讨边地小说的审美价值和文学史意义，不但要着眼于文学的角度，还要兼顾文化的视角。

一

边地作为汉儒主流文化的边缘地区，是多民族混居的处所。如位于贵州、四川、湖南三省交界的湘西，四川、西藏交界的川康，滇缅边地，塞外的科尔沁旗草原，等等，这些都是典型的边地。在这些空间中，既有中原汉儒文化的渗透，也有边地少数民族文化传统的绵延与继承，文化构成相对复杂多样，富有迥异于主流正统文化的民间色彩，凸显出独特的文化生态状貌。沈从文、端木蕻良、艾芜、周文、蹇先艾、马子华、李寒谷等作家，集约式地描写了上述边地的风土人情，表现了这些荒僻地区的人生喜怒哀乐及原始自然生态。边地文化的独异性，经过这些作家的艺术加工以小说的形式，构建出一种另类的文化和文学空间。但是，此类小说作为一种独特审美价值的文学样式并没有得到中国现代文学史的充分估价，只是将其纳入中原主流文学的大框架中进行品评，尤其是在现代性的视野中，边地作为“现代性后发地带”更是失去了全面展示自身价值和意义的可能。在这个意义上，如果以“边地小说”来涵括命名这类作品，将会获得一种新的阐释视界，大大彰显出边地文化的独特魅力。

目前还没有研究者把上述作家的创作置于“边地小说”的视域进行综合审美观照。以往的研究成果通常把这些作家置于不同的文人集团：沈从文是京派作家的创作干将，而且是受到胡适、徐志摩这些“欧美派”欣赏的作家；端木蕻良既是东北作家的代表，也属于左翼作家群，而且他的崛起还有鲁迅先生的提携之功；艾芜和周文同样也是左翼作家，只不过前者在文学史上往往是与他的老乡沙汀连在一起，而后者更多的是以军人作家的特殊身份引起了文坛的瞩目；蹇先艾则是20世纪二三十年代乡土小说派的重要一员。这种把作家捆绑式纳入不同流派的研究路径，化约了文学的丰富维度，尤其遮蔽了这类小说叙写对象的独特性。而如果以“边地”作为研究他们小说内在联系的切入点，更能系统地开掘这些作品建构“边地文化”的内在意蕴与创作旨归，对建构完整的文化中国与文学中国具有启示意义。

“边地”理论视角的提出将会打破以往研究者所一贯持有的中原心态，从“边地”自身出发研究从1919年至1949年这三十年的边地小说创作，也将丰富和开阔现代文学的研究视野。所谓的中原心态，就是指认为代表中国文学正宗的是反映中原文化区的文学史实、现象、思潮流派的一种文化心态。而“文化边地”概念的使用就是要冲破这种心态，以多元文化思维来考量中国文化的整体建构，着重从空间文化的角度考察其文学反映，以此来探讨中国现代文学的“边缘”活力因素及其价值。可以说，边地这个概念“涉及由于蛮荒世界与文明世界对抗，即特纳称之为‘野蛮与文明的集合地’所产生的一系列意象与价值”。[①]沈从文、端木蕻良、艾芜、周文、蹇先艾、马子华、李寒谷等这些名字在文学史上并不陌生，但是还没有研究者把他们整合在一起进行审美探讨。从文学创作上来看，沈从文的湘西情结、端木蕻良粗犷的旷野之风、艾芜滇缅边地的流浪、蹇先艾的贵州乡土味、周文的原始川康风貌等都呈现出独特的风致，似乎没有理由将他们划归为同类。不过，从表面看来，不相关联的事物或许存在着千丝万缕的内在联系。这就是，他们创作

① 陈许：《美国西部小说研究》，北京大学出版社2004年版，第127页。

的小说都涉及了一个特殊的文化空间——边地。不管是湘西边地、川康边地，还是滇缅边地，抑或是科尔沁旗草原，不管在地理位置上是属于北中国还是南中国，其作品凸显出的都是远离中原文化圈的边地文化和边地风貌，这是研究他们小说内在联系的切入点。本书试图从边地与中原这两种不同的文化空间寻找文化和文学相互补充与对话的可能性，为建构文化中国和文学中国的多维立体格局提供有效的研究角度。

中国的内地[①]和沿海是文化经济相对发达的地区。1919年的五四新文学运动就是以北京和上海为中心而开展的告别传统文化与文学的运动。这一运动极力鼓吹的民主和科学的思想极大地影响了当时的中国社会，向西方靠拢的现代性焦虑伴随着反传统文化思潮的兴起而愈演愈烈。留学海外的现代中国知识分子将西方文化大量引入中国，试图调整传统文化，进行民族文化的“世纪换血”。由此，中国文化不再保持原有的面貌而呈现出多元复杂的态势。这种“文化换血”的努力有其积极的一面，就是以决绝批判的精神扭转了传统文化的暮气和滞重的趋向，给古老的中国文化增添了青春和活力，但在此过程中，不可避免地也将一些优秀传统文化质素肢解丢弃，在弃绝糟粕的同时也将文化的精华遗失在时间的隧道中，造成了某些文化形态的缺失。不过值得庆幸的是，我们可以从边地文化空间重新寻找到传统文化的存在。“西部同样也保留了深藏的中原历史文化资源。比如，学者们已经在云南省丽江纳西族地区发现了很纯正的唐乐。唐乐这一种中原文化形态在中原地区久已湮灭，却相当完整的保存在偏远的丽江。”[②]当然，京海文化界作为中国文化和新文学的中心，对边地文化和文学的影响不言而喻。应该说，作为经济和文化都相对滞后的边地，是在主流文化的召唤和鼓动下成长起来的，是在不断学习、反思和不断“拒绝”现代性的魅惑中以其独有的存在状貌和特殊的

① 为了说明边地文化空间，借用内地这个概念。这个概念的使用主要着眼于其文化意义。因此，它不仅包括山西、陕西、河南等传统意义上的中原地区，同时也包括其他以汉儒文化为主导的文化区域。北京作为中国新文化和文学的中心之一也包括在内。考虑到文化对文学的影响，在以后的论述中主要沿用中原汉儒文化作为边地文化相互观照的参考坐标。

② 关纪新主编：《20世纪中华各民族文学关系研究》，民族出版社2000年版，第171页。

文化素质而呈现。反映在文学上，边地文学的发展也经过了向内地文学看齐之后逐渐萎缩了一己之特性，再到反思阵痛之后重新发现自我的演变过程，从而与中原文学共同丰富着中国文学的生命总体。在这个过程中，边地 / 中原、边缘 / 中心、现代 / 传统、现代性 / 民族性的相互冲突和交融，使得中国现代文学呈现出异彩纷呈的生态格局。此外，中原汉儒文化历经五千年的发展已经出现了衰退的态势，需要重新寻找活力因素补充到原有的文化机体中来重新激活文化母体。边地文化那种原始自由活泼的气质恰恰能够带给内地中原文化清新的感觉，使之重新焕发出光彩。但就这个意义也完全有必要深入研究“边地”，以科学的精神进行文化、文学的边地探寻。

首先考察一下文学的“边地”。中国不仅幅员辽阔，而且是多民族杂居的国家。由于历史的原因，少数民族大多都聚集在自然地理环境较为恶劣的边僻地带，如中国的西南地区、西北地区的甘肃新疆一带、东北地区等。这些地方往往也是发配流放犯人之地。因此相较内地（以汉儒文化为主导）和沿海地区的富庶繁荣，边地无疑是荒凉和野蛮的后发地区。她远离城市和政治文化中心，长期作为主流文化的边缘地带而存在，并且这个文化空间大多数都是由少数边缘族群的文化组成，相应地也造成了边地文化和内地文化的强势与弱势之分。如果以现代性的理论来衡量边地文化，她更是第三世界的“第三世界”。[①] 当然，边地并不仅仅指少数民族地区（尽管从地域版图上看少数民族占有很大的比重）。边地文学也不完全等同于少数民族文学。因为边地空间不但有少数民族人口还有汉族人口，这是多民族多种文化元素混杂的地区。可以说，边地是一个相对的概念，是一种文化空间，也是一种文化隐喻。她代表一种气质、性格、类型和话语拥有权。边地独特的文化空间形成了一种反向统一的特质。一方面，边地的自然地理状貌造成了文化的闭塞和民智的不畅，由地理的荒野造成人文上的苍凉和悲情；另一方面则是边地

① 中国属于第三世界的发展中国家。边地在现代中国范围内无论在经济还是文化上都属于相对滞后的区域。相较北京、上海这些大都市，边地属于后发地区。即使面对北京、上海之外的地区，边地也隐喻着落后、原始与荒凉。

异样的风情和纯朴、自由、旷达的精神品质，这尤其适合少数民族文学。这种反向统一的特质为研究边地文化和文学现象提供了丰富的阐释空间。大量的民间歌谣、诗史、神话传说等丰富的民间文化资源使边地空间充满了文化张力和可塑性，也提供了丰厚的边地文学创作的素材。因此，边地文学呈现给文坛的是一种着力叙写边地风情、边地生态及边地人生的文学样式，它所体现出来的文化意味可能迥异于中原主流文化的特质而与主流文化（学）表现出一种对话甚至是对抗的姿态，也可能在与主流文化的交流中消解掉自己本来的特色而融汇到主流文化中形成一种归属状态，还可能是游离于主流文化之外的一种自由独立状态。鉴于此，深入探讨现代边地文学的创作对展示上述文化特质自然非常必要。

不可否认，在对话和交流中，以边地小说为主的边地文学和内地中原文学共同提升了中华民族的精神品格。中国现代文学史中描写“边地”文化生态的作品同样是乡土中国的一种缩影，与内地中原文学相辅相成，共同体现中国的风貌。其实，综观中国现代文学，描写边地的作品占有相当的篇幅，小说创作更是体现出边地与中原的文学互动。现代文学史上比较有名的作家像沈从文、端木蕻良、艾芜等人就以自己丰厚的创作实绩展现了边地文学的魅力。他们的创作丰富了中国文坛，展示了边地文学的异样特质，是建构中国现代文学史不可缺少的一部分。但遗憾的是，相当一段时间以来，作为中国文化地理版图上的重要组成部分，边地由于交通不畅、信息交流困难、对现代文明的接受程度差强人意以及汉儒文化霸权等原因使其成为不被观照和重视的文化盲点。这些客观事实造成对边地文学史实发掘的欠缺，也使以往现代文学史的建构缺少来自边地中国的声音。因此，探讨少数民族文学和汉族文学的关系，考察民族文化自身的嬗变，更好地利用民间文化资源进行文学创作以便在世界文学的大家园中更有力地体现出中国文学的民族气象等，这些题目理应尽早提上研究的日程。当然，破解这些问题必须借助合理的文学参照系，边地概念的运用应当算作是一种尝试和突破。

## 二

杜维明在20世纪90年代提出了“文化中国”的论说。他认为文化中国有三个象征世界组成：第一个象征世界包括中国、中国台湾和香港地区、新加坡，因为这些社会居民的绝大多数在文化和种族上都属于华人（中国人）；第二个世界由世界各地的华人社会所组成，包括马来西亚人数不多却颇具政治影响力的华人和在美国西部微不足道的华人；第三个象征世界包括与日俱增的国际人士，例如学者、教师、新闻杂志从业者、工业家、贸易商、企业家和作家，他们力求从思想上理解中国，并将这份理解带入各自不同语系的社会。[①] 显然，他从文化的意义上将“中国”的地缘边界和影响覆盖面扩大，着眼于文化中国的外部精神资源来考察中国的特性。

既然文化中国的涵括范围如此广阔，那么汲取杜维明的理论界说，也尝试将“边地”概念进行合理的阐发。概括而言，边地是与内地相对的参照系，指的是现代文学史中出现的并且孕育了某种文学史前景的地缘范畴。她是一个由自然环境、民族、宗教、文化等因素组成的文学和文化空间。她必定和所处的自然地理边地也就是生态的边地有关系，但还不完全重合。这种文化空间容纳了多种文化成分，呈现出多元文化生态状貌，体现出不同于汉儒文化的独特文化特质。据此分析，边地文学也由三个象征世界组成。第一个象征世界包括出身于边地，且有少数民族血统和明确的边地民族意识和边地体验的作家及其文学创作。像沈从文、端木蕻良等人的创作就较好地体现了边地文学的忧伤、粗粝、原始、雄强与诗意。第二个象征世界指的是关心边地生活状态，为边地文化的魅力所吸引自愿选择“流浪”边地的作家及其文学作品。艾芜是最突出的代表。蹇先艾、周文、蔡希陶、碧野等人对边地生活也有自己的体验。他们都是汉族人，置身于多民族文化交错复杂的文化空间中，反思着中国文化整体的优劣。他们以文学作为载体凸现了边地文化不同

① 杜维明：《杜维明文集》第5卷，武汉出版社2004年版，第389页。

于内地文化的异质因素。这一部分还包括关注边地文学创作，从事边地文学批评的作家，如鲁迅、茅盾、马宗融等人的创作。他们不但培养和提携了一大批边地文学作家，而且在他们的指导下，边地作家创作出更多具有边地意识的文学作品。第三个象征世界指的是本人属于少数民族，响应新文学运动的召唤走出边地来到中原文坛（尤其是北京和上海为代表的文学中心）的作家及其作品。他们身处中心文化圈，感受着内地中原强势文化的气息来创作边地母族的文学作品。他们既吸收内地汉族文学的养分，又不失其母族文化的特征，作品体现出中国文学（化）的丰富性和多元化。像马子华（白族）、李乔（彝族）、陆地（壮族）、李寒谷（纳西族）、赛福鼎（维吾尔族）、白平阶（回族）等都属于这类作家。这三个世界的文学创作共同组成了边地文学的生态样貌，这些作家有的本来就出生于边地，边地既是他们的乡间故土精神归宿，也是他们扬名文坛的出发点。他们从边缘走向中心，走向都市，既爱恋着边地也反思批判着边地。他们把边地与中原作为文学创作的参照系，创作出既属于边地更属于中国的文学作品，通过两种文化语境的对比来思考内地中原汉儒文化以及边缘文化的优劣所在。

第一个象征世界的作家是边地文学创作的主体。他们都有丰厚的边地生活体验，边地文化已经渗透进其灵魂深处并内化为重要的精神质素，潜隐于他们的文化心理结构之中。他们当中有些人既具有少数民族血统，也拥有汉族血统，属于“文化混血儿”。沈从文、端木蕻良等就是典型代表。他们将汉儒文化和母族文化进行了较好地融合和转换，从而能够熟练地运用现代汉语创作出各具独特风情、具有浓郁的文化气息且底蕴丰厚的作品。沈从文的苗族血统使他成为湘西世界的代言人，湘西世界的原始、纯朴和神奇既是他扬名中原文坛的精神领地，也使充斥着浓厚左翼革命文学意味的中原都市文化空间感受到来自“异域”的清凉。“本来大自然雄伟美丽的风景和原始民族自由放纵的生活，原带着无穷神秘的美，无穷抒情诗的风味，可以使我们这些久困于文明重压之下疲乏麻木的灵魂，暂时得到一种解放的快乐。”[①]端木蕻良以独有的来自科尔沁旗草原的浪漫激情，携带着黑山白水的粗犷的边地文化气质，叩开了关内文坛的大门，在主流左翼文学中融入了关外边地文化的素质，成为中国现代文学史上独一无二的存在。他的创作融合了草原人民狂放不羁的民族热情与顽强不屈的抗争精神从而充盈着浓浓的爱国主义情感。科尔沁旗草原、大青山、大地的海等都是他挚爱的边地象征。

按照文化生态学的观点，文化的中心和边缘之分只是相对而言的参照体系，“汉语在苗瑶地区被称之为客家语”[②]。主体与客体的区别只是因为参照模式的不同。如果以汉儒文化为衡量标准，毫无疑问，北京和上海是文化（学）中心，但如果以边地文化为参照，那么北京上海相对而言就成为另一种意义上的“边地”。边缘和中心的关系随着参照坐标的不同而产生变化。另外，从中国生态环境的历史变迁看也是如此：“在几千年的中华文化发展过程中，空间上大体呈现东移南迁的态势。所谓东移，就是文化从西部地区向东部地区迁移。所谓南迁，就是文化从北方向南方迁移。……中国的西部是上古文化的摇篮之一。”[③]民国时期专门研究西北地区问题的《西北研究》创刊号中对中国文化也给出了这样的结论：“我国固有之文化，本发源于西北，而逐渐推及于东南。”[④]因此，每一种文化类型都是各个民族在历史发展中所形成的独有的物质与精神的凝聚物，只有差异性和多样性之别，而没有绝对的高下之分。这个象征世界中的作家及其创作在中国现代文学史上经历了不同的命运，在每一个时代几乎都受到了不同的评价和对待。如沈从文作为自由主义作家并不属于任何一个党派，他更多地用文学作为武器挖掘人性的内涵，彰显出人生的美好，从而唤起民族的自尊和自强。当然，对于民族国家这样的宏大命题，也有自己的思考。但他的强国设计与那个救亡压倒启蒙的历史

---

① 苏雪林：《沈从文论》，《文学》月刊 1933 年 9 月 1 日第 3 卷第 3 期。

② 曾敏之：《烧鱼的故事》，《文艺阵地》1940 年 1 月 1 日第 4 卷第 5 期。

③ 王玉德：《试论生态环境与上古东西部的互动关系：兼论西部的生态与经济开发》，王玉德、张全明等：《生态环境与区域文化史研究》，崇文书局 2005 年版，第 44—45 页。

④ 《西北研究・创刊词》，《西北研究》1931 年 11 月 15 日第 1 卷第 1 期。

年代相悖反，因此受到抵制和批判，也为他以后的文学生涯埋下了灾难的伏笔。新中国成立后，沈从文就基本上停止了文学创作，而成为一个文物工作者。相应的，新中国初期编著的现代文学史中关于沈从文的记录几乎无迹可循。唐弢主编的三卷本《中国现代文学史》(1979年版）中，沈从文的创作是作为被批判的对象出现的。直到20世纪80年代，沈从文才重新被学术界所关注。特别是夏志清的《中国现代小说史》率先将沈从文与矛盾、老舍、巴金放在一章作为资深作家来品评，无疑将其研究“解冻”。[①]此后，国内编撰的文学史开始将沈从文作为重要的作家收录在册，进行比较客观的评价。钱理群、温儒敏、吴福辉合著的《中国现代文学三十年》(1998年修订本）将沈从文设置专章来研究，这足以表明具体的社会历史语境会影响到文学史的建构标准。研究沈从文、端木蕻良这些作家的意义不仅仅在于他们对现代文学的贡献，还在于他们的创作体现了丰富多彩的边地文化以及这种文化对内地文化的影响，更重要的是他们在中华民族多元一体的文化生态圈中为提振民族精神作出了努力。

第二个象征世界的文学创作是边地文化诸种构成因素的集约式反映。这些作家并不属于少数民族，但却生活在远离文化（学）中心的文化区。艾芜、周文出生在四川，蹇先艾出生于贵州，碧野出生在广东。他们的边地文学创作不是写发生在他们故乡的文学记忆而是侧重于对他们曾经生活过的“边地空间”进行文学的想象和描摹。艾芜这个把墨水瓶挂在脖子上写作的作家，其足迹遍布滇缅边境和川黔边境。他选择自我放逐似的流浪生活，将自己的生命轨迹镌刻在边地这片文化热土上。一部《南行记》足以让中国文坛为之震惊。以往的文学史著作往往将艾芜和沙汀合起来品评，其实他们两人的创作有显著的不同。前者最擅长的是表现边地人生和人性的小说，而后者农村题材的小说更为文学界所称道。周文的作品不但有表现川康边地的作品还有对上海繁华都市藏污纳垢之恶的批判之作，其中最能体现其创作实绩的还是

① 夏志清:《中国现代小说史》，复旦大学出版社2005年版，第227页。

描写川康边地风貌的作品。这一类作家大多都接受了左翼文学思潮的影响，受到鲁迅、茅盾等人的指导和帮助，特别是鲁迅对他们更是大力扶植与悉心教导。尽管他们的作品无论语言还是手法都与内地中原文学作品相似，但其内容却呈现出异样的边地人生景象。这些作家的创作在中国现代文学史上虽然有既定的评价，但应突出他们边地文学的创作的独有价值。

第三个象征世界的文学创作既属于少数民族文学创作，也属于边地文学创作。他们都是少数民族作家，都生活在远离中原汉儒文化圈的边远荒僻之地，他们都有自己的母族文化，但是却选择了汉语作为表达文学理想的工具，从而为中原汉儒文化圈所接受。汉语能成为边缘少数民族作家的表达工具体现了汉儒文化作为中华民族的主体文化所应有的强大号召力和无限包容性。当然，这与有些少数民族没有自己的语言表达体系，存在着很大关系。比如壮族就没有自己通行和使用的文字，“壮族子弟接受‘启蒙’学的都是汉族的语言文字”①。总的来说，这些反映边地人生和边地文化风貌的少数民族作家及其作品是中国现代文学史不可忽视的存在。

“文化边地”的提出，可以从中国文化的内外两个层面寻找中国现代文学的构成机制。研究在边地空间中产生的文化（学）现象将会帮助我们重新审视中国现代文学的发展历程，探讨影响现代文学发展的各种因素，在包容开放的视野下更好地深化现代文学的研究向度。首先，从文化学的意义上分析，中国是多民族多文化样态的民族共同体，以儒家文化为中心的主流文化在中国文化和思想史上一直占据主导地位。不过，对于多民族构成的中国来说，在汉儒主流文化的覆盖下，仍然有很多其他文化样态存在。这些文化样态的存在是多元文化共同体不可或缺的重要部分。尤其是为以儒家文化为主导的文化母体提供养分和活力的少数民族文化，更是中国文化的重要构成要素。只有保持文化多样性，才能彰显民族特色，才能更好地凸显“中国”在世界文化中的独特风采。现代边地小说对边地风情的描写包含着极强的边地

① 关纪新主编：《20世纪中华各民族文学关系研究》，民族出版社2000年版，第291页。

文化意蕴，从而呈现出“中国”这个多元文化共同体的丰富性和复杂性。“边地”往往是由空旷的荒野和萧条的村落组成的，这里没有现代化的建筑，缺少北方中原农村安居乐业的乡土气息，也缺乏南方沿海农村现代文明的痕迹，更多的可能是由恶劣的自然生态环境所造成的闭塞的文化氛围。除了沈从文创造的优美的湘西边地之外，现代文学作家对“边地”的想象和勾画，大多是荒芜粗犷之地。尽管原始、自然、荒漠与苍凉都是用来言说“边地”的文学修辞，但是，来自边缘的召唤和那种无法遏制的对边地空间的新奇促使中国文学向边地进发。面对中原儒家文化的日趋僵滞老化以及西方现代文化对中国文化的冲击，如何激发本民族文化的活力，固守住中华民族的“文化之根”成为现代中国知识分子推脱不掉的文化使命。以沈从文为代表的现代边地小说家用文学的形式向各自所体验过的边地空间进行致敬。这种深刻的边地生命体验是作家创作边地小说的重要精神资源。他们深情地描绘出边地中国的风采，为中国现代文学增添了来自边地的文学体验，也将现代作家潜藏已久的向边地寻觅优美的人性的荒野意识呈现出来。“边地”不是荒寒与落后的代名词，它是作家艺术理想与文化考量的载体，是展示自然生态魅力的最佳所在，也是体现边缘民族国家认同的载体。从这个意义上讲，边地小说及其所蕴含的异质文化的活力质素都将是中国文化与中国现代文学不可多得的边地财富。当然，作家笔下的边地和原初的边地到底呈现出何种样态，边地具有何种独特的自然地理环境，它孕育了什么样的文化形态，作家如何体现这种独有的人文和自然风貌，从中传达出何种文化理想等，这些都需要通过对边地小说进行深度研究才能得出答案。

从边缘发出的声音虽然异端且相对微弱，但是却不可忽视。或许会从边地文化的罅隙中寻找到中国文化再度崛起的突破口。鲁迅当年对中国农民“哀其不幸，怒其不争”的痛心批判，对于“边地”的文化语境来说，可能不是他们的“不争”，而很有可能是因为边地文化的影响造成了“非抗争”的被动。这些现代文明的“后发地区”是否就一定意味着文化上的“落后”，这恐怕还要放到具体的历史文化语境中加以思考。相对于中原农村文化的沉

闷和城市文化的畸形与浮躁，边地文化那种狂放不羁、自由活泼的气质对人性的成长无疑是一种有益的存在，不过缺少成熟的文化约束机制，边地文化又带有杂乱的特性。因此，对于“文化边地”的审视，既要具有历史发展的眼光，也要有文化反思的深度。依据现代生态思想来审视，边地小说大多描写了边地人生、边地自然生态以及体现出边地的生存状貌。它所涉及的地域较少受到现代文明侵蚀，是原始自然生态保持较好的所在。在这里，人与自然的关系更加密切，凸显出中国古典哲学中“天人合一”的思想。同时，边地小说中的自然生态描写具有不同寻常的生态价值，并非仅仅是为了衬托人物活动而设置的背景描写。这里的自然与人之间构成了一种“你中有我，我中有你”的亲密关系。相较当前日益恶化的生态环境来说，这样的生态书写反倒成了一种生态文明的“先行者”，这其中灌注了作家深刻的生命体验。此外，边地小说描写的“边地”可能是乡土中国的边隅之地，也可能是中国与外国交界的边境之地，这种特殊的地理构成决定了边地小说不一样的中国风情。独特的“边地书写”将会大大丰富中国现代文学史的构成。当然，边地小说虽然体现“边地风情”，但边地并非空中楼阁，它们都是在中国版图中存在的特定的“生存空间”。可以说，边地小说就是描写发生在这些特定“生存空间”的一种小说样式，即特定区域的文学体验。这是作家们身处特定文化地域经受了边地文化的熏染而形成的不同于中原主流文化的文化心理产物。这种体验伴随着边地文化与中原文化对话与交流的日益加深，而逐渐成为中国现代作家的创作焦点。因此，边地小说的出现也是文化对话与交流的结果。

## 三

从边地小说采用的叙事手法及其文体特征来看，它也与一般的农村小说不同。这些小说聚焦古老中国传统文化的衰落，审视比较人性在时代变迁中的畸变，其主题意蕴呈现出强烈的文化意识。毋庸置疑，边地文学与中原主流文学共同丰富了中国现代文学园地。因此，将这些描写边地文化生态的作品从原来的文学史界定中梳理出来，加以重新阐释和认识，研究其文学的生成、意义内涵以及文化的蕴涵是完全有必要的。在这里，先要回顾一下乡土文学。乡土文学作为一种文艺主张，最先由周作人提出。[①]此后，鲁迅在1935年《新文学大系·小说集2·〈序言〉》中明确提出了“乡土文学”的概念，指的是那些在北京用笔写出作家的胸臆并隐现着乡愁的一类作品。具体到小说这种类型，边地小说与乡土小说之间有交叉但也有区别。乡土小说侧重于乡愁而边地小说则侧重其边缘性。那些描写边地风情、风俗和生态的小说，以往文学史是归并到乡土题材的小说中来笼统地论定其意义和价值的。乡土小说的创作大多是在现代理性思维指导下对中国的农村生活及农民的精神面貌进行剖析与批判。相形之下，边地的独特魅力就被遮蔽在主流文学的批评标准或者认知视野之中，这样使“边地”的文化和文学价值没有很好地凸显出来，尤其是现代作家对中原汉儒文化的反思没有充分地表达出来。因此，边地小说的综合研究就是为了填补中国现代文学研究的缺漏，在新的视角下对中国现代文学进行再梳理。

从中国现代文学史的建构上来肯定边地小说的研究价值。从1904年林传甲写就第一本中国文学史至今，一个世纪已悄然而逝。在这世纪百年中，中国人写作了多达1600多部文学史。[②]但是，如此多的文学史却基本上是从时间纬度来考虑，而相对忽视了空间的存在。相较而言，西方文学的叙事传统更多依赖时间因素组织故事，从追逐“现代性”的历史发展契机展示文学的发展进程，是“西方人走出王权专制、完成民主政治及工业文明的共同的世纪性时间记载”[③]。反观我们的文学发展历程，却有着不同于西方这种线性时间推进的逻辑思维模式。中国古代知识分子对“天、地、人”三者的关系

---

① 周作人在20世纪20年代末30年代初所作的《地方与文艺》(《谈龙集》)一文中谈到作家的创作时，强调指出：“须得跳到地面上来，把土气息泥滋味透过他的脉搏，表现在文字上，这才是真实的思想与文艺。这不限于描写地方生活的‘乡土艺术’，一切的文艺都是如此。”

② 杨义：《重绘中国文学地图通释》，当代中国出版社2007年版，第4页。

③ 李怡：《现代性：批判的批判——中国现代文学研究的核心问题》，人民文学出版社2006年版，第77页。

更加看重，在文学作品中更多地突出了空间架构中的生存感觉与生命体验。那种“念天地之悠悠，独怆然而泪下”的感伤情怀与西方人的理性强力形成了鲜明的对比。当人类历史进入“现代”社会，这种时间的紧迫感就明显地刺激着西方知识分子的神经。他们的文学创作也就愈加体现出对于生命的流逝、命运漂泊无定的时间向度的莫名焦虑。“这正如现代西方文学已经不再以表现反抗空间压力、争取自我实现的故事为主体，从托·艾略特的《四个四重奏》到叶芝的《丽达与天鹅》，从乔伊斯的《芬尼根们的守灵》到普鲁斯特的《追忆似水年华》，从贝克特的《瓦特》《等待戈多》到加西亚·马尔克斯的《百年孤独》，‘时间’和由‘时间’而引发出来的主题成为了这一时代文学常见的景观。”[①] 此时，“中国”和“西方”的时空感觉是不一样的。特别是在追逐现代化的进程中，中国与西方存在着明显的“时间差距”。因此，二者在两种截然不同的文化空间所感受到的文化震荡存在着巨大差异。中国现代文学更多表现出对“现代”这一历史发展阶段的追问与思索。可以说，中国作家面对“现代”这一历史产物，既想在时间向度上向西方靠拢，也想留住空间体验的文化痕迹。他们挣扎在实现建构现代民族国家的宏愿与保持传统文化的基因的纠结中进行具体的文学实践。因此，就不能单纯用时间的维度来涵盖所有的文学发展历史，从而忽视了不同审美空间作家的独特体验。就外部而言，“中国”与“西方”这两个文化空间存在着巨大的体验差异。在中国内部也形成不同的地域文化空间，存在着不一样的审美感受与文化认知。有文学史家指出“我们的文学史相当程度的忽视了地域的问题、家族的问题，忽视了作家的人生轨迹的问题。”[②] 概要地来讲，文学史应该是文学的审美、艺术的标准以及作家与文学史家生命体验的综合体。如果只有时间发展进程的线性描述而忽略了空间存在的感受，特别是作家在不同空间的生命体验，那这样的文学史是不全面的。“在中国现代文化史与中国现代文

① 李怡:《现代性:批判的批判——中国现代文学研究的核心问题》，人民文学出版社2006年版，第78页。

② 杨义:《重绘中国文学地图通释》，当代中国出版社 2007 年版，第 5 页。

学史上，最杰出的知识分子的最精彩的思想往往都来自于他们特殊的空间感觉而非单纯的时间感受”。[①]鲁迅、沈从文等都是其中的杰出代表。前者既从自己创造的鲁镇、未庄等独特的审美空间中窥视到历史发展进程中中国落后的一面，也在这些具体的空间中体验到中国人生存的那种悲凉与无奈。后者如果脱离了“湘西世界”这个边地空间的精神依托，其小说也不会产生如此强烈的审美效果和文化反思力度。如此推断，空间体验主要就是指作家在自我的出生地、转徙地、寄居地以及作品所营造的“文学现场”等这些发生在某个特定场域中的生命历程的认识感知与文化心理构成。从某种意义上来说，时间可以是统一的，但空间却是不同的。同一时间发生在不同的空间的历史史实也不一样，作家的历史感觉与生命的体验也不同。所以，从时空交叉的复杂中寻找中国现代文学的发展演变轨迹将会发现本民族文学的独特韵味，从而为现代文学创作的整体提升会有所助益。

中国是个多民族多文化的共同体，不同的民族所生活的地理与文化空间相异，尤其是少数民族与汉族之间存在着较大差异。同样，不同的少数民族之间也各有各的民族特色。一般来说，在迈向现代化的征程中，汉族由于所处的地缘位置较好，理念更新较快，相比处于偏远地带的少数民族，更早地步入了现代化的轨道。而少数民族接受现代化的洗礼往往可能先要放弃甚至是消泯自己的民族特性，这样势必会模糊民族文化特征成为文化身份模糊的边缘存在。此外，边缘地区与中心地区对现代文明的理解也存在着差异。这些差异体现于不同的审美文化空间，从而为现代作家想象现代民族国家提供了丰富的素材。因此，研究不同地域空间的文化状况会帮助我们更好地从“文化中国”的内部出发，阐释现代中国文学的发生发展机制。或许从少数民族文化中能够品尝到更为纯正的“中国文化”的味道。因为汉族是文化中国的主体组成，历来在空间地理位置上占据优势，这势必造成了少数民族基本上都是居住在荒僻边缘地带的历史史实。黄河长江流域这些较为繁华富

---

① 李怡：《现代性：批判的批判——中国现代文学研究的核心问题》，人民文学出版社2006年版，第79页。

庶的区域基本上都是汉族人的居住地，以儒家文化为主导，儒释道文化相调节的中国封建统治也就依据汉族文化作为治国的根本。即使像元朝清朝这样由少数民族建立的政权也是以汉儒文化作为治国理政的主导思想。地缘优势以及强势文化的引导，汉儒中原基本上就成为边地民族效仿的榜样。这样的文化状况也造成了中国文学史“基本上是汉族的书面文学史，相当程度的忽略了占国家土地60%以上多民族的文学的存在和他们相互间深刻的内在联系”[①]。而“在整个中华民族的民族共同体的历史进程中，文学的发展是多民族共同创造、互相碰撞、互相融合的结果，不研究这个过程中丰富复杂、多姿多彩的相生相克、互动共谋的合力机制，是讲不清楚中国文学的真实品格和精神脉络的。”[②]正是基于这种理念，需要深入剖析现代边地小说的文学及文化价值。

现代边地小说所呈现的文化空间不论是从其文化生态还是自然生态来剖析都属于“后发地区”，并且这些地区大多是少数民族与汉族杂居的地带，还有一部分是纯少数民族的聚居地，如蔡希陶和艾芜的一些边地小说所涉及的地带。因此，就需要寻找恰切的研究视角更为深入地剖析这些边地文学空间存在的价值意义。正如有学者指出：“没有一位中国的后殖民主义批评家采取边缘立场对于中国的汉族中心主义进行分析，而按照后殖民主义的理论逻辑这倒是题中应有之义。”[③]也许这是研究边地小说不能忽略的重要问题。当然，本书在具体的阐释过程中不打算过多涉及所谓的后殖民主义批评理论，而主要是从边地与中原二者的对话与沟通的可能性上，突出现代边地小说对中国现代文学与民族文化的贡献。或许现代边地小说研究的最亮点在于秉持多元一体的文化观，寻求多种文化样态有序共处的可能。因此，本书综合运用现代性理论、文化学、文化地理学、文化生态学、现代生态学、生命哲学等理论系统对边地小说承载的文化及文学诸意义进行阐述，通过精研文

① 杨义：《重绘中国文学地图通释》，当代中国出版社2007年版，第5页

② 杨义：《重绘中国文学地图通释》，当代中国出版社2007年版，第5页。

③ 李怡：《现代性：批判的批判——中国现代文学研究的核心问题》，人民文学出版社2006年版，第68页。

本、比较研究等方法的运用，力图较全面地凸显研究对象的审美和文化价值，这不论在理论还是方法上都是一种积极的探索。而且，在大胆尝试运用新的研究方法的基础上，发掘出被既往文学史所忽视和遗漏的作品，特别是被长期忽视的少数民族文学创作。研究力图从现代作家对文化中国不同的地域空间的体验与理解来考量中国现代文学发展成长的轨迹，并将历史时间与现实空间相结合，从更为具体的时空交错的文学本相来调理现代中国文学史的建构格局。

## 四

自20世纪80年代以来，国内外学者对中国现代边地小说独有的审美价值和文化意义展开了研究，并已经出现了一些研究成果。其中既有显著成就，也存在提升空间。

就国内而言，80年代学界开始关注边地小说并作出了初步研究，这个时期主要侧重单个作家研究，引起较大反响的是凌宇的《从边城走向世界》（1985），这是国内研究沈从文创作的奠基之作。90年代学界对中国现代边地小说进行了多方探讨：如杨义《中国现代小说史》（1998）的"沈从文一节"（《沈从文：与边地寻觅诗体小说之生命》）较早提出了"边地"的概念并指出"边地"对沈从文创作的影响。另外，严家炎主编的《20世纪中国文学与区域文化》（1995）这套丛书注重利用空间思维，从区域文化的角度来思考文学现象的发生及特定文化对文学的影响。重点选择那些有明显区域文化特征的重要作家、文学流派或作家群体作为研究对象，探讨区域文化对作家文学的渗透与改写。这种研究思路给本书提供了论述方法的借鉴与理论建构的依据。虽然边地文化空间是一种复杂混合的空间范畴，在文化的组成上会有交叉和重合的现象。但是，这不妨碍边地文化的独特个性的形成。宋家宏《二十世纪云南文学思考（下）——两个传统》(1996)从"边地与民族"、"现代与城市"这两个传统对20世纪云南文学进行概括。在文章中，作者提出了“城市与现代”与“边地与民族”二元对立式的云南文学发展的两个传统，综合论述了20世纪云南文学发展的历史流变。“城市与现代”、“民族与边地”的传统不仅仅是云南文学发展的历史状况，同时也是边地文学的历史命运。“两个传统”的论点为研究边地小说的审美内涵提供了较为合理的角度。但是文章主要还是从云南文学这个固定地域的角度来阐释文学的边地和边地的文学。

进入新世纪以来，研究者对分别从相关概念、叙事策略、边地文化特性以及作家的边地文化体验对边地小说创作的影响等问题展开一系列的探讨。首先，对相关“地缘文化”、“边地文化”及“边地”等概念进行理论界定与理性思考。崔志远的《对话的焦虑：地缘文化·革命文化·全球化》(2009)、徐新建的《边地中国：从“野蛮”到“文明”》(2005)、张文勋的《“全球化”、“现代化”与“多元化”——关于“边地文化”的思考》(2002)，他们对地缘文化、边地文化、边地等概念进行了学理探究。其次，研究认为新时期以来的边地小说是一种文化想象和策略，这种探讨多集中于研究生学位论文。如郭德榜的《边地叙事与异域性文化想象：以藏区文学为例》(2008)、于京一的《想象的“异域”：中国新时期边地小说研究》(2010)、金春平的《边地文化视野下的新时期西部小说研究》(2011)、段凌宇的《现代中国的边地想象：以有关云南的文艺文化文本为例》(2012)，他们基本上以新时期以来的边地文学作为研究对象，认为边地是作家的文化想象空间，是文学叙事的策略，正是因为“边地”的存在构成丰富多彩的现代文学版图，体现出现代与本土的区别。再次，探究边地文化特性以及边地民间文化资源重要性的。吴福辉的《地方籍、地域性、文化叙事与经典》(2006)、逄增玉的《志怪、传奇传统与中国现代文学》(2002)、沈庆利的《“铁屋子”之外的“另一洞天”——滇缅边境与艾芜〈南行记〉》(2001)(以上为期刊论文)、陈刚的《绝地中的绝望者——三十年代的另一种“真”：周文小说论》(2002)、程燕的《民间的魅力——艾芜“西南边地小说”》(2005)、王子君的《丑的揭发与美的张扬——边地文学的两种维度》(2011)(以上为学位论文)，这些论作或从整体上探究边地文化的丰富性，或选取诸如周文笔下的川康边地、艾芜体验的西南边地作为突破口来观照边地文化对作家创作的影响，认为正是因为边地的存在造就了独树一帜的边地小说创作。尤其是《“铁屋子”之外的“另一洞天”——滇缅边境与艾芜〈南行记〉》是较好的从边地的角度来分析艾芜的《南行记》的论文。文章从滇缅边境出发来研究生活在其中的边地人生及边地人性，注重把握边地文化对人格形成所起的巨大作用。最后，作家的边地文化体验以及对现代性与民族性的思考是形成现代边地小说的主要原因。苏美妮的《论边民文化心理与沈从文文学》(2006)、陈红旗的《现代性的风度：周文与川康边地忆叙》(2008)认为诸如沈从文、周文等作家的边地体验深刻影响了他们的文学创作。这种边缘文化体验一方面体现出对汉儒文化的反思与批判，另一方面也折射出在现代性的强势冲击下边缘文化区域的退守与被遮蔽。李家琴的《边地意识与民间精神：对〈边疆文学〉“新世纪力作”的一种解读》中提到了少数民族文化异于中原文化的独特之处。突出作家的边地意识对其创作的影响，将民间精神融进边地文化空间。聂元松《凤凰穿透历史的边地绝唱》主要揭示湘西凤凰边地对沈从文创作的强烈的文化渗透作用。靳力的《沈从文湘西小说与艾芜边地小说比较探析》虽然也使用了边地小说的概念但是并没有突出边地的文化特质来。丁帆主编的《中国西部现代文学史》(2004)通过文学史实的梳理系统展现了西部边地的文化生态和文学创作。应该说，上述研究成果为边地小说研究的继续深化奠定了良好的基础。

研究专著方面主要有张直心的《边地梦寻——一种边缘文学经验与文化记忆的勘探》(2006)与于坚的《云南边地》(2002)。张著从文化和文学两个维度展开对云南边地人生的探讨，在历史的纵深感中将边地民族的文学感受表达出来。全书分十个章节对云南少数民族文学从历史沿革的角度进行了文化和文学的勘探，重点探讨了新时期以来云南少数民族作家的创作。在云南边地文化的影响下呈现云南边地的魅力及其少数民族的历史文化体验。通过对具体的少数民族作家的文本阐释体现出对汉族文化 / 现代文明强势渗透下母族文化的生存忧虑，并且就少数民族文学的发展状况进行反思。论著触及边地审美文化空间存在的意义——即如何体现出多元文化形态共生的“文化中国”的边缘文化的发展及其文学审美体验。美中不足的是，这个著作主要着眼于云南当代少数民族文学的研究，而且范围就局限在云南这一个地域，尚不能从整体上把握中国边地审美文化空间的状貌。于著也是以云南边地为切入点，从文学和文化两个维度展开对云南边地人生的探讨，同时也体现出边地文化在现代化强力冲击下的退守与挣扎的无奈。

国外研究成果，就目前所能接触到的来看，主要是海外汉学家金介甫的《沈从文笔下的中国社会与文化》一书，它从史学角度来观照沈从文的创作，对湘西边地的历史构成及文化意义进行了较为全面的阐述，为现代边地小说研究提供了可资借鉴的阐释视角。

综合分析，既有的成果是深化研究中国现代边地小说必不可少的理论先导和研究基础。当然，也存在一些亟待解决的问题。首先，现代边地小说研究呈现零散化、碎片化的特征。已有的研究主要关注沈从文、端木蕻良、艾芜等作家的创作，相对忽视了少数民族作家的创作，也没有系统地将这些具有边地体验的作家创作的边地小说的审美意蕴及文学史意义较为全面地凸现出来。其次，边地作为现代中国必不可少的组成部分既是作家审美聚焦的载体，也是审视“和而不同”文化共同体的重要参照，需要深入开掘其蕴藏的文化价值。再次，边地中国不仅仅是文学想象的产物，更重要的是它参与了文化中国的建构。因此，本书致力于系统全面地梳理中国现代文学中“边地书写”的现象与实绩，深入研究其审美价值及文化意义，力图拓宽中国现代文学研究的有效领域。

总之，现代边地小说创作为中国现代文学奉献出“边地中国”的风貌，丰富了中国现代文学的审美建构与叙述样式，提供了多样的中国文化样本和文学体验，也为构建相对完整合理的中国现代文学史提供了文学的“边缘经验”。可以说，边地小说创作为重新审视文化中国、重绘中国现代文学地图作出了文学实绩。必须指出，现代边地小说也存在文化定位游移，叙事功能

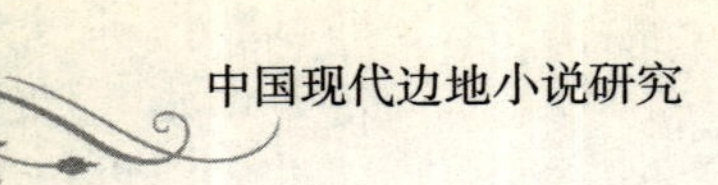


弱化等诸多问题。在当代文学视野中，边地内涵既与现代文学有一脉相承的关系，也有自己新锐的时代特质。

# 第一章　中国现代边地文化空间的文学构型

## 第一节　文化边地的历史回溯

谈到中国的边地审美文化空间，就需要从历时性角度来简要梳理一下中国文化地域分布的大体脉络。普遍意义上讲，中国文明起源过程中的分裂、撞击与融合，典型地点大多在中原和北方地区，“核心部分却正是从中原到北方再折返到中原这样一条文化连接带，它在中国文化史上曾是一个最活跃的民族大熔炉，六千到四五千年间，中华大地如满天星斗的诸文明火花，这里是升起最早，也是最光亮的地带。所以，它也是中国文化总根系中一个最重要的直根系”[①]。这样的文化分布，就造成了中国文化在各分布带的不平衡状况，而反映到文学中也就相应地呈现出不同的文学活动区。这些文学区域既与作家的出生地有关，也与作家的流徙地有关。一般来说，文化发达的地区往往是产生文学家最多的地方，也是文学活动频繁的区域。但是随着作家流徙地域的变化或者是大家族的搬迁，文化的交流互动就会活跃起来。从文

① 苏秉琦：《中国文明起源新探》，生活·读书·新知三联出版社 1999 年版，第 65、125—126 页。

化发展与文学活跃的程度以及封建政权中心的地理分布等因素来综合考虑中国古代文学的全貌，不难看出，它是由内圈与外圈两种系统构成的。内圈有八大文学区系组成。这八大文学区系分别是三秦文学区系、中原文学区系、齐鲁文学区系、巴蜀文学区系、荆楚文学区系、吴越文学区系、燕赵文学区系、闽粤文学区系。前六大文学区系分别坐落在黄河、长江流域轴线上，而燕赵文学区系、闽粤文学区系则分别坐落在运河流域、珠江流域轴线上，然后环绕东海岸线而完成区系之间的连接、过渡和互渗。而且这八大文学区系既在空间上同时并存、相互影响，又在时间上依次互动，不断地完善和突出自己的文化优势。其外圈的系统则是由四大文学区系组成，分别是：东北文学区系，地域包括今东北三省与朝鲜半岛；北部文学区系，处于东北与西北区系之间的正北方向的文学区系，地域包括今内蒙古，并由内蒙古延伸至蒙古，俄罗斯境内。西汉苏武牧羊的北海之地，就在今俄罗斯的贝加尔湖，东汉末年，蔡文姬流落匈奴十余年完成了文学名篇《胡笳十八拍》与《悲愤诗》。西北文学区系，指的是今甘肃、宁夏、青海、新疆等地，并有狭长的河西走廊通向西域。汉武帝派张骞出使西域，开辟的“丝绸之路”给文化交流带了极大的便利。清代的林则徐因禁烟被流放北疆，也将汉儒文化带到了边荒之地。西南文学区系，地域包括今广西、云南、贵州及越南，此区为历代流贬重地，流贬文人源源不断地从内地迁徙于此，促进了这个区系的文化与文学的发展。内圈与外圈这两大文学系统构成了中国古典文学的轮动体系。[①] 现代文学的地理分布也有自己的特点，而且这种特点是在继承古典文学的基础上又有所发展。现代文学的发展变化主要指的内圈文学区系的发展变化，而外圈文学区系则仍然处在一种“后发状态”，由此形成了中国文学的“边地”。

由于中国主要是以农业为主的农耕文明，所以，中国历代封建政权的政台文化中心大多会设立在以农业生产为主的内陆地区。即便是北方少数民族

① 梅新林：《中国文学地理形态与演变》（上），复旦大学出版社 2006 年版，第 14—15 页。

建立的政权也是如此。在此基础上，然后再考虑向沿海过渡。有学者指出中国的殷邺、长安、洛阳、开封、杭州、南京、北京这七大古都的地理分布，称前四大古都建都时期为中原期，后三大古都建都时期为近海期。[①]这种分期方式就透露出中国文化的一种演变规律，即从中原到沿海的帝都更替不但有文化的因素，还出于经济发展的考虑。尤其是在明朝末期，由于商业发达，城市的大量出现，沿海通商口岸的增多，海上贸易的迅速发达等原因就有力地带动了文化的发展。相应的，社会的阶级分层也产生了变化，“士农工商”的原有社会排序也在近代社会发生了根本性的变革。伴随着经济的发展和繁荣，商人的社会身份从最底层而跃升至仅次于仕的高位。“士商农工”的社会格局就成为近代中国社会的秩序特征。虽然没有资料充分证明明朝末年在中国有资本主义的萌芽，但是商业文明的发达对中国文化的影响是显而易见的。故此，也催生出很多反映商贾生活的商贾文学。明代“三言两拍”中有些小说就可以被称为中国古代商贾文学的代表。[②]清朝末期，帝国主义的坚船利炮强行打开了中国的大门，将传统文化支配下的中国推到现代变革的前沿阵地，从此中国沦为被动接受西方现代文明的“他者”。中国现代文学正是在这种急剧的社会变革中应运而生的。中国作为一个民族文化共同体有不同于“西方世界”的文化机制与文化传统，而且在其内部也形成各不相同的文化空间。所以，研究中国现代文学就应该注重不同文化区域之间的互动关系，探讨中国自身的文学体验和文化经验。虽然“文化边地”也是组成文化中国一个很重要的部分，长期以来却遭到主流汉儒文化的忽视和冷落。边地文化作为一种边缘文化，她与中原主流文化的对话互动也没有得到相应的关注。尽管在古代文学史上，唐朝的边塞诗歌描摹了塞外边地恶劣的自然环境

① 谭其骧：《求索时空》，百花文艺出版社2000年版，第974—975页。

② 明代冯梦龙的“三言”中有相当数量的商贾小说，如《蒋兴哥重会珍珠衫》《杨八劳越国重逢》《卖油郎占花魁》等都是描写商人生活的小说。凌濛初的“二拍”中同样有很多的商贾小说，如《乌将军一饭必酬 陈大朗三人重会》《钱多处白丁横带 运退时刺史当艄》《赵五虎合计挑家衅 莫大郎立地散神奸》等，这些商贾小说代表了中国古代白话短篇商贾小说的最高成就。以上引自邱绍雄：《中国商贾小说史》，北京大学出版社2004年版。

和戍边将士的豪迈情怀，但是对边地的认识也只是就其军事和政治意义来强调，并没有真正地从文化和文学意义上认识到边地存在的价值。可以说，中国现代边地小说真正将“边地”作为一种相对独立的个体和有文化内涵的存在来呈现，边地人生也才有了文学品评和审美的可能。

## 第二节　现代边地文化空间的基本样态

现代边地小说以其特有的姿态描绘出边地中国的状貌。正是因为有了这些反映边地生活和边地人生的创作才使我们这些久居中原文化圈的人得以了解边地中国另一面的历史。虽然边地小说是作家现实体验与文学想象的产物，但是蕴含其中的边地文化却实实在在地让我们感受到边地中国独有的精彩。

### 一、以沈从文为代表的西南文化边地的圈定

西南文化边地既是涵括地域意义的命名，也是带有文化意义的能指。在此，主要是从文化的角度和文学的审美意义上考察这个空间。在现代文学的视野中，这个审美空间的组成主要有沈从文的湘西边地，艾芜的滇缅边地，蹇先艾的黔贵边地，还有周文的川康边地。这其中，沈从文的“湘西边地”是最具有地域文化色彩与独立审美内涵的文化与文学空间。他对湘西边地世界“别一番”的描绘使得现代中国文学接纳并欣赏到了这个在历史上就曾经闻名的“化外之地”的精彩与无奈。陶渊明当年在《桃花源记》中虚构的那个“无论魏晋，不知有汉”的桃花源，在沈从文手中虽然也美得令人产生虚幻的感觉，但是他却让这个地区带有了时代气息和文学审美意义。此地并非只是使人隐逸逃避现实的虚空世界，而是混合着边地人血泪现实的审美空

间。因此，进入湘西空间需要从沈从文的作品中寻找到他隐藏在轻灵文字下面的内心强烈的挣扎。先来看他对湘西这一地区的界定："湘西包括的范围很宽，接近鄂西的桑植、龙山、大庸、慈利、临澧各县应当在内，接近湖南的武冈、安化、绥宁、通道、邵阳、溆浦各县也应当在内。不过一般记载说起湘西时，常常不免以沅水流域各县作主体，就是如地图所指，西南公路沿沅水由常德到晃县一段路，和西水各县一段路"[①]。从这个界定范围来看，湘西确实是个文化错杂交汇的地方。而且根据沈从文的介绍，这个地方其实是个物产丰富，地下矿藏储量富厚的"富庶之地"。尤其是锑、砒、银、钨、锰、汞、金等这些稀有金属矿藏丰厚。这样一个地方一直以来却被视为是未开化的蛮野之地，想来自有深意。尤其是此地的汉族与苗族、土家族等民族之间的关系更是带有历史的伤痕。因此，具有苗族、土家族血统的沈从文写湘西就带着一种不可名状的复杂感情。"所以当我拿笔写到这个地方种种时，心情实在很激动，很痛苦。觉得故乡山川风物如此美好，一般人民如此勤俭耐劳，并富于热忱与艺术爱美心，地下所蕴藏有如此丰富，实寄无限希望于未来。"[②]一个对自己的家乡怀着深切爱恋的作家，面对这个不被大多数人所了解的地方发出了如此的感叹。这其中包含了复杂的人文情绪。所以在接下来的文章中，他针对一般记载和传说总结了几种对湘西的片断印象：

1. 湘西是个苗区，同时又是个匪区。妇人多会放蛊，男子特别喜欢杀人。

2. 公路极坏，地极险，人极蛮，因此旅行者通过，实在冒两重危险。若想住下，那简直是探险了。

3. 地方险有险的好处，车过武陵，就是《桃花源记》上所说的渔人本家。武陵上面是桃源县，就是"桃花源"，那地方说不定还有避秦的遗民，可以杀鸡煮酒，殷勤招待客人。经过辰州，那地方出辰州符，出

① 沈从文：《沈从文文集》第9卷，花城出版社1984年版，第330页。

② 沈从文：《沈从文文集》第9卷，花城出版社1984年版，第333页。

辰砂。且有人会‘赶尸’。若眼福好，必有机会见到一群死尸在公路上行走，汽车近身时，还知道避让路旁，完全同活人一样。

4. 地方文化水准极低，土地极贫瘠，人民蛮悍而又十分愚蠢。①

很显然这些对湘西世界的描绘片断“虽然属于‘恶’的先兆，但也浪漫无比”。②就在这种浪漫的想象与好奇中，湘西更容易使人产生出强烈的审美冲动，再配合沈从文的湘西边地小说，使得这个文化空间得以迅速升温。

通过上述沈从文对湘西边地空间说明可以看出，湘西已不仅仅是具有单纯自然地理属性的地域，而是由其特殊的地域文化从而形成了具有人文想象的艺术空间。这使得湘西边地具有了重要的审美价值。读者主观想象中的原始落后与现实湘西的丰饶构成了一种审美的张力，这种张力被沈从文放大后以文学的方式重新展现出来。因此，他要努力构造出一个优美的湘西，一个既出乎主观想象但又在某种程度上满足了“考古癖们”欲望的边地。他孤独的边地灵魂交织着复杂的情感来塑造这个充满诗意与简陋的边地，将自己的生命感觉与边地文化气质较为合理地融合在一起，呈现出一个满带着忧郁与纯美气质的边地湘西。它的美与丑、善与恶都在作家的诗意描画下展现出不同流俗的光彩，最终使这个远离中原文化圈的边地文学空间被中原主流文坛所接受与欣赏。沈从文创造了湘西，湘西也成就了沈从文。他倾心描写那里的风土人情及自然生态之美，赞颂边地人旺盛的生命活力及朴素的近乎愚昧的人生态度。他对这片土地发出由衷的赞叹，不遗余力的赞颂其优美的人性与百姓的良善，这是他痴迷于这片土地最好的明证。不过，作为一个现代作家，沈从文清醒地意识到湘西不但有优美存在也有丑陋潜藏，所以，他的作品流露出浓浓的忧郁之情，而这种忧愁则潜隐在其作品平静而又淡定的叙事节奏中，不时流露出湘西的边地风味。在他的小说中，风云变幻的时代厮杀

---

① 沈从文：《沈从文文集》第9卷，花城出版社1984年版，第336—337页。

② ［美］金介甫：《沈从文笔下的中国社会与文化》，虞建华、邵华强译，华东师范大学出版社1994年版，第108页。

被永恒存在的空间所淹没，作者对民族道德与人性堕落的忧心潜藏在看似平静如水的人生命运变幻中，显得平静而忧伤。他其实是以“冷漠的火热”之情来对待湘西。定格在外来人的好奇、丑化与本地人的自卑自负中，湘西展示出独有的魅力。湘西边地的现实存在将这个空间的诗化审美与历史变革结合在一起。它不仅是文学虚构的想象空间，也是中国边缘一隅的艺术呈现。现实的湘西边地与文学想象的边地空间共同体现出作家独有的文学体验与生命感觉。此外，湘西边地的命运遭际也预示出其他具有个性特色的边地空间的历史画面。艾芜笔下的滇缅边地也颇有意味。

滇缅边地由于跨越省界、国界，再加上民族众多，所以这个边地审美空间相比其他的“文化边地”更加驳杂，也更加具有异域风情。它所形成的边地文化除了汉族与少数民族文化的交汇之外，还有缅甸、印度、英国等异国文化的质素。中外文化、民族文化混杂在一起，形成了别具特色的文化复合体。因此，艾芜边地小说中所描绘的不同的“文学审美现场”就带有这种多元文化交叉的特点。其无论是从语言运用、人物设置、审美格调上都体现出了边地文化空间的个性，特别是作品中洋溢的那种对生存的乐观态度，再配合边地自然生态的荒野气息，更加凸现出边地人生的独有风情。如《荒山上》、《松岭上》、《森林中》、《山峡中》、《在茅草地》、《山中送客记》、《海岛上》、《群山上》、《澜沧江边》、《印度洋风情画》等，呈现出纷繁各异的边地空间图景，使人产生身临其境的感觉。此外，他还设置了更为具体的空间背景从而彰显出边地的魅力。如《瞎子客店》、《卡拉巴士底》。在《南行记续篇》中，他仍然延续了此种风格，如《野牛寨》、《芒景寨》、《姐哈寨》等则直接以具体的空间作为标题。新中国成立前的荒山野岭，在新中国成立后变成了少数民族安居乐业的村落，所以，描写边地村寨的新气象就成为“新边地小说”的一大重心。作家重走南疆路之后，发现相同的审美文化空间在不同的时代发生了巨大的变化，相应的空间体验也随之发生改变。就作家从《南行记》及其《续篇》中所体现出来的体验差异就鲜明地印证了文学发展的不同历史痕迹，同时也折射出社会前进的光影。在新旧时代，同一个作家对边地空间的描写亦会产生有很大的差异："人家自然全是茅屋，但前后的房檐，都拖到地面，应开的门，就移在侧头。门前悬挂水牛头颅的骨骼一二块，黑而弯曲的角仍然留在上面，不知是用来辟邪，还是作门面的装饰。间或屋外树下有赤脚的女人席地坐着，把一条条的棉花用手搓成线，帮助她的工具，没有纺车，只一根尺来长末端带铁饼的细竹条而已。"[①] 显然这里呈现出一派荒野的气息。而在《续篇》中则是另外一片天地："每座茅草房前后，都围有竹篱，里面芭蕉、棕榈、麻桑蒲的叶子，都绿闪闪地放光。肥胖的猪躺在篱边，谁走过了，看也不看，只眯着眼睛。群鸡看见人来，急急忙忙的跑开，有的还飞上了竹篱。"[②] 这里呈现出一派生机盎然的农家生活景象，似乎已经褪去了边地空间苍凉蛮荒的况味。新旧时代的变迁不仅仅在于现实生活的改变，更重要的是作家体验生活的兴奋点发生了根本的变化。小说中的人物由挣扎于边僻之地疲累而豪迈的流浪者转变为享受美好生活的时代新人。由此看出，作家不同时期的审美倾向也应该成为探讨中国现代文学发展的人化因素，这也是作家文学理想构成的重要部分。

艾芜在《南行记续篇》中对新旧时代感慨万千。"1925 年，我从四川打着光脚板走到云南，昆明是用饥饿和鄙视来迎接我的"。[③] 如今，重游故地的感受则有天壤之别。作家不但得到很热情的接待，而且还有专人陪同，由此又发出这样的惊叹："解放前和解放后的对比，非常深刻地印入我的心里，使我非常激动，深深感到新的中国怎不叫人热爱！"[④] 因此，虽然强调从文学本身出发来研究文学的审美要素，但是也不能忽视历史发展对作家人文理想的改造和作家自身体验的时代变化。尤其是中国的知识分子，他们本来就留存有浓厚的"达则兼济天下"的士大夫情结，更何况时空变幻、今非昔比的喜悦与满足更能激发出书生报国的激情。所以，在文学与社会的关系上，社

---

① 艾芜：《艾芜文集》第 1 卷，四川人民出版社 1981 年版，第 259 页。

② 艾芜：《艾芜文集》第 1 卷，四川人民出版社 1981 年版，第 440 页。

③ 艾芜：《南行记续篇・序言》，《艾芜文集》第 1 卷，四川人民出版社 1981 年版，第 435 页。

④ 艾芜：《南行记续篇・序言》，《艾芜文集》第 1 卷，四川人民出版社 1981 年版，第 435 页。

会的因素在某种程度上极大地影响了作家的创作。文学虽然不可能脱离社会而产生，但是伟大的作品却往往是超越具体社会形态而直面人类整体的精华之作。鲁迅的伟大源自他广阔的人类视野，阿Q精神体现出的不仅仅是中国人的劣根性，也是全人类的人性弱点。沈从文也是了不起的，他从湘西边地出发，认识到人类发展的未来必须依靠健全人性的支撑。端木蕻良对草原边地的深情拥抱、对土地的厚爱都体现出他的过人之处，可惜他没能够将科尔沁旗草原继续挖掘下去。艾芜自我放逐于边地，将边地人性的复杂描绘出来，由此带给中国文坛一种边地体验的惊喜。周文那些批判边地空间窒息残酷的小说虽然不像上述三位作家那样对边地怀有赞赏之情，但是其作品中独有的蛮荒味道也同样勾勒出边地中国的另一个侧面。中国现代文学就是因为有了这些不同的边地体验才具有更为丰富多彩的文学内涵，才能在现代性的时间推进中保留住自己的民族特色。

蹇先艾的川黔边地更多地带有边远闭塞的乡间农村的沉闷压抑感。他的小说注重描写贵州一带的风土人情，描摹出在这种边缘文化的挤压下人生的悲剧。尽管以往文学史把他和王鲁彦、许钦文都归属乡土文学家的行列，但是他们之间显然存在着差异，“蹇先艾笔下的边远省份的农村，为崇山峻岭隔绝了交通，与王鲁彦、许钦文笔下多少受了工业文明的农村大为不同，原始的蛮俗在这里肆虐，不断地制造了一出出乡间悲剧。因此，当作者把这种原始蛮俗与残酷的阶级压迫结合描写的时候，其悲剧的力量更为强烈、更为令人震栗”[①]。他所关注的文化空间从文明发展的程度上看，更为原始与落后。在这里，文化的闭塞不仅表现在粗野、蛮横的人际关系上，还在于整个边地文化氛围的压抑与憋闷。不像其他边地小说作家那般，都重视空间的自然生态描写，蹇先艾笔下的川黔边地，人治力量超过了自然的内化力量。以至于在某种状态下，自然环境在他的文学空间中反倒成为一种桎梏，一种束缚人性之美自由舒展的屏障。因此，他的文学边地就缺少了像沈从文、端木蕻

---

① 杨义：《杨义文存》第2卷，人民出版社1998年版，第500页。

良那样强烈地对自然生命力的追求与叹赏，从而带有更多的地方世俗文化味道。《在贵州道上》、《到镇溪去》、《盐巴客》、《濛渡》等都体现出这种特点。当然，蹇先艾的小说也并非没有对自然生态的呈现，只是在自然与人、社会与人这两组关系中，他更注重社会与人的关系。以特有的“边地风味”呈现出独有的审美空间中社会与人的关系，因此，把他归入现代边地小说作家的行列中，并非主要从自然与人的关系上来探讨其小说的审美价值，而是基于他所呈现的文化边地的独特性和边缘性。而周文描绘的川康边地也具有蹇先艾笔下川黔边地的某些同质因素。二者都重点关注边地文化空间残酷冷血而窒息的一面。由于周文特殊的经历，他的小说主要以描写旧式军人生活为主导，其中对地方军阀官僚丑恶灵魂血淋淋地揭露非常具有边地的“蛮荒味”。可以说，只有边地空间才会催生出这种独特的形象。配合这种蛮荒的特质，鸦片成为周文小说中一类特殊的“人物”，这是很有意味的一种意象，被称为边兵的“第三生命”。“周文笔下这‘边荒’年月、‘边荒’地域、‘边荒’人物对于鸦片又独具特性，构成特有的地方特色。”[①] 在这个审美空间中，边地荒蛮的特性往往是通过人物的言行与心理呈现出来的。在人物与空间的关系上，人物更多的是屈从于空间的文化强势之下，尤其是那些势力集团的强势人物的控制之下。这一点与蹇先艾所描写的川黔边地空间相似。周文笔下的川康边地，即使是自然生态，也带有川康边地荒寒的特征，西康的雪地、川康交界地的高山、白森镇的丛山等较典型地体现出西康地区的闭塞与原始的生态特征。在这样的环境氛围，人与人的关系相应地呈现出紧张与扭曲的特点，弱者的悲惨与强者的嚣张都在典型环境的烘托下，呈现出更加摄人心魄的叙事能力，也更带有边地审美空间的独有内涵。

① 张大明：《周文论》，《中国现代文学研究丛刊》1995 年第 2 期。

## 二、以端木蕻良为首的东北文化边地的构型

提出东北审美文化边地的概念，并非指整个东北地区都属于本书所界定的边地概念的范畴。尽管在地缘意义上，东北地区可以算是中国的边地，但就本书并非系统完整地探讨东北文化的区域特征，而是从东北这片幅员辽阔的大地上选取几个辐射点来阐释，重点关注这些具有边地特质的文化辐射点的文学审美价值及意义。这主要指以端木蕻良为首的，也包括其他一些东北作家所描写的那些反映东北边地，并且由少数民族文化占主导的文化区域，另外还包括中国与俄罗斯、朝鲜等国相接壤的混杂有中外多种文化样态的文化区域。这些文化区域的自然生态、风俗习惯、民族特征、文化差异等，都蕴含在作家笔下的人物的精神内涵之中，尤其是，其中所体现出来的边地少数民族文化质素。在东北这片辽阔的土地上，生活着满族、赫哲族、朝鲜族等少数民族。这些边地少数民族原始雄强的血性做派与带有野蛮朴质的文化气质可以影响呈现出衰退迹象的软性的中原汉儒文化，从而文种之间相互调和，进行强有力的世纪换血。这样可以让中国重新恢复青春的活力，使之在多元文化的生态机制中得以重生壮大。之所以，选择东北边地作为研究的对象就是基于东北多民族混生的生态状貌。从地理位置上看“东北地处边塞，历史上一直是多民族生活繁衍之地，各民族不断地进行攻伐、兼并与融合，又加上缺乏统一的语言”，[①] 所以，在这片广漠的土地上形成了较为独特的文化空间。另外，东北地区受中原汉儒文化的影响很深，历史上几次较大规模的移民潮使东北文化的汉化特征明显。这样一来就相对遮蔽了东北自身的文化特征。针对这种情况有学者指出，其实“从大文化观念、从自然状况、地理条件、生产生活方式所形成的物质文化、制度文化、精神文化、民俗文化、亚文化等多角度和‘文化共相’来全面掌握”。[②] 这种论断用来阐释东北边地文化也是可以的。整个东北地区从整体上可以概括为东北文化，但是从局部

---

① 逄增玉：《黑土地文化与东北作家群》，湖南教育出版社 1997 年版，第 2—3 页。

② 逄增玉：《黑土地文化与东北作家群》，湖南教育出版社 1997 年版，第 2—3 页。

来看，还可以分别研究一些特殊的文化空间与文化形态。

本书所涉及的东北边地文化主要是指以科尔沁旗草原文化为主的多民族混杂的文化。骆宾基的《在边陲线上》也划归到东北边地小说的范围。这个小说不论从发生的地点还是传达出来的文学理想上看，都具有边地小说的蛮荒气质。可以说，边地文化意识与生命体验是形成边地文化的心理积淀，也是促使作家创作边地小说的动机所在。这种边地意识与体验不仅仅指对边地文化的表面书写，更重要的是要体现出对边地文化形态的深层思考。作家在把自己融入边地成为其中的一员的同时，还要保持着清醒的头脑来审视自身所处的文化小圈子中那些不同于其他文化的特质。尤其是相对于汉儒文化中心来说，边地文化特质对整个文化中国这个母体所产生的影响及其边地文化自身的演变轨迹。这是圈定并研究边地文学空间的意义所在。端木蕻良曾经这样谈到他是如何把科尔沁旗草原“直立”起来的：“这里，最崇高的财富，是土地。土地可以支配一切，官吏也要向土地飞眼的，因为土地是征收的财源。于是土地的握有者，便作了这社会的重心。地主是这里的重心，有许多制度，罪恶，不成文法，是由他们制定的、发明的、强迫推行的”[①]。人与土地的关系显然是他创作边地小说的重要聚焦点。他紧紧围绕着土地，在将草原边地的风采展示出来的同时，地主与农民的紧张对立关系也随之展开。在谈到对这片广漠土地的感情时，他不无动容地说：“每当我看到那带着貉貊的大风帽的车老板，两眼喷射出马贼的光焰，在三尺厚的大雪地里赶起车，吆喝吆喝地走，我觉得我自己立刻的健康了，我觉出人类的无边的宏大，我觉出人类的不可形容的美丽。但是当我每一想到他的最终的命运的时候……我便只有悲怆了”[②]。因为端木蕻良的母亲是满族人，所以在小说中，满汉两个民族的文化纠缠与交融就映现在科尔沁旗草原的发展进程中。追溯历史可以发现，满族作为少数民族入主中原最后的辉煌，也作为中国封建王朝最后的统治者，曾经在中国历史上留下了很深的印记。清王朝的政权的建立是在

① 端木蕻良：《端木蕻良文集》第1卷，北京出版社1998年版，第409页。
② 端木蕻良：《端木蕻良文集》第1卷，北京出版社1998年版，第413页。

满汉两种文化的对话交融甚至是抗争中完成的，是主流汉儒文化与边缘少数民族文化较好结合的典范。

满族是满洲族的简称，其祖先是肃慎人。这个民族具有较为悠久的历史。在遥远的古代，他们就活动在现在的黑龙江地区，行围采猎与自然进行斗争。据史书记载，周武王灭商以后，肃慎人给周王室纳贡，受到周王的热情接待。在汉代，他们被称为挹娄，曾臣属于汉朝的属国夫余。在那个时期，他们已经会种五谷，善于养猪，而且能织麻布和制作陶鬲。北魏时称为靺鞨，并且与中原交往频繁，一年进贡两三次，人数达到五百多人，并已扩大到几十个部落。在十七世纪末叶，首领大祚荣统治了黑水部落以外的靺鞨诸部，建立了地方政权——震国。唐中宗册封大祚荣为左骁卫大将军、渤海郡王。后来，渤海政权被契丹人所灭。北宋初年，居住在松花江流域的原属黑水靺鞨后裔的女真完颜部崛起。完颜阿骨打建立了第二个地方政权，国号大金。由于积极学习汉制和汉族文化，一批迁居关内的女真人与汉族杂居，更进一步学习了汉语、汉文化和汉族风俗，这就出现了满汉文化的大融合状况。后来，女真人虽然在长期的分裂、兼并和自相残杀中被元明两代王朝所统治，但是民族仍然完整地保存了下来。清朝建立之后，女真就被改为“满州”。所以，满洲族是以女真人为主体，掺入部分汉人、蒙古人、朝鲜人组成的新的民族共同体。绝大多数的满族人使用汉语作为思想交流工具。①虽然满族在运用语言文字等方面受汉儒文化影响非常深，但是由于地理环境和民族文化心理的积淀，满族文化仍然体现出本民族所特有的个性特征。端木蕻良的科尔沁旗草原虽然也体现了地主和农民的阶级对立关系，但这种对立是为了更好地体现出草原文化和中原文化的差异，是在对草原的日趋衰落和人性堕落的痛苦追问中思考农民与地主的关系，思考如何拯救草原。当初丁宁回到草原就是“想用这绮丽的沃野、葱郁的山林、北国的雕风、从大戈壁吹来的变异的天气、老农顽健的白髯、女人黑炭精的眸子……这一切，想在这一切里，把

① 毛星主编：《中国少数民族文学》（中），湖南人民出版社 1983 年版，第 237—239 页。

自己锻炼，把自己造铸。在这里吸收生之跳跃，感应着自己蓬勃的意志，使自己超越，使自己泼辣，使自己成为时代巨人”。而“他更感觉到惟有在自然里，才能使人性得到最高的解放，才能在崇高的启示里照彻了自己。把人性的脉统，无沾顾的开发吧”[1]。可以看出，尽管各自塑造的审美空间不同，但是大多数边地小说作家都有一个统一的意向指归——自然。边地独有的生态优势成为中国现代文学自然精神的展现空间。并且这种向自然寻找纯美人性的人文理想将这些具有边地体验的作家与单纯的乡土小说作家区别开来。乡土小说的创作主旨不是歌颂田园生活的诗意，而是注重历史变革中的中国农村错综复杂的宗法关系与农民的精神状态，是对中国封建文化糟粕的反思与批判。现代边地小说尽管也涉及边民精神的缺陷，但是对其人性的赞美却是有目共睹的。一般意义上讲，中国现代知识分子一方面无情地鞭挞传统文化对农民、农村的钳制，另一方面也哀痛农民的愚昧与麻木。但是，现代边地小说却激赏边地山民那种纯真的人性与无拘无束的自由生活，这体现出现代作家向荒野呼唤人性的必要性与迫切性。这样一来，边地审美空间反倒成为现代性推进历史过程中最可靠的灵魂栖息地。梭罗当年所发出的“只有在荒野中才能保护这个世界”的呼声，在中国现代文学中也有了回应。人类文明发展的本质不是以破坏自然为荣，而是应该与自然休戚与共，互相依存。力求在自然的熏陶中形成完善的人性，只有这样，才能够体现人类的智慧与进化的成果。

## 三、多民族交融的西北文化边地的构建

中国幅员辽阔的西北地区是一片神奇广漠的土地。在这里戈壁、荒滩、沙漠与绿洲、草甸交相呈现。大漠荒野的雄奇瑰丽与塞北江南的诗情画意都在吸引着人们的眼球，撩拨着猎奇的神经。中国的西北部是一片正处在童年

---

① 端木蕻良：《科尔沁旗草原》，开明书店 1948 年版，第 152 页。

时期的土地，探求隐藏在这片土地深处的隐秘是文化学家和探险家的共同理想。丝绸之路的历史文化意义以及古楼兰国的神秘文化都是近几年学术界关注的热点问题。“向大西北进军”俨然已成为新世纪文学发展的重点。从文学上审视，西北文化边地千百年来也曾经是文人骚客们醉心的所在。“大漠孤烟直，长河落日圆”的豪情在在展示出边疆之魅。因此，研究者有必要深入开掘西北边地的审美意义。如果笼统的圈定西北文化边地的范围，它与地缘意义上的大西北有交叉重合之处。但在这里，主要还是从文化及文学意义上来区分，以此探讨中国现代作家是如何想象、体验、描绘这片不同于内地中原与沿海都市的特定文化圈。下面我们重点从自然生态环境、民族、宗教信仰以及文化特征等几个方面来勾勒西北文化边地。

从地缘上划分，它主要是指由西藏自治区、新疆维吾尔自治区、内蒙古自治区、宁夏回族自治区、青海、甘肃以及陕西的部分地区为主体的文化圈。这个文化圈是由以游牧文化为主导的文化再掺杂农耕文化的质素所组成的边地文化圈。中国的自然地理状貌呈西北高东南低的态势，整个西北地区就成为中国海拔最高的地域。这里“不仅多高山，而且大部分地区处在草原、干旱和半干旱、荒漠与半荒漠的地带，属于典型的‘高地’文化，其环境和气候的酷劣可以用三个字来概括：高、寒、旱”[①]。在这样的自然生态条件下，西北地区就形成以游牧方式为主，农耕生产为辅的经济生产方式。当然，西北边地也是多民族混居的地区。这里生活着吐蕃、氐、羌，匈奴、突厥、党项、鲜卑、维吾尔、哈萨克、柯尔克孜、撒拉、乌兹别克、塔塔尔、裕固、藏、蒙古、汉、回等民族。不同民族的交融混居形成了多元混杂的文化生态。

追溯来看，从上古开始，西北边地与中原农耕地区就有着密切的关系。华夏民族的始祖黄帝就起源于陇山西侧的天水地区。在中华民族的发展演变史上，少数民族大量移居汉族聚居地区的次数和人数都较多。如在西汉时期，大量的新疆少数民族移居于今陕西境内。由于种种原因汉族也会移居到

---

① 丁帆主编：《中国西部文学史》，人民文学出版社 2004 年版，第 2 页。

少数民族地区生活。在历史上因为军队屯垦的需要、战争的掳掠、逃难、汉族的投降官兵再加上政府为了开发边疆所组织的成规模的移民等原因，也使得相当多数量的汉族民众移居到少数民族地区居住，最后融入少数民族当中。此外，由这种民族间的移民所带来的民族融和不仅发生在汉族和少数民族之间，而且也发生在各少数民族之间。各少数民族之间因为互相通婚而发生变化，避难而居也使民族的属性发生改变。[①] 西北地区自然生态环境相对恶劣、多民族混杂而且是多元宗教文化共生相伴。“就宗教文化的流播而言，穿越甘肃长廊和新疆腹地的古丝绸之路，是佛教、伊斯兰教、道教、基督教等宗教，以及中华文明、希腊文明、印度文明碰撞和汇合的锋面。”[②] 多样文明的交锋以及多种文化素质的交融使得西北文化边地呈现出复杂立体而又独具个性风格的边地文化气质，也使得该地区成为一片古老而又年轻的“文化圣地”。多元文化催生出不朽的文学史实。维吾尔族著名诗人玉素甫·哈斯·哈吉甫于11世纪写就的鸿篇巨著《福乐智慧》引起了世界文坛的注目；北朝民歌《敕勒歌》在中原文化圈内广为传唱，成为古代中原人们认识西北边地的宝贵的文学史料。成书于1240年的蒙古族第一部书面文学巨著《蒙古秘史》、历史文学巨著《黄金史》与17世纪的《蒙古源流》等都代表了蒙古族文学发展的重大成就。引人注目的蒙古族的《江嘎尔》、藏族的《格萨尔》和柯尔克孜族的《玛纳斯》一起被誉为中国的三大英雄史诗，它们填补了中国文学史诗缺位的空白。这些史诗不仅属于中国，也是全人类的宝贵文化遗产。

除此之外，西北文化边地流传众多的民间故事传说，如蒙古族的《奇异的马头琴》、《三兄弟》等，这些故事都具有很强的教育意义，告诫人们与人为善，热心帮助别人才能有好的结局。重要的是，西北边地也是民歌的海洋。民歌与西北民众的生活息息相关，从日常的生活劳动到缠绵悱恻的爱情诉说，从思乡之苦的倾诉到欢宴快乐的抒发，民歌成为这片土地上重要的交流

---

① 参见费孝通主编：《中华民族多元一体格局》，中央民族大学出版社1999年版。

② 丁帆主编：《中国西部现代文学史》，人民文学出版社2004年版，第5页。

手段和表达方式，数量众多的边地民歌构成了边地文化空间的独有风情。从民歌当中可以了解到边地人们的生活斗争状况以及风俗习惯，通过民歌还可以真切传达出当地人们的痛苦与欢乐，理想与愿望。其中，西北“花儿”是西北地区回、东乡、撒拉等民族重要的民歌形式，唱“花儿”已经成为当地人们生活的一部分。西北文化边地在历史上有如此丰富的文学和文化遗产，令研究者感到振奋。进入20世纪后，西北边地文学又重新焕发出独有的光芒。由于印刷业等现代传媒的迅速发展，广漠的西北地区与中原汉儒文化圈的交流也越来越密切，以中原为主体的汉儒文化也影响到边地作家文学的发展。西北各民族作家依据自己的文化经验和文学体验创作出反映西北边地文化的诸多力作。一大批“西进”的探险家、散文家、诗人也感受着西北大漠的神奇与雄伟而创作出反映西北边地生活的游记、散文、诗歌等作品。1919年至1949年这三十年中，反映西北边地文化的作品主要就以诗歌、散文、游记占主导，小说相对缺少。因此，限于研究范围，本书中对于西北文学边地的圈定只是勾勒一下大致的轮廓并没有展开具体的阐释。

新中国成立之后，在新思想的催动下，反映西北文化边地的小说也逐渐丰富起来，这是西北边地文学觉醒的新时代。这个时期出现了一大批反映西北边疆火热生活与斗争的小说创作。如徐怀中的长篇小说《我们播种爱情》就描绘出了特定历史条件下志愿支边者的成长经历，揭示出西藏各阶层人们的复杂人性。刘克的《央金》、《曲嘎波人》、《嘎拉渡口》等短篇小说反映出农奴的悲惨境遇以及他们的反抗斗争，争取自由的文学史实。“文革”结束之后，一些当年被流放西北边地的中年作家诸如王蒙、张贤良等以描写西北边地风物人情的作品引起了文坛的重视，并迅速走红。张贤良根据二十多年的西北流放生活写出了《绿化树》、《灵与肉》、《男人的一半是女人》、《土牢情话》等反思小说，这些作品是表现西北边地风土人情的力作，也是中国文坛丰美的收获。杨志军的系列边地生态小说如《环湖崩溃》、《海昨天退去》等从保护自然生态环境出发，从人与自然的关系这个视角来思考现代化的推进对西部边地的影响及人性在现代文明积压下的扭曲变形，引起了读者的深度思考。张承志作为一个回族作家，他的作品将视线聚焦在西北底层少数民族百姓身上，从他们不屈的生存斗争与虔诚的宗教信仰中揭示回族文化精神的坚韧与纯粹。极度贫穷的生活、恶劣的生态环境与虔诚到盲从的宗教情结构成这些西北少数民族人物的内外生存境遇。作家通过小说人物精神品格的构建凸显出他对母族文化的无限热爱与现实忧思。应该说，张承志的作品是边地小说创作在新时期达到的一个高峰，其作品不仅具有文学审美意义，同时还具有哲学思辨的深度。他从边地少数民族文化出发来思考整个中华民族文化的出路，可谓用心良苦。其他西北边地少数民族作家的创作也异彩纷呈，尤其是藏族作家在中国文坛刮起了一股“藏地旋风”。扎西达娃一系列的魔幻现实主义作品《西藏，系在皮绳扣上的魂》、《西藏，隐秘的岁月》、《丧钟为谁而鸣》、《野猫走过漫漫岁月》等不仅在国内发行，还被译成多国文字流传海外。阿来的《尘埃落定》以康巴麦其土司家族的衰落史为主线，反映了西藏土司制度的崩溃瓦解。小说通过对人物形象的塑造，在故事事件的推进中使汉藏两种文化的对抗与交融得到了较充分的展现，其中所传达出来的对母族文化命运的忧虑是作家的着力点，这体现出其思想的深刻。回族作家查舜也以土生土长的西北边地人的身份来观察与反思边地人生的命运遭际，写出了诸如《月照梨花湾》、《穆斯林的儿女们》、《青春绝版》等小说。为了创制出不同于一般小说的话语特点，他在《青春绝版》中有意识地运用当地的方言土语，并且独辟蹊径地创造了大量的生僻词句，使小说看起来更具有大西北的边荒风味。

综合来看，西北文化边地是一个有待开发提升的文化宝地，在倡导多元生态文化世纪中，希望能够获取更多展示其自身魅力的机会，同时也期待有更多描写西北边地的文学力作出现。

## 第三节　现代边地文化空间的审美意义

边地文化空间、内地文化空间以及沿海文化空间共同组成“中国”这个大的文化共同体。在文化各异的共同体中，承载了无数作家不同的文化理想，激发出他们蓬勃的创作灵感。根据康德的空间理论：“空间乃存在于一切外的直观根底中之必然的先天表象。吾人故能思维空间为空无对象，然绝不能想象空间之不存在。故必须视空间为‘所以使现象可能之条件，而不视之为‘依存于现象’之规定。空间乃必然的存在于外的现象根底中之先天的表现。”[①] 因此，不同的空间所呈现出来的现象也不同。同理，文化空间相异，其所生成的文学想象也就千差万别。况且，不同空间的生命体验也会影响作家的文化认同和人文价值理念。因此，在文化中国内部考察不同的审美文化空间会发现很多被埋没或者遮蔽的文学现象和史实，方便研究者转换视角来重新审视中国现代文学生成与发展的内外因素，避免“一刀切”式看待中国现代文学的演进过程。

自五四新文学发生以来，启蒙、理性、现代道德、个体价值等这些西方现代理念就大量地出现在中国现代作家创作中。西方文化也曾经强烈地冲击着以儒家文化为主导的传统文化，蜂拥而来的西方理论和思潮更是有让古老的中国不堪重负的趋势。反映到文学上，就是现代文学创作大量运用现代创作技法，出现较为严重的欧化风格。其实仔细分析，现代知识分子决绝、反叛的姿态并非完全是针对着传统文化而来的，这是一种深切的世纪忧思的表征。现代学者虽然不遗余力地批判传统文化对中国人性的戕害，对国民灵魂的压制，但是他们绝非想要把民族文化连根拔起。回过头来重新审视当初那些知识分子决绝悲壮的文化叛逆姿态，大概更多的是，因为长久浸润在“中国”这个大的文化空间中从而产生了一种文化的“审美疲劳”。他们那种执

① ［德］康德：《纯粹理性批判》，蓝公武译，商务印书馆 1960 年版，第 52 页。

拗的要求截断传统文化脉搏的决心，现在想来只不过是一种压抑久了的反弹式爆发。面对内忧外患的生存环境，僵化失序的文化现实以及日益加剧的西方文化的强势冲击，知识分子们迫切需要重新估量传统文化的优劣，寻找到可以改变中国孱弱现状的文化价值坐标。在这个历史关键点上，他们意识到走出国门去体验一个全新而且陌生的文化空间——西方世界或许会对改变现实有极大的裨益。这其中，相当数量的现代知识分子在亲身感受了西方“美丽新世界”的民主与科学后，更加痛彻地感受到传统文化的窒息。因此，他们对中国传统文化糟粕的厌恶、抨击与批判也就在所难免。尽管，以鲁迅为代表的现代知识分子痛恨着中国这个“铁屋子”的黑暗，但是他们与“铁屋子”的文化却有着千丝万缕的关系。诸如鲁迅、郭沫若、周作人、朱自清、郁达夫等都是在传统文化的土壤中成长起来的，并且深谙传统文化的真昧。正因为熟悉传统文化，所以在接受了西方文化的熏染之后，他们更加清醒地认识到传统文化亟待修复调整。因此，他们以现代知识分子的身份激烈地抨击传统文化的缺陷，大力宣扬西方现代文化的优点。鉴于此，研究中国现代文学就必须要注意时空结合，既要着眼于历史线性时间的发展，也要关注具体文化空间作家的审美体验。

从中国文化的特点出发，结合中国知识分子那种深切的家国情怀来考虑可以得出，现代作家应该是更注重也更看重空间审美的生命体验，并非一味指责传统文化对中国人的异化。鲁迅笔下的未庄、鲁镇都是特有的文化审美空间。他设置这些特殊的文化空间，目的就是为了暴露中国人受传统文化的桎梏所呈现出的病态精神特征，以此引起对底层民众的关注。鲁迅的体验既带有中国式的深刻，同时也具有西方文化的决绝。尽管西方世界无法提供，也提供不了这种独特的文化场域，但是他依然用自己的中国经验揭示了普遍的人类的困境。从某种意义上说，深入探析鲁迅小说中那些独具文化意味的空间，更能凸显出他对中国及中国人所怀有的深情。对比来看，中国古典文学的叙事就非常重视空间的转换。“中国古代小说尤其是长篇小说的结构特征却是所谓‘缀段式’。全书没有一个贯穿始终的故事，只有若干较小规模

故事的连缀，连缀的中介也不是时间的延续，而是空间的转换。”[①]因此，作家倾心建构的文学审美空间及其所体现出来的对各自审美空间的独特体验往往是其艺术创作成熟与否的标志。那些构筑了带有自我独特生命体验的审美空间的现代作家，基本上都在现代中国文学史上留下了浓墨重彩的一笔。他们用文学作为构筑自己审美王国的武器，给中国现代文学留下了具有“中国味”的空间书写。诸如鲁迅的鲁镇未庄、萧红的呼兰河、老舍的京味世界、新感觉派的摩登上海等，都是中国现代文学独有的存在。这些审美空间的文学建构既丰厚了中国现代文学的创作实绩，也为中国的现代文学留下了具有本土风味的印记。

20世纪90年代以来，随着海外学者对中国现代文学研究热潮的兴起，现代性理论俨然成为衡量与剖析中国现代文学现代性有无的权威标尺。不可否认，这在某种程度上拓展了现代文学研究的视阈。王德威在《想象中国的方法》一书中，通过考量晚清小说的现代性来分析中国文学现代化的嬗变过程：“我以晚清小说的四个文类——狭邪、公安侠义、谴责、科幻——来说明彼时文人丰沛的创作力，已使他们在西潮涌至之前，大有斩获。而这个四个文类其实已预告了20世纪中国‘正宗’现代文学的四个方向：对欲望、正义、价值、知识范畴的批判性思考，以及对如何叙述欲望、正义、价值知识的形式性琢磨。”[②]这样的研究有助于从现代性的视角观照中国现代文学，在相当程度上，提升了现代文学研究的现代性品格。

当然，研究中国现代文学还需要从中国自身来寻找契机。先从外部来看，中国与西方社会是相对的两个大的文化与文学的审美空间，历史发展不同，风俗人情迥异。可以说，在晚清之前，中国人对西方世界的印象基本就是想象而来的，更遑论去向西方学习的问题。从文化中国自身来讲，中国文化不同于西方文化。文化中国是由不同的文化空间所组成的文化统一体，因此，反映到现代文学上就呈现出不同文化空间的体验差距。沈从文的湘西世

① 罗钢：《叙事学导论》，云南人民出版社1994年版，第79页。

② ［美］王德威：《想象中国的方法》，生活·读书·新知三联书店1998年版，第16页。

界与鲁迅的未庄差异很大，萧红的呼兰河世界与端木蕻良的科尔沁旗草原风味各异，艾芜的滇缅边地，师陀的无望村，张爱玲的上海市民社会，等等，这些都是对不同地域的不同空间的文学表达。通过建构这些不同的审美文学空间，中国现代知识分子在历史时间的前进中表达出对文化中国和文学中国的深切思虑。可见，中国现代文学的发展机制中存有与西方文学发展的共性，但更多的是个性。这种独特性就是中国文学特定的审美空间与作家的独特体验左右了文学作品的品质，所以，必须注重从空间角度来考察现代文学的发生发展的特质。特别是，从地域文化空间来审视这些作家的创作会发现，中国现代文学并非完全按照西方对现代性的厘定来进行自己的文学实践，它更多的具有自己的民族特性，独特的对“现代”的阐释方式。文化中国以自己特殊的历史现实与文化空间承载并影响着中国现代文学的成长。尽管在民主、科学、自由、平等这些西方现代理念的冲击下，中国并没有完全复制西方的发展经历，也就不可能产生与西方相同的“文艺复兴”。虽然中国现代作家在创作过程中吸取并模仿了西方文学的艺术技法，但是由于作家创作的着眼点和侧重点不同，使得中国作家的创作更具有“中国味道”，并且在他们的创作实践中共同体现出一种深切的民族认同感。这种写作姿态有力地表明，中国作家并非如同西方知识分子那样具有一种强烈的对时间倏忽流逝而捕捉不住的焦虑感。应该说，“中国近现代知识分子是在一种极为特殊的条件下形成自己的时空观念的。不是时间观念的变化带来了他们空间观念的变化，而是空间观念的变化带来了他们时间观念的变化。我们知道，正是由于鸦片战争之后中国的知识分子发现了一个‘西方世界’，发现了一个新的空间，他们的整个宇宙观才逐渐发生了与中国古代知识分子截然不同的变化”[①]。因此，中国的知识分子虽然体现出“后发”现代性体验的焦虑，但却在现代性的追寻中拼命想抓住传统文化的影子，试图保留住民族文化的根柢。在现代文化语境下，他们表达对民族文化认同感的方式就是对各自存在过的不同

① 王富仁：《时间·空间·人》，《鲁迅研究月刊》2000 年第 1 期。

文化空间的书写与反思。

从现代文学三十年的发展历程，特别是小说的审美创作来看，迫切地追寻现代性与着力保留传统文化之间存在着既胶着又剥离的矛盾分歧。新感觉派的“城市热感”与对乡土中国的记忆并非完全断裂。现代派诗歌传达出来的仍然是“丁香一样的姑娘”的中国式感伤。因此，现代文学具有现代与传统的质素错杂交叉的审美特质，这是既带有时间意义，也具有空间体验的民族特征。所以，有学者认为：“中国现代文学的诸多‘现代’问题归根结底其实都属于这种极具中国特色的空间关系问题，诸如京派海派的分歧冲突问题，抗战时期国统区与解放区的文学追求及后者对于前者的整合所构造的当代文学性质问题，中国作家之于城市与乡村的矛盾体验的问题，文化中心与边缘之于中国作家不同的影响问题，乡土文学与区域文学的存在与发展的问题等，可以说，正是这些空间问题构成了中国现代作家其他时间意识的基础，中国现代作家之于传统 / 现代体验的个体差异都可以在空间的分割与空间的压力差异中获得了深刻的解释。”[①]

既然空间体验对中国现代作家的创作产生如此重大的影响，那么，从不同文化空间的差异出发来审视中国现代文学的发展，应该可以丰富并调整现有的中国现代文学史的书写秩序和版图。边地文化空间相对内地和沿海文化空间而言，就如同中国与西方的关系，存在着既羡慕，又怨怼的心态。它一方面想保持自身的文化特征，另一方面又渴望成为主流的一部分。而代表中国现代文学的中心和主流的内地和沿海文学，尤其是以北京和上海为代表的文学中心，则一方面极力扩张自己的势力范围，另一方面又不断地从边缘获得重生的力量。因此，文化边地作为文化中国组成的重要部分，它的存在对保持中国的文化多样性是必不可少的。相较而言，沈从文的湘西边地受关注的程度要远远超过其他的文化边地。端木蕻良的科尔沁旗草原、周文的川康边地、蹇先艾的黔贵边地、还有其他少数民族作家创作中涉及的边地审美空

① 李怡：《现代性：批判的批判——中国现代文学研究的核心问题》，人民文学出版社 2006 年版，第 60—61 页。

间，在目前的现代文学史视野中还未得到深入的开掘。以往对这些作家的研究也多是从启蒙的角度出发，放在乡土文学的范畴中考察，这样无形中就遮蔽了这些边地审美空间的文化意蕴和独有的文学审美价值。边地审美空间的存在不仅仅是特定地域的文学表达，更重要的是，这些空间是作家人文理想的载体，是具有哲学意义的考量对象，也是蕴含着中国民族风味的特有存在。如果将这些边地文化空间凸显出来并加以深刻剖析，那么就会对中国现代文学发展过程中出现的诸多问题形成更为民族化、中国化的阐释。假若能把这些边地审美空间所呈现出来的自然生态特性、人文思想内涵与地缘文化价值综合起来研究，将对书写中国现代文学史提供很多意想不到的文学史实，也能为现代作家提供一种全新的文化体验和文学表达模式。

当然，现代作家对边地审美空间的文学表达并非完美，他们在审美格调、叙事结构以及语言运用上还存在着诸多的缺憾，需要在具体的文学实践中得到进一步的提升。正因为距离产生美，因此，更需要对诸多的边缘文学现象进行深入的开掘与研究。伴随时代的发展与认识的深化，中国现代文学研究通过视角的变换，理论的创新以及方法的提升等已经体现出既具有中国特色又符合现代社会发展的的研究趋向。在这个意义上，呈现出边地文化空间就是为了能够转换视角来拓宽“勘探”领域，为构建相对合理完善的生态文学史提供来自“边地中国”的文学印象。

# 第二章　中国现代边地小说的民间野性魅力

提起边地眼前似乎就呈现出一派荒凉干枯凝滞贫瘠的景象。诚然，这些特征是边地自身独特的自然生态环境所决定的。但是，边地空间不但有贫瘠恶劣的现实存在，也有在中原地区寻觅不到的大自然的瑰奇之美。更重要的是，这样的自然生态景观对边地文化的形成起到了不可低估的作用。所以，在进一步阐释边地这个相对独特的文化空间时，其自身的生态状况应当作为必不可少的参考指标来考察。

"社会环境、自然环境是文化产生的条件和基础，人类在特定环境中创造了特种类型的文化，使文化具有了多样性。环境通过人，在文化的创作过程中，发挥着极其重要的作用，离开环境，文化便不能产生。"[①] 文化的产生总有特定的土壤，所以考察边地文化空间必然会涉及边地的生态环境。雄壮的自然本身就蕴藏了无数奥秘。在以科技理性为主导的现代历程中，征服自然的程度往往被看作人类进步的标志。在中国，虽然古典哲学更讲究"天人合一"的理想状态，但是对自然的敬畏往往却带有实用功利的色彩。就如同"敬天""祈雨"这样普遍存在于中国农村的民间仪式，其功利目的性也较强。一旦司职此事的龙王爷没有顺遂农民的心愿降雨，那么可能就会遭遇村民"善意"的提醒，有时甚至可能会有一些过激的行动。"如果神没有

① 夏曰云、张二勋主编:《文化地理学》，北京出版社 1991 年版，第 57 页。

显示什么感激求雨的迹象，村民们可能将他放在外面火辣辣的太阳底下暴晒，以提醒他履行自己的职责”[①]。从这一点上看，反而是少数民族的有些宗教习俗对保护自然生态更有利，其思想来源也更单纯。萨满教作为一种原始宗教，为我国北方阿尔泰语系许多民族所信仰。这种宗教具有悠久的生态保护传统。它是以神灵的名义对民众进行环境意识教育。比如东北地区对动物的“开围”，对树神的崇拜等都是保护生态环境的宗教行为。蒙古游牧民族在迁居的时候会把原居住地的垃圾打扫得很干净，这样做的目的也是为了保护生态环境。此外，少数民族对动植物图腾的崇拜其实是一种生态思想的体现。这种以宗教的形式来保护生态环境的做法将会在更神圣庄严中达到“天、地、人”的和谐统一。因此，在边地小说创作中，边地自然生态的描写就不仅仅是环境的烘托而是一种信仰与生命力的表达。不过，边地无论从地缘构成，还是文化气质属性上都还处在一种“无名”状态。这种“无名”可以理解为无法命名，也可以理解为命名太过泛化。陈思和在20世纪90年代强力推出“民间”[②]的概念，这在学界引起了极大的关注和争议。他认为中国民间社会主要存在于20世纪40年代抗战后的中国现代文学作品中。其实，如果按照他对民间的定义，广阔的中国边地文化空间也应该算作民间社会存在的地域构成。

---

① ［美］明恩溥：《中国乡村生活》，陈午晴等译，中华书局2006年版，第133页。

② 陈思和认为“民间”具有三个主要特征：在国家权力控制相对薄弱的领域产生，保存相对自由活泼的形式；自由自在是它基本的审美风格；民主性的精华与封建性的糟粕交杂在一起。参见陈思和：《中国新文学整体观》，上海文艺出版社2001年版。

## 第一节　自然生态的瑰奇之美

### 一、边地自然空间的文学显影

在中国现代文学史上，边地小说作家融合自己的生命体验与边地意识所构建的边地自然空间应该是独树一帜，别有特色的。苍茫辽阔的塞外风光，青山绿水的江南灵秀，高山峻岭的山野丛林都构成一道道靓丽的风景线涌现在读者眼前。边地作家怀着“地之子”的热诚来打造刻写在他们生命深处的边地风貌。

边地小说作家端木蕻良用文字描画出塞外科尔沁旗草原的壮美，并且以虔诚的心态抒发出他对大地母亲的深情：

> 假若世界上要有荒凉而辽阔的地方，那么，这个地方要不是那顶顶荒凉，顶顶辽阔的地方，但至少也是其中最出色的一个。……这个地方，因为被这荒凉的景色涂抹得太单纯了，所以在居民的感情上也就感染到一种不可补救的偏枯。就拿那左近一带的小屯儿的名儿来说吧，在趣味上也真叫人感到逼人的贫瘠：刺榆沟，旱沟，白沙包，跑风坡，一慢坡，偏脸汀，一棵树，土台子，芒牛哨，黑嘴子，红土子，石虎子，大洼，大鱼泡，莲花泡，一百一棵树，光顶山老鞑子沟，李大鞋林子，满井，泉头，二十八宿，半截尾巴，光甸，小壕……这一大串风干鱼片似的铿锵的命名，真是将这边外的风光，揭发得一丝不苟透露彻底。……总之，那举凡一切温柔的事物，都是与这个地方不大相宜的。而自会有一切令人眼亮的北风、清爽的小雪，在点缀着塞外的春光。……北风逞着荒寒的挺劲，在青年的红萝卜皮色的鼓挣挣的小腮帮上，写出自信、要强和侮慢来，在老人的额角的皱纹上，则蘸满了古铜色的金粉，狠狠画出两

条不可调和的固执和粗鲁的折痕。[①]

一切生命都在大地的海中萌生发育，生长徜徉。大地如同万物的母亲一样，用她广博的胸怀拥抱着所有的生命，并为它们无私地提供生命的元气。即使是贫瘠干瘪的边外小屯，也倔强而瘦硬地挺立在大地温情的注视中。它们同样是大地母亲的杰作。那些吮吸着大地母亲的乳汁而茁壮成长的边地儿女们，以欢腾的姿态展示出世间最美的生命画卷。他们身上挟裹着浓厚的泥土气息，配合大地之海的壮阔与边地北风的硬冷，再混合着苍凉的草原气息交汇成一曲壮美的生命之歌。端木蕻良写边地草原总带有一种席卷一切的狂放与热烈的激情。在这种情感的驱动下，壮观的关外大地在作家如椽的笔下活了起来。“柳条边滚动着深棕色的脊梁，一只懒惫的土蛇样向着天际爬。龙江在北边喑哑的呼唤：到这里来呵，这儿有终年白雪的长山，熊在这儿做窠，人参长在灵芝下，沙子可以淘成黄金，黑土里插根棒棰也结出高粱来……平原摊开广平的腹部，承受着风、霜、雨、雪、淫荡的早露、鲁莽的冰雹。在春分种下麦棵，谷雨播下大田，蛇眼高粱长得和小胳膊一般样壮。”[②]这是多么欣喜激动的大地图景，土地肥腴的躯体满载着生命的希望。任何语言在生命的蓬勃与壮观面前都暂时失去了意义。生命不需要语言的修饰就可以体现出它那无穷的魅力。而大地则无私地贡献着自己的躯体，一切都在滚烫的生命呼吸中孕育萌发。这些边地生态景观在现代化的都市中是根本见不到的，就是在北方中原与南方沿海的农村也不会有。作家对曾经生活过的边远之地始终怀抱着钢铁般的感情。他将这些边地空间幻化成一首首苍凉的边塞诗。在与都市空间的对比之中，更加凸显出边地空间的苍凉之美。“在三月梢，已是幸福的春之尾了。而在卓索图盟，春风还藏在从西伯利亚吹来的狂飙的后面。这里没有樱桃园湿润的香气。也没有‘遛鸟’的嘹亮迷人的调子。有的是蒙古包放马声——长鞭连落的脆响，回音由山谷中传来。游龙似的马

① 端木蕻良：《端木蕻良文集》第2卷，北京出版社1998年版，第1—3页。
② 端木蕻良：《端木蕻良文集》第2卷，北京出版社1998年版，第227页。

的突唇声‘咴，突——噢唔噢唔——’远道来的人，也许不承认这是马声，以为是荒原里一种奇异的野兽。马怎会叫出‘噢唔噢唔’的声音来呢？——实际上这就是出名的‘马啸’。”[①]就连塞外边地的野鹰在作家看来都不同寻常，高傲中带着忧郁，一如边地的气质。“原野里的鹰，是有着鹫一般的高傲的，不会学着雀鹰子，灰鹰，青鹰，……那样小家子气，一捕获了食物，就叽叽喳喳地叫的。它永远是悠闲的在蓝天里浮着，像一个神秘的巫婆，默念着咒语在兜圈子，像一片寂寞的云片。”[②]沙碛、远山、古道、成群的黄羊子，这就是塞外荒原的象征。端木蕻良在这些可爱的生灵身上寄托了诸多的感情。他深爱着，也哀愁着，既骄傲又痛心。他借这个远离文化中心的旷野边地寻找自己的精神家园。在愁苦饥饿的荒原上，人与鸟兽已经成为了互诉寂寞之感的亲密伙伴，不同生命形态的相知相惜已经战胜了征服的欲望。大自然的一切险恶在这里都化作了生命之间的勾连。有评论者指出：“端木蕻良的景物描写时时刻刻暗示着这样一个确信：未来世界不是从资本主义的现代大都会产生出来，而是在这个充满生命力的自然世界中产生出来；中华民族的危机，无法依靠现代大都会政治官僚和文化绅士的头脑得到克服，而必须依靠科尔沁旗草原这种原始的生命活力。在这里，透露着端木蕻良作为科尔沁旗草原人的骄傲与自豪，同时也表现着对关内软性文化的轻蔑和否定。”[③]这种论断不仅点明了端木蕻良小说的特征，而且也适合用来衡量那些心系边地的作家创作。研究现代边地小说的一个重要意义就在于考量现代作家对自然生命本体的考虑。这也表明自然生态思想的出现并非是新时期才有的新鲜事物。当然，边地小说也不是对原始自然景物的书写和罗列，进行追新求异的文字游戏，而是在“生命绝地”中探讨人类生存的意义，反思原始的生命强力以及对原始自然生命形式的肯定。边地文学（化）空间并非只存在荒芜与粗野，而是充盈着原始生命活力与自然生态之美的生命勃发之地。

---

① 端木蕻良：《端木蕻良文集》第3卷，北京出版社1998年版，第29页。

② 端木蕻良：《端木蕻良文集》第3卷，北京出版社1998年版，第29页。

③ 王富仁：《文事沧桑话端木——端木蕻良小说论》（下），《中国现代文学研究丛刊》2003年第4期。

边地生活尽管粗陋、荒寒，但是对出生于边地或把生命痕迹刻写进边地空间的作家来说，却有着不同寻常的感触。这种感触是带有温度的，也充满伤感和忧郁。“山风摇曳在明月照彻的空地上，我的心，全泛溢着清爽和光明了。……这儿没有成群归巢的暮鸦，没有喧声噪林的画眉，只有苍茫的黄昏景色，悄悄的潜来，展在林梢，布满幽谷，渐渐把周遭卷入无涯的深蓝。我记起这时从小窗里透出灯火的故乡的家，灯下共语的每一个熟悉的容颜了。露在林中装点珍珠，萤在草上散闷逍遥，我继续回味着另一个星空下的事。”[①] 回忆中闪现的故乡之家与现实中的边地山谷交替出现，这是两种时空的转换，也是两种人生体验的对比。无疑，故乡生活是温馨的，但是这种美好只能是心中的影像，可望而不可即。现实的边地生活虽然艰难困苦，但是边地的一草一木却都深深地烙印在“我”的生命中，成为挥之不去的永恒。这就是边地的魔力。中国现代作家可以公开地指责城市的污浊喧嚣和堕落，也痛心地指出内地农村的愚昧与麻木，但是对于边地，这些作家却是以欣赏迷恋的心态来美化着这些现代文明的疏漏处。那种深刻的“荒原意识”深深地镌刻在边地小说作家的精神结构中，成为挥之不掉的生命印迹。

少数民族作家创作的边地小说虽然大多是以反抗斗争为主题的作品，但是少数民族边地生态空间特有的风情也随着小说的铺排而呈现出来。白族作家马子华的中篇小说《他的子民们》就怀着对少数民族命运的深切同情，以中国西南边境金沙江彝族地区作为着眼点，揭示出土司制度的罪恶及彝族人们的反抗斗争史实。虽然作家意在着重体现以土司为首的剥削阶级的反动和强权，批判原始的封建土地生产关系，但是南中国特有的边地风貌和社会习俗在作家的笔下生动展现出来，这也是一片神奇的土地。“火把的红光在任何一处街市，男的，女的，穿上了绣花的裙襦在围着光焰熊熊的火团，跳着跌脚舞，有一定的节奏的掌声和葫芦笙在伴奏着，美丽的女人们，在火光中更显得分外的媚人，一个人在把一枝枝的柏叶抛在火焰里面，浓郁的香味流

① 艾芜：《艾芜文集》第1卷，四川人民出版社1981年版，第257—262页。

播在四周。小孩子们在打着羊皮鼓从东街跑到西街，南村跑到北村去。”[①]如果作家没有点明这是为统治者土司继位而举行的庆典仪式的话，相信很多城里人会非常向往并陶醉于这样的边地聚会。那种酒神般的狂欢在都市憋闷凝滞的空间中根本不可能存在。只有在远离束缚的边地生存环境中才会真正体会到大自然的神秘，人的生命潜能也才能得到极限释放。因此，对于这种富有浓郁地方色彩的边地风情描写，茅盾不无欣赏地评论道：“作者似乎并不注意在描写特殊的边地人情，可是特殊的地方色彩依然在这部小说里到处流露，在悲壮的背景上加了美丽”[②]。纳西族作家李寒谷的《雪山村》也用优美的笔调描绘了丽江的山水，一派诗情画意在云南边地空间显现：

雪山村睡在雪山脚下，土墙和用卵石堆成的墙，黄黎树隔成的墙，由林隙中露出一缝两缝的。村子紧旁边就是玉湖，只要云开风定，便看见雪山的万丈倒影。吹起微风，湖水皱着清朗般的波纹，风一停，水又平定了。白天虽然湖水吹皱了，可是还可以看见湖底雪白的山，摇篮似的动摇。几只老鸦在水底的雪山上飞着，太阳射在水上，又微微的一层一层的波纹里和水底看生生的山头，反射起刺人的光芒。在夕阳里，晴天犹衔半边的时节，湖水披上金黄色的轻纱，水底的雪山，也戴上了金黄色的帽子，一群群的飞鸟在水底一现一现……月夜，白得月照在白的水中，雪山在水底更白了，好像雨后的白芍药一样。湖水冷得逼人，有水上再刮到脸上的晚风，带来了料峭的寒意，本来可以看见白沙的水底，可是一见水底的雪山，便看不见了，龙王庙典雅的倒在水底。[③]

这就是云南玉龙雪山和玉湖的美景，它在作家的笔下生发出诸多的诗

---

① 马子华：《他的子民们》，《中国新文学大系·小说集 7》，上海文艺出版社 1984 年版，第 362 页。

② 茅盾：《关于乡土文学》，《文学》1936 年 2 月 1 日第 6 卷第 2 期。

③ 李寒谷：《雪山村》，转引自吴重阳：《中国现代少数民族文学概观》，中央民族学院出版社 1992 年版，第 39—40 页。

意。这种诗意只有在边地生态空间才能寻觅到。综合分析，这些边地空间呈现的不仅仅是视觉上的美感，它们的存在更是净化人类灵魂的佳境。作家的哲学命意与情感寄托融汇进自然生态空间，使这些自然景物具有了人性化的特征，形成被看者与观看者的天然契合，从而构成物我两忘的浑然境界。

边地文化空间与中原都市空间相比，虽然保守闭塞粗粝，但是，在这里，能够寻找到都市所缺少的苍凉的野性与清丽通脱的诗情。现代化的都市尽管给人类带来了舒适便利的享受，但是人类也在这种细腻的“呵护”下失去了原有的血性和豪情，人变得苍白无力起来，失掉了野兽般的迸发力。都市将现代人拘禁在狭小的咖啡厅、昏暗的舞厅、嘈杂的市场、逼仄的街道、低矮的弄堂等这些现代化产物中，使其远离大自然的怀抱，感受不到大自然的灵性，就只剩下人与人的生存争斗。与此相对，北方边地空间空旷开阔、风沙遍地和鸟兽成群的原始自然风味与南方山涧流水、花草满地的聪灵秀气相映成趣，这些都给中国现代文学带来了不一样的边地风情。原汁原味的边地生活对于边地人来说是生活的常态，而在都市人看来，这些能歌善舞，行为粗野，或穿戴着鲜艳民族服装或者是衣衫褴褛的“化外之人”却总有一种新奇和神秘感。这种差异的产生源于不同的生存空间和不同的文化价值观，这些又影响了人的价值选择，这使得那些视边地为生命的边地人不会轻易背叛边地。就像沈从文在《虎雏》中塑造的那个相貌体面出众的边地小兵。他虽然留在了都市，也准备接受都市生活的熏陶，但是骨子里那种湘西人好勇蛮狠的品性却没有随着城市经验的增多而改观，以至于酿成打死人的惨祸。对于此，沈从文慨叹道：“至于一个野蛮的灵魂，装在一个美丽盒子里，在我故乡是不是一件常有的事情，我还不大知道；我所知道的，是那些山同水，使地方草木虫蛇皆非常厉害”[①]。小兵的逃走虽然间接宣告了沈从文城市化改造的失败，但是他却不无欣喜地告诉世人：湘西不会被轻易改变，边地人的灵魂永远属于边地空间。边地文化的烙印如同胎记一般留存在每一个边地人的

① 沈从文：《沈从文文集》第4卷，花城出版社1982年版，第175页。

生命中，成为挥之不去的永恒。基于同样的原因，艾芜笔下的那些形态各异的社会边缘人宁愿继续流浪在边地的崇山峻岭中，体验着人生漂泊的激情，也不愿意停下来安稳舒适地生活。边地所带来的生存激情带给这些边地山民极大的人生享受和精神的满足，即便艰苦异常，哪怕付出生命的代价也心甘情愿。相对边地的自由和放达，城市审美空间就掺杂了现代作家诸多复杂的情感。

## 二、都市空间中的故乡回望

### （一）现代城市的两极构想

城市对于乡土中国来说，既陌生又熟悉。其实，中国文人最爱的还是乡村田园，那种小桥流水人家的诗情画意，令很多厌倦了俗世纷争的士大夫们纷纷选择退守山野一隅，营造人生的另一幅画卷。“达则兼济天下，穷则独善其身”的儒家教条，更使得中国的知识分子在山林野趣中寻找精神的寄托。时代的车轮终究要向前滚动。随着近代工商业的逐渐发达，一些沿海城市迅速发展起来，尤其是上海，它几乎就是中国现代化进程的象征。“1930年的上海确实已是一个繁忙的国际大都会——世界第五大城市。”[①] 现代气息弥漫在上海的每一寸土地上，也激发着中国作家的创作灵感。他们对上海怀着一种难以名状的复杂心态，“绝大部分的新文学作家都讨厌上海，他们的出发点尽管不一般，但都在各类作品中发布他们共同对于上海的恶感。”[②] 在这种纠结下，风格相异的现代作家对于上海这个现代城市空间的描绘都呈现出两极构造：现代派作家既陶醉于现代上海的摩登中，也批判着上海的“堕落”；左翼作家虽然批判着上海的无情，却也欣赏上海的都市风情；而来自边地的作家对上海的揭露却源于对边地故乡的回望。

对于边地作家来说，他们大多都是怀着自卑的心理来感知这陌生的城

① 转引自李欧梵：《上海摩登：一种新都市文化在中国1930—1945》，北京大学出版社2001年版，第4页。
② 吴福辉：《都市漩流中的海派小说》，湖南教育出版社 1995 年版，第 298 页。

市。在他们眼里，城市人缺少自然的磨砺，而形成了“阉寺性”[①]人格。因为城市以一种现代的强势姿态时时压迫着这些边地小说作家的神经，所以，倔强的他们要借边地乡村的淳朴与静美来批判都市的无情与冷漠。那种缺少野性美的孱弱都市人性对于从边地走向中原文坛的作家来说，其本身就存在着认知差异，厌恶反感在所难免。边地与城市两种不同空间的对接与体验，使他们产生了空间选位的巨大落差。[②]他们最初往往从直观感觉出发对城市的病态作出自己的批判。艾芜在他为数不多的城市题材的小说《都市的忧郁》中对城市与乡村这两种空间做了比较：“从此再不能看见那有着青青垂柳、芦苇丛生、水光净洁的小河了，流过屋边边上的，只是臭气扑鼻的浊水，带着制牛皮厂里的残渣和附近清洗马桶的污物。终天看见的全是一片篾席竹篷张盖的茅屋，以及旁边比草房还要高大的垃圾堆子。那长满油菜花的田野，那铺着青青麦苗的山地，全都变成了依稀的梦境了。”[③]不难看出，通过两种不同空间环境的比对，作家对城市的失望和忧郁之情暴露无遗。这不仅表明中国知识分子对乡土中国的怀念，还带有一种强烈的对“现代”的反感。就某种意义而言，现代性带给中国的不是物质文明的发达而是贫富差距的扩大与自然生态环境的破坏。在这种失衡的环境中，人性也被异化。周文的小说《爱》就是通过写一对恋人的遭遇来揭示一种变味的“爱”。年老的寡妇母亲辛辛苦苦养育大儿子并随他来到上海居住，没想到儿子在丧偶之后偏偏喜欢年轻寡妇，以前那个温顺的儿子变得不可理喻。于是，母亲固执地认为这是城市环境“教坏”了儿子，疯狂地要将儿子从情人手中夺回来。在城市空间，宽厚的母爱畸变成对年轻寡妇强烈的仇恨。爱与恨的转化就这样交织在亲情/金钱，城市/乡村的空间转换中。

不仅艾芜、周文对城市与边地这两种文化空间的体验存在强烈的反差，沈从文也同样是城市的流浪者。他的忧郁和孤独就像戴望舒那首脍炙人口的

① 沈从文：《沈从文文集》第11卷，花城出版社1984年版，第295页。

② 王富仁：《时间·空间·人》，《鲁迅研究月刊》2000年第1期。

③ 艾芜：《艾芜短篇小说选》，人民文学出版社1978年版，第323页。

《雨巷》中的姑娘一样满带着惆怅与凄清。梳理一下，中国作家喜欢用男女爱情来比附君臣之义，借爱情的美好衬托对国家民族的忧思。这种传统最早可以追溯到屈原那里。《离骚》中那个爱而不能，痛苦彷徨的主人公就是借着爱情的掩饰来表达自己的爱国热情及对君王的忠诚。《雨巷》中那个撑着油纸伞在"雨巷"中踟蹰忧伤的身影，也是伤怀忧国的作家自我的投射。主人公"我"与"意中的姑娘"交错在一起，形成审美的重叠与思想的统一。"我"与"她"只是称谓的转变，"我"其实就是"她"，"她"是"我"具象化的呈现。上海是"我"的现实体验，而"雨巷"只是"我"曾经走过的路，这是作家摆脱不掉的故国情结。沈从文《边城》中的翠翠有他自己的影子，却不完全是他。他仍然有比"她"更多的出路。因为他已经脱离了湘西，湘西只是他曾经的人生诗意的栖居地。但是，翠翠却必须留在湘西边地来见证湘西的命运。这就是边地"边城"与上海"都市"的区别。戴望舒在上海完成了《雨巷》，这是"一个典型的城市事件：那就是男诗人突然在街上遇到一个陌生女人。"[①]这种邂逅也是一种城市体验。沈从文的《边城》却是一桩美丽的错过事件，是对故乡湘西的刻骨铭心的记忆，比之《雨巷》，它体现得更痛苦，也更忧郁，这也更有力地表明了沈从文那种不得释怀的对边地民族文化保留与否的矛盾挣扎。现代城市的发展势不可挡，但边地却是纯美与灵性最后的留存地。沈从文固执地认为只有在边地才能找回大自然般的纯真，尽管这里也存有种种缺憾。"城乃游人群居之地，其人皆非世居于此地。对于沉浸在田园农居生活中的人来说，城里是个俗世界，人活在里面深为痛苦，唯有回归田园才能重新获得生活及喜悦。"[②]这种状况导致了中国现代知识分子普遍对城市产生厌倦的心理。尤其是那些具有浓厚的乡土情结的作家，一直以批判的姿态来对待城市。尽管他们可能正在享受着城市所提供的丰富的物质文化成果，但是从精神上讲，城市无法给他们提供安全感和归属

---

① 转引自张英进：《中国现代文学与电影中的城市：空间、时间与性别构形》，江苏人民出版社2007年版，第177页。

② 龚鹏程：《游的精神文化史论》，河北教育出版社2001年版，第246页。

感，只有田园乡村的静谧和朴实才能给他们提供精神的慰藉与心理的依赖。虽然这种心理的依赖可能会在现实的打击下破碎坍塌，但是这仍然会成为作家们表达对故乡眷恋的一种方式。鲁迅归乡——去乡模式的乡土小说在在表明了这种文化心态。这一点在小说《故乡》中表现得最明显。那个在月夜中捉猹的少年闰土的英雄形象是长久占据在鲁迅心中的故乡记忆，悲哀的是，等他成年后再回到故乡，当年健康活泼的闰土已经变成木讷沉默而又灰暗的中年人。故乡的破败出乎作家的想象，于是又在一种伤感的留恋中匆匆告别故乡，逃回城市。在这里，城市与乡村既相互对立又相互支撑，构成了一组颇有意味的文学意象。

尽管上海对于具有边地体验的作家来说是一种冷酷而邪恶的存在，但是在现代派作家手中的却又是另一番模样。崛起于20世纪20年代末30年代初的新感觉派率先将上海以全新而独立的面目赤裸裸地呈现于文坛，使之放射出狐媚耀眼的风采。上海在他们的笔下既具有现代都市奢华发达的气质，也存在喧嚣芜杂的病态一面，还有藏污纳垢的城市弊病。带着爱恨交织的心态，他们将这座城市由传统文学表现的客体转换为审美的主角，将其作为必不可少的主体存在展示出来。尤其是穆时英，他摹写出更“中国式”的上海：

> “《大晚夜报》”！卖报的孩子张着蓝嘴，嘴里有蓝的牙齿和蓝的舌尖儿，他对面的那只蓝霓虹灯的高跟儿鞋鞋尖正冲着他的嘴。
>
> “《大晚夜报》”！忽然他又有了红嘴，从嘴里伸出舌尖来，对面那只大酒瓶里倒出葡萄酒来了。
>
> 红的街，绿的街，蓝的街，紫的街——强烈的色调化装着的都市啊，霓虹灯跳跃着——五色的光潮，变化着的光潮，没有色的光潮——泛滥着光潮的天空，天空中有了酒，有了灯，有了高跟儿鞋，也有了钟——
>
> 请喝白马牌威士忌酒——吉士烟不伤吸者咽喉——
>
> 亚历山大鞋店，约翰生酒铺，拉萨罗烟商，德茜音乐铺，朱古力糖

果铺，国泰大戏院，汉密尔登旅社——[①]

这是对上海夜晚全景式的扫描。城市最具现代化特征的空间都在作家摄影机般的镜头下露出了各自的面貌。这一个个开放却又嘈杂的城市组合单元，在作家手中呈现出迥异于乡村田园的别具一格的现代气质。这里远离大自然的青山碧水，高山峻岭树木葱茏的自然存在全然被高楼大厦的人为景观取代。大自然的灵性在物质充盈的城市中荡然无存，只剩下欲望的冷笑声飘荡在城市的上空。假使想更近距离更真实地触摸城市，还需要到最具有现代性气质的空间——舞厅中去。在这里，更能体会到城市的现代气息，也更能凸显出与边地审美文化空间的差异：

> 蔚蓝的黄昏笼罩着全场，一只 saxophone 正伸长了脖子，张着大嘴呜呜地冲着他们嚷。当中那片光滑的地板上，飘动的袍角，精致的鞋跟，鞋跟，鞋跟，鞋跟，鞋跟。蓬松的头发和男子的脸。男子的衬衫的白领和女子的笑脸。伸着的胳膊，翡翠坠子拖到肩上。整齐的圆桌子的队伍，椅子却是凌乱的。暗角上站着白衣侍者。酒味，香水味，英腿蛋的气味，烟味——[②]

这是典型的上海。报纸、霓虹灯、广告牌、舞厅、戏院、音乐铺等这些现代产物在城市空间比比皆是。整个上海在色彩的强烈衬托下呈现出令人眩晕的热感。与边地乡村宁静单纯粗糙的环境相比，城市太具有诱惑力了，也更容易突破欲望的防线，更容易产生不同于传统中国的“现代故事”。上海每时每刻都在挥发着她的现代魔力，强烈地诱惑着传统的中国，给它带来了别样的体验与刺激。对中国现代文学来说，不但现代派作家眼中的上海具有如此的魔力，左翼作家笔下的上海也同样摩登时尚：

---

① 穆时英：《夜总会的五个人》，《南北极·公墓》，人民文学出版社 1987 年版，第 218 页。

② 穆时英：《上海的狐步舞》，《南北极·公墓》，人民文学出版社 1987 年版，第 293 页。

> 暮霭挟着薄雾笼罩了外白渡桥的高耸的钢架，电车驶过时，这钢架下横空架挂的电车线时时爆发出几朵碧绿的火花。从桥上向东望，可以看见浦东的洋栈像巨大的怪兽，蹲在暝色中，闪着千百只小眼睛似的灯火。向西望，叫人猛一惊的，是高高地装在一所洋房顶上而且异常庞大的霓虹电管广告，射出火一样的赤光和青磷似的绿焰：Light,Heat,Power!①

光，热，力量，这就是城市的魔力。在体现上海这个城市空间的现代化程度上，左翼作家与现代派作家几乎不约而同地写出了这种感觉。无论上海多么的闪光耀眼，也不论存有多少罪恶，她仍然在吸引着无数冒险家，包括这些现代知识分子为靠近她而奋斗。在施蛰存那里，城市的诱惑力并非只是表面的物质繁华，就连人性也会在这种氛围中发生质的改变。小说《春阳》中的婵阿姨在乡间闭塞凝滞的环境中心如死水，别无他念，只是忠实地履行着看家守财的职责。但是，当她置身于上海这个城市空间时，就强烈地感受到现代都市的魅惑。从此，她那颗枯寂的心在春阳的照射下开始苏醒。在这里，作家很有意味地点明了农村生活的封闭和压制。城市却轻易解开了这种束缚，就像打开了潘多拉盒子一样，人性的欲望开始膨胀泛滥。在现代作家爱恨交织的矛盾纠葛中，上海成为与乡村相对立的冲突所在。“在现代中国文化想象中，城市/乡村的对立是最常出现的主题之一，指向一个被激烈争夺的文化生产场所，一个彼此竞争的话语、价值观汇聚的地方。”②

中国现代作家由塑造理想乡土到乡土梦断，再到城市梦幻的历程，是“中国”在走向现代化的过程中受西方文化的影响所历经的精神流浪之旅。这种精神的流浪史也是中国知识分子对现代与传统、本土与世界、中国与西

① 茅盾：《子夜》，《茅盾选集》（上），山东文艺出版社 1997 年版，第 113 页。

② 张英进：《中国现代文学与电影中的城市：时间、空间与性别构型·前言》，江苏人民出版社2007年版，第 3 页。

方这些二元对立的价值体系的求索与答疑的历史。中国现代作家对城市，尤其是对上海的复杂心态可以借用现代作家穆时英的话来概括："上海。建在地狱上面的天堂。"[①]现代边地小说作家对都市的体验与其他作家的体验可以说是异曲同工，这也从另一个角度体现出中国知识分子所拥有的共同精神特质。

（二）帝都与"边城"

北京是京派文学的重镇，也是中国文化和文学的重心。作为明清两朝的帝都，它是包括知识分子在内的所有中国人心中的文化象征，也是一种情结。这种"京都情结是由城市物质与精神的双重引力所造成的。另一方面则是由都城悠久文化传统积淀和升华而成的。"[②]因此，作家师陀当年曾经感慨地写道："中国的一切城市，不管因它本身所处的地位关系，方在繁盛或业已衰落，你总能将它们归入两类：一种是它居民的老家；另一种——一个大旅馆。"[③]他将城市分为两类，北京无疑是属于居民的老家这一类型。相较大旅馆的上海来说，北京着实安稳而且亲切。相对于上海现代时尚的高调个性，北京则显得低调而朴实厚重。也因此"中国现代知识分子极其真挚地认同乡村，认同乡土，认同农民，却不妨碍如郁达夫、师陀这样一些非北京籍的作家以北京为乡土，而在普遍的城市嫌恶（尽管仍居留在城市）中把北京悄悄地排除在外。"[④]尽管上海和北京都曾经是中国文学和文化的中心，但是二者有很大的差别。这种差别体现在作家笔下就是上海商业文明的喧嚣与北京帝都文化的持重。鲁迅当年对北京和上海的作家曾经作过精辟的论述："孟子曰：'居移气，养移体'，此之谓也。北京是明清的帝都，上海乃各国之租界，帝都多官，租界多商，所以文人之在京者近官，没海者近商，近官者在使官得名，近商者在使商获利，而自己也赖以糊口。要而言之，不过'京派'是

① 穆时英：《上海的狐步舞》，《南北极·公墓》，人民文学出版社 1987 年版，第 292 页。

② 梅新林：《中国文学地理形态与演变》（下），复旦大学出版社 2006 年版，第 431 页。

③ 师陀：《〈马兰〉小引》，《师陀研究资料》，北京出版社 1984 年版，第 75 页。

④ 赵园：《北京：城与人》，北京大学出版社 2002 年版，第 5 页。

官的帮闲，‘海派’则是商的帮忙而已。但从官得食者其情状稳，对外尚能傲然，从商得食者，其情状显，到处难于掩饰，于是忘其所以者，遂据以有清浊之分，而官之鄙商，固亦中国旧习，就更使‘海派’在‘京派’的眼中跌落了。”[①]这样看来，反倒是乡土的北京占了现代上海的上风。

对于北京这个城市空间的刻画，老舍的小说最具说服力。作为土生土长的北京作家，老舍对北京的剖析是沉重而深刻的。他对北京文化中那些堕落腐朽的成分带有西方式的决绝与痛恨。在深刻反思民族文化劣根性的同时，北京作为帝都国文化的代表呈现其小说叙述中。他最著名的长篇小说《骆驼祥子》就揭示出北京如何吞噬掉曾经健康而年轻的祥子。“这部作品所写的，主要是一个来自农村的纯朴的农民与现代城市文明相对立所产生得到的堕落与心灵腐蚀的故事。”[②]可以看出，浓郁的乡土味没有能够掩盖掉北京现代都市的身份，它仍然会体现出“罪恶”的一面。祥子作为一个由乡下流落到城市的农村青年，起初是以乡下人的执着和热情来争取城市的接纳，试图在城市中博取到属于自己的一点空间。但是城市回报给他的却是残酷的打击以及一败涂地的人生奋斗结局。他勤劳的品质在城市中换取的仅仅是自我道德的沦丧，同时也毁灭了他那曾经年轻朝气的生命。祥子的“堕落”表明，在乡村文化与都市文化的交锋中，乡村完全溃败。这是祥子的悲哀也是老舍的隐痛。小说不仅批判了社会现实，也批判了传统文化的劣根性以及落后的国民性。老舍显然也在思考现代城市对人性的异化问题。刘四的狠心、虎妞的变态情欲、二强子逼迫小福子卖淫、小福子被迫自杀等这些都是城市道德沦丧的表现。在金钱至上的现代都市中，中国传统文化最看重的血缘伦理关系彻底地崩溃瓦解。在金钱的诱惑下，亲情变成了罪恶的渊薮。所以，在城市与乡村两种空间的对立中，城市就成为人性道德沦丧的罪魁祸首，而乡村的静美相应地得到了中国现代作家的认可。他们仍然认为只有在乡村才能够实现道德的重建，也只有在乡村素朴的环境中，人性才可能得到正常的发展。即

---

① 鲁迅：《“京派”与“海派”》，《鲁迅全集》第5卷，人民文学出版社1981年版，第453页。

② 钱理群、温儒敏、吴福辉：《中国现代文学三十年》（修订本），北京大学出版社1998年版，第249页。

使生存环境的恶劣程度已经达到考验人性极致的状态，这里也不会出现如都市般的道德堕落。这一点，在艾芜的《南行记》中体现得更为鲜明。《南行记》中人物的生存可谓是极限生存。朝不保夕的饥饿困窘、伤病的缠绕、死亡的不期而遇、来自自然的威胁等，这些生存的难题摆在每一个边地流浪者的面前，但这些都没能够遮挡住这些野兽般生活着的人，越是危难的环境越能够体现出他们灵魂深处之美。边地小说作家对边地空间总怀有难以名状的挚爱之情。这种感觉就使得荒凉野蛮的边地空间艺术化为自然美好人性的寄托地。人在自然的熏染下，具有了自然性，而自然在与人的亲近中也形成人性化的自然。如此，自然与人成为不可分割的整体。相反，繁华舒适的城市却成了人性的荒漠，人就如同失去了灵魂的机器一样流落在城市空间。当然，边地小说作家在审美化的构筑各自不同的边地空间时，并非都在一味地赞叹边地的纯真，也对隐藏在纯真后面的原始愚昧和麻木，这些内地与沿海乡村都共有的人性特质进行了批判。而且，这种批判指向的是更深层面的不同民族的文化冲突。

端木蕻良的中篇小说《新都花絮》以较为细腻华丽的笔触写出山城重庆的战时样貌。作为国民党政府的陪都，重庆自有其特殊的文化含义。“新都”意在表明山城的政治地位，而用“花絮”体现出中原政治文化的内涵。《新都花絮》虽然在国共两党联合抗日的历史背景下产生，但是作家没有正面写抗战，而是以一个豪门巨族出身的小姐战时的经历来透视后方战场的社会百态。这个时期的端木蕻良已经远离了科尔沁旗草原和鹭鹭湖的怀抱，置身于中原文化的包围圈中。他将自己融合进这个氛围中，使之从表面看来与关内人没有区别。所以，这个小说失去了草原边地文化苍凉与雄阔的气魄，在叙事风格上呈现出柔和与中庸的倾向。但是作家那种因不同文化之间的冲突所导致的忧郁情绪仍然弥漫在小说人物的精神内核中，因而与科尔沁旗草原有了精神上的传承。诚如有学者所论：“东北先民的日神崇拜及日神文化精神——追求火爆热烈、在严酷的生存环境和压力面前终不退缩、而是以太阳般的激情积极忘我的投入和搏战——一直是东北大野的精灵，千百年来始终伴随着融进东北生民的生产生活方式和民风民俗而流传不息，并构成一种集体无意识和文化无意识、潜移默化的渗透、积淀在一代代东北住民的心理结构中。”[①] 正是由于东北大草原游牧民族遗留下来的雄强气质给端木蕻良的创作打下了深深的烙印，使他不管身处何方，在文化心理上依然留存着草原边地的痕迹。《新都花絮》中的宓君身上就折射出端木蕻良的文学理想。这个形象掺杂了很多文化因素，是作家矛盾心理的结合物。端木蕻良把宓君描写得比较完美，她漂亮、纯真、可爱、直率、活泼、热情而冷静。她富有爱心，懂得艺术，有良好的修养。总之，她从外表到内心都是美好的。这样的女孩子在汉儒文化的规范中本应该非常受人喜欢。但是，在美的光环的笼罩下，她却显现出不应有的清冷与孤傲。这种孤傲在遇到梅之实之后，虽然得到了彻底改观，但是他们的相遇相爱注定是一场美丽的错误。他们相恋的失败源自两种文化的冲突，是作家那种摆脱不掉的边地生命意识导致了爱情的幻灭。在梅之实寂寞而忧郁的身影中，端木蕻良这个“忧郁的东北人”的影子时时出现，再配合上重庆山城的熏染，这种忧郁表现得更为明显。相较上海十里洋场的躁动与繁华，北京文化古都的厚重与朴讷，重庆更多的是内地城市的收敛与随和。不过，成为“新都”后的重庆可就是另一个世界。这里处处充斥着华贵的奢侈品，舒适的享受，还有软性的生命。小说对宓君的朋友紫云家的空间描写就鲜明地体现出城市文化的特征：

沙发是软软的，床铺也是软软的，厚绒的地毡踏在上面仿佛身陷下去了似的。屋子里呈着一种富贵气的红色，仿佛一个鼓胀篷笼的灯笼似的红晕晕的挂着，映照她俩就如两只丰腴的红烛一样，也都摇摇的燃烧起来了。屋里是暖馡馡的，朦胧胧的红色灯光像潜沉在海水地下的探海灯似的，好像光线都不能直接的透露出来，而且缠绕着许多丝络的水草，拥塞着许多透明色的肉黄的肥膜的水母，灯光又像是从红珠子里流射出

① 逄增玉：《黑土地文化与东北作家群》，湖南教育出版社 1995 年版，第 36 页。

来，像是围绕了一个珊瑚的透亮的红色骨骼的晕环……[①]

一切都是软性的。软的沙发，软的床铺，软的空间，软的气氛，没有比“软”这个词更能够概括这个室内空间的特质。而昏暗则是这里的色彩基调。端木蕻良运用他华丽的语言将山城的一角描绘出来。在这种空间中，普通人除了放松意志之外，似乎不可能再有多少反抗的欲望。这里存在的一切都在昭示着奢侈的享受才是生命最大的索求。“新都”就这样在浮华与昏暗中显现着自身的威严。它带给宓君的最初生命体验是如此的奢靡，使这个想对伟大的民族抗战贡献力量的女性感到了无所适从的疏离感。在这个小说中，端木蕻良早期那种粗粝狂暴甚至是匪气十足的边地话语变换成了繁冗华美暖色的城市话语。这种转变不仅仅是形式上的改变，更多的是，他在展示并批判着内地汉儒文化缺乏刚硬蛮强的软弱性格。但同时他又对这种生命的享受充满着不自觉的向往。因此，在“新都”，端木蕻良笔下既自卑又自傲的梅之实与宓君之间拥有了一场无果而终的爱情。梅之实的不告而别将宓君那颗柔软的心彻底击碎。对于端木蕻良来说，梅之实的突然离去充分证明了作家的孤独与忧愁。毕竟这个来自草原的雄鹰，身上流淌着边地草原文化的血液。在中华民族生存危机之际，在“新都”却似乎感觉不出战争的惨烈，只剩下这些“上等人”的腐化和堕落。以往，端木蕻良笔下边地生存的严酷在新都重庆都转换为生活的舒适与安逸。这种奢侈的生存方式是对现实的背离，也是对底层民众无情的蔑视。那些移居到山城的高官巨富们在高谈阔论着与现实无关的话题，肆意挥霍着穷苦大众的血汗，却丝毫没有罪恶感。这对于失去了家园的草原流浪者端木蕻良来说，是一种巨大的精神刺激。因此，在两种生存空间的强烈比照下，一种难以言说的压抑与愤懑令他感到了“新都”软性生活的残酷无情，而他只能以忧郁与沉默来对待。他所能做到的只能是用完全不同的两幅笔调来呈现这两种文化空间的对立，抒发他对边地故乡的

① 端木蕻良:《端木蕻良文集》第 2 卷，北京出版社 1998 年版，第 239 页。

无限眷念之情。“山上的声音是舒缓的，是安适的，山上的水流是迟滞的、低语的、缠绵的、低回的，山上还有一种可爱的鸟儿，叫做白露，飘飘得飞展在天空上、水田上，又轻轻的似落非落得落在竹林上，把那青青的翠竹压得低低的摇来摇去。山上的人家也是好的，用泥土打起的墙垣上面盖着竹笆编的房盖，再铺上薄薄的瓦。”[①] 很明显，这种叙事节奏相对舒缓。在语言运用上，相比那些描写城市空间华丽浓重的词藻，这样的话语显得平实而清新。由此可以看出，作家对山野风景的喜爱之情不言而喻。如此，在一个城市的两种不同的空间中，他用截然不同的风景把“新都”装饰成两种画面。这种叙事技巧无疑表露出他在中原汉儒文化氛围中的落寞之情。端木蕻良借“新都”表达他对“旧地”的眷念，也借山城讽刺了关内软性文化的堕落。这种外在形式与内在精神指向的“错位”，表明了边地文化在中原汉儒文化强势中所面临的尴尬和寂寞。在“新都”奢华生活的伪装下却生存着一群精神虚无的“可怜人”。这些所谓的专家学者们身处城市空间并不为中国的前途命运着想，而是在进行着无谓的争吵，表现出愤世嫉俗的假清高。可以说，中原汉儒文化孕育出一批萎缩灰暗的生命。“新都”外在的繁华终究遮掩不住内在的苍白和空虚，从而使得这座城市更显无情冷酷与破败。这里是埋葬淳朴人性的荒漠。端木蕻良那颗曾经被塞外草原磨硬了的心在“新都”遭遇了内地文化的“软化”。城市审美空间与边地审美空间的对决在这个小说中得到进一步的深化。

不可否认，现实物欲的城市与想象中的城市生活仍然不同。城市人对城市的感觉与乡下人对城市的憧憬也是完全不同的。乡下人的城市梦幻最为精彩的莫过于沈从文的小说《三三》中三三母女二人对城市空间的想象：

> 一座极大的用石头垒就的城，这城里就有许多好房子。每一栋好房子里面住了一个老爷同一群少爷；每一个人家都有许多成天穿了花绸衣

---

① 端木蕻良：《端木蕻良文集》第 2 卷，北京出版社 1998 年版，第 304 页。

服的女人，装扮得同新娘子一样，坐在家里，什么事也不必做。每一个人家，屋子里一定还有许多跟班同丫头，跟班的坐在大门前接客人的名片，丫头便为老爷剥莲心去燕窝毛。城里一定有很多条大街，街上全是车马。城里有洋人，脚干直直的，就在这类大街上走来走去。城里还有大衙门，许多官如包龙图一样，威风凛凛，一天审案到夜，夜了还得点了灯审案。城里还有好些铺子，卖得是各样稀奇古怪的东西。城里一定还有许多大庙小庙，庙里成天有人唱戏，成天也有人看戏。看戏的全是坐在一条板凳上，一面看戏一面剥黑瓜子。坏女人想勾引人就向人打瞟瞟眼。城门口有好些屠户，都长得胖墩墩的。城门口还有个王铁嘴，专门为人算命打卦。[①]

这是典型的中原大家族生活的场景。在父系社会强权的统治下，阶级分化非常明显。主仆之间遵从严格的等级制而生存。街道、洋人、大衙门、铺子等这些现代城市的构成元素与唱戏的大庙小庙还有城门口算命的王铁嘴等中国传统文化的意象错综交织在一起。中西结合，现代与民族也穿插在一起。在这个中西两种文化混杂的空间中，作品反映出边地人对城市生活的向往。由此可见，沈从文对当时的中国现代城市的印象，不过就是在传统空间的基础上增添了现代性元素而已。这种想象体现出边地乡下人的城市梦幻首先源自于中原文化的影响，然后才是对现代文化的憧憬。不过，乡下人尽管想象着现代城市的美好，但却仍然安于现状的幸福生活。只因为，现实的不足可以用梦幻来填补，所以乡下人就在现实与梦幻的交替中品尝边地文化的酸甜。这种知足常乐的心态分明也是接受了道家无为思想的影响。沈从文借三三母女的梦幻暴露了自己的心思。从他的矛盾心理也可以得出，中国现代作家对城市总是抱有爱恨交织的莫名情感。

综合来看，物欲横流的城市空间尽管现代时尚，但是大自然的远离和人

① 沈从文：《沈从文文集》第4卷，花城出版社1982年版，第139—140页。

性的扭曲异化却是困扰着哲学家和文学家的梦魇。为了驱赶掉这个梦魇，最接近原始自然的边地成为了作家们寻找“野蛮人”的最后退守地。因此，在具有边地体验的作家的审美思维中，尽管边地空间提供给人的生存条件如此恶劣，甚至是生存的绝境，但是在这种空间中往往会凸显出真正的人性之美，比较而言，在现代化程度很高的城市空间却孕育出一群失却了灵魂的“文明人”。野蛮与文明的冲突上演在边地乡村与现代城市两种空间。这些疲惫的文明人，在城市受到伤害后，通常会选择从边地空间寻找回丢失的家园，试图在“野蛮人”的可爱中获取心灵的慰藉，这就构成了边地乡村和现代城市最具有吊诡意味的悖论。现代化的城市在中国现代作家的体验与想象中产生了中国式的异变。这种异变导致了城市的“伪现代化”，而边地乡村则可能被视为了“保守的现代化”。[①] 作为“文学后院”的边地家乡与扬名文坛的“生死场”的都市，这两种空间都被边地小说作家借助文字呈现为多元文化视阈。

## 第二节　山地歌谣流泻放达情怀

边地不缺少歌谣，这里可谓是民间歌谣的海洋。边地歌谣流泻出边地人放达不羁的人生况味，同时也在山歌民谣的俏皮揶揄与激情奔放中体现出村野山间的原始与野趣。可以说，民间歌谣凸显出边地民众的人生情致。

在具体阐述边地小说中歌谣的功能、出现场合和作用之前先来大体梳理一下歌谣的历史演变。关于中国民间歌谣的搜集整理可以追溯到周代。采集歌谣是我国氏族社会的遗风。在国家尚未形成之前，氏族或氏族联盟首领需

---

① 这是依据现代生态理论得出的论断。笔者认为不能因为现代化的推进造成了全球生态恶化的趋势就武断地否定其合理性。必须多维度地去审视现代性，这便于在巩固现代性成果的基础上促进人类文明的正常发展。

要了解氏族成员对公共事务的看法，所以就有了采诗的活动。这其实是中国古代的一种对原始民主政治的补充形式。以后的周王朝的统治者就继承了这一制度，并且设专门的官员负责。尤其是儒家经典《诗经》在儒家文化中重要地位的确立和广泛传播，更是推动了对民间歌谣的研究力度。汉代，朝廷设立了专门掌管音乐的机构——乐府。乐府既能作曲演唱歌舞，还能采集民间歌谣。魏晋南北朝时期，乐府继续存在，这对保存和采集民间歌谣起到了很大的作用。唐代的民间歌谣虽然对唐代文人的创作有影响，但是保留下来的并不多。宋代以后，民间歌谣得到一些文人的重视，他们采集和编辑歌谣，出现了一些有影响的歌谣选本，主要有宋人郭茂倩编辑的《乐府诗集》，冯梦龙编的《挂枝儿》、《山歌》，黄遵宪编辑的《山歌》等。对于歌谣的搜集研究活动一直持续到清代。[①] 歌谣来自民间，它反映了广大下层人民的愿望和心声，所以历代统治者都非常重视采集歌谣，并且，据此了解民情、体察民意，为统治阶级巩固江山社稷起到了作用。对于文学来说，歌谣的采集、整理和研究既保存了民间文化精华，为文学创作提供了素材，也影响了文人创作，从而促进了文学的发展。如汉代时期非常有名的《孔雀东南飞》就是由民间歌谣搜集整理而成的。在文学史上深有影响的《木兰诗》也是在魏晋南北朝时期的采诗活动中被保存下来的。由“花木兰替父从军”的忠孝壮举演变而成的“女扮男装”的叙事模式也成为后世文学创作的原型摹板。花木兰替中国女性在世界文坛上赢得了“女英雄”的美名，为中国女子柔美的身躯增加了英武的内涵。明代冯梦龙指出：“有假诗文，无假山歌”。[②] 有无“真情”正是民间歌谣同正统诗文的本质区别。[③] 他的解释道出了民歌的实质。因此，民歌最重要的特性就是率真和朴实，体现出蕴藏其中的民间生命活力和奔放自如的文化气质。虽然古代对歌谣的整理研究没有中断过，但是这种采诗活动却带有较多的政治功利色彩。统治者重视歌谣时对其采集和研究就

① 郗惠民：《西北民族歌谣学》，民族出版社 2001 年版，第 4 页。

② 转引自高洪钧：《冯梦龙集笺注》，天津古籍出版社 2006 年版，第 147 页。

③ 郗惠民：《西北民族歌谣学》，民族出版社 2001 年版，第 6 页。

相对兴盛，反之则萧条冷落。独立的文人采诗活动由于搜集渠道、条件等所囿而局限在很小的范围内，对歌谣的研究也不能形成规范的学术机制，其研究的影响力也很薄弱。所以，对歌谣的搜集和研究呈现出起伏不定的发展格局。当历史走到了 1919 年的五四新文化运动时期，歌谣再次引起了众多的文人学者们的兴趣。由北大校长蔡元培发起的采诗运动催生了现代歌谣学活动，这一活动前后持续了将近十年，不但在国内引起了强烈的反响，还引起了国外学者的关注。歌谣不仅仅作为一种独立的文学形式存在于中国文学史中，还被运用到小说中增加其情趣和质感。现代边地小说中存在大量的歌谣，这大大丰富了此类小说的叙事内容，增强了其叙事功能。可以说，歌谣的充分运用也是边地小说的一大特征。

现代边地小说中民间歌谣的普遍运用使这类小说充满了民间生活的情趣。活泼的气质使得此类小说看起来充满了激情和奔放的特质，增强了小说的社会审美教育功能。涉及男女两性关系的情歌在边地歌谣中占有重要的比重，这类情歌还往往注重对女性性特征的描写，这就将边地文化空间自由粗野的气质充分展现出来。加之歌谣属于“不大受文雅教育的社会阶层而言”，[①] 所以很多歌谣从内容上大多俗气直白，少了文雅含蓄，也给边地小说的叙事风格增添了民间文化的朴质，少了拘谨而多了放纵。另外，边地小说中的有些歌谣反映了边地人自由无畏的流浪气质，还有一些倾诉被压迫者的苦闷与渴望翻身得解放的历史诉求，体现出边地人民大无畏的反抗精神。总之，边地小说的歌谣叙事极大丰富了此类小说的内容，将民间世界的欢乐哀愁夹杂在歌谣的传唱中形象地凸显出来。边民欢唱的激情潜隐在文字表达的狂欢中，令边地小说具有迷人的魅力。

---

① 朱自清：《朱自清全集》第 6 卷，江苏教育出版社 1990 年版，第 316 页。

## 一、湘西山歌彰显凤凰情结

沈从文、端木蕻良、艾芜、师陀等人创作的边地小说中都有歌谣的成分，尤其是沈从文的小说。1926 年，他与表弟及军队中的伙伴一起在凤凰收集记录了四百多首山歌[①]，正是因为早年的湘西记忆对他的文学创作影响太深，所以其作品中出现的山歌就取自这四百首山歌。如此看来，他的边地小说中歌谣叙事占比例最大，恐怕也是有意为之。

先来分析《雨后》这个作品。小说中的四狗纠缠七妹的姐姐时唱道："大姐走路笑笑底，一对奶子翘翘底。心想用手摩一摩，心子只是跳跳底。"[②]歌谣中男性意识的本能反应与实际行动的"害羞"形成了鲜明的对比。现实中，四狗抚摸情人胸脯的大胆放肆与"她"欲迎还拒的娇羞构成了边地男女恋情的动人画面。这种热恋在情歌的衬托下更加突出了边地生活的自由浪漫以及边地人的朴质与本真。四狗不认识字，也没有在中原文化圈生活过，所以，汉儒文化对他来讲只能是一种虚设。他凭借实际的生活经验和生命本能来理解爱情的诗意。而"她"却是一个接受了汉儒文化熏陶的读书人，懂得念："落花人独立，微雨燕双飞。"（《雨后》）这样干净文雅而且含蓄的诗句。四狗的情歌是内心感情最直接的表达，"她"的诗句是娇羞爱情最婉转的回应。如果说四狗是苗族文化的代表，那么她则是汉儒文化的化身，两种不同的文化形态在边地小儿女的爱情中浮现出来。山歌和诗歌的对比同样也彰显出边地生活的丰富多彩。边地爱情在沈从文婉曲的笔法下缠绵而又情色，那些暗示性的"性"描写时时出现在二人的言谈举止中，由此凸现出形式自由而情感热烈的边地小儿女的爱情。这种感情既没有汉儒文化伦理道德的约束，也没有家族利益的考虑，一切都在山野的自然朴质中进行。《柏子》中的水手们在经历了生活的惊涛骇浪后，带着满身的疲惫与期待回到辰州河岸，一边整理桅子一边放声歌唱。于是"当先若是唱《一枝花》，这时唱的便是《众

① 沈从文：《筸人谣曲》，《晨报副刊》1926 年 12 月 25 日至 29 日。

② 沈从文：《雨后》，《沈从文小说选》，人民文学出版社 1982 年版，第 37 页。

二郎》了。”[①]一派欢畅嬉闹的动人景象。这边唱歌的男人拼命地吼，那边岸上的女人也仔细听，这又是一种不言而喻的默契。柏子就是这欢闹人群中的一个。诗酒唱和，红袖添香的风流雅兴曾经令多少文人骚客吟咏留恋惆怅。可在这边地码头，虽然没有才子们的神来之笔，也没有温柔的美人，却同样有着真挚的边地感情。这是一种更实在的现实生活。一种更本真的感情肆意宣泄在边地水手和娼妓之间。那个火辣辣的女人，尽管不是汉儒文化承认的贤德之女，可仍然重情重义，热烈的感情仿佛能把来客燃烧掉。这些边地朴实的女子原本就没有受到过所谓的“三纲五常”、妇德、贞节之类的儒家伦理的规约。她们在自然的怀抱中自由自在地生长，在边地纯朴风俗的滋养下爱着恨着，不用掩饰也不需要所谓的名分和地位，只要心中有那份对爱人的牵挂和属于自己的爱情。她们的生命的就具有了别样的现实意义。正因为不用打着所谓妇道、贞节等封建礼教来遮掩自己娼妓的性质，所以，从某种意义上，她们比那些城市中所谓体面的姨太太们更纯洁、更洒脱。虚伪做作对她们来说不是生活的本质。她们身上同样有着边地不羁的气质。爱恨情仇的纠葛在她们身上体现得更猛烈，也更实在。因此，边地的娼妓在沈从文的笔下得到了极大的艺术提升。沈从文摆脱传统的叙事惯例，让娼妓不再卑下，不再边缘，她们是边地不可或缺的组成部分。而且边地文化空间给了她们自由发挥生命的可能。在鸦片烟香味的迷乱中，边地男女尽情放纵彼此对情欲的渴望。等一切结束后，仍然“轻轻的唱着《孟姜女》、唱着《打牙牌》”。[②]再粗野一点的《十八摸》不敢再唱下去，因为人已倦了，夜也深了。整篇《柏子》就在边地山歌的旋律中完成。小说叙事中情歌的大量运用，特别是那些带有情色意味的内容，更有助于体现出边地爱情的热烈狂放。

沈从文描写苗族生活不仅呈现了神秘新鲜的少数民族生活样貌，而且侧重于铺排男女青年纯真的爱恋，通过描写男女之间纯真而悲壮的爱情抒发自我的隐痛。在《龙朱》中他设置了一个白耳族苗人王子——龙朱。他是美男

① 沈从文：《栢子》，《沈从文小说选》，人民文学出版社 1982 年版，第 29 页。
② 沈从文：《栢子》，《沈从文小说选》，人民文学出版社 1982 年版，第 34 页。

子中的美男子。沈从文善于将男子写得如此美丽动人，他们不仅相貌美丽，而且品德良善。在美的发愁的情绪中，作家用他带着忧郁的笔触来坦露心中的隐痛。这种隐痛一方面来自对民族道德失落的痛心，另一方面则是他思考生命何谓的问题，还有对湘西苗人命运的深刻忧虑。虽然他不想轻易公开自己的苗族血统，但又不愿失掉自己的湘西。在矛盾和忧郁中，他深情关注着对那片土地的。“白耳族男女结合，在唱歌庆大年时，端午节时，八月中秋时，以及跳年刺牛大祭时，男女成群唱，成群舞，女人们，各穿了峒锦衣裙，各戴花搽粉，供男子享受。”[①] 在这一片歌的海洋中，龙朱是所有人中长得最美，唱得最好的一个，以至于没有一个女人敢接声。大概沈从文在藏污纳垢的都市中备感压抑，都市的势力和虚假刺痛了他那颗执拗的乡下人的心，所以，他创造出这样一个完美的边地男人来对抗都市惘惘的威胁。他选择这个不为常人所知的白耳族王子的爱情来体现他对民族特征丧失的焦虑和对汉儒文化的嘲讽：“妇人们，在爱情选择中遗弃了这样完全人物，是委娜丝神不许可的一件事，是爱的耻辱，是民族灭亡的先兆。女人们对于恋爱不能发狂，不能超越一切利害去追求，不能选她顶喜欢的一个人，不论是白耳族还是乌婆族，总之这民族无用，近于中国汉人，也很明显了”[②]《媚金·豹子与那羊》。这个凄美的爱情故事更是在缠缠绵绵的情歌对唱中开始、高潮、然后遗憾地谢幕。媚金与豹子的较量就在对唱山歌中展开。唱歌不但是交流感情的最佳方式，而且是男女双方一争高低的筹码。唱到最后，媚金就心甘情愿地把自己交给了豹子：“红叶过冈是任那九秋八月的风，把我成为夫人的只有你”（《媚金·豹子与那羊》，下同）。豹子就心领神会地回道：“白脸族一切全属第一的女人，请你到黄村的宝石洞里去。天上大星子能互相望到时，那时我看见你你也能看见我。”媚金又唱道：“我的风，我就照到你的意见行事。我但愿你的心如太阳光明不欺，我但愿你的热如太阳把我融化。莫让人笑凤凰族美男子无信，你要我做的事自己也莫忘记。”豹子又唱：“放心，我心中的

① 沈从文：《龙朱》，《沈从文小说选》，人民文学出版社 1982 年版，第 45 页。

② 沈从文：《沈从文文集》第 2 卷，花城出版社 1982 年版，第 369 页。

最大的神。豹子的美丽你眼睛曾为证明。豹子的信实有一切人作证。纵天空中到时落的雨是刀，我也将不避一切来到你身边与你亲嘴。”通过一来一往的情歌对唱，边地男女的纯真与质朴显露无遗。他们用歌声充分释放自己感情，在欢唱中将边地男女忠贞而热烈的感情毫不保留地体现出来。

《渔》中的华山寨吴姓孪生兄弟俩为村中毒鱼放药而来到一座山庙前。哥哥是吴姓族中最纯洁的男子，身手矫健；弟弟有诗人气质，身体却不如哥哥强健，但幻想多，喜欢吹笛唱歌。于是，在这个清风明月的晚上，在山庙的门前，弟弟轻轻地把山歌唱起来：“你脸白心好的女人，在梦中也莫忘记带一把花，因为这世界，也有做梦的男子。无端梦在一处时你可以把花给他”（《渔》）。这是男子思春的典型的心态。弟弟接下去又唱道：“柔软的风摩我的脸，我象是站在天堂的门边——这时，我等候你来开门，不拘那一天我不嫌迟”（《渔》）。在一种渴求的心绪中，弟弟将对女性的想象糅合进爱情的幻想中，用歌声传达开来。由此可以判断，女性和爱情总是边地山歌的主题。此篇名为打“渔”，实为“渔”色。甘吴两姓尽管有世仇，但是吴姓族中强梁如虎豹的男子还是为甘性族中的好女人而心襟荡漾。沈从文喜欢这样描写隐讳的爱情，那些深埋在心底的激情总是在他轻灵灵的文字中消解，散去，但又余味无穷，令人欲罢不能。

小说《凤子》是由一个老绅士讲述出来的边地传奇。传奇中的歌谣也同样涂抹着边地色彩：“我不问乌巢河有多少长，我不问萤火虫能放多少光。你要去你莫骑流星去，你有热你永远是太阳。你莫问我将向那儿飞，天上的宕鹰鸦雀都各有巢归。既是太阳到时候也应回山后，你只问月亮‘明夜里你来不来？’”（《凤子》）。这首黄昏中男女分手时对唱的情歌，很明显带有“楚地”的味道。这是《楚辞》的遗音，使人能够忘却尘世的纷扰，寻找到心灵的寄托。唱歌本来就是倾吐内心感情的最好方式。边地的歌声更是多如天上的繁星一般，为边地小说增添诸多民间谐趣，就连城里人与乡下人的区别也能在动听的歌声里见出分晓。“从那些吃肉喝酒的都会人口里，只会说出粗俗卑俚的言语，从成日吃糙米饭的人口中，听出缠绵典雅的歌声，这

种巧妙的处置，使他为神而心折。”[①]很显然，爱屋及乌的原因，沈从文对边地及边地人都充满了深情。他试图从自然寻找神性力量的做法更是将湘西边地涂上了一层神秘的色彩。在这种神化色彩下，活泼泼的边地人却也体现出对安稳生活的向往。小伙子的快乐歌声就充满了对未来生活的热切和希望："你歌没有我歌多，我歌共有三只牛毛多，唱了三年六个月，唱多少？刚刚唱完我那白水牛一只牛耳朵！"（《凤子》）接下去的男女对唱比赛更能体现出边地男女自由活泼的性格，表达出火热的生活理想。他们以唱歌作为交流的媒介，即使嘲笑和揶揄，也都在歌谣优美的旋律中化作一种美好生活的享受。当然，湘西边地山歌表达的内容不同，其形式也各异。"一种是七字四句或五句一转头的，看牛，砍柴，割猪草小孩子随意乱唱。一种骈偶体有双关意思或引古语古事的，给成年男女表示爱慕时唱。一种字少音长的，在送神致哀情形下唱。第一种要敏捷，第二种要热情，第三种要好喉咙。"[②]可以看出，三种形式的民歌分别具有各自的特点，这有助于我们较好地理解边地小说歌谣成分的功能与结构组成。

在艺术上，沈从文的《阿黑小史》是值得肯定的一个中篇。遗憾的是，各篇之间缺少必要的连缀与艺术修饰，否则它的艺术成就应该不低于1934年的《边城》。小说讲述了油坊老板的独生儿子五明与四伯的女儿阿黑相恋的故事。文中，这一对小儿女端的是有趣可爱。五明年龄小爱撒娇，像极了女孩子，阿黑年龄稍大，沉稳、泼辣又不失母性。五明守着阿黑总是又吹笛又唱歌。而且只要笛声一响，阿黑就会像小鹿一样地跑来，依偎在五明的身边。五明就"放肆"地唱情歌来挑逗阿黑："娇妹生的白又白，情哥生的黑又黑。黑墨写在白纸上，你看合色不合色？"。[③]边地民间对"性"的欲想既形象又隐讳，满溢出火辣辣的感觉。这也体现出边地小说中民间歌谣的一大特色。或许他们认为表达对女性的爱恋有且只有在情歌的充分释放下才能显

① 沈从文：《沈从文文集》第4卷，花城出版社1982年版，第373页。

② 沈从文：《沈从文文集》第4卷，花城出版社1982年版，第381页。

③ 沈从文：《阿黑小史》，《沈从文小说选》，人民文学出版社1982年版，第169页。

现出边地男人的豪放与痴缠。边地女人也往往会在男人情歌酸曲的逗引下显得更加羞涩动人。所以，当这种情色歌谣一旦唱起，就会更加拉近那些心有所动的男女之间的距离。五明和阿黑也是如此。可《雨》落之后的五明成了癫子。五明虽仍然喜欢唱歌，但已不再是以前那个害羞耍脾气的男孩。他一时唱一时哭，又一时笑。因为心中有愤懑，也因为美好的爱情已经破碎，过去的欢乐时光不再有。“娇家门前一重坡，别人走少郎走多，铁打草鞋穿烂了，不是为你为哪个？”[①]悲怆的歌声显露出五明对逝去的美好爱情的强烈怀想。时间改变了一切，却没有改变五明对阿黑的痴情。“昨天”和“今天”的转换不再是简单的文字的变换，繁华不再，人事全非的“今天”只有五明心中的阿黑仍然存在。一年前的五明还在死死地缠着阿黑，放肆地唱着情歌：“天上起云云起花，包谷林里种豆荚；豆荚缠坏包谷树，娇妹缠坏后生家。”[②]一年后，就只剩下癫子五明在怀念或已不在人间的阿黑。边地爱情只剩下歌谣还在心中流淌。

“《边城》是一首诗，是二老唱给翠翠的情歌。”[③]在这首令人产生无限遐想的“情歌”中，人生命运交迭起伏，漫溢着生的酸楚和爱的艰难。翠翠这个自然的女儿，给这个边地小镇增添了很多生命的亮色。她自由生长在天地之间。命运虽然残酷地夺去了她生身父母的性命，让她过早地品尝到失去父母之爱的痛苦，但是在文中并没有刻意体现翠翠的悲伤。因为她还有个善良的老祖父陪伴左右，所以，她并不孤单寂寞。她在祖父和自然的呵护下像一个小兽物般的生长着。湘西边地和谐的生态环境将她培育成一个充满了诗情灵动的少女。她是湘西边地独特文化的产物。历史的变迁并没有将这片“世外桃源”的纯洁抹杀掉而是以更加轻柔的姿态出现在沈从文的笔下。“边城”在翠翠的衬托下更具有边地小镇的清丽，而且也因为她的存在，才使这个哀伤的“边城”有了些许欢乐的气氛。作为边地的女儿，翠翠也是唱歌能手。

① 沈从文：《阿黑小史》，《沈从文小说选》，人民文学出版社 1982 年版，第 169 页。
② 沈从文：《阿黑小史》，《沈从文小说选》，人民文学出版社 1982 年版，第 169 页。
③ 刘西渭：《〈边城〉与〈八骏图〉》，《文学季刊》1935 年 6 月第 2 卷第 3 期。

小说中，大段大段地罗列她唱出的民歌，处处都体现出边地女性的奔放与柔情。就连她的婚事也要通过大老和二老的唱歌比赛而决定。翠翠的灵魂在二老深情欢唱中更加饱满。不幸的是，大老却在歌声中丢掉了性命，二老受命运的驱使背负着内心的谴责而远走。只剩下翠翠一个人在等待日子的滑过，等待着希望的来临和生命的终结。边地是歌谣的海洋，但在歌声中却埋葬了太多美好的爱情。或许，情歌唱得越热烈，爱情的结局越悲惨。

《长河》是沈从文精心构思但没有完成的一个长篇小说。第一卷的描写仍然不失其边地的风采，只是这种风采随着时代的变换而在悄然改变着。沈从文开始用较明确的态度承认湘西边地的非凝固化，着力思考其“常”中的“变”和“静”中的“动”的特质。不过，歌谣仍然是湘西不断变化中永恒不变的存在。在湘西边地这个歌谣盛行的地方，只要有合适的场合，歌声就会自然飘出，就连割草的小伙子也会用歌谣表达自己的心情：“三株枫树一样高，枫木树下好恋姣；恋尽许多黄花女，佩烂无数花荷包。”这是明显的情歌调子，抒发年轻人心中对爱情的向往。不过歌虽好，情虽切，却没有心中的阿妹出现和应和，所以，在无人对歌的尴尬下，小伙子只好自己接着唱下去：“姣家门前一重坡，别人走少郎走多；铁打草鞋穿烂了，不是为你为哪个？”这首山歌在沈从文的小说中不止一次地出现过。歌谣叙事功能的反复运用也说明山歌在边地文化空间的普遍存在。正因为歌谣普遍存在，所以能大大增强边地文化的魅力，这也是边地小说区别于其他小说类型所独有的叙事特征。作家通过灵活使用山歌来表达对自由爱情的执着，对欢畅生命的向往。文化边地就像是远离严厉母亲约束的调皮孩子，眷恋着文化母体却又在叛逆中形成自我独特的存在形态。它野性不改，但是充满了活力。在历史和文化的淘洗中形成了自我独有的气质和秉性。就像是有些评论者所说的：“歌谣对于湘西的山民来说完全是一种生命的表征，生命的歌呼，如同春草的发芽，鸟雀的啼唱一样，完全出之于生命的本然。”[①]

---

① 王继志：《论作为诗人的沈从文》，《南京大学学报》1999 年第 2 期。

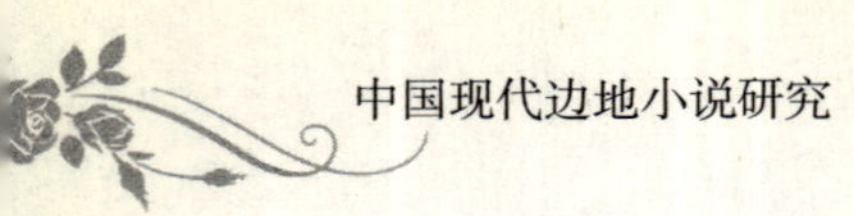


## 二、边地民谣唱响东北风情

沈从文的小说不乏民歌荡漾，端木蕻良的东北边地也唱响嘹亮粗浑的东北调子。乡下戏子宽敞的嗓子唱出响亮的山歌："内四方呵，外四方，哎嗳哎嗳——哟——关东成的景致，数着沈阳，呀呀——一呼咳……小雀鸟呵，落树梢，白莲花呀，水上漂，哼，哎嗳哟——大姑娘的娇娇，全仗着方头三寸高傲，呀呀——一呼咳……"[①]这是很嘹亮动情也很过瘾的歌子。在这里，三寸金莲的娇羞代表着男性对女性的性幻想。一股山野劲风裹挟着火辣辣的情歌飘荡在东北大地上，白山黑水的旷野养育出一群豪放雄强的儿女，就连孩子口中唱出的调子也是那样的英雄气十足。一群焦渴的孩子为了找水唱出了忧郁的水歌："哗喇喇的水歌，戚切切的情。生活的不幸压迫在头上，生命深处的躁动仍然热烈：你的家呀，就在那庙堂儿边，铺着地呀，盖着天。一头枕着黄河呀的水，两脚蹬着那太行山。饿死腆着肚子走哎，冻死迎着风口来站，人家夸说你肚里能行船，你就说呵，你的肚子饿了一口咬青天，霜儿降呵变了的天，严霜单打独根草，棱头青的蚂蚱呵，浩，呵，草棵里钻。哎唉，提起我那硬咀的哥哥哟，他，他两腿打抖呵战……"[②]关外严寒的气候不仅锤炼当地人结实的筋骨，而且最重要的是塑造出他们侠客式的豪迈与洒脱。当然，雄强相伴而来的就是柔弱和伤情。依姑（丁宁的姑姑）的调子明显体现出女性对自身命运的哀怨："春月初花春满楼，春人楼上弄春愁，春花一夜飞春雪，春花春雪漾春洲……何事春洲春杏水，春来端自向东流，流尽春光春不住，春人楼上弄春愁……不是春人寄怨曲，春风能有几多柔，三月三十三春日，诗魂乍醒春悠悠，春去春来春不久，朱颜绿黛付春流……"[③]这些曲子缺少民间歌谣的泼辣和放纵，诗化的曲子，雅致的旋律更带有大家族的风味。不得开怀痛哭的压制与直抒胸臆的豪放将东北边地痴男怨女的豪

---

① 端木蕻良：《端木蕻良文集》第1卷，北京出版社1998年版，第9页。

② 端木蕻良：《端木蕻良文集》第1卷，北京出版社1998年版，第51页。

③ 端木蕻良：《端木蕻良文集》第1卷，北京出版社1998年版，第154—155页。

气与委屈都通过歌谣体现得淋漓尽致。

历史上，东北是蛮荒边缘之地。它拥有自己的原住民文化，同时因为大量移民尤其是山东移民的进入还深受中原汉儒文化的影响。“闯关东”带来的不仅是东北人口的增多，同时也给当地带来了巨大的文化冲击。因此，关东文化中渗透了很多汉儒文化的元素。不过由地理环境造成的根深蒂固的文化烙印使得关东文化保持了自己独有的边地文化个性。小说《柳条边外》中的东北勇士们用独有的方式表达对自由的渴望和对侵略者的仇恨。“自从占了红顶山头，拦住东洋不许流！我们不要金钱毛草，我们要的是自由！雨后自有蘑菇出圈，春来自有草满山，纸里包扎不住烈火，太阳出来红满天！赤水日里夜里流去，里边流着我泪滴，爹爹被他们活埋在地下，铁柱怎样死了的？从今我们手拉手儿，用血筑成一道墙，枪尖对准敌人喉咙——血债要加倍赔偿。”[①]民谣叙事的灵活运用逼真地表达出对日本人的愤恨和仇视之情，这样更增强了小说的批判力度。相比知识分子话语，民间话语表达复杂的社会问题往往以独特而简洁，通俗而形象的方式来体现，因此，就带有更多活泼自由的品质。边地带有民间的属性，也具有自身的魅力。它拥有独特的思维和审美方式，就连表达爱恨情仇都体现出边地式的勇猛与直接。歌谣的大量运用更加证明了这些特征。《螺蛳谷》是描写关外人们抗日激情的小说。这个人烟稀少、生态匮乏的地方对人的生存构成极大的威胁：“螺蛳谷谷螺蛳，货到地头死！马到这儿不卖账，驴到这儿不值钱，人到这儿呀，伊唉雅哎……哟……伊唉呀哎约……”[②]满腹的牢骚怨气都随歌声飘荡出来，同时也通过这首民谣感受到塞外边地贫瘠的自然生态的恶劣。

端木蕻良的作品《雕鹗堡》借两个青年男女的爱情悲剧隐喻出作家的现实处境。小说以民谣做结，显露出很强的讽刺意味。漂亮而好名声的女主人公代代在石龙死后却变成了歌谣中被嘲笑的对象。“谁知石龙一条心，一个八两对半斤。眼前装出观音样，背着眉眼去偷人。哥也乖来妹也乖，两人连

① 端木蕻良：《端木蕻良文集》第3卷，北京出版社1998年版，第246—248页。

② 端木蕻良：《端木蕻良文集》第3卷，北京出版社1998年版，第272页。

双两拆开。对人装着无心样，过路神仙也难猜。小小心儿比天高，吃了葡萄想仙桃。吃了龙肉想虎肉，吃了莺歌想山雕。断崖长呀断崖长，快下来吧我的郎。可惜郎心呼不转，抛下奴奴好凄凉。”① 小说揭示了国民的劣根性。歌谣的运用更增强其讽刺的力度。中国人向来不吝啬对别人的妒忌之情，对弱者往往带有幸灾乐祸的看客心理。就如同小说中那个被村子人所讨厌的石龙的遭遇。他竟然获得了被所有人视为最美丽化身的代代的喜欢，这引起了村中人的普遍妒忌。但是当石龙最终坠崖而死，代代就成为众人取笑的对象。她或许无意于戳伤众人的“酸葡萄的心理”，但是事件的发展已经不以她的意志为转移。在看客眼中，她如果选择人生的归宿，也只能选择像东来那样优秀的人，而不能倾心于石龙这样的惫懒之人。因此，她和石龙的爱情遭到了众人的讥笑与不满。当石龙爬上断崖失足跌落的时候，村人冷漠的围观和对石龙之死的嘲讽心态与鲁迅当年无比愤恨且无情鞭挞过的“看客行为”和“看客心理”如出一辙。村人对石龙的惨死不仅没有一点痛惜，而且在嘲讽和在不怀好意的揶揄中肆意伤害石龙曾经爱过的代代。借助歌谣，端木蕻良很有意味地将村民的心理活灵活现地彰显出来。这种歌谣叙事远胜过用语言去描述代代的不幸遭遇，更传神地描摹出村人的丑态，也增强了批判国民劣根性的力度。石龙和代代的爱情或许原本没有那么传奇，但是一旦用歌谣传唱开来就增加了诸多的想象空间。如此一来，把石龙和代代纯真的小儿女情生生演绎为偷情。歌谣本来应该视为民间智慧的结晶，但在这里却庸俗化为伤害无辜的低级情趣。如此看来，歌谣有时可能包含着恶意会给别人带来精神上的打击，但歌谣也可以是逆境中前进的动力，给人带来生的希望。

## 三、民歌凸显“异域”情致

沈从文的湘西边地萦绕着边地歌谣动人的旋律，东北边地民谣也撩拨着

① 端木蕻良：《端木蕻良文集》第3卷，北京出版社1998年版，第470页。

如端木蕻良般的塞外汉子的神经，当然，艾芜等其他边地小说作家也借助歌谣成功地体现出边地人生的风致。

师陀的《过岭记》是一个很有人情味的小说。叙述者是“我”，天性活泼的小茨儿——一个年轻的新婚长工以及一脸忧郁气象却爱开玩笑的退伍军人，我们因为都要翻越可怕的蜈蚣岭从而临时结伴而行。小茨儿的歌声给这寂寞苦楚的旅途带来了些许的欢欣。“月牙弯又弯，照奴晒衣杆。等郎郎不来，空负好花；好花当夜残。”[①] 他用小女子痴痴等待心上人的儿女之情激励着众人前进的步伐。伴随着歌声，小茨儿天真活泼的本性也给翻越艰险神秘的蜈蚣岭增添了诸多的信心和勇气。在炎热的天气的笼罩中，没有一株矮树可以纳凉，没有一只飞鸟敢飞翔的恶劣自然环境挑战着这些过岭人的极限。在这样的自然条件下，能够正常的活着都是人生最大的奢求。就连地上的一滩人血，也不再具有平日的诱惑力和震惊感。渺小的个体面对神秘和严酷大自然就像是孱弱的婴儿，已经不再有任何挣扎的可能。因此，他们的第一次过岭就在与大自然的较量中以失败而告终。山岭最终还是要翻越过去的，所以第二次的过岭又开始了。仍然是小茨儿的歌声飘荡在凄清而又沉默的山岭间。“两行杨柳一行堤，开运河，就是那隋炀帝。野鹧鸪打它打也不去。桃花开在二月底。”[②] 这又是一首怨女的哀曲。虽然调子忧郁，但是像小茨儿这样血气旺盛的青年人却唱得津津有味。透过歌声，“我”思考的却是此种状况是否与一个国家的道德习俗和统治有什么关系的严肃问题。作者在小说中郑重地提出民族道德重建的问题。小茨儿天真而透明的本性令“我”心中升起了对于未来的无限遐想。尽管他普通得就像山间的一棵树，但康健有力，社会的污浊并没有将他完全腐蚀。他在生活的夹缝中顽强地创造着属于自己的童话世界。或许我们民族未来的出路就蕴藏在这些看似平凡但却健康充实的生命机体中。作者借着对普通生命的赞美来鞭笞那些所谓的社会“上等人”。在这一点上，他和沈从文有了默契。临时结伴的过岭者翻越山岭后，

① 师陀:《师陀全集》第 1 卷，河南大学出版社 2004 年版，第 59 页。

② 师陀:《师陀全集》第 1 卷，河南大学出版社 2004 年版，第 59 页。

就要面临分手。分手时，“我”和小茨儿的踟蹰以及老退伍兵的恋恋不舍将这个涂抹上浓郁的人性色彩。其实，漫漫人生何尝不是一次又一次的过岭。在此过程中会遭遇到何种艰难险阻也只有自己能够体会。困难并不可怕，可怕的是，我们不能给孤寂的人生旅途增添亮色和温情。小茨儿何尝不是老退伍兵的前身，这个年轻的生命用快乐感染了老退伍兵灰堕苦闷的人生，让他在现实的愁苦中看到人生的希望。在这里，鲁迅在《过客》中表达的忧郁有了接续和转折。过客的绝望在《过岭记》中因为有了一丝人性的温暖而不再彻骨悲凉。荒野的边地成为人性温情的最佳测试场。

《牧歌》是师陀另一个有代表性的边地小说。题目就是“牧歌”，当然少不了歌谣的成分。作家有意创造出一个美好的边疆之地。在这里，大自然亲切而宁静。人们安居乐业，生活就像溪中的流水一样平缓有致。尽管这样平静的生活被部落头目勾结外国人而突然打破，但是却阻挡不了部落里美丽的姑娘印迦与雷辛——英武而枪法又好的小伙子相知相爱。年轻人的爱情总是少不了歌声的陪伴，尤其是边地少男少女互诉衷肠的最佳手段就是歌谣，印迦也不例外。“青山是虎狼的住家，爱人跨上百马，马儿扬起尘如烟，前去等他溪水边。纵来白花蛇，爱人有弓箭，呜呜呜——好不心酸。苍苍天上飞着乌鹰，爱人坐驹如龙。青丝笼头黄金鞍，前去等他饿虎山。老爷就吃醋，爱人有枪弹，呜呜呜——杏眼圆翻。”[①] 对勇猛的心上人毫不吝啬赞美的语言。边地女儿的痴情伴随着歌声的流淌也自然而然地流泻而出：“都说那个硬心肠的乖乖，惹得姑娘们抓耳挠腮，他哼着小曲，只装不睬。头目有女儿名叫麝香，嫁礼百牛千羊，他啐口吐沫，全不放在眼上。一日他走进山林……”[②] 通过歌谣可以看出，姑娘对自己的爱人充满了爱恋和赞叹。小伙子不仅勇敢而且如此地蔑视权贵，并且不被财物和美色所动，这真是一个令人啧啧称赞的男子。因此，在严酷的现实中，生命因为有了爱情的衬托更加可贵。边地世界也因为有了爱情的点缀而淡化了荒寒，增添了人性的温暖。

---

① 师陀：《师陀全集》第 1 卷，河南大学出版社 2004 年版，第 228 页。

② 师陀：《师陀全集》第 1 卷，河南大学出版社 2004 年版，第 230 页。

艾芜的边地小说主要集中在他的《南行记》中。“在他的《南行记》等小说集里，短篇小说大都表现着‘边地’乡间的苦难，点缀着冷酷、野蛮的习俗，隐现着悲苦的乡愁，同时也在悲壮的背景上加了美丽。”[①]这种美丽也来自那些欢唱的民谣。《森林中》结伴而行的马头哥在缺粮少水的生存危机之下竟然唱起了热烈奔放的情歌：“夜晚睡觉脸朝东，梦见小妹在怀中。睡醒不见妹模样，脚蹬床板手拍胸。”[②]或许在艰苦的境遇中只有想象才能抚慰处在苦闷中的男性。歌谣逼真地体现出这群流浪人的心境。这一群居无定所的边地人随时面临朝不保夕，流离困顿的现实窘境。马头哥们远离亲人且缺乏家庭的温馨美好，他们只能强调生命的有无与久暂，而不能奢望安稳平静的人生享受。因此，他们只能在大自然的考验中像山间小草一样卑微而坚韧地存活着。《山峡中》是艾芜的成名作。在这个小说中，他为中国现代文学贡献了一个很有个性特色的女性——野猫子。正是这朵夺目的“恶之花”使小说充满了人情味，也使这群被正统社会驱逐到边缘的土匪呈现出异样的人性之美。野猫子作为小说中唯一的女土匪在险恶的山峡中用歌声抒发对生活的热望和对于自由的向往：“江水呵，慢慢流，流呀流，流到东边大海头，那儿呀，没有忧！那儿呀，没有愁！”忧伤的歌谣唱出了无奈的向往。诚然，向往自由是人性的本真。就如同渴望摆脱尘世的负累走向自由王国是人类千百年来孜孜不倦进行的哲学命题一样，野猫子作为年轻的女性除了身份特殊之外，她拥有普通女孩子所有的特性，包括对安稳生活的苛求。她对父亲的撒娇体现出她女儿性的一面，对小木人的疼爱显现出她母性的慈爱。不过，在严酷生存环境的逼迫下，夜猫子也具备了普通女孩所没有的大胆、心狠和狡猾，甚至可以说是狡诈的个性特征。夜猫子唱出的歌谣给这个边地小说增添了很多温情的元素。小说一开始营造的那种恐怖的气氛使人心生寒意，恰恰是夜猫子女性的柔媚缓解了紧张感，增强了对人性的探讨的深度。

在《南行记续编》中，艾芜同样设置了歌谣叙事，只不过，其内容发生

---

① 丁帆：《中国乡土小说史》，北京大学出版社2007年版，第136页。

② 艾芜：《艾芜文集》第1卷，四川人民出版社1981年版，第132页。

了较大的变化。歌颂共产党的伟大领导，歌唱祖国的大好河山，相信人定胜天的革命斗志是歌谣集中体现的内容。这替换了以前缠绵的边地情歌以及对苦难边地人生的低吟。作家对新中国新生活的赞美之情通过歌谣的传唱更加真切。如《玛露南行记续篇之一》中有这样的唱词："共产党的阳光呵，照呀照到载瓦家，载瓦人的心上呵，开呀开了花，开了花呵开了花！"。[①]还有一些是抒发畅快心情歌颂自然风景的歌谣也体现出边地人民在解放后的幸福生活。《澜沧江边》体现出哈尼人们热爱劳动用双手建设自己家乡的豪情。"没有田地耕种，我们会开荒。没有屋子住，我们会斫树盖屋。没有饭吃，我们会把旱谷舂成米粮。没有衣穿，我们会把棉花作成衣裳。什么人也不依靠，我们只靠手一双。"（《澜沧江边》）边民朴素的生活热情体现在歌谣中，显现出征服自然利用自然的雄心壮志，展示出新时期边地人的新风貌。

作为植物学家的蔡希陶同样创作出颇有边地特色的文学作品，《爬梯：一个赶马人的日记》就是其中颇有代表性的一篇。作家将视角对准了云南山区的赶马人这个特殊群体，将赶马人的悲惨生活淋漓尽致地呈现在读者的面前。这是一支由不同民族组成的赶马人队伍，他们汇聚在一起各自遵循自己的民族习俗。文化的冲突既体现出不同民族文化的差异，也表明了文化中国复杂多样的文化生态。基于此，少数民族汉子用山歌对汉族妇女的三寸金莲表现出极大的讽刺意味："要讨就讨汉人婆，三寸金莲尖跷跷；蹲回茅厕要人扶，端阳粽子不消裹。"[②]歌谣很形象地将汉族妇女小脚的外形及行动不便的窘状刻画出来，既不矫揉造作也不生搬硬套，是自然感情的流露，也是文化边地活泼气质的体现。三寸金莲这种被中原汉儒文化推崇备至的"伟大发明"竟然在边地世界遭到了无情的指责，想来颇有深意。这种不同文化的差异所造成的思想观念的冲突，也造成了边地小说阐释的复杂和多义性。综而观之，歌谣叙事的运用既彰显了边地话语的形象性，又增加了文本的可读性和民间趣味。

---

① 艾芜：《艾芜文集》第1卷，四川人民出版社1981年版，第586页。

② 蔡希陶：《爬梯：一个赶马人的日记》，《文学》月刊1933年9月1日第3卷第3期。

通过分析可以看出，现代边地小说作家通过歌谣叙事对不同民族的文化表现出宽容的心态，也将汉儒文化的糟粕通过对比体现出来。“民歌是阿波罗和狄俄尼索斯两种意趣结合在一起的最好例子，它对文学伟大的贡献以及我们到处看到由它而衍生出来的东西，证明了自然中那双重性创造活动的力量；我们在民歌中发现这种创造动力的踪迹，正如在音乐中发现一个民族各种祭奠活动的踪迹一样。此外，从历史事实中，我们也不难发现，任何一个时代，如果民歌发达的话，都是深深受到狄俄尼索斯势力的刺激。这种势力一向是被看作民间诗歌必不可少的基础或先决条件。”①因此，歌谣的优点就在其自然、率真、新鲜、奔放、自由的民间姿态，而其缺陷则在其落后、粗鄙、浅薄无聊的芜杂成分。歌谣必须开口“唱”，而唯其“以声音的表现为主，故真正的民歌字句大致都很单调，仅供耳听，难以文传，佳处只在声音，不在文学”②。正因为歌谣具有内容和形式的独特性，所以，对边地小说中歌谣的分析也要注意其多面性。胡适当年曾竭力提升歌谣的地位，他在《〈国学季刊〉发刊宣言》说：“文学方面，庙堂的文学故可以研究，但草野的文学也应该研究，在历史的眼光里，今日民间小儿女唱的歌谣，和《诗三百篇》有同等的位置。”③由此看出，歌谣也并非只是作为插科打诨的可有可无的叙事补充，而是具有自身特有的叙事功能。尤其是在边地小说中，歌谣占有相当的比重，不单纯是因为边地民族擅唱爱跳的习俗，还因为边地男女在表达两性爱慕时带有活泼自由的特质。歌谣的运用在表达的力度上更突出了边地文化空间的开放性及其内在蕴藏的民间活力质素。“没有事情时，唱点歌，好快乐。”④这是边地人对人生的一种理解。唱歌不仅可以表达人生的欢乐，而且能够在歌声的飞扬中寻找到自己的伴侣，这恐怕也只有在边地空间才能实现。

---

① ［德］尼采：《悲剧的诞生》，刘崎译，作家出版社 1986 年版，第 34—35 页。

② 朱自清：《粤东之风·序》第 4 编，上海书店 1983 年影印版，第 7—11 页。

③ 徐新建：《民歌与国学：民国早期“歌谣运动”的回顾与思考》，巴蜀书社 2006 年版，第 106 页。

④ 沈从文：《沈从文文集》第 7 卷，花城出版社 1983 年版，第 32 页。

大部分描写北方中原和南方沿海农村生活的小说缺少歌谣成分。在此类小说中，更多地揭露在宗法制度的压制下人性的扭曲以及农民的愚昧不开化。可以说，沉重与压抑是这类小说的基调。作家们通常会怀着启蒙的心理对农村的落后阴暗面与人性的残酷麻木进行不遗余力的揭露和批判。在他们笔下，农村仿佛是深陷在蒙昧与欺骗的深渊中不能自拔的水火之地，田园牧歌的快乐温馨与农村生活的恬淡适宜仿佛只是作家们用来怀念想象中的故乡的一种手段。启蒙大众才是擅长写农村题材的作家最根本的任务。农村是现代作家手中的一张王牌，是社会革新，走向现代化的王牌，更是反思国民劣根性的杀手锏。知识分子的使命大概就在于将作为中国最大空间的农村与最大群体的农民的苦楚与不足用文学的手法尖锐而真实地反映出来，从而引起社会疗救的注意。因此，在中原作家对乡村激烈的斥责声中，相对宽松的边地文化空间给批评家及读者带来了异样的清凉感觉。

## 第三节　乡间话语映射自由气质

中国文学的转型不仅从思想意识、表现形式、叙述模式、文体样式上发生变化，而且使用的表达工具也产生了根本的转变。从历史流变来看，五四新文学的发生和展开，语言的变革功不可没。具体到边地小说，其所使用的语言也带有其独特的边地风味。边地可视为乡间话语使用最为密集的所在。这种话语体系不同于知识分子话语体系，它的词汇构成大多来源于底层社会群体，是贩夫走卒市井民众习以为常、约定俗成的话语能指。

### 一、有意为之的话语叙述模式

“语言借助代表实际情况的要素的记号，通过把相应的记号连接起来以

表达实际情况。”[①] 作家使用何种语言就决定了其所要表达的对象的情况。语言的变革实际上是由“工具的革命”演变为“革命的工具”的过程。在这个过程中，新文学的倡导者们为了推动文学革命的进程与保守主义者进行了针锋相对的斗争。早在 19 世纪末至 20 世纪初，无锡白话报人裘廷梁就积极提倡白话文，并且通过热情的赞助平民教育，从社会下层开始推广白话文理念。他率先提出了“崇白话而废文言”的口号，对中国近代语言的转型起了积极的促进作用。可以说，他的语言变革理念源自充分的历史依据和现实理由，为近代白话文理论奠定了基础，也为近代文艺美学初定了文学语言的审美趋向，即以通俗简易为美。裘廷梁的白话文改革理念也为新文学的白话文运动起到了开路先锋的作用。作为新文学运动的发起者，胡适也大力倡导白话文运动。他在那篇著名的论文《文学改良刍议》中提出文学改良的“八事”，其中专门提到文学应当“不避俗字俗语”，[②] 这样就打破了文言文的僵化封闭状态，将不入流的民间话语推到与正统的知识分子话语同等的地位，为民间话语的大量使用奠定了理论基础。而且他在《建设的文学革命论》中，进一步提出了“国语的文学，文学的国语”作为文学革命的宗旨，指出了文学革命与国语运动的互动关系，强调白话作为国语的文学革命工具的必要性。胡适的白话文主张比晚清的白话文运动更具有理论上的严密性和操作上的可能性，其不仅从文学的层面上将新文学与旧文学区分开来，而且由工具的改革带来了文化和政治意识的变革。由此，语言的革新使现代中国文学从形式到内容，从理念到思想都产生了不可估量的影响。语言的变革也使文学逐渐摆脱传统意识形态的影响，从而使它渐渐地由上层统治阶级的专属品变为社会各阶层都可以享有的雅俗共赏的精神产物。而这其中，民间话语的运用也起到了很重要的推动作用。

随着商业经济的发展，白话文的正统地位得到了进一步的巩固。尤其是上层阶级利用权力强行推导，使得白话文覆盖了中原和沿海这些文化和经济

---

① ［德］《维特根斯坦全集》第 2 卷，丁冬红等译，河北教育出版社 2003 年版，第 189 页。

② 胡适：《文学改良刍议》，《新青年》1917 年 1 月第 2 卷第 5 号。

发达的中心区域。但是，在现代白话文的使用过程中，为了让语言的使用更加规范化，同时也与世界保持同步，现代作家们渐渐将带有地域性特征的语言给抹杀淘汰掉。大量的带有民间地方色彩的口语、俚语和俗语从文学文本中逐渐消失。正如有些论者提出的："规范化语言写作无疑是对具有区域性色彩的民间文化的消解或破坏，其结果便是，保持或空出文本话语的区域性文化特征与20世纪中国文学的总体发展趋向始终存在着矛盾，任何一种区域的文学要想超越地域的狭隘性走向全国就必然要求其语言具有规范性。"① 这种对语言的硬性规范从某种意义上破坏了语言生态，使语言的使用走向了单一和模式化的格局。失掉了活泼泼的乡间话语的构成，中国丰富多彩的语言家族就显得单调与沉闷。所幸的是，这种缺憾可以从边地空间中得到一定程度的弥补。因为边地审美文化空间是远离政治经济文化中心的边僻之地，所以边地的气质中就更多地带有民间的味道。既然边地受到中原汉儒文化的辐射和控制较轻，那么边地小说在内容表达和结构形式上也会体现出与中原文学不一样的边地风格来。这种差异体现在话语表达上就是乡间话语在边地小说中的大量使用。尤其是边地方言的使用大大减少了"知识分子腔"的说教意味和"欧化风"的特异感，给边地小说增添了活泼自由的气质。现代边地小说中使用的乡间土语、黑话和具有少数民族风味的话语使得这类小说从形式到内容都呈现出边地审美文化空间独有的浪漫诗情，也较为真实地反映了边地人生苦难中的欢欣与绚烂中的悲情的两极状态。由于所处的地域有差别，南北方的文化构成也不尽相同，因此，在不同的边地文化空间中使用的乡间话语也不一样，这种不同"不是自然而就，而始终是某种建构的结果"②。这展现出边地文学的边缘存在的自为姿态，也同时表明中国作为多民族国家文化的多元性与复杂化。

对于南北方文化之间存在的差异，魏征早在《隋书·文学传序》中通过比较南北朝时期南方与北方文风的不同时就注意到了。"江左宫商发越，贵

① 赵新林：《边界的消失》，靳明全主编：《区域文化与文学》，中国社会科学出版社2003年版，第228页。

② ［德］福柯：《知识考古学》，谢强、马月译，生活·读书·新知三联书店2007年版，第26页。

于清绮；河朔词义贞刚，重乎气质。气质则理胜其词，清绮则文过其意。理深者便于时用，文华者易于咏歌。此其南北词人得失之大较也。”[①]在这里，虽然指出了南北文风的不同，但是这种差异仅仅局限在理与意的范围内，还没有涉及民间话语体系的问题。在现代边地小说中，通过民间话语的运用较明显地提出南北方文化的差异。北方的豪放与南方的婉约不仅是文学风格的差异，而且也体现出自然生态的不同，也是人文理念差异的表达。沈从文的小说中湘西苗族俗语的运用使其小说更具有边地少数民族的风味，这也是他的创作区别新文学文坛其他作家的标识。端木蕻良更是有意识地将东北的方言土语甚至是土匪的黑话运用到作品中。他这样做可能在某种程度上损害了小说艺术构成的精致和美观，但是这些话语组成却构成了其小说独特的“科尔沁旗草原的气度”，这为逼真地展现东北边地的生命活力提供了最原汁原味的语言基础。艾芜作品中那些粗俗的乡间话语成分同样也是他流浪的生命历程最好的表达。那种对流浪生活刻骨铭心的生命体验，也只有用这种看起来粗糙直白的文字才能原生态地表达出对边地人生爱恨交织的感情。生命的价值并非只有华丽的装饰才能彰显，这些平凡真实的生命才更能体现出人生的世相百态与人性的美丑良恶。周文小说的话语运用更具有川康边地的粗陋与无情。他的小说不但呈现出边地的荒凉与闭塞，而且体现出人性在生存极限的考验中的崇高与卑劣。端木蕻良甚至认为中国“诗人的血液里，普遍的缺乏一种东西：这种东西仍是属于旷野、草莽、大海、强盗、狼、毒蛇、蝎子、野生的东西的。诗人们好像都是吃家畜的奶长大的，他们的语言都是有教养的斯文的思索的修饰的知识分子的”[②]。这种思想基于北方游牧民族的雄强放达而又狼性的文化心理积淀。作家渴求这种野性美是“一个从历史厚重的堆积和现实创伤中崛起的民族，急切的需要自我超越而又难以超越，便借助雄

① 魏征：《隋书·文学传序》，转引自严家炎：《二十世纪中国文学与区域文化丛书·总序》，湖南教育出版社 1997 年版。

② 端木蕻良：《文学的宽度、深度与强度》，《七月》1939 年第 5 集第 5 期。

性的自然以壮大自我”[1]的心理诉求，也是对以汉儒理性文化为主流的中国文化进行的文化输血反思。

总之，在文学创作中，话语的运用虽然属于外在形式的问题，但是由形式反映出内涵。形式不是无关紧要的表达，而是作家那些有意味的重要思想的外壳。“人们不用在明显的东西下面寻找另一话语的悄悄絮语，而应该指出，为什么这个话语不可能成为另一个话语，它究竟在什么地方排斥其他话语，以及在其他话语之中同其他话语相比，它是怎样占据任何其他一种话语都无法占据的位置。”[2]边地小说中乡间话语的运用表明这种叙事就体现出边地文化的内蕴。如果运用知识分子话语就会削弱或者无法确切体现边地文化的气质，也就无法准确表达其人文精神内涵。

## 二、自由洒脱的边地语言风格

艾芜小说中的滇缅、中缅边境的山地韵味是通过作家话语与人物话语两套系统表现出来的。作家的话语系统主要表现在对自然生态描写的优美雅致上，而人物话语则与这种风格相反，是带有地方特色的方言、俚语、行话和江湖黑话等的乡间话语。整个一部《南行记》巧妙地运用乡间话语，写出了边地人生的酸甜苦辣。作家融入个人情感于其中将这些边地子民的生活反映出来，这本身就是一种人道主义的关怀，其作品充分体现出边地流浪者的生存状态和精神结构。边地文化的内涵也蕴藏在乡间话语的形式外壳中体现出来，使读者能够更加真实地去触摸边地文化的脉搏。

如《人生哲学的一课》中的鸡毛店（一种很小的客店）、幺厮（茶房伙计）、挂账（记账）等都属于民间话语范畴的能指，使小说的叙事自然合理，符合边地流浪的现实情况。《流浪人》中作家对自然生态的描写带有知识分子话语文雅与规整的特点。“河里铺着无数鹅卵石，颜色一片灰白淡黄，使

---

① 肖云儒：《中国西部文学论——多维文化中的西部美》，青海人民出版社 1989 年版，第 92 页。

② ［德］福柯：《知识考古学》，谢强、马月译，生活·读书·新知三联书店 2007 年版，第 28—29 页。

人想起荒凉的感觉。但有些地方，一道细沙通过，水浸湿的沙上，长着稠密的马苜蓿，清脆嫩绿，便分外显得可爱。”（《流浪人》）而对人物对话所使用的话语则带有明显的“山野味”，粗俗而且直接。啥子、咋个、哩、罗等这些语气助词层出不穷，妈的、老子他们、充狠、狗头、鬼话、杂种、婊子、屁相干等这些脏话也是接连不断，苏气（漂亮大方）、黄话（靠不住的话）、争（欠）、默到（以为）等地方方言也时时穿插其中。可以说，通过这些“野人话语”的运用鲜明而贴切地凸现出边地人物的性格特征及精神风貌。由于，边地人生活在一个远离现代文明与阶级社会的空间中，多余的礼貌与含蓄对他们来说就是做作与虚伪的表现，长年的山风野雨将他们浇灌成粗鲁的“野人”，并且边地文化的交杂性使得这些边地人的话语具有了南腔北调的驳杂感。艾芜在《在森林中》更是将这些野人话语运用得非常充分，不仅包含上述提到过的那些民间用语，而且还有一些很有特色的边地俚语：闹官儿（嫖客）、冲壳子（扯谎）、打上福（说好话）、喊声（如果）、发梦天（说梦话）等，还有舵把子（首领）等行话黑话。再如《我的旅伴》中使用的耙耳朵（怕老婆）、扁达（缅语，警察）、痛（缅语监狱）、勒拍液捣（缅语吃茶）、木头咖（缅语汽车），《洋官与鸡》中的运用的格八（克钦语大），《我们的友人》阿哥几（缅语大哥）、红毛鬼（英国人），《印度洋风情画》中的奎鲁德（缅语狗入的），摆灿没西补（缅语钱没有），腊伍（似是福建厦门话，老母），唐山（华侨称中国的土话），丢亢妈个害（广东台山话，入他妈的），牙牙伍（意思跟呱呱叫相反），《海岛上》的德白，端（马来语，敬礼先生）等。如此一来，欣赏艾芜的边地小说如同走进了语言博物馆，不仅领略中国各地的风俗民情，而且也体味了异域的风情。当然，在他的小说中，外来语与少数民族语言相对数量少，数量最多的还是汉族民间话语。这些乡间话语虽然看起来充满了村野的粗俗和泥地滋味，但是却贴切地表达了边地民间那股粗辣辣的劲头与野活活的生机。通过这些村俚俗语，能够透视出边地原生态的生活品貌，也将边地审美文化空间较为形象地凸显出来。

端木蕻良的小说也配合塞外边地的大野风貌使用了大量的乡间话语，但是在运用形式与技巧上他与艾芜有区别。艾芜的边地小说与其他题材的小说在语言风格上基本上没有太大的改变。但是端木不一样，他针对不同题材的小说使用了几种不同的话语体系。而且，他的边地小说为了突出北中国草原雄阔的气势与大地原始的生命强力，不惜伤害内容的精致，故意在行文中出现一些不连贯大幅跳跃的情况，给读者造成一种粗糙的感觉。故此，有文学史家对他的成名作——《科尔沁旗草原》就给出了“结构凌乱，缺乏组织力”[①]这样的批评。或许面对大自然的神奇与瑰丽，人类的语言只能是苍白凌乱的。尽管他的创作并非十全十美，甚至还存在诸多粗疏混乱的瑕疵，但是他对乡间话语的精到运用确实给充斥着“欧化风”与“文人腔”的中国现代小说创作开辟了一个新的领域，从另一个层面体现了“中国”的精神。所以，王任叔惊叹其“语言艺术的创造，超过了新文学以来的一切作品：大胆的，细密的，委婉的，粗鲁的，忧郁的，诗情的，放纵的，浩瀚的……包涵了存在于自然界与人世间的所有的声音与色彩。”[②]之后又对他小说中方言的成功运用不吝赞誉，“由于它，中国的新文学，将如元曲之于中国过去文学，确定了方言给予文学的新生命。”[③]对于这一点，就是对他的创作持批判态度的文学史家司马长风也不欣赏地承认其《科尔沁旗草原》“分明的存在着两种完全不同的语言。一是自然流畅的口语，二是倨屈聱牙的欧化语。”“口语，潇洒漂亮，生动传神，还带有泥土芬芳，后者的欧化语，‘的’‘地’连篇，读出来人多半不懂，正是瞿秋白所痛骂的‘新语言’”[④]。惋惜的是，尽管当时的批评家对端木蕻良的创作给予厚望也展望其光明的前途，但是历史的发展总是有出人意料的一面，他在中国现代文学史上的受关注程度显然与其创作水准是不成正比的。这或许也是艺术的评价标准与历史的评价标准存在相悖之处。

① 司马长风：《中国新文学史》（下），香港昭明出版社 1982 年版，第 91 页。
② 巴人：《直立起来的〈科尔沁旗草原〉》，《窄门集》，海燕书店 1941 年版，第 172 页。
③ 巴人：《直立起来的〈科尔沁旗草原〉》，《窄门集》，海燕书店 1941 年版，第 173 页。
④ 司马长风：《中国新文学史》（下），香港昭明出版社 1982 年版，第 91 页。

新时期以来尤其是海外学者对端木蕻良关注的增多使得国内批评界对其创作的注意也逐渐增多。如果把端木的小说从边地文化和文学两个角度重新审视，也可以获得诸多有价值的收获。他的小说在营造边地氛围、摹写边地人生上确实下了很大的功夫，传达出作家浓厚的边地生命深情。他运用汪洋恣肆的想象力，配合独具边地风味的乡间话语构建起边地草原王国。他的小说对乡间话语的运用不是蜻蜓点水般的点缀，而是一泻而下的诗意铺排。最能体现这种特质的莫过于他的短篇小说《遥远的风沙》。在这个小说中，作者为了创制出独特的边地野味，故意让所有的人物都说“黑话”，有意制造紧张、凝重的叙事格调。小说的开头部分大段的自然生态描写首先就把塞外荒原的粗硬荒疏用蒙太奇的手法映现出来，交代了人物活动的空间特征。唐代诗人王维“大漠孤烟直，长河落日圆”的苍凉壮阔的诗意在这里有了新的传承。在苍茫的塞外，“我们”这群操着黑话奉命去收编土匪的抗日小分队却更像是一群打家劫舍的土匪。枪法奇诡的队长代号叫双尾蝎。他虽然枪法不算准确，但是最后一下，却总是“致命决”。这其中，真正的土匪煤黑子的存在就更加突出了“我们”这支队伍“匪化”的意味，以至于小客店的老板一家以为“我们”就是地道的土匪。作者为了原生态地展现人物的精神气质而大量使用黑话和方言，这样一来虽然在审美感觉上显得小说匪气十足，但是并不影响叙事的流畅，反倒是有力地衬托出边地汉子的粗野之美。小说中运用得较为典型的民间话语如：撒马撒马（看看光景）、荤腥（女人）、躺土牛（牛皮靴之一种）、四至（舒服）、摊黄菜（炒鸡子）、香一香（炒一炒）、躺桥（土匪隐语：睡觉）、察棚了（土匪黑话：阴天了）、料水（土匪黑话：守卫）、插了他（枪毙他）、子溜子（子弹经过之路）、柳子、崽子（土匪黑话：子弹）、听个响（由枪中放出）、分明说“嚓”了（谈判决裂了）、消倒（撂倒）、打脖回（后退）、抬（交火）、才出马（新手）、挂上柱（从事某种事情）、道眼（行情）、踩熟（弄明白）、滑（退走）、撇着（一个人在后边死守）等，何等精妙的黑话集成。在中国文学史上，恐怕只有边地小说的才适合运用这类话语。除了使用江湖社会的黑话以外，诸如他妈的，妈 × 的等这类脏话

也时时出现在小说的叙事中，这更增添了作品的荒野味道。分析上述民间话语的灵活运用，分明就可以“听”出这个小说的匪气、狠劲和雄性的特点。此外，在端木蕻良其他的边地小说中，大草原的气质也随着这些乡间话语的使用逐渐地显露出来。小说《螺蛳谷》中也出现了大量的方言：马儿密（不好了）、河漏床子（一种压面工具）、扎猛子（短时间潜水）、打狗刨（一种笨拙的游泳姿势）等，还有《浑河的激流》中拉出去（土匪隐语：民变）的表达等。应该承认，这些民间话语的恰切运用不仅增强了此类小说的叙事功能，也增添了很多边地生活的情趣。这些民间话语在恰当地体现边地草莽英雄的性格特征上确实起到了画龙点睛的作用。我们感受着这些“土掉渣”的甚至可以说粗鲁不堪的“野蛮人”话语的同时，使人振奋地感受到民间力量的勃发。

端木蕻良笔下的东北边地的欢乐忧伤甚至是堕落都在这些极具地方色彩的话语中彰显出来。作家虽然接受了现代文化教育的洗礼，但是骨子里那份边地生命基因却没有发生改变，反而在适当的契机借文学之力体现得更明确。因此，他的小说不但在民族革命解放的宏大叙事上应和了现代文学的时代步伐，而且在呈现特定地域文化特色方面又突出了自己的个性特色，在文化内涵上提供了与中原理性文化相比照的审美模式，以一种边地粗犷之美震惊了中国文坛。乡土中国浓郁的土地滋味借助这些民间话语刺激着读者的阅读神经，在一种对边地乡村的美好记忆中完成对古老中国的文学想象。

作为文体家，沈从文的小说其语言运用自成一家，有独到的精彩。最令人称道的作品《边城》之所以会给人一种田园牧歌般的享受，就是因为小说叙事语言的娴熟与精到。他用纯美而简洁的叙事风格创造出一个优美的边地审美空间。其实，在他最初的小说集子中，不少作品的语言显得干涩生硬，极大影响了其审美效果。后来随着他运用语言的技巧愈加炉火纯青，其小说也就越发精彩。这也得力于他写不同题材的作品使用了不同的笔法。“沈从文写小说，也许可以有三套笔墨（自然就其‘大略’而言）：写城市、知识者诸篇文字的琐细以至时见冗赘，写湘西普通人生活的极其自然明净与节

制，和《神巫之爱》、《龙朱》诸作的铺张奢华，——统一了民间俗文学的机智与贵族式的风雅。”[①] 评论家很敏锐地意识到沈从文的创作受到湘西边地的巨大影响，这种影响反映到语言上就是用他那些清透灵动的文字来诗化湘西。他的话语运用既有古典文言文的雅致，也有苗族化语的明快，更多的却是沈从文为构建湘西世界而生成的灵动文字。这种叙事风格给他开辟了创作的广阔天地，同时，他也将湘西清晰地标记在“文化中国”的地图上。尤其是，他对少数民族语言的运用更是为其创作增添了不少异族文化的魅力。不过，他对母族语言的运用并不像端木蕻良那样，密集而且泥沙俱下。他有选择地谨慎使用这些母族话语。沈从文的苗族血统以及多民族杂居的生活体验使他对苗族的命运怀有深深的悲怆感，这种情感流淌在文字的叙述中，潜隐在其小说的审美格调中。这些少数民族的方言大多出现其早期的作品中，如《往事》中抹黑饿了不曾、长子、四满（乡人呼叔叔为满满）、满姑（乃最小的姑母）等。特别是那些如满姑之类的苗人的称呼在城市人看来总归很新鲜。此外，他为数较多的作品中都涉及了边地少数民族一些生活琐事，这些乡间情调在城市人眼中也充满了异族情趣。诸如“代狗”这样的称呼，外地人恐怕以为是对小狗的称呼，实际上却是苗人对小孩的俗称。必须承认，沈从文创造话语的能力很强，就像“烂”这样的词，他竟然拿来形容代狗那种要哭的样子。“烂起两块脸”这种生动而形象的比喻大概只有在他的作品中能找到。“趋抹刺黑的矮矮茅屋”就是对边地苗人居住条件的形容。我们从这些别具民族风味的话语中窥见苗人生活的一瞥。

沈从文在写湘西独有的吊脚楼风味时很能体现出其语言的民间活力与边野味。他似乎对这种吊脚楼风味也有着不同寻常的感情。《柏子》中远航归来的水手们粗野地唱情歌，开心地对骂，吊脚楼上暧昧的灯光与痴情妓人的等待，这些都是在特定的话语组织中完成的。大概因为对边地人性美的极度自信，使他偏激地认为即使是湘西边地的妓女也很纯美，妓女与水手的欢情

① 赵园:《沈从文构筑的“湘西世界”》,《文学评论》1986 年第 6 期。

也是最纯真的。其实，像沈从文那些纯粹描写边地苗族生活的小说《龙朱》《媚金·豹子·与那羊》等作品，其中对苗族风俗与苗人的爱情价值观的叙写在内地人看来是有些费解的。那种带有神秘色彩的仪式性的异族风情虽然令人新奇，但是并不能够为大多数读者所接受。毕竟，文化的差异会阻碍交流的可能。因此，尽管这些作品民族风味很浓，但是在接受程度上就不如《边城》那样具有吸引力。况且，上述这些作品在某种程度上都在批判汉儒文化的苍白与懦弱，这对主流的中原文坛来说有一种格格不入的不调和感。更重要的是"《边城》里所有的对话，真正是人民的语言，那些话使你嗅出泥味和土香。"[①] 他将"边城"置放在一派碧水青山间中来显现它独特的魅力。在那里，泥土的滋味应和着农人的勤劳和纯朴构成了湘西边地最写意的山水画。因此，小说的叙事就配合这种边野乡里的情调娓娓道来，在迂曲缓致的铺叙中将边城的美与愁体现出来。总的来看，沈从文最精彩的小说都是在语言运用上非常讲究，而且特别注重突出湘西边地风味的作品。他有意识地将乡间话语运用到现代小说的写作中，有针对性地将知识分子话语进行改造以适应小说表达的基调，这样的"工具重造"使其小说达到了语言艺术与审美格调的相对和谐。这出自他对湘西自然之美的折服，也是表达作为湘西乡下人对故乡的深切眷恋之情。但是"在沈从文描写现代都市生活的小说中，讽刺性越明显的，越不成功。此无他，他说教说得太明显之故也。"[②] 由此可见，地域环境所给予作家的创作灵感是非常重要的。湘西边地既是沈从文文学生命的原初发轫之地，也是他被称作湘西边地最佳代言人与开拓者的文学圣地。可以说，湘西为他提供了审视中国文化，思考中国出路最深切的生命体验。因此，他的边地小说往往就体现出一种在大自然的感召下人与天地相通，人神灵魂的契合的美妙而玄幻的叙事格调。《长河》这个未完成篇，仍然延续了沈从文在《边城》中的语言风格，但是有所改变。这种改变是应和

① 司马长风：《中国新文学史》(中)，香港昭明出版社 1982 年版，第 39 页。

② 夏志清：《中国现代小说史》，复旦大学出版社 2005 年版，第 145 页。

时代发展和思想转变而来的，从他的字里行间已经能够嗅出湘西变革的“火药味”。可以看出，沈从文的《边城》之所以比《长河》更能触动读者灵魂，是因为《边城》体现出来的纯粹、美好与安稳，甚至是美的幻象干扰了世人的分辨能力，而这种纯美是作家有意为之的结果。可惜，《长河》中的湘西已经不再单纯，也不再清新如画。美的幻梦被现实的残酷打破，突如其来的变动将《长河》拖入现实的沉闷与俗气。所以，“边城”美得脱俗，而“长河”已经开始变得污浊。不过，相较《边城》的叙事语言的清丽脱俗，《长河》也不愧为沈从文语言艺术的综合体现。作品干净通脱的文字叙述，人物对话的民间边地风味，还有对“现代”来临隐隐威胁的惆怅与抗拒都能在文字叙事中得到直观的感受。《长河》已经脱掉了《边城》那种不食人间烟火般的凄美，更有乡土中国的实在感与人情味。尤其是人物的对话更凸显出边地人民那种自得其乐的怡然与质朴。但是《长河》是不完整的，沈从文没有给“长河”一个交代，只留下曾经的“边城”给人无尽的想象。尽管《长河》消隐了《边城》的纯美与空灵，但是更为真切地体现出时代变革中湘西的风云变幻。虽然沈从文仍然固执地相信人性的美好只有在湘西边地空间中才能存在，但是《长河》使他从自造的“边城”梦境中脱身出来，敢于直面湘西的落后与痛苦。无论时代如何变迁，沈从文始终坚信湘西边地依然顽强地保存着由千年历史孕育出来的纯朴人性之美。这些被自然长久浸润的“乡下人”骨子里透露出一种与外在环境高度契合的植物性特征。他们理解自然，顺从自然，在大自然的规训中繁衍、生长。

从以上对现代边地小说乡间话语运用的分析，可以看出中国现代小说尽管师法了西洋小说的技巧，但是在表现形式上却有着浓郁的本土特征。特别是边地小说中乡间话语的巧妙运用使得中国现代小说更具有中国风、民族味。现代作家有意运用边地蛮语来打破汉儒正统话语的规范，从而体现出边地文化的粗野与活泼。尽管沈从文与端木蕻良分别写出了中国南北不同的边地文化空间，但是对中原汉儒文化糟粕的共同质疑却使他们的小说在文化内涵上有了异曲同工之妙。这些以沈从文为代表的现代作家共同拥有的边地生命体验使其能够以边地主人的身份参悟边地的精神文化内涵，在一种融入边地的兴奋中，热恋着各自营构的文学边地。在此过程中，他们恰切地运用乡间话语的功能使其发挥出极大的叙事感染力，明确地传达出了边地非主流却也不脱离主流的边缘心声。总之，边地不仅是民间歌谣的海洋，也是乡间话语的资源宝库。

# 第三章　中国现代边地小说映现的传奇人生

自然生态复杂多样而又文化驳杂的边地空间孕育出异样的边地人生。这些带有传奇色彩的人生样态是边地生活的写真，也是边地文化的载体。这些挣扎在边地的雄强生命个体构成了别样的边地故事。沈从文在湘西边地寻求优美人性的可能，在他的笔下，就连土匪、妓女这些社会边缘人物也具有了某种意义上的美好；端木蕻良则裹挟着东北草原的粗犷，满带着文人的细腻，深情地拥抱大地母亲；艾芜跋涉在滇缅边境，亲身体验边民生活，力图通过文字书写出他爱恋的那些卑微而又伟大的小人物的精神品格；周文却是以军人作家的身份描绘出边地军人在极端境遇中所迸发出来的纯然人性的感人至深，等等。应该说，这些具有边地体验的现代作家倾心演绎着边地传奇人生，也通过这些具有传奇色彩的人生境遇揭示出他们对边地价值趋向的“文化忧思”和对自我文学理想的探寻。

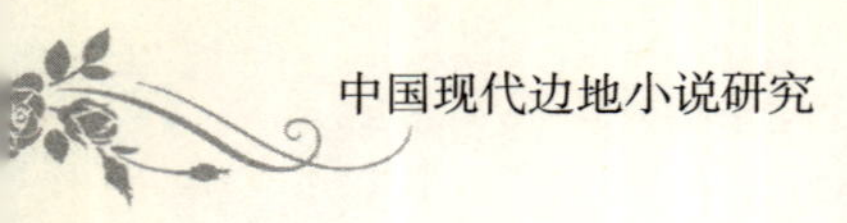


## 第一节　优美人性的求索

### 一、湘西边地的生命探寻

沈从文起初以“乡下人”的忧郁与执着，闯入城市中，满带着理想与憧憬，却收获了忧愁与贫穷。所幸，他最终成功地让自己挺立在中原文坛，为偏僻的湘西带来了夺目的光彩，也让湘西成功地进入主流文化的视野。尽管他有过度美化那个边僻之地的嫌疑，但他却让湘西边地成为中国文坛一个不可或缺的符号，一个不能忽视的存在。他始终把边缘的湘西作为文学创作的基点来思考中国当时和未来的出路。尤其是，他从自然生态的人性出发来思考人类出路的理念，现在看来也具有重要的人文价值和理论的合理性。可以说，他依靠边地湘西的构建成功地将自己推到了历史的前台，也给现代边地小说创作提供了参考。他不希望湘西边地文化就这样消失在现代文明的冲击下，更不希望整个中华民族精神在这场轰轰烈烈的世纪变革中再一次受到重创。他顽强地坚信中华民族仍然有蓬勃向上的生命活力，只是这种生命活力必须通过优美人性的建构来体现。鉴于强烈的文化雄起的理想，他写作了如小说《边城》那样的一系列纯美的作品。对待生命本体，沈从文有超出常人的独特生态观。“凡是生命就有它在那小地方的特殊状态，又与别一地方生命还如何有个共同状态。并且凡是生命照例在任何情形中有它美好的一面。丑恶，下流，堕落，说到头来还是活鲜鲜的‘人生’。（一片脏水塘生长着绿霉，蒸发着臭气，泛着无数泡沫，依然是生命。）人就是打从这儿来的。这里所有的情形，是不是在这个国家另外一片土地上同样已经存在或将要产生的？另外地上所有的，在这一个小小区域里是不是也可能发生？想想看就会

明白。日光之下无新事，我们先得承认这一点。”[①] 这段文字充分证明了沈从文热爱生活，珍惜任何形式的生命样态的生命关怀主义。哪怕是一片化石，在他看来也具有别一层面的美好价值。现代生态文化强调生命链条的关联性与生命群体之间的和谐性，重视任何形式的生命个体，试图扭转工业文明所标榜的“人类中心主义”所带来的生态恶果，以协调有序的“生态中心主义”来对待包括人类在内的自然万物。应该说，沈从文的生命观符合现代生态理论，这表明他对生命的理解已经超越了当时流行的“人类中心主义”的藩篱，升华为较深层面的大生态观。

在现代中国，鲁迅以其斗士的姿态、犀利的笔触、深刻的思想一直镌刻在现代文学发展的里程碑上。沈从文则不然，他或许适合于过去的中国，特别是三十年代的中国，但未必适合于当时的中国，尤其是四十年代后的中国。所幸的是，现在的中国终于发现了其深在的价值并逐渐地接受他，并给予其较为公允的地位。他对人类的悲悯心，对生命的敬畏感，对血腥残杀的痛恨，都体现出他对“人之为人”的深切理解。他和鲁迅的出发点不同，但也有共性。鲁迅是大时代病痛的揭露者和试图疗救者，也是时代的孤独者。沈从文通过诗化湘西力图尽早地让世人特别是城市人了解此地的纯净与挣扎。相对来看，他不太适合时代的发展要求，孤独也是必然的。但他以自己对生命的领悟与赞美，去观照那些土质的、水做的、野性的、透明的、原始的且带有雄强的妩媚的生命形态来思考生命为何以及乡土中国如何再造的问题。他是片面的，也是超前的。他深爱着湘西，尽管湘西并不尽如人意；他也惋惜着湘西，因为这里封闭落后。在缭绕着鸦片烟的香味中，有无数鲜活的生命被腐蚀掏空，只剩下萎顿和空洞的生命外壳。沈从文没有被鸦片俘获，而是倔强地走出了湘西。他成功的意义并非只在于构筑了一个湘西边地，而是通过这个窗口对现代中国的过去、当时与未来进行审视与反思。尤其是，他从生命角度出发思考个体存在的价值，拷问民族道德重建的意义，进而上升

---

① 沈从文：《沈从文文集》第 7 卷，花城出版社 1983 年版，第 184 页。

到对整个人类未来的出路及对人性的忧思。他着眼的是以湘西为代表的众多个“湘西中国”的命运以及人类普遍出路的问题。因此，沈从文既是属于中国的，也是属于世界的。他喜欢触摸社会底层，对诸如农民、小商小贩之类的小人物最有感情，也着力最多：“农人士兵也好，妓女土匪也好，小贩女佣也好，由于他们身上蕴藏着一种素朴人性美，因而使得沈从文对他们充满‘不可言说的温爱’，而这种‘温爱’又总是同作家对丧失素朴人性美的上等人、城里人的憎交织在一起，从而显示出作家分明的是非和爱憎，这正是沈从文反封建思想和人道主义精神的自然流露”。[①] 这种思想既源于沈从文对自然人性的追求，也源自他对底层生活的体验与对底层生命的悲悯。因此，他会在《边城》这样的世外桃源中设置像翠翠这种纯洁无瑕的自然人形象来表达他对优美人性的尊崇。这样的理念与儒家的入世思想并不合拍，而更接近道家回归自然的出世思想。当然，湘西巫觋文化的影响也使他出离世俗的烟火气，更多一层清冷而淡然的味道。无疑，沈从文利用翠翠这类人物寄予了自己的人文理想，充分表明他对自然生命形态的认同。

沈从文的出现对中国文坛来说是一份丰美的收获，也可以认为是对“京海”文化中心的反叛、对抗与靠拢的结果。[②]“因为这种乌托邦一出现，神祇就要从人类社会隐没了。他对古旧中国之信仰，态度之虔诚，在他同期作家中再也找不出第二个。”[③] 沈从文对古旧中国的爱是通过创造“边地湘西”这个“世外圣地”来实现的，“但沈从文并不是一个一切惟原始是尚的人，更不是一个感情用事，好迷恋过去，盲目拒绝新潮流的作家。虽然他有些作品是可以称为‘牧歌’型的，但综观其小说文体，不但写到社会各方面，而且对当时形势的认识，也非常深入透彻”[④]。不可否认，沈从文并非不谙世事，

① 吴立昌：《试论沈从文笔下的人性美》，《文艺论丛》第 17 辑，上海文艺出版社 1983 年版。

② 这是指沈从文以他独有的姿态创作出湘西边地小说，这给京海文化中心吹来了一股不同寻常的边地之风。这股来自原始神秘的湘西边地之风使得 20 世纪二三十年代的中国文坛在经受了都市之风、农村之味、革命之潮的喧闹外，又领略了来自中国西南文化边地的传奇。

③ 夏志清：《中国现代小说史》，刘绍铭等译，复旦大学出版社 2005 年版，第 134 页。

④ 夏志清：《中国现代小说史》，刘绍铭等译，复旦大学出版社 2005 年版，第 134 页。

一味沉浸在自我的“边地”中不能自拔。他的小说尽管缺少时代感和现代感，但是他所带来的是向久远里寻找质朴人性的怀旧感与文化感。在过去时间的映照下，现代社会的种种浮华景象自然而然地浮在读者面前。“再造中国”也好，“重造工具”也罢，这些都让沈从文的文学理想涂抹上一层浓厚的文化意味。“文化中国”比起“现代中国”来更带有世纪的悲怆感。迫切地向现代社会靠拢往往就会以失掉母族文化为代价，或许这是沈从文的最不愿意看到的。在快速推进的现代性建构中，沈从文的孤独难以避免，但恰恰是这种文化的孤独促使他构筑了湘西世界，利用这个遥远而又亲近的边地空间实现向现代社会抗争的决心。试想一下，沈从文如果没有在孤独中坚持不懈地为湘西“正名”，他可能就不会特异独行在当时的中原文坛，也不会在中国现代文学史上留下自己的足迹。就像《人民公敌》中斯多克芒医生所发出的尖叫一样：“世界上最有力量的人是最孤立的人。”孤独的挣扎与对生命的悲悯恰恰成就了沈从文和他的文学创作。

沈从文利用“野蛮人的血液”进行文化再造的理想带有强烈的悲壮意味。“血管里流着你们民族健康的血液的我，二十七年的生命，有一半为都市生活所吞噬，中着在道德下所变成虚伪庸懦的大毒，所有值得称为高贵的性格，如象那热情、与勇敢、与诚实早已完全消失殆尽，再也不配说是出自你们一族了。你们给我的诚实，勇敢，热情，血质的遗传，到如今，向前证实的特性机能已荡然无余，生的光荣早随你们已死去了。皮面的生活常使我感到悲恸，内在的生活又使我感到消沉。我不能信仰一切，也缺少自信的勇气。”[①]这段文字鲜明地表达出了沈从文对都市生活与都市人生的批判，也借此向自己的母族发出圣徒般的忏悔。这种忏悔其实也包含有边地人进入都市后，面对光怪陆离的现代社会所形成的一种无形的挤压感与自卑心态。这种自卑源自对都市生活难以把握的不自信，更是来自对现代性冲击的无所适从感。两种不同文化空间的碰撞与冲突使作家感到前所未有的压抑。所以，向

① 沈从文：《沈从文文集》第2卷，花城出版社1982年版，第362页。

"母族回归"成为他最好的心灵慰藉。那些带有异族情调的作品是沈从文向湘西致敬的最佳表达，也是他思考中国文化的突破口。"他想从一个地区性或一个少数民族（苗）的观点出发，而不是从西方观点出发去考察中国文化。广义地说，这是在中国文化内部对中国所作的批判。"[①] 苏雪林在评论沈从文的作品的人文理想时曾经这样表达："我看就是想借文字的力量，把野蛮人的血液注射到老迈龙钟颓废腐败的中华民族身体里去使他兴奋起来，年轻起来，好在二十世纪舞台上与别个民族争生存权利"[②]。确实，沈从文不遗余力地构筑"湘西世界"带有强烈的改造民族道德的意图。因此，他在创作中极力地抨击甚至可以说偏激地否定汉儒文化及现代城市文明，使其苦心经营的湘西边地呈现出唯美而强悍的野地新景。在审美上，中国的现代作家普遍对城市空间带有厌弃之感，对封闭的农村也充满了失望，所以，"湘西世界"的出现无疑奉献了一个展示乡土中国之美的最佳空间。从生态学的角度看，只有自然生态的和谐才会孕育出优美的人性，反之亦然。沈从文利用湘西给自然"赋魅"，使得城市文明更加暴露出其繁华之下芜杂又反自然的丑陋。沈从文算不上构建生态文明理论的先行者，不过他的人文理想却暗合了现代生态文明的理论。因此，从这一点来看，湘西边地的出现既是沈从文有意为之，也是他理解生命，理解人生社会的载体。"同样面对城市压迫，乡土文学作者的感伤情怀往往渗透在他们对乡村社会与风俗的批判当中，情感抒发时受理性的阻遏，或许是因为沈从文没有机会在城市接受新式学校的教育，因而也没有一般新文学作者那种兼任'文化战士'的身份自居，他反倒在作品中表现出一股对乡村生活的极为温柔的眷恋和对于地方风俗的充满温馨的欣赏与陶醉，思乡与怀旧之情抒发得更其本色、质朴而又津津有味，这也是别具一格、且易于让一般读者感到亲切的。"[③]

---

① ［美］金介甫：《沈从文笔下的中国社会与文化·引言》，虞建华、邵华强译，华东师范大学出版1994年版，第5页。

② 苏雪林：《沈从文论》，《文学》月刊1933年9月1日第3卷第3期。

③ 范家进：《现代乡土小说三家论》，上海三联书店2002年版，第178页。

《长河》是沈从文计划中的长篇三部曲中的第一部，也是唯一完成了的一部。它之于沈从文的文学生命的意义不仅在于它在某些方面延续了《边城》优美恬淡的湘西边地风格，更重要的是，它的出现使湘西社会的“凝固状态”发生了本质上的松动，也让沈从文“再造中国”的理想有了更加明确的指向。“永恒的景色、人物，和悠久不变的习俗，正在和朝向一个残酷的新社会秩序的无情变动相抗争。”[①]《长河》不再有《边城》表面上从容而舒缓的节奏。尽管他仍然写出了湘西一如既往的淳美，但是构成美的现实基础却被外来的势力打破，湘西不再单纯，它正经受着各种外来影响的刺激，焦虑地抗争着即将到来的“新生活运动”的考验。作为边缘之地，《长河》发生的种种改变，或许已经是中原与沿海较发达地区的“过去式”，如今这种“过去式”演变成为湘西的“现在进行时”。湘西当前正在做着一种“世纪的挣扎”。这种挣扎带有特殊的含义。“新生活运动”的推行就意味着湘西边地要丢掉自己固有的风俗民情，全面地向主流文化看齐。无疑，这场意在提高国民道德，促进卫生和公德心的“新生活运动”将会把湘西带入阶级压迫和剥削的黑暗中。这是湘西不得不接受的现实，也是沈从文需要认真思考的变革。他虽然在《边城》中写出了湘西苗族的隐痛，但是至少表面看来湘西仍然是充满了人性美善的真纯之地，没有外来明显的人为压迫与剥削，一切都在自然的安排下有序进行。《长河》如果没有外来苛捐杂税的重负，没有保安队长之类的外来势力的强力干扰，可能会与《边城》一样的平静。可是“新生活运动”即将到来，湘西已经不可能再找回《边城》所有的平静、独立与安稳。如果说沈从文“冷漠”地享受着《边城》的静谧，那么他更是在热切地抗争着“长河”的变动。种种迹象表明，沈从文打算借《长河》来结束自己的“边地”之旅。虽然湘西边地是沈从文创作灵感的源泉，但是在大时代的变动中，他已经不能保证湘西的纯洁，而且，他似乎也无力再去承担湘西再造的历史重任。因为他已经敏锐而无奈地体察到湘西固有的愚昧和落后，至于怎么去

① 范家进：《现代乡土小说三家论》，上海三联书店 2002 年版，第 371 页。

改变，他还没有得出具体明确的答案。所以，他只好不无遗憾地写道："作品注重在将常与变错综，写出'过去''当前'与那个发展中的'未来'，因此前一部分所能见到的，除了自然景物的明朗，和生长于环境中几个小儿女性情上的天真纯粹，还可见出一点希望，其余笔下多涉及的人和事，自然便不免黯淡无光。尤其是叙述到地方特权者时，一支笔即再残忍也不能写下去，有意做成的乡村幽默，终无从中和那点沉痛感慨。"[①] 至此，他所能做的只能是将湘西置于时代变革中，抽取其固有的美好一面加以放大，以便更好地突出湘西边地的个性。在《长河》中，沈从文一贯地为少数民族代言的姿态也渐渐消隐。就整个小说而言，除去夹杂其中的外来的新生事物，只不过就是中国西南地区普通村庄生活的再现。作者一贯持有的对汉儒文化的公开指责也转移到对外来势力的批判上，对苗族命运的担忧与对苗人苦楚生活的痛诉也不再强烈，而演变为对当地陋习和某些变态人性的鞭挞。

当然，沈从文仍然没有放过每一个对城市文明、对城市人讽刺的机会。在他的意识中，近三十年来，"湘西世界"的种种变化都是源自城市这个罪魁祸首。如果没有城市的开放与诱惑，乡下人是不会知道有如此多的外来事物，也不会被"欺骗"到城市中从而丢掉了乡下人的质朴与单纯。现代文明在城市空间快速膨胀的态势已逐渐蔓延波及了中国的边地乡村，就像是一个巨大的魔窟使淳朴的乡下人变质。虽然把《长河》视为湘西边地理想的终结篇，但是它仍然延续了沈从文一直秉有的对"他的湘西"的赞美。他仍然在做着努力，力图用过去理想的湘西来对抗现在堕落的湘西。在时空的转换中，他把湘西改换了容颜，模糊了边地湘西的民族身份，把过去少数民族化的湘西变成了中性的甚至是汉化的湘西。他悄悄地减少前期《边城》中"车路马路"的显著区别，从而将湘西拉出了传统的窠臼，走向了明天的改变。从翠翠到夭夭，这不仅仅是时代人物的转换，而且也是思想观念的转变。翠翠选择了马路的唱歌为媒，和二老挪送一唱钟情，而夭夭未来的丈夫则是省里师

① 沈从文：《沈从文文集》第7卷，花城出版社1983年版，第6页。

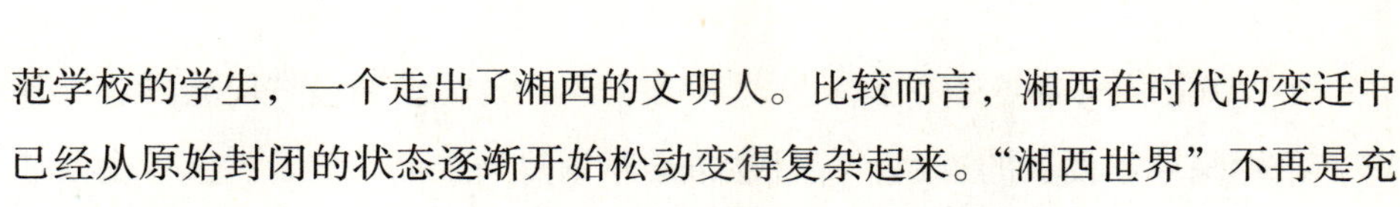

范学校的学生，一个走出了湘西的文明人。比较而言，湘西在时代的变迁中已经从原始封闭的状态逐渐开始松动变得复杂起来。“湘西世界”不再是充满诗情画意的化外之地，而演变为各种外来文化抢先攻占的领地。

“作为乡下人，沈从文在他的小说中批评中国的都市。作为湘西人，他对中国的北方城市感到反感，因为北方人拥有中国政治、语言和教育的权威。”[①]作为边地人，他在批评着中原的霸权，也伤感着湘西的落后。但是作为中国人，沈从文从完善人性，提倡生命活力的角度来思考中国未来的发展颇有深意。分析起来，这种强调提升精神内涵而非单纯营造物质文化的思想，在当时的中国的确带有某种超前性，因为彼时贫穷的中国正需要丰裕的物质来弥补现代性迟来的缺憾。就这一点，沈从文确实具有独特之处。他按照自己的人文理想创造了独有且贫瘠的湘西社会从而与主流思想产生了隔阂甚至是对抗。这种隔阂和对抗却一方面使沈从文成为主流文坛的独行侠，另一方面，他借助湘西成功地使自己获得了主流文坛的认可和接纳。可谓一种双赢的结果。不过在此背后，沈从文在思想上却背负了沉重的压力。边地湘西在他的视野中不是越来越清晰，而是越来越模糊，以至于最后挥泪作别。同为湖南人，作为同乡好友的丁玲就不似沈从文那样把展现地域文化作为创作的重点。丁玲的作品起初是从女性个体出发反映大时代中“小我”的经历，而后则转换方向从“小我”走向了“我们”，她在大的时代洪流中成功转型为大众革命的代言人。由于思想的转变和文学追求的转向，她也由“苦闷的莎菲”变成了激情昂扬的革命斗士。在她的作品中，几乎很难再找到明显的地域文化的痕迹。或许，沈从文极力突出乡下人的质朴与憨萌与他拥有少数民族血统有很大的关系。毕竟丁玲出身于封建的汉儒知识分子家庭，她没有像沈从文那样体验过少数民族文化在汉族强势文化的压制下难以发出自己声音的凄惨与悲壮。因此，对于中国的命运，她更多地从主流文化而非边缘文化来思考。

---

① ［美］金介甫：《沈从文传》，符家钦译，国际文化出版公司2005年版，第140页。

中国知识分子很少有像沈从文这样独辟蹊径，试图通过“民族再造”开辟一条中国革新发展的道路。况且这条道路竟然与主流文化及主流社会改造思想相背离，这本身就散发着浓烈的书生意气。不过，沈从文并非一直固守着他的湘西不放，特别是在接触了新思想和观念的浸润之后，他就对自己的思想适时做了调整。尽管在其笔下，湘西仍然呈现出朴质的美，但是静美的湘西也具有了丝丝现代的气息。不管怎样，他仍然试图借助湘西来检验“再造民族道德”的理想的可能与否，因此，他注重“回到过去”，以纯朴、原始而古老的湘西来作为再造的样本，配合这个样本的特点，他将最完善的人性注入这些朴实的边地人身上，企图从大自然的奥妙中寻找到提振民族精神的法宝。诚然，从严格意义上讲，沈从文不能算是生态学家，但是他倡导自然人性，竭力留存住母数文化的尝试，都体现出其超前的生态文化思想。他通过反映苗族文化的历史命运来反思整个中国，利用文化换血的方式进行重铸民族精神魂魄的努力而证明了其边地文学的价值。他试图保持中国文化整体的和谐与平衡的发展。因此，“回到过去”的意义就不只是迷恋“过去”的故步自封，而是一种“反现代的现代性姿态”。“过去”不一定就代表被动落后。虽然时间意义上的“过去”已经成为历史，但是空间记忆上的“过去”曾经有过保持母族“文化个性”的辉煌时期。尽管这种“文化个性”伴随着主流现代文化的逼近而逐渐地退却面临消失的窘境，但是文化的基因却不会轻易地改变。因此，怀着对包括苗族在内的少数民族文化是否也会在汉儒文化的强势推进下黯然退场以至于完全同化的担忧，沈从文对“过去”的母族文化产生了无以言明的痴迷与困惑。在散文集《湘西》中，他对湘西的风土人情、地理状貌以及苗人问题都作了实录式的介绍，不厌其烦地将“过去的湘西”推介到中国的文化中心，借此把原始的湘西边地与现代化的城市做最鲜明的对比，也通过历史上中原统治者对湘西苗人的不公与杀戮来呈现湘西的悲惨命运。他全身心地注视着湘西，关心着湘西的“常”与“变”。甚至为了表达他对边地湘西的关注，在小说中刻意制造出湘西的“正常”与“变化”。《边城》中尽管存有很多湘西“常”的因素，可是那些突如其来的变数

却预示了湘西多舛的命运。《长河》在变革中仍然顽强地保持着自己的常态，只不过这种常态中隐含了作家甚多悲凉的成分。尽管，沈从文那些湘西土著风味的小说更能代表边地文化热烈奔放的气质，但是却几乎都隐含着血腥的杀戮与悲伤爱情的影子。这些湘西边地的子民们虽然缺少一些端木蕻良笔下那些草原人的豪狠与粗野气，但都是有着天然血性的雄强生命体。所以，在这些“卑贱”的乡下人身上，他倾注自己最深厚的爱。他发掘出普通人的生命亮色，对那些被汉儒文化所轻视的妓女、土匪之类的生命形态同样持有平等和尊敬的态度。在这一点上，他与端木蕻良、艾芜体现出同构的审美价值观。

## 二、与大地寻求生命的净化

虽然端木蕻良从来没有真正地杀上战场，但是他骨子里荡漾着边地英雄的豪情。他选择了文学作为实现自己英雄梦想的武器，在他的作品中出现了一个个形态各异的英雄式人物，把塞外草原的粗犷气息带到了中原文坛。“中国这样广大，历史这样悠久，可是表现在文学艺术的部分是这样有限的。新文学运动以来的作品，多映写知识分子的都市生活，和中南地方风土。广大的东北地区，虽有东北作家群的出现而有所映现，但焦点在于抗日，风土表现的纯度和浓度都大打折扣，至于西北和内蒙在文学作品中仍是待垦的处女地。三十年代中期，端木蕻良作品的出现，稍稍填充了这一饥饿的胃口。”[①]很显然，土地是他最钟情的存在。“在人类历史上，给我印象最深的是土地。仿佛我生下来的第一眼，我便看见了她，而且永远记起了她。……土地传给我一种生命的固执。土地的沉郁的忧郁性，猛烈的传染了我。使我爱好沉厚和真实。使我也像土地一样负载了许多东西。当野草在西风里萧萧作响的时候，踽踽的在路上走，感到土地泛滥出一种熟识的热度，在我们脚底。土地

① 司马长风:《中国新文学史》(中)，香港昭明出版社 1982 年版，第 77 页。

使我有一种力量，也使我有一种悲伤。……我活着好像是专门为了写出土地的历史而来的。”[①]而且，“这种忧郁和孤独，我相信是土地的荒凉和辽阔传染给我的”[②]。

作为地主和佃农结合的后代，也作为拥有满汉两种血统的现代作家，端木蕻良的创作体现出不同文化的交缠。他既看到了草原大家族的罪恶与无情，也享受到了大家族带给他的物质与特权的刺激。在这一点上，他应该是倾向于父系家族的，但是对母亲的爱又使他对父系家族的那份感情中掺杂了憎恨的因素，在两种血统两种情感的纠葛中，他如同一只忧郁的草原之鹰，孤独而又敏感。作为走出草原并接受了现代知识的新人，他迫切希望草原能够挺立起伟岸的身躯，展示出粗野而奔放的血性气概。他与沈从文的相同之处在于二者都具有少数民族血统，都受到了来自母系血亲的重大影响。可以说，汉族与少数民族的文化基因共同影响了他们人文思想的生成。出于儿子对母亲的热爱，也出于对母族文化的关切，他们都在为母系的少数民族的命运担忧，也在为边地的美好明天做着不懈的抗争。他们集约式地选择了文学作为共同的言说方式，为各自的“边地”争取着最大程度的审美突破。尤其是在赞颂边地生命上，二者都施展出卓越的艺术才华，为边地文学，也为现代文学贡献出最丰厚的实绩。遗憾的是《长河》没有完成，《科尔沁旗草原》也是未完成篇。这种残缺之美在某种程度上阻碍了完整展现中国边地生活的梦想，在一种不可预料的时代动荡与作家个人思想的变化中体现出文学审美的悲哀。这也说明，现代边地小说的创作在思想储备上还有待完善。应该承认，在现代性如此强烈的攻势下，力图保留住某种地方个性必须具备极强的文化自信。这些具有边地体验的现代作家都在用自己独特的方式勾勒、再现甚至是美化着风采各异的边地中国的状貌，为中国现代文学提供了另一片有意味的审美园地。

端木蕻良的科尔沁旗大草原不同于湘西的“边城”。作为这片草原上的

---

① 端木蕻良：《我的创作经验》，《万象》月刊 1944 年 11 月 1 日第 4 卷第 5 期。

② 端木蕻良：《我的创作经验》，《万象》月刊 1944 年 11 月 1 日第 4 卷第 5 期。

统治阶级中的一员，他深爱着这片土地，同时也试图改造它。他将科尔沁草原的“过去”与“现在”相结合，力图将草原上的年轻一代送出去接受新的知识，然后再返回来改变这片已经呈现出衰朽状态的大草原。他采取的是输出人才与引进先进的策略，而沈从文对湘西的“再造”却是竭力保持住湘西原有的美，并将这种美世代传播下去。沈从文试图留存住湘西边地的纯洁，尽管这种纯洁可能只是一种诗情的想象。但是湘西和谐的自然生态所孕育出的优美人性却是湘西边地生命之美的最好注解。对比来看，科尔沁旗草原上的大家族已经从内部开始腐败变坏，人性都在大家族牢笼的积压中扭曲变形，传统方式已经不再可能扭转草原的衰败趋向。鉴于此种情况，端木蕻良在《科尔沁旗草原》中设置了完全对立却有血缘关系的两个人物——丁宁与大山。端木蕻良让丁宁最先走出草原，然后又让他在适当的时机回到草原。丁宁亲眼目睹了草原的罪恶和堕落，所以他努力想让草原重振昔日的雄风，由此形成“丁宁主义”。这种主义呈现出来的复杂矛盾表明了边地这种特殊的空间中多种文化主导下的思想的驳杂与游移。在这片塞外土地上，既有汉儒理性文化的渗透，也有自身草原文化的历史遗留；既有边地少数民族文化的基因，也有西方文化若隐若现的痕迹。可以说，作为叙事空间的草原已经成为多种文化质素混杂的大染缸。小说中丁宁偏爱春兄、水水、杏子这样的女子，痛恨十三姨的无耻勾引，这充分说明代表了草原新生命的年轻一代是未来的希望，而以十三姨为代表的腐朽势力则是导致草原垮掉的最大祸患。作家一如既往地仍然喜欢纯朴而刚烈的草原，因此，他刻画出大山这个草原土生土长的边地汉子。在他的身上，体现着草原的宽厚与强力。他虽然没有丁宁的知识与手腕，但是却有着草原农人特有的坚韧与暴烈，他的身上体现出游牧民族尚存的乐观品性与钢铁一般的意志。恰巧，他与丁宁形成一种互补关系。“在理论上，他补足丁宁，作为一对主要人物的另一半，可是实际上，他大部分只是隐约出现于背景，作为复仇的阴暗象征。”[①] 由此看来，大山的

① 夏志清：《中国现代小说史》，复旦大学出版社 2005 年版，第 405 页。

存在与抗争也代表着一种草原边地原始力量的抗争。只是端木赋予他的抗争力量有着先天的缺陷，使他不如土匪老北风那样凸显出更多的草原的活力和激情。作者在表现农民与地主这两个阶级的对立时并没有采取当时左翼文学家所常用的揭露与控诉的手法，他更多地沉醉在对一个草原地主大家族没落史的回忆与咀嚼中。他尽管也痛恨着草原上这些统治者的罪恶，但是对草原那份纠缠不清的爱却冲淡了小说的说教意味，使作品看起来不那么严整与呆板。当然，如此一来，农民大山的立体感相应淡化了很多，反倒是丁宁的形象更具有时代与现实意义。

尽管沈从文是忠实的湘西代言人，但是他在《边城》之后就默然地走向了统一，导致其作品不再如早期那样靠纯粹讲述湘西苗人的故事来吸引都市人猎奇的眼光。当然，这种趋势并非意味着沈从文放弃了湘西。而是，他希望从湘西的“变”中再次呈现湘西“不变”的美好，只是这种“不变”稍稍失却了他从前的坚定与自信，变为对现实无奈的痛惜。端木蕻良也希望改变草原，但是仍然努力保留住草原曾经有过的辉煌和个性，寻找回那个伟大壮阔的草原大地。因为他相信唯有大地母亲才能够使一切生命得到最丰美的滋养。他对大地母亲的痴爱使之具有了同时期作家所缺少的对自然生命的宽容与平视态度。一般来说，大多数现代作家认同人类以自然主宰者的身份占有与掠夺土地，从而体现出人征服自然的自豪感。端木蕻良虽然也写土地对农民的重要性，但是他并非一味地揭露和批判地主与农民的阶级矛盾，而是将土地“人化”，注重大地的生命流转与人性的变化差异，将人与土地的关系视为儿女与“母亲”之间相互依存的亲情。这种理念与当时流行的革命斗争思想相比，确实具有思想的前瞻性。这种对非人类生命形态的保护与珍惜可谓是一种更宽泛意义上的人道主义精神。作家认为生命无处不在，也不分高低贵贱的观点正好暗合了生态文化的思想。敬畏生命，对任何生命形式的尊重是人类能够更好地生存下去的根本保障。沈从文对自然生命的赞美与讴歌体现出一个热爱生命、热爱生活的作家的无私情怀，单凭这一点，这个“乡下人”就应该得到客观的评价。端木蕻良那奔涌而来的激情与诗情将对土地

的热爱、原始生命力的认同与对自然的膜拜淋漓尽致地发挥在他的文学创作中。尽管二者对生命的理解其表现形式各异，叙事风格不同，但是对自然生命形态的敬畏却使他们具有了思想的同构。不仅如此，端木蕻良又将地主与农民两大对立阶级之间统治与被统治，镇压与反抗的矛盾冲突展现出来，使其小说不仅具有自然的温情还具有东北边地的雄强气质。他在表现时代重大命题的框架中最大限度地将自己的文学审美风格展现出来，汪洋恣肆泥沙俱下的语言铺排、带有边野风味的民间话语的运用、宏阔但又没有完结的长篇构置、汹涌而来的澎湃激情再加上带着忧郁诗情的边地苦涩都体现出他独有的文学风格。也许，这是他被称为现代文学史上不多见的文体家的缘故。[①]不过，他那遏制不住的激情无形中将文学之美的精致给冲淡弱化，情绪的起伏代替了从容徐缓的情节推进，也破坏了那份不言自明的静美，显得不够圆熟。大概这是由于东北边地文化的气质所决定的，非但如此，不能足以表明这是端木蕻良的风格。

端木蕻良与沈从文强烈的生命诉求及对生命本体的悲悯情怀是三十年代中国现代作家中少有的。他们对自然生命的尊重就源自于对边地的自我生命体验，是边地生态空间强烈冲击的结果。正因为边地相对恶劣的生态环境和较为宽松的文化氛围使他们能够脱离一般作家的视野，将目光对准生活在“别处”的这些生命，也包括孕育了这些生命的自然生态。从自然生态的和谐考虑到边地文化的生存现状，进而思考如何保持多样文化的“和而不同”，这体现出边地小说作家最难能可贵的人文思想情怀。文化的构成并非单一绝对，中国文化的完善需要汲取不同的文化质素，形成多样文化共存的态势。沈从文是以他“乡下人”的自嘲与坚持征服了文坛的目光，而端木蕻良则是挟裹着狂放的草原雄风闯进了左翼文坛的腹地。二者都用自己构建的文学边地叩开了中原文坛的大门，使中国现代文学开始将目光投向边地并从边地空间寻觅更多的活力与养分。那些久居城市的作家也因为这股从边地吹来的粗

---

① 刘以鬯：《端木蕻良论》，世界出版社 1980 年版，第 139 页。

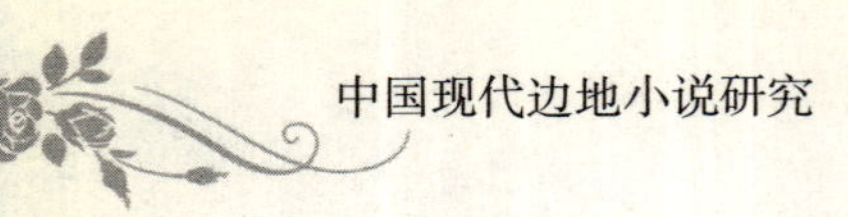


野而清洌之风而有了向边地“考古”的冲动。艾芜、蹇先艾、周文、骆宾基等人都演绎了各自熟悉的边地人生。这些作家的创作尽管在文化含量上相较沈从文与端木蕻良逊色一些，但是他们不同的边地生命体验仍然是中国现代文学发展的重要见证。

## 三、自然的人性与人性的自然

艾芜这个自愿选择放逐生活的边地歌者，其成名作《南行记》几乎就是对“滇缅边地中国”仿真似的还原。作家对边地人生百态的摹写融汇着自己的人生体验，对边地深挚的感情源于自我生命感受的自然涌发。他没有像沈从文那样勾画出带有虚幻色彩的湘西世界，也没有端木蕻良对科尔沁旗草原不可遏止的激情。他的边地是实实在在的生活原貌，是社会底层人生的原生态纪录。

艾芜的边地生命体验是形成其边地小说的重要诱因。作家与他所塑造的边地之间形成了一种心灵的默契感应，这种默契通过艺术加工成为带着生命痕迹的文字叙述，并且使漂泊流浪的生命在流徙过程中产生出和边地相同的个性气质。在不断地触摸与体验中，边地俨然已经成为作家生命的组成部分。它其实代表了作家的个体意志与审美判断。1925 年夏天，艾芜从四川成都出发，开始人生的流浪壮举。他徒步从宜宾到昭通，一路走到云南昆明，在昆明红十字会做了一年半的杂役，完成了流浪人生的第一段征程。1927 年春天，又独自沿着南方丝绸之路流浪到缅甸，在缅甸边境的克钦山旅店中做了半年杂役兼家教的工作。这年秋天，他又孤身流浪到缅甸旧邦曼德里，从曼德里出发又到了仰光。在这里，他得到高僧万慧法师(他是谢无量的三弟，一个很有学问的僧人，懂十几种文字，又精通梵文)的帮助，从而与当地华侨文化界有了接触，也使他开始踏上文学的道路。在万慧法师的举荐下，艾芜在仰光开始从事编辑校对等工作，暂时结束了自己的流浪生活。1930 年 11 月因涉嫌政治被捕，1931 年春天被英殖民者驱逐，坐船经香港回到祖国的厦门。

引起中原文坛惊呼的《南行记》，就是作者根据这五年的南行流浪经历所记录下的人生传奇。西南边地风情以及神奇的异域文化都在这部《南行记》中有了最直观的描述。在“铁屋子”般压抑沉闷的中原大地，他从中国的西南边地发现了异样的天空。在这里，缺乏儒家文化极力推崇的“三纲五常”守则与等级森严的尊卑伦理，也没有鲜明的阶级对立。这个世界生活着一群被正统社会“驱逐”出来的边缘人。他们已经脱离了原来的社会关系网络，形成了社会的游离体系。在远离主流社会统治的边地空间，他们已经模糊了阶级社会的标记，统统成为自然的子民。自然生态体系中并没有人治社会所谓的诗书礼节、男尊女卑这些伦理道德，它只是按照自然法则有条不紊地运行着。细究起来，人类也是自然生态系统中的组成部分，只不过相较其他生物来说是进化的较高级且复杂的组成而已。正因为人类具有创造与自我反思能力，因此在漫长的进化过程中，人类由恐惧自然，做自然的顺民到逐渐要征服自然，成为统治其他生物种群的“统领人”。在此过程中，人类不断体现出作为高级灵长生物的智慧，将不可能变为可能，在近似疯狂地掠夺自然中获取了人类社会丰裕的物质储备，但同时人类也遭到了大自然无情的报复，以至于在现代语境下，二者之间形成异常紧张的关系。因此，人类如果自我定位错误，失却敬畏自然的生态思想，那么，很有可能会在向自然过度索取的过程中被自然所抛弃。由此可以得出，“人之为人”的内涵具有多重意义，这既关涉自然与人的生态和谐，也涉及人与人、人与社会等层面，更重要的是，在与“非人”的比较中彰显出人的价值。尤其是在向现代性社会迈进的征途中，人更应当体现出大写的“人”的意义。

对于中国现代文学来说，人的发现和解放，是五四以来中国现代知识分子极力倡导与呼吁的重大问题。不过，对于“人”的认识，20 世纪 30 年代的中国却带有时代的显著烙印。那就是对于“现代人”的定义十足带有现代理性的味道。自由、平等、人权这些西方现代理念的灌输，使得中国知识分子对现代人的发现产生了前所未有的热情。“五四运动的最大的成功，第一要算‘个人’的发现。从前的人，是为君而存在，为道而存在，为父母而存

在的，现在的人才晓得为我而存在了。”[①]作为接受了五四新文学思潮影响的现代作家，艾芜的作品中也体现出鲜明的“人”的意识。不过对“人”的发现以及对人性善恶的挖掘，他采取了与中原左翼作家不同的视角。他选择滇缅边地这个远离中原文化圈的“化外之境”来作为他的品评基地，借一群脱掉了“正常人”外形的野蛮人来体现人间的真性情与人性的纯真。他自愿融入边地世界，把生态的边地视为别样的“世外桃源”，将自我的真情倾注在这片原始但呈现着异样美的世界中。正如有评论家指出，“《南行记》是‘真’的文学，是至情的文学。”[②]，就非常贴切地概括了艾芜边地小说的艺术魅力。不仅如此，作家贡献了很重要的“边地中国”的体验，为了解边地生活提供了最鲜活的文学与历史资料。

艾芜的边地小说所涉及空间基本上都是在省与省交界的地区，或者是中印、中缅接壤的地方。人物设置基本上都是一些挑夫、赶马人、商贩、盐巴客、逃兵等社会底层人。而且，这些人物几乎都是由农村人转化而来的社会边缘人。所以，艾芜的这类小说与其描写乡村生活题材的小说在结构方式上就存在明显差别。在他的乡村小说中很鲜明地展示出农村浓郁的乡间气息与安稳的生活现状。“他回去的时候正是八月间，村里人都在忙着秋收。他的堂屋里放着满箩满箩的毛谷，梁上挂起一包包的玉蜀黍。天井抱鸡婆带着一窝鸡仔，正拿翅子遮着它们，让它们睡觉。另外的鸡仔，嗉子已经装饱了，带着满意的神情，正在慢慢逡逡走了回来。这一切都显出家务兴旺的样子。”[③]显眼，这是对普通的农家院落的文字表述，体现出很地道的农村生活景象。中国绝大多数的农民就是在追求这种家有余粮平静适宜的朴素生活。不仅艾芜这样写农村，其他以描写农村生活著称的现代作家也这样写农村生活的温情。王统照较为有名的长篇小说《山雨》不仅揭示出了帝国主义经济的侵略致使中国北方农村经济破产的问题，也淋漓尽致地把极富地方特色的农村人

① 郁达夫：《散文二集·导言》，赵家璧主编：《中国新文学大系》，上海良友图书印刷公司1935年版。

② 杨义：《杨义文存》第2卷，人民文学出版社1998年版，第487页。

③ 艾芜：《回家》，《艾芜短篇小说选》，人民文学出版社1978年版，第250页。

纯朴的生活状貌一起展现出来。“圆鏊子底下的火光很平静温柔的燃着。这中年的女人有她的久惯手法，一手用木勺把瓦盆的小米磨浆挑起来，不能多也不能少，向灼热平滑的鏊子上倾下。那一只手迅疾的使一片木板将米浆摊平，恰巧合乎鏊子的大小。不过一分钟，摊浆，揭饼，马上一个金黄色的煎饼叠在身左旁秫秸制成的圆盘上面。”[①] 这一段摊煎饼的实录过程，贴切逼真地传达出北方农村人的日家生活。这里没有边地生活衣食无着的颠沛流离，也没有城市生活的声色犬马，在中原北方农村大多数的农民祖祖辈辈过着这种平稳的居家生活。这些内地农村人也难以想象那种充满了动荡与惊险的边地生活。对照来看，艾芜的边地小说就少却恬静安乐而是流荡着刺激和艰险。如在《山峡中》他这样来描写人物的生存环境：“黄黑斑驳的神龛面前，烧着一堆煮饭的野火，跳起熊熊的红光，就把伸手取暖的阴影，鲜明地绘在火堆的周遭。上面金衣剥落的江神，虽也在暗淡的红色光影中，显出一脚踏着龙头的悲壮样子，但人一看见那只扬起的握剑的手，是那么地残破，危危欲坠了，谁也要怜惜他这位末路英雄的。锅盖的四周，呼呼的冒出白色的蒸汽，咸肉的香味和松柴的芬芳，一时到处弥漫起来。”[②] 不难看出，作家描写农村生活题材的小说，字里行间透露出乡村生活的平静和安适，粮食、家禽还有人们忙碌生产的乡村景象都令人对田园生活产生了向往和留恋之情。而在边地小说中对环境的描写却是如此的粗糙、惊险和灰暗。中国传统农民的那种“老婆孩子热炕头”的生活理想在边地人看来既不现实也不够浪漫。在粗犷而放浪的边地人看来，或许只有漂泊不定的生存模式才能体现出自我的英雄豪气。也因此，边地生活在艾芜手中充满了诸多的未知数和风险，甚至是难以消磨掉的悲壮和痛心。这与沈从文的“湘西边地”，端木蕻良“科尔沁旗草原”都有很大的差别。尽管艾芜的《南行记》充满了生存的灰暗和人生的艰辛，但是作家对边地漂泊流浪的生活却无怨无悔，并且在这种多文化质素交叠的空间中获取了文学创作的灵感与思考人生意义的启示。

---

① 王统照：《王统照文集》第 3 卷，山东人民出版社 1981 年版，第 15 页。

② 艾芜：《艾芜文集》第 1 卷，四川人民出版社 1981 年版，第 152—153 页。

中篇小说《芭蕉谷》描写了在“芭蕉谷”这个特殊的空间所发生的有关文化与人性冲突的边地传奇。这个中篇小说涉及多个民族、多种文化，而且牵扯到中外文化的交锋问题。因此，小说具有阐释的多义性，可以视作反映边地杂交文化的特性的代表作品，这其中很明显地传达出作家的人文理想。芭蕉谷地处中缅边境之间，是环绕在崇山峻岭中的典型边地空间。主人公姜姓女人早年和丈夫含泪离开了原来的家园，来到这荒无人烟的边地山谷。第一个丈夫是小商贩，具有汉族人勤俭节约的美好品德。他们靠自己的勤劳修筑了茅屋，开起了客店。应该说，这对汉族夫妻是幸福的。不幸的是，伴随他们生意规模逐渐扩大，刚刚品尝到生活乐趣的时候，男主人却中瘴气而死去。这致使姜姓女人遭到了人生的第一次重大打击。幸好，丈夫给她留下一个孩子，让她在孤苦无依的痛苦中有了活下去的勇气。后来年轻女人又和一个做生意的汉子认识并同居，结果不到一年，汉子就将店里的财物卷走并抛弃了女人。女人遭遇了人生的第二次打击。稍稍安慰的是，负心汉也给她留下了一个孩子，这次是个男孩。客观来讲，在芭蕉谷这种边地生存环境中，男性比女性更有优势，所以，尽管负心汉离去了，但是有了儿子的姜姓女人还是感觉有了依靠。那个跛脚马夫的出现更是给女人清苦的生活带来了光亮。他勤劳忠厚的品质让女人感到踏实，女人最终与马夫结合。未料，命运又一次捉弄了女人，马夫在十年后也死去了。此时的女人不再年轻，也不再渴望男性的抚爱。她守着儿女，隐藏起自己的汉人身份在芭蕉谷扎下根过上了平静富足的生活。她天真地认为这样可以终了一生。然而，尽管芭蕉谷地处深山密林，但是国外势力仍然没有放过这个地方。女人又面临着新的麻烦——英国人与缅甸人的联合搜刮。为了对付这些外来势力，她最后一次将自己嫁给了一个会讲“洋话”的私烟贩子，一个抽大烟的汉族男人。就是这个男人最终将女人彻底推上了不归之路——女人在狂怒中杀死了奸污继女的私烟贩子，又被无理蛮横的英国人强行带走，至此小说在象征凄凉与悲苦的小雨中结束。显然，作家怀着深切的同情来描写这个泼辣而又健壮的边地女性。她那顽强的生命力与旺盛的生殖力在在表明自然边地的淳厚与蕴藏的勃

勃生机。在这个山谷中，各种文化交织在一起，构成一幅文化全景图。这里既体现出汉儒文化纯洁美好的一面，也暴露出其腐朽堕落的阴暗面；既体现出边地文化驳杂交混的特点，又揭露了殖民文化的强横霸道。可以看出，边地并非净土，尤其是殖民势力的侵袭，使得在边地文化在与中原文化的碰撞外又笼罩了一层殖民文化的阴影。中国的边缘交界地带大概是最早接触而最晚解除殖民文化的剥削和统治的地区。地理上的便利为殖民文化的入侵带来了方便。这种凌驾于中华民族尊严之上的异族侵略对中国人的心理伤害更具有摧残性，也更能引起各族人们的强烈反抗。所以，在小说中，作者很显明地表达出对缅甸人、英国人与印度人的愤恨。而对跛脚马夫这一形象的厚爱，说明他对边地生命的崇敬之情。他给姜姓女人设置了四个形态迥异的丈夫形象：卷款私逃的汉人骗子与抽大烟的私烟贩子，勤俭持家的原配丈夫与体贴老实的跛脚马夫。前者是他强力批判的汉人男性的代表，而后者则是前两种形象的反衬与对比。从这种人物的安排上，可以窥视出作家对汉儒文化的矛盾心态既带有欣赏与认同，又在与边地文化的观照中反思着汉儒文化的恶劣。当然，也有对边地文化的思考。边地文化复杂的构成使得其在活泼的文化气质之外增加了许多不确定因素从而致使此类文化呈现出不成熟性与易感染性。那个贩私烟的丈夫就因为缺少儒家理性文化的约束做出了为伦理道德所不齿的禽兽行为。由此得出，人性的完善程度可以检验一种文化的成熟与否。如果边地文化过度稀释与丢弃儒家理性文化的合理成分就会导致此种文化的随意性太强，约束力下降，从而酿成人间的悲剧。

《欧洲的风》在艾芜的边地小说中同样具有较为深刻的人文思想内涵。这个短篇小说中涉及诸多不同阶级不同种族不同国别的人，英国洋雇主、汉人老板、华缅混血的翻译还有底层卖苦力的汉人赶马人都在错综交织的关系中揭示出人性的复杂。小说塑造了一群为洋官运送救援物资的赶马人的边地群像。赶马人在黑暗笼罩的山间行走，饥饿、无尽的疲惫与随时都可能失足掉下山崖的恐怖伴随着他们，而带队的龙老板却与洋官非常悠闲地走在驮队的后面，还不时地取出面包与牛肉干炫耀。在夜黑路险的环境中，老板只担心马掉下山崖对自己钱财的影响，丝毫不顾及赶马人的生死。在危机四伏的边地生存空间，大自然的神秘莫测与洋人、老板的阴险狡诈都使得这个小说带有边地的荒寒之气，也更加衬托出边地汉子那种无所畏惧的豪迈气概。“这些常年赶马的汉子，已给凶野的山，凶野的林子，养成粗蛮的人了。雨中赶路，野地过夜，全不看成一会了不得的事。”[①] 特殊的生活环境造就了一群特殊的人。这群受大自然熏染的边地汉子在长年的漂泊生活中形成了自然的人性。他们认同自然、依赖自然也畏惧自然，当然也想在某种程度上征服自然。在恶劣的生存环境中，虽然他们的行为看起来粗野，却处处彰显出人性的可贵。他们对待不幸掉下山崖的同伴如同自己的兄弟，无视洋人、老板的威胁利诱，不计较代价与成本，甘愿冒着生命危险去拼死搭救。作家通过描写这群可爱又令人感动的赶马汉子高度认可自然的人性与人性在极端环境的自然迸发。并且通过小说提出了一个颇具超前意识的问题——现代化的魔力并非是万能的。尤其是对那些自然环境恶劣的原始山地来说，现代化的机械根本发挥不了作用，只能求助于最原始的驼队来运送物资。因此，在现代 / 原始、本土 / 西化、人性 / 兽性对比中，作者思考了一系列有关现代性的问题。或许，只有边地这样的审美文化空间能够承载如此许多的对立而又复杂的问题，只有边地文化庞杂包容的特性才能涵括这些繁杂多元的现象，也只有在自然的怀抱中才能真正感受到人性的魅力。

## 第二节　边地自由生命的颂赞

边地小说中所塑造的人物以“下等人”“乡下人”居多，而且在这类人物当中还有一部分是游民。这些社会底层人都是没有接受过正规的文化教

---

① 艾芜：《欧洲的风》，《艾芜短篇小说选》，人民文学出版社 1978 年版，第 106 页。

育，较少受到儒家传统伦理道德熏染的生命形态。之所以将这些生命形态单独作为一章来阐释就是因为从这些生命形态中会发现边地文化空间的独特魅力。这些生命形态与那些受过教育，尤其是受过高等教育的城市人和作为社会精英的知识分子等这些普遍意义上的“上等人”有本质的区别。他们虽然从外表看来更粗俗，也更具有生活的烟火气，但是却具有文明人士所缺乏的诸如勇气、豪气、侠气等人类的美好品质。这些生命凸显出边地文化的气质，也体现出边地世界的独特性。汉儒文化覆盖下的中原农村人与这些边民在精神构成上有哪些共同之处；这些原始粗野的人们为什么更具有生命的激情和活力；中国现代作家毫不掩饰地表达对这些生命形态的赞美和颂歌，他们是怀着怎样的文化理想塑造这些“下等人”；相对于都市生命的苍白萎缩，边地生命给予我们何种启示，等等，这些问题将会伴随详细的论述逐步地揭开面纱。

## 一、秩序社会的边缘存在者

### （一）血性土匪：由边缘走向主流

土匪在中国文化里占据特殊的位置。在传统社会“士农工商”的等级序列中，土匪是被排挤出正统社会的游民阶层。他们的存在某种意义上妨碍着正统社会的正常运转秩序，但是却给文学艺术带来了无限的想象空间。因此，从古到今，土匪叙事都是中国文学中不可缺少的一环。匪的命名本身就代表了逆正统而行的意思。面对强大的统治秩序，一部分正统文人和游民知识分子[①]往往会隐逸到匪的世界寻找精神的安慰，反映到文学作品中就是在土匪身上寄予浓厚的理想化人文理念。诸如代表了中国古典文学创作高峰的《水浒传》和《三国演义》就都极力宣扬了草莽英雄的忠义反抗精神。由此可

---

① 游民知识分子按照王学泰的说法是指一部分从正统知识分子当中游离出来，大多数不以出仕做官为生活出路的文人。他们以文人士大夫所不齿的职业或手段去谋生，流动性较大，混迹社会下层，是游民意识、理想和情绪的表达者。以上论述参考王学泰：《游民文化与中国社会》（上），同心出版社 2007 年版。

见，中国人对“造反有理”的绿林精神存有潜在的膜拜心态，所以闻一多在分析中国人的思想意识时说：“在大部分中国人的灵魂里，斗争着一个儒家，一个道家，一个土匪。”[①] 所谓“土匪”，按照王学泰的观点，“游民中敢于冒险、敢于以激烈的手段进行反社会活动以求生存的那部分人。他们采取了非常手段在社会上进行无目的的挣扎，或者说他们所追求的目的也就是他们要打击的现实目标。”[②] 他们“肆无忌惮、目中无人、命运多艰，但是信守誓约、英勇善战，这些男女并非是面带微笑、彬彬有礼之辈；他们居住在山洞、兽穴，性情暴躁。在法律软弱无力，政府腐败堕落而无法抑制残暴和压迫的时代，在公理遭到践踏，当权者站在恶人一边的时候，他们顽强的要求……一种正义。”[③] 分析起来，“土匪”这个概念蕴含多重内涵。他们大多数都来自农民或失了业的工人，基本都是被生活所逼迫铤而走险的。当然，那些市井无赖，流氓泼皮之类的土匪也占据一定的比例。只是相比较而言，在中国现代文学作品中，作家刻画的土匪形象绝大多数都是由农民转化而来的。因为在旧社会，农民所承受的官、兵、匪的威胁以及苛捐杂税的严酷盘剥使得他们难以存活下去。为了生存，他们唯一能反抗的形式就是自己“下水”当土匪。这些人效仿《水浒传》中的英雄好汉的作风把“替天行道，杀富济贫”的侠义宗旨作为实现梦想的精神指引，从而使一代代土匪毅然走上与秩序社会相抗衡的道路，成为正常社会的异己分子。其实，中国农民脱离土地去当土匪也是不得已而为之的悲壮之举。从种田为生的农民到凶狠顽强打家劫舍的土匪，这种人性的转化过程也需要经受时间和社会的考验。土匪的世界本身也并不是完全平等的大同社会，同样实行弱肉强食的等级制度。只不过相对来看，土匪群体为了实现共同的目标会暂时形成比较合理的统治秩序而不至于像现实世界那样等级严密，阶级之间的残酷剥削达到令人发指的地步。不可避免，由农民到土匪的身份转换既有生活逼迫的原因，也存在着试图品尝统

① 闻一多：《闻一多全集》第 2 册，生活 · 读书 · 新知三联书店 1982 年版，第 256 页。

② 王学泰：《游民文化与中国社会》(上)，同心出版社 2007 年版，第 5 页。

③ 转引自 [ 英 ] 贝思飞：《民国时期的土匪 · 序言》，徐有威等译，上海人民出版社 1992 年版。

治弱者带来快感的潜在动机。在这其中兄弟义气是维系土匪世界正常运转的思想感情基础，对自由平等的乌托邦的向往只是促使他们造反的思想动因之一，至于“若要官，杀人放火受招安”的愿望也是他们所向往的。恐怕水泊梁山世界的建立及最终的和平招安是带给后世的土匪最理想化也最实在的仿照摹本。《水浒传》所宣扬的“以暴抗暴”的反抗精神也深刻影响了中国知识分子的审美趋向，使其在一种英雄崇拜的心态中将水泊梁山艺术化为超越现实的手足大同世界。深究起来，水泊梁山只不过是作家建构了另外一种形式的秩序社会而已。这种以兄弟义气为基础的等差序列看起来比等级森严的现实社会统治更带有人情味，更能让底层的穷苦人暂时实现当家做主的梦想而已。“替天行道，杀富济贫”的侠义宗旨可以视作土匪和侠客共同遵奉的江湖精神。这种共同的理想追求就使得“匪”和“侠”之间构成了一种转化的可能。但侠与匪不同，“他们不是由社会地位和生活状况所决定的，而是一些人自觉选取的一种生活态度。”[①]这就决定了侠和匪之间那种既相对应又相区别的关系。侠客的存在具有两面性，既是老百姓在危难时期渴望出现的“救世主”，也是被统治者用来维护统治秩序的民间力量。对于这个问题，鲁迅曾经说过：“汉代大侠，就已和公侯相馈赠，已被危急时作护符之用了。”[②]因此，土匪和侠客的根本区别就在于前者一般是群体而为之，为谋生考虑居多。而后者则往往是个体为之，是带有较强理想主义色彩的人生选择。土匪可以为了生存，为了达到目的轻生忘死，不择手段，甚至要取代现有的统治阶级；侠客则“重然诺”追求精神的丰满与自我价值的实现，不一定要与既有的社会统治产生难以调和的矛盾。所以，土匪造反就对现实的社会秩序构成了很大的威胁，这是正统社会最为头疼也最反感的行为，所以，正统社会往往采取残酷镇压或者和平招安的方式来消化他们。

中国现代作家塑造了许多形态各异的土匪形象。尤其在“远离政治中心的地方，或是在国家、省、县的边缘地带，行政管辖形同虚设，也会出现

① 王学泰：《游民文化与中国社会》（上），同心出版社 2007 年版，第 99 页。

② 鲁迅：《鲁迅全集》第 4 卷，人民文学出版社 2005 年版，第 159 页。

为了生存而直接反抗的洪流。”[①]边地固然多匪。这样的史实使得边地小说中土匪这种生命形态往往也带有边地粗犷而豪狠的特质。而且，边地小说中的土匪与一般意义上的土匪性质不太一样，这是一群边地文化孕育出来的“英雄”。这些“匪型英雄”大多都是作家心仪已久的自由勇士。他们身上既折射出社会的阴暗面，也反映出其存在的合理性。这些人当中有一部分是因为没有了生活出路，所以奋起抗争反抗强权社会的农民，像艾芜的《山峡中》所描写的那伙土匪。残酷的现实社会逼迫他们转变为土匪，如何在乱世中生存是其最高的人生目标。在特殊的历史时期，有一部分土匪会由欺压同族人转而反抗异族侵略，如同端木蕻良《大江》中的李三麻子一样，他原本是一个残暴的土匪，最终被降伏收编进抗日队伍。这类人其实是已经洗心革面的抗日英雄，由反对强权统治而投向民族的救亡运动。这类抗日的爱国土匪大多出现在东北作家创作的作品中。这类土匪群体往往由分散的游民组织经过政府的收编改造从而形成正式的抗日武装力量，得到正统社会的认可。端木蕻良的小说《螺蛳谷》就刻画了一个由土匪组成的民间抗日武装。《遥远的风沙》则原生态地呈现出塞外荒漠的壮观景象以及关外汉子的雄强悲壮，着重刻画了土匪煤黑子这个形象，使这个“匪气十足”的小说更具有塞外边地的风味。煤黑子作为被收编的土匪首领，性格中浸染着浓重的土匪习气，相貌丑陋满带着凶狠，暴躁、贪婪、顶撞上司、鱼肉老百姓。在他的身上几乎找不到军人的严整和服从。他像一匹未被驯服的野马，在整个队伍中显得出格又扎眼。他肆意诋毁队长双尾蝎，丝毫不尊重他是这支队伍头领的现实。在他的价值观念中，只有比他本领更强、作风更狠的人才能使他真正折服。就是这样一个充满了邪恶之气的土匪却在战争的紧急关头，体现出边地汉子的血性和豪气。同伴的惨死以及被动挨打的战斗形式激起了他心中的愤怒之火，他把生的希望留给了别人，毅然留下来战斗到最后，直至生命的终结。这确实是一个值得大写特写的草莽英雄。其实，在关外边地还有许多这样的

① ［英］贝思飞：《民国时期的土匪》，徐有威等译，上海人民出版社 1992 年版，第 19 页。

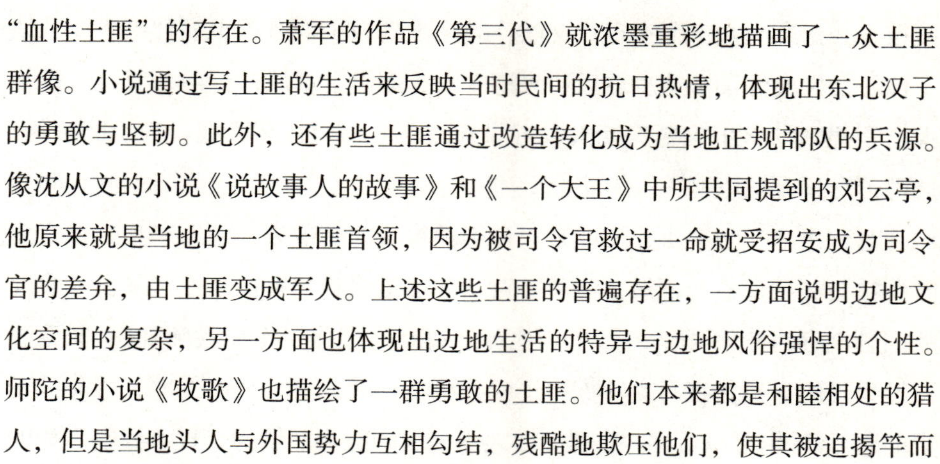

“血性土匪”的存在。萧军的作品《第三代》就浓墨重彩地描画了一众土匪群像。小说通过写土匪的生活来反映当时民间的抗日热情，体现出东北汉子的勇敢与坚韧。此外，还有些土匪通过改造转化成为当地正规部队的兵源。像沈从文的小说《说故事人的故事》和《一个大王》中所共同提到的刘云亭，他原来就是当地的一个土匪首领，因为被司令官救过一命就受招安成为司令官的差弁，由土匪变成军人。上述这些土匪的普遍存在，一方面说明边地文化空间的复杂，另一方面也体现出边地生活的特异与边地风俗强悍的个性。师陀的小说《牧歌》也描绘了一群勇敢的土匪。他们本来都是和睦相处的猎人，但是当地头人与外国势力互相勾结，残酷地欺压他们，使其被迫揭竿而起，为了保卫家园而勇敢地与恶势力作斗争。

东北的土匪习惯上称为胡子。这种称谓一开始是因为土匪绝大多数都是男性。加之，他们因为长期活动在深山老林中疏于整理自己的外貌，胡子往往变得很长，所以采用了男性的标志性特征——胡子来表明其身份，后来这种称谓就固定下来成为东北土匪的俗称。胡子的命名更能体现出与正统相抗衡的民间意味。当然，土匪的世界中也有女性，只是相对稀少却都很传奇。沈从文在《说故事人的故事》中设置了一个美貌胆大，但是手段毒辣，枪法了得的女土匪——王夭妹。她是现代文学史中很少见的女土匪形象。作为弄文的高手，沈从文在湘西边地创造这么一个美貌多情的女匪，这本身就带有了传奇色彩。相较而言，女土匪的故事会引起读者更大的兴趣，更何况是一个痴情而刚烈的女土匪。于是，在沈从文轻柔却又不无沉重的叙述中将一个被收编了的山大王和一个女土匪的缠绵的感情故事呈现出来。王夭妹与山大王的热烈感情以及她被处死都体现出沈从文的良苦用心。二者最终的双双殒命，在很大程度上，不是因为其土匪的身份，而是因为他们挑战并破坏了“正常”的人伦秩序。王夭妹爱上了被收编的土匪头目的这种行为彻底地粉碎了其他男性对其强烈的性幻想，也人为造成对约定俗成的社会规则的漠视与嘲讽。所以，他们的结局就只能是被社会的无形之手所扼杀。艾芜《山峡中》的夜猫子也是为数不多的女土匪形象。她是一个天真可爱又不乏凶狠恶毒的女孩子。正因为女土匪在现代文学作品中出现较少，所以更显独特。在习惯了传统女性的温柔和善良之后再来感受女土匪身上那股凶悍的杀气，不禁使人产生强烈的审美震撼。女人也可以变成土匪，而且还可能成为土匪首领。这种传奇只有在边地小说中才会上演。

对于边地空间来讲，土匪是边地生活组成的一部分，而且还是一种有意味的社会文化现象。不过，沈从文对于湘西被惯称为匪区，尤其是苗人多匪的问题上存有很多无奈与痛惜。他曾经在作品中作了专门的解释："湘西人充过兵役的，被贪官污吏坏保甲逼到无可奈何时，容易入山作匪，并非乐于为匪"①。从中可以看出，他把湘西人当土匪的行为归结为当权者残酷压榨的结果，否认湘西边地就容易孕育土匪。而且，他进一步阐释道："湘西地方固然另外还有一种以匪为职业的游民，这种分子来源复杂，不尽是湘西人，尤其不是安土重迁的善良的苗民。大多数是边境上的四川人、贵州人、湖北人，以及少数湘西人。这可以说是几十年来中国内战的产物。这些土匪寄身四川边界上，来去无定。这种土匪使湘西既受糜烂，且更负一个'匪区'的名分"②。出于对边地湘西毫不掩饰的热爱，沈从文总是利用各种可能的时机为湘西正名，尤其是苗人问题更是他关注的重点。他写土匪非常注重其雄强和英勇的生命特质。在他的小说《说故事人的故事》中一共出现了一男一女两个土匪形象，并且让这两个人之间产生了感情，结局却是悲壮地死去。这种叙事手法从形式看，就意味着沈从文对湘西命运的深切忧虑以及对底层人民命运的关注。一种乱世的悲哀始终流淌在沈从文的边地作品中。端木蕻良写土匪虽然不像沈从文那样写得温婉凄恻，但是，他笔下的土匪大多数也是被迫起来造反的。在伪满洲国的统治下，日本侵华势力与当地的恶势力联合猖狂欺压中国人民，面对家园的败落与民族的危亡，白山黑水所养育的儿女们秉持刚烈不屈的边地精神纷纷脱离故土走上民族救亡的道路。这样一来，土匪的盛行也就在所难免，所以会涌现出像煤黑子这样感人至深的土匪。相

① 沈从文：《沈从文文集》第9卷，花城出版社1984年版，第415页。
② 沈从文：《沈从文文集》第9卷，花城出版社1984年版，第415页。

较而言，艾芜在《山峡中》刻画的土匪形象虽然看起来凶残狠毒，但这仍是一群被社会所抛弃了的穷苦人。那个被无情扼杀的小黑牛曾经就是个老实巴交的农民。只不过，受社会环境所限，他们没有被逼走上民族救亡道路，也就没有蜕变为英雄式的人物。

综合分析，作家大多是怀着赞赏的态度来塑造这些匪气十足的边地生命形态。他们在夹杂着粗野和邪恶的外表下充盈着勃勃的生命活力。激烈的抗争欲望，自由的生命激情以及今朝有酒今朝醉的玩世哲学，是土匪共同的性格特征。他们身上既承传了梁山好汉的爷们义气，又带有边野之地狂放不羁的浪子情怀。作为正统世界的挑战者，他们蔑视权威，打破伦理常规，在嗜血的狂欢中迸发出生命的激情，既绚烂又芜杂。相比普通人的生活，土匪的生活更具有刺激性，也更富有想象力。现代边地小说作家通过描绘这类形象来发掘边地文化空间独有的民间魅力，试图从这群未曾被现代文明熏染的野蛮人身上寻找到文学的活力。诚然，边地小说对土匪这种生命形态既有正面的认可，也有对土匪残暴性及反人性的揭露与批判。纳西族作家李寒谷的代表作《三月街》就揭露了云南边地官、匪、绅相互勾结残害边区人民的罪恶行径，同时还表现了大理、丽江一带各族人民的悲惨生活和他们自发的反抗行为。小说中，土匪张结疤与劣绅蒲老总、贺营长勾结在一起共同残害当地的村民。张结疤的土匪团伙带有凶狠与暴虐的特性。他们联合社会的士绅阶层并与之达成共谋，将自身成功地演转变成剥削阶级。作家描写这类土匪意在揭露他们的罪恶，而非宣扬生命的活力；意在表现边地人民的苦难，而非呈现边地的匪型英雄。这类作品在向主流乡土文学看齐的同时，也揭示出边地文化与主流文化的某种同质性。总之，现代边地小说以形态各异的土匪形象凸显了边地尚武彪悍的民风，极大丰富了中国现代文学的人物画廊。

### （二）边地娼妓：超越女德主义

娼妓作为一种职业，也作为社会经济发展程度的表征在人类文明发展史上占有一个不容忽视的位置。对于中国而言，官妓制度的形成始于唐代，此后宋代的娼妓制度在沿袭唐代的基础上又有所发展。因为宋代对官吏宿妓有一定的禁令，所以私妓开始盛行，至明代中期取缔了官妓后，从此娼妓完全归私人经营。这一时期，明朝政府严禁官员出入妓院，情节严重的会被免职并有可能永不叙用。到了清代，娼妓不仅出卖色相，而且妓院还有赌博、鸦片烟流入其中。清代中期以前，对开设妓院及宿娼者还有一定的禁令，但清朝中期以后形同虚设，并且在法律上公开默认娼妓的存在，这种做法一直延续到民国。通过简要梳理中国娼妓发展的历史可以发现，娼妓在汉儒文化中具有双重甚至多重身份。尽管她们是正统社会的边缘人，但是她们却又是正统社会不可缺少的一部分。上至皇亲国戚，下至黎民百姓都曾对这类女性产生过浓厚的兴趣，这不仅来自对这类女性的猎艳心理，而且也折射出专制社会中男性对女性的性的占有与统治。

不同历史时期的中国作家通过艺术审美的方式将妓女这一群体作为不可忽视的文学现象探讨。他们不仅刻画出形态各异的妓女形象，而且通过具体的历史事件将她们的存在视为社会发展的重要象征。诸如南齐时期的苏小小，北宋末年的李师师，明代怒沉百宝箱的杜十娘，明末清初的陈圆圆、李香君、柳如是等，这些历史上的名妓都曾经是中国古典文学重点书写的奇女子。她们虽然是妓女，但是才貌双全、知书达理，心系国家命运，极具民族气节。“大概娼妓负盛名的，固恃她自身才情色艺，而王孙公子之翩翩裘马，一掷千金，文人学士的诗文酬答，标榜揄扬，亦大有影响。所谓美人名士相得益彰。”[①]这样的环境势必会造就出那些光彩照人的名妓。她们不畏强权，忠诚于爱情且不慕虚荣的品格令许多自诩为良家妇女的正常女性感到汗颜。像杜十娘怒沉百宝箱的壮举恐怕会令无数须眉折腰叹服。她们已经不再是一般意义上的妓女，而是被塑造成才女、烈女甚至是民族英雄出现在中国文学史的视野中。中国知识分子在她们身上设置了很多理想主义的元素，使其更具有文学想象力。在特定的机缘下，她们也会脱离卖笑的生涯，从而走上从良的光明大道，成为“正常的女性”。不幸的是，顺利赎身而从良的妓

① 王书奴:《中国娼妓史》，上海书店出版社 1992 年版，第 209 页。

女还是少数一部分人，更多的妓女仍然处在社会的下层，承受来自他人对她们肉体与精神的戕害。她们是一群典型的“她者”，没有社会地位更没有话语权利，只能迎合他人，奉迎现实，忍受人生的屈辱。她们或者因为生活窘困，或者因为犯法受牵连只好被迫离开自己的家庭而沦落成为烟花女。她们的掌控者——老鸨既是她们命运的主宰者，也是压榨她们获取利益最大化的统治者。尽管妓女要用“妈妈”或“娘”这样神圣伟大的命名来称呼妓院老板，但是这样的“妈妈”却是最直接最残酷地剥削她们的肉体和灵魂的人。在妓院老鸨看来，“女儿们”既然是花费金钱，付出时间培养的，那么就需要为“成长”付出代价。因此，她根据“女儿们”姿色与才艺的差异，为她们设计出诸如红红、翠翠这样的代号供客人挑选。于是，在现实社会中，娼妓依靠挥霍华丽的青春岁月周旋在世俗和男性强权的双重挤压下。在看惯了世间的丑恶和俗气后，她们强行将自己的感情之门封闭，埋没或许可能发生的刻骨爱情，将那颗原本柔弱的心变作世上最硬的石头，把身体作为最大的赌注来获得生存的资本。年轻貌美的妓女或许还有从良的可能，但随着年老色衰，她们或许只能终其一生地从事这种古老而无情的职业，直到生命的终止。这就是娼妓的人生。她们是人类文化的特殊产物，也是刺激文学家们创作出伟大作品的源泉。在某种意义上，娼妓可以被称之为纸醉金迷世界的“批判者”。她们阅尽了人间沧桑，看透了繁华为何，也在金钱、美色、权力等这些人性的诱惑中经受了各种挑战，更重要的是她们已经不再对男性产生幻想，也对这个繁杂世界产生了本能的抵触。这也导致了她们思想的虚无与精神的堕落。尽管有些人可能会赎身从良，重新开始正常人的生活，但是卖笑生涯带来的负面效应却不是轻易就能消泯掉的。一般意义上，妓女与嫖客之间只单纯存在需求与利益的交换关系，而不必担心会牵扯中国人相当看重的诸如名分之类的伦理问题。所以，中国的达官贵人及文人骚客喜欢到妓院去获取身心的放松。尽管中国曾经在明清两代严禁官吏狎妓，但是对知识分子来说“文人狎妓”的传统却仍然顽固地存在。那些“道德意识浓厚的中国丈夫仍经常到妓院去，但醉翁之意不在酒，他们到妓院去的主要目的并非为了性交，而是为了获得松弛与宁静，享受美酒佳肴、音乐舞蹈，如果需要的话才在那里过夜”。[①] 在主流文学的视野中，娼妓作为一种普遍而特殊的存在使文学家们产生了浓厚的兴趣，因此，中国文学史上出现了诸多别有韵味的妓女形象。与主流文学一样，现代边地小说也描写了边地娼妓的生活。尤其是沈从文的小说中所涉及的娼妓基本上就是普通的农村妇女。她们和平凡之人没有本质的区别，都是为了生存而挣扎在世间的弱女子。

沈从文赋予湘西边地的妓女新的文化内涵。她们不是边地世界的“异类”，而是与其他生命个体一样的自然存在的边地生命形态。在他的笔下，娼妓并不可耻而是像佛一样的善女子。“到这时，还有什么理由说这是为了钱不是为爱么？就是为钱，在一种习惯的慷慨下，行着一面感到陌生一面感到熟套的事，男子却从此获到生命的欢喜，把这样事当成慈悲模样的举动来评价，女人：不是争做着佛所作的事么？无论如何一个这样女人比之于卖身于唯一男子的女人是伟大的。用着贞节或别的来装饰男子的体面，是只能证明女人的依傍男子为活，才牺牲热情眷恋名教的。”[②] 沈从文将边地男欢女爱的交易看作是自然而为的水到渠成之事，而把汉儒文化的纳妾之风认为是赤裸裸的“卖身”。这样不遗余力地为普通妓女“正名”的做法，现代文学史中很少见。这同样源自他对生命本质理解与对封建礼教的排斥。他认为健康的生命就应该在自由的释放中得到升华。虚伪的压抑和不道德的偷情以及所谓的礼节名分将人的灵魂都压扁且腐蚀掉。那种在严酷礼教控制下如同行尸走肉般的躯体只是一种存在的形式而没有实质的内容。因此，他要高调表现出这些生活在边陲一隅的人物的生命活力。他眼中的湘西边地在体现利益得失和人情浓淡上更重视人情。“由于边地的风俗纯朴，便是作妓女，也永远那么浑厚，遇不相熟的人，做生意时得先交钱，再关门撒野，人既相熟后，钱便在可有可无之间了。”[③] 这里的娼妓重情轻利的做法完全颠覆了儒家“婊

① ［美］蕾伊·唐娜希尔：《原始的激情：人类情爱史》，李意马译，云南人民出版社1988年版，第95页。

② 沈从文：《沈从文文集》第2卷，花城出版社1982年版，第108页。

③ 沈从文：《沈从文文集》第6卷，花城出版社1983年版，第81页。

子无情”的道德观念。她们不但重情，还守信自觉，“常常较之讲道德知羞耻的城市中人还更可信任。”[①]边地文化能孕育出清纯脱俗的自然女儿也能生成有情有义的娼妓。如此一来，边地不再荒凉蛮横而充满了人性的美好。《丈夫》中的那个靠卖身而养家糊口的妻子与一般意义上的妓女就截然不同。她的这种行为“既不与道德相冲突，也不违反健康。”[②]这样的妓女本身就与主流社会的妓女有区别。汉儒社会中的妓女如果从良嫁人了，就必须严守妇道，不能再出来从事这种“不干净”的行当。但在湘西边地这种受汉儒文化控制较轻的边缘地带，妓女相对自由，也是自然而来，似乎不需要用道德伦理来衡量她们的所作所为。虽然由于生活所迫去充当妓女，但是她们不必担心被世俗冠以“失节”的道德评价，也不用害怕被无良文人无耻地攻击。一切都在自然的安排中井然有序地运转着。

相较而言，湘西边地远离汉儒文化中心圈，受少数民族文化尤其是苗族文化的影响较深，儒家的伦理规范在这里相对弱势，尤其是对女性的钳制较轻。而苗族文化中女性的地位相对较高，所以女性在结婚之后仍然可以抛头露面地为生计而奔波，充当妓女只是生活的一种手段而已。诚然，通过妓女的生活可以窥视到社会发展的一面，但这毕竟是有限的发现，似乎不需要像沈从文这样来大书而特书。他之所以这样来写妓女估计也是基于他自然主义的人文思想。因为“对于辰河上的水手与吊脚楼女人，他压根不打算作伦理的度量，而只去写那生命力的恣肆迸溅处。”[③]沈从文并非想用道德伦理的价值尺度去评价妓女这种现象，而是只关注其生命的本来意义。在他看来，任何形式的生命个体不论在世俗社会如何命名，其在本质上是相同的。当然，我们也可以认为这是他营构湘西边地的一种叙事策略与方式。他用妓女的多情反衬出城市人的冷漠，依此表达对城市人品性的强烈嘲讽。他竭力写妓女的自然纯朴，目的就是要突出湘西这个边地文化空间的独特与可爱，以此反

---

① 沈从文：《沈从文文集》第6卷，花城出版社1983年版，第82页。

② 沈从文：《沈从文文集》第4卷，花城出版社1982年版，第2页。

③ 赵园：《沈从文构筑的“湘西世界”》，《文学评论》1986年第6期。

衬出现实湘西命运的不公以及他难言的文化隐忧。《一个多情水手和一个多情妇人》仍然延续了这种风格。水手牛保和吊脚楼上的妓女相处时间久了，就不再单纯是金钱和肉体的交易，戏剧性地演变成情人之间的互相牵挂和关爱。临行时的难分难舍，如同痴情的妻子在与远行的丈夫互诉衷肠。一切都在人性美的彰显下自然地进行着。多情而非无情才是湘西的可爱之处。《厨子》中，与厨子相好的女人不仅是唱歌的能手，也是深情的边地美人。她不但能唱《叹烟花》这样的曲子，还能唱流行的军歌、革命歌和党歌。这样的风尘女子同样也是边地文化孕育出来的顽强生命个体的代表。

沈从文的老乡刘祖春在小说《荤烟划子》中塑造了一对靠给别人吸荤烟（湘西特有的卖笑方式）来赚取生活来源的穷困夫妇。这是一对典型的被生活和社会逼上了绝路的底层生命，也是一对令人产生无限痛惜的普通人。在丈夫的身体已经不能承受生活重荷的负累之下，他只好忍受着屈辱靠出卖妻子的身体来换取生活来源。作家虽然也写了湘西边地的妓女，但是有了本质的差别。可以明显体会到，作家的悲愤和屈辱时时在文中流露。不同于沈从文，刘祖春写边地妓女更注重从社会学的角度透视这些普通农人如何堕落为底层边缘人，启蒙的意图非常明显。尽管《荤烟划子》写得也很有诗意，但是作家意在启蒙的说教破坏了边地的静美，只剩下人性的邪恶与强者对弱者的歧视。外来势力的侵袭已经使这里失去了边地的单纯和质朴，“世外桃源”已经成了弱肉强食的屠宰场。刘祖春刻画出湘西边地存在的另一面。

妓女生涯尽管充满了交易的铜臭味，但是在文学审美上却具有独特的魅力。作为一种历史悠久的社会现象，妓女存在的意义在于其复杂的人性与独特的存在使人类社会的发展具有某种不可预知性。尤其是，在汉儒文化严密的伦理规范下，那些道貌岸然的鸿儒高士尽管在表面品格上无可指摘，却常常会在妓院这种特殊空间暴露出人性的弱点，肆意宣泄出自我的压抑。对于妓女而言，或许正是这些高高在上的“大人们”在压制着他人生命欲望的自然流泻。当然，在强权社会中，不仅妓女会受到诸多压制，众多的普通人的命运也处在掌控之中。尽管那些风流骚客们可以借着青楼妓院来挥发自己在

正常礼教社会中难以发泄的潜在欲望，但是那些水手、农人或许也只能是在吊脚楼、小船上实现自己对女性的向往，短暂享受人性的温暖。从边地妓女超越女德的做法可以得出，一般意义上所谓不入流的人们在特定情况下，更能体现出人性的光辉。虽然这些卑微的生命的豪言壮举往往会被主流社会忽视或者视作“非正常”的存在，例如妓女的仗义疏财，但是仍然具有特殊的魅力。同理，社会历史闪光点的出现常常会以微不足道的小细节来体现。因此，道德与不道德、人性与非人性、美与丑的对比都是需要放置在特定的空间审视，而非武断地以一概全。毕竟单向完满的理想状态多是人类一厢情愿的臆想。沈从文在被诗化了的湘西边地以边地人生命的激情及其彰显的人性之美将这些两两对立的命题给予了充分的消解。在他看来，在阶级对立不明显且人性自然的边地世界中，悲剧的产生似乎只有不可抗拒的命运的捉弄，而非人性之恶所致。

## 二、底层社会的浪游者

流浪作为人类文学史上的一个重要母题，早在荷马史诗中就已出现。它体现了人类对自身生存状况的质疑，对精神家园的追寻以及对合理归宿的诉求。流浪者作为流浪行为的实践者，力图通过流浪追寻到人类生存的意义。在世界文学史的视野中，用“流浪汉”这样命名来展现流浪人的精神风貌。这个概念最早出现在1554年西班牙流浪汉小说《托梅斯河上的小拉撒路》(汉译《小癞子 》)中。以后笛福的《鲁宾逊漂流记》讲述了流浪英雄鲁宾逊为了生存而勇敢地挑战自我和命运的英雄事迹。西班牙作家塞万提斯的《唐·吉诃德》则通过唐吉诃德种种看似荒谬的流浪行为从而揭示出人类生存的荒诞，给人以深刻的启示。中国古典文学的典范之作——《离骚》反映出屈原在流浪放逐后的心路历程，开创了浪漫主义文学的源头。此外，中国现代文学也有诸多对流浪主题的表达。可以看出，流浪是中西方所共有的社会和文学现象。“行走在路上”可以说是流浪汉最诗意也最具有挑战性的生存现实。这种方式决定了流浪汉作为社会底层人群居无定所，漂泊不定的生存状貌。他们脱离了固有的社会结构或组织，选择了流浪的生存模式。因此，流浪汉的出现也是人类社会在历史变化中随着商业经济的发展而出现的历史存在物，是一种普遍的社会现象。作为社会的游离者，他们通常会被视为秩序社会潜在的不安定因素而受到限制或打击，并且无法得到主流社会价值观念和道德规范的认可和同情。所以，流浪汉作为一种历史存在总是处在社会的底层成为主流文化的边缘产物。

对中国现代文学来说，流浪作为文学母题反映出现代作家在五四新文化运动冲击下所承受的严重的文化失重感与无所适从的焦虑感。作家塑造出大量的流浪者形象突出了这种文化失重感的现代意义。“从20年代鲁迅的《过客》到40年代路翎的《财主的儿女们》，无论时代风云如何变幻，人们始终对生命不息、跋涉不止的漂泊精神保持着应有的尊敬。”[①] 对绝大多数安土重迁的中国人来说，流浪虽然是个体生命的重生过程，但也是不得已而为之的悲壮之举。对边地小说来讲，恰恰是流浪远方才能够体现出自由不羁的漂泊精神。在这些小说中，流浪主人公的性格特征鲜明突出，他们或笃信天命，或玩世不恭，或忍辱求生，对于自身的生存现状都有着某种程度上的认可或者是以享受的态度来体验。而且这些男男女女的流浪汉都是因为各种原因被社会排除在外的底层人。“底层是处于有相当地位的非上流类别之下的两个阶层。一个是生活条件一直很差，被排除在大多数体面活动之外的私家奴仆和贱民阶层。另一个则有流浪汉、乞丐、土匪、走私者和其他活动于有组织社会结构之外的人所组成。”[②] 这种底层浪游人在边地小说中有较为贴切的描绘。

尤其是艾芜的短篇小说集《南行记》，更是通过大量形态各异的流浪者，向我们展示了一个别样的边地空间。学者杨义曾作过这样的评价：“以这样

---

① 谭桂林：《中国现代文学的漂泊母题》，《中国社会科学》1998年第2期。

② ［美］费正清、费维恺编：《剑桥中华民国史1912—1949》上卷，杨品泉等译，中国社会科学出版社1994年版，第35页。

一个受社会簸弄，又不向社会屈服的顽强生命力去观照滇、缅边地和异邦的化外人生，必然发现一个奇特的、令人惊慕又令人悲愤的世界。”[①] 这里可以视为人性充分释放的空间。由于自然生态环境的恶劣，生存固然是头等大事，正统社会的伦理规范和道德标准在这些人看来只是茶余饭后相互揶揄的谈资。但是在他们那并不华美甚至是破败的外表下却潜藏着人间最真切的感情。《南行记》中涉及了滑竿夫、马哥头、流浪者、强盗、小偷、商贾、走私贩、偷马贼等众多社会底层人物，这些人物也都是被抛出正常生活轨道的边缘人。由于外在生存环境的影响，他们体现出更多的野性甚至是兽性，但是透过非人的外壳，可以从中剖析出晶莹剔透的人性内核。像《人生哲学的一课》中那个与“我”同床而睡的长了满身癞虾蟆似的疳疮的流浪者，尽管是一个样子很丑陋的生活的“零余人”，但是待人和善而有礼貌，给“我”的流浪生活增添了无尽的温暖。《月夜》中的吴大林是一个二十岁左右的小伙子。他性格活泼，喜欢唱唱喊喊，而且喜欢耍小聪明。从外表看，这个不错的小伙子却是个不折不扣的盗贼流浪汉。他不但偷窃小商小贩的东西，也愿意从顶有钱的家伙身上拔毛，十足具有小偷的品性。不过仔细斟酌，哄骗卖花生的小贩，糊弄卖锅盔的小商人，吴大林这些耍小聪明的行为似乎不应该定性为偷盗，而更像是卖弄手法的胡闹，是带有孩子气的占便宜的行为。细究起来，只有盗走招待我们的苗族姑娘家的鸦片这件事算作是真正的偷盗行为。利用不正当的手段有目的、有针对性地把不属于自己的财务据为己有，这是偷盗与开玩笑的本质区别。因此，吴大林偷窃帮助过我们的苗族人的“恩将仇报”的做法使“我”这个单纯的文化人感到愤慨。但是吴大林却自有冠冕堂皇的理由：“这都算是偷吗？老子们只不过是拔根牛毛就是了。”（《月夜》）在这里，两种不同的身份对待同一件事情有完全不同的理解，“我”感到羞耻而吴大林则认为理所当然。强盗的世界自有自己的逻辑。“老子们倒不管他妈的啥子回人汉人，在老子眼里看来，世间就只有老肥和穷光

① 杨义：《杨义文存》第 2 卷，人民文学出版社 1998 年版，第 488 页。

蛋。是老肥，老子就要拔他一根牛毛。走尽天下，我都要这样干的！”（《月夜》）他的这番话倒是带有明显的“侠盗”风范，不再像是那个要小聪明的孩子而更多得带有“仇富”的心理，一副绿林草莽的做派。作为特殊的社会群体，盗贼是一群被秩序社会所排斥和痛恨的人，他们因各种原因走上“以盗为生”的路途以至于沦为社会的最底层，成为边缘人挣扎在阴暗处。在他们的价值观念中，只要能够生存，道德伦理的束缚及法律的约束都将统统抛之脑后。物质的极度匮乏使他们本能地仇恨社会的富裕阶层，所以“仇富”的心态在盗贼的世界格外突出。作者尽管谴责了吴大林的不义行为，但还是将吴大林人性中善的一面体现出来。吴大林面对“我”的责难表现出尴尬和沉默，这充分表明他已经意识到自己的行为有违道义。他仍然还是个有灵魂的生命载体。

《左手行礼的士兵》描绘了一个受伤的士兵由人变成“兽”的故事。这是一个留存着乡下人老实愚拙特征的士兵，一个渴望回到自己家乡的流浪者。他为了尽快得到治疗竟然向“我”这个杂役敬礼。但是这个起初充满生活热望的年轻生命却在再次负伤后彻底沉默。他不再相信长官允许他回家的承诺，也对自己的伤病麻木消极起来。他对生活丧失了信心。多年之后，当“我”俩再次相遇，他已经是一个失去了右臂的乞丐流浪汉。残酷的战争与可怕的人性，回赠给这些朴实农人的只有身体的残破和精神的残缺。《快活的人》中的胡三爸是个顶快活的老人，乐观、大度、喜欢打诨和说笑，靠打烧鸦片烟的铁签子为生。生活的重压都随着叮叮叮叮的敲击声化作了他爽朗的笑声。后来的禁烟令虽然极大地妨碍了他的生意，但他没有抱怨气馁而是迅速改行给别人捶背来赚取生活的资本。他始终是生活的主宰，勇敢地去接受命运的挑战。无疑，这是一个坚强的边地灵魂。但就是这么一个对生活充满热望的老者却不明不白地死去了。如此看来，人生的欢乐与苦涩总是相伴而生的。边地人生充满了变数。边地似乎总是与悲伤有着千丝万缕的关系，在远离繁华和喧嚣的荒僻之地，总会看到一些被“正常”社会流放出来的凄惨生命。《七指人》中那个两只手只有七个手指的游方和尚，自身的经历就

是一部掺杂着血和泪的放纵史。虽然吃喝嫖赌样样在行，但他却真诚善良。这也是一个行为放浪，但是内心圣洁的生命形态。《流浪人》中更是汇集了各色流浪的人：算命先生、赌徒矮汉子、小伙子、打花鼓的大脚中年女人和她漂亮的女儿彩凤，还有盐巴客。这是一群边地的过客。他们为了生存，长途跋涉到边缘世界寻找生活的资源。大家原本彼此素不相识，但是一路结伴而行的友情却将他们紧紧地联系在一起。在男性居多的流浪者中，两个女性无疑成了重点保护的对象。小说充满了令人感动的边地深情。人与人相互之间的关爱和同情充盈着人性的温度。尽管在小说叙述中出现了矮汉子吃酒之后没有付钱就离去害得“我”倾尽了所有财产才得以脱身的戏剧情节，但随着叙事的进一步铺开，矮汉子并没有赖账，而是在下一个目的地等待着我。他不但还了钱，而且还多赠予我钱财。同是穷人又同是生活的艰难跋涉者，虽然他们没有多少豪言壮语也显得粗野蛮横，但是人性之美却时时闪现。《荒山上》“我”的旅伴虽然是个强盗。但是这个盗贼却非常仗义。他们并非恶徒，更像是杀富济贫的侠客。因为厌烦了俗世平稳而单调的生活，所以情愿躺在刀尖上过不受约束的刺激人生。虽然以抢劫为生，但是并不随意伤害人命，他们自有自己立足江湖的规矩。《松岭上》刻画了一个寂寞但不无善意的老商贩。在年轻的时候，他因为被地主抢妻夺子，所以在村里人的鄙视中凶残地杀死了自己的妻儿以及地主一家后浪迹天涯，直到风烛残年仍然孤独一人。他的身上存有小商贩的奸诈也带有老年人的和蔼温情。这是一个满怀着仇恨而寂寞的边地生命，他在酒与鸦片烟的陪伴下打发漂泊而又落寞的时光，在自我心灵的折磨中品尝着人生的苦涩，间或享受短暂的乐趣。《森林中》描写了一伙由强壮的马哥头、“我”、遭劫想自杀的烟贩子及小麻子诸人组成的流浪者队伍。在流浪的行程中，这个临时结成的队伍虽然有各种不协调，但是同为天涯沦落人的命运却将他们联结在一起。人性的美丑在“森林中”尽显无遗。《瞎子客店》中那一对瞎眼父子在边远山区利用山洞开了一家客店。这对身世凄离的父子本来不需要跑到这荒郊野地像老鼠一般地躲藏着，但是只有在这里，他们才能正常地生存。他们被城市的恶势力驱赶出来流浪到边荒异地才能重新开始"人"的生活。虽然他们面对的是黑暗的世界，但内心却对光明的生活充满了向往。眼睛失明了并不可怕，可怕的是灵魂丢失。这些边地坚强的生命在命运的巨大不公下仍然勇敢地活下来，开创出新的人生，这本身就值得赞颂。《在茅草地》中为了帮助"我"这个衣食无着的困窘流浪知识分子，"我"的旅伴热心地给"我"寻找工作机会，但是处处碰壁的"我"却费尽了周折也没有找到合适的工作，最后在店老板的"恩赐"下，"我"才终于有了流汗的机会。生活对于"我"来说，虽然冷酷无情，但是这其中所感受到的浓厚人情味却使"我"感到欣慰。不论是贩私烟的汉子、抬滑竿的苦力还是开办洋学校的修女都闪烁出人性美的光芒，就连那个狡猾的店老板也体现出边地人和善的一面。《山中送客记》中的大老杨是一个豪爽的偷马贼。他蔑视官家伦理，过着四海为家的流浪生活。老赵是一个痴情的汉子，自己的情人跟老杨相好却丝毫不知情，只是满怀着希望等待着。这些流浪者虽然都在生存的煎熬中挣扎，却也活得有滋有味。边地汉子的豪放与柔情给空旷的边地添加了无尽的诗情。一个瘦弱的生命如何能够在边地险恶的环境中生存，《偷马贼》给出了答案。老三起初并不是偷马贼，而是一个备受轻视的瘦小汉子，为了证明自己的强大，也为了活得更像一个人，他拼着性命去偷马。虽然付出了惨痛的代价，但是他却终于争得了做一个有尊严的人的权利。他成功地将自己立了起来。

鸦片烟在边地非常盛行。尤其是那些做生意的店老板，有点余钱的小商贩，手工艺人，还有从中原跑到边地的绅士们，鸦片对他们来说像生命一样重要。这种现状就导致了边地鸦片交易的畸形繁荣，出现了很多私烟贩子。《私烟贩子》就选取一个陈姓私烟贩子的视角来透视边地流浪者的生活状态。陈老头将近五十岁的年龄仍然冒着风险从事贩卖私烟的活动，而且乐此不疲。他喜欢开玩笑，性格中带着边地人的豪气，当然也爱玩好耍，被生活逼出来的豪横使他带有强烈的赌徒心理。这样一个经历了人生酸甜苦辣，看透了世态炎凉的边地老人，尽管身上存有诸多缺点，却充满了善意和温情。从他的身上，"我"着实体会到人性的温暖。《寸大哥》也曾经是个快乐的赶马

汉子，可是赶马生活带给他的却是严重的伤病。他只有在回味中重温昔日做赶马人的痛快淋漓。那种自由自在无拘无束的日子是他人生中最大的幸福，也只有在和伙伴们一道赶马的岁月中，他才真正体会到作为“人”的快乐。在小说《我的旅伴》中，作者满怀深情地写下了两个滑竿夫与“我”的旅伴生涯。老何与老朱是两个二十八九岁的年轻人。老何心地善良，处处热心助人，而且不吸鸦片，但是他胆小怕事，安于现状，不像老朱那样放得开。老朱曾经是个军人，现在虽然抬滑竿，但敢作敢为的军人作风仍然存在，对生活富于进取精神，不甘心总是做服务于他人的滑竿夫。但是他身上也存在诸多缺点：吸鸦片、赌钱、走私鸦片。老朱身上的这些缺点其实在每一个边地挣扎的流浪者身上几乎都或多或少地存在着。虽然缺少文化知识限制了他们的视野，但是充盈在他们身上那种丰沛的生命活力以及扎根生活的青春热情却是在中原内地小说中很少见到。作者虽然批判了他们存在的缺点，但更多的却是对他们人性美的欣赏和赞美。正是基于这种审美要求，所以在《我们的友人》中，尽管老江这个替人卖鸦片烟和吗啡且患上梅毒的可恶的家伙做了一些让“我”感到愤怒的事情，但“我”还是原谅并同情着他，以至于在他走后，“我”感到了莫名的惆怅。这种惆怅既是对老江的宽容，更是对这个可怜人那颗透明的心的伤感。这些挣扎在边地的生命时时刻刻面临着生活的危机，但他们仍然用不服输的韧性顽强地挣扎着，拼命保持着做人的尊严，去享受生活的甘苦。这些在文明人看来不可理喻的粗野汉子都在以自己的方式尽情享受着生命带给他们的充实。所以有评论家深情地说道：“艾芜则以自由生命的意识平视南国和异域野性未驯的奇特男女，使之在蔑视现实的圣教伦理和官家法律中显示出一种大写的‘人’的尊严。”[①]

周文的《茶包》也描写了一群忍辱负重的边地生命。他们是背茶包的脚夫，用肩头扛起沉甸甸的茶包踟蹰行进在崇山峻岭之间。生命就像背上越来越沉重的茶包，稍不留心就会坠入山崖，消失得无影无踪。周文笔下的这些

① 杨义：《杨义文存》第2卷，人民文学出版社1998年版，第488—489页。

脚夫相比艾芜小说中的那些流浪汉多了生命的委顿之感，少了对生活的豪迈之情。他们更多的是在用自身遭际控诉社会的压迫和不公，而艾芜所深爱的流浪者们却是在用自己独特的生命哲学诠释出社会的无情，以无所畏惧的乐观态度挑战着生活的压迫并释放着生命的激情。他们是一群值得尊敬的边缘人。通过审视艾芜、周文笔下这些脚夫的命运，会更多地激起读者对社会黑暗的愤慨以及对其悲惨命运的怜悯与反思。作家通过对这些流浪生命形态的倾情塑造，充分表明漂泊流浪的体验已经渗透进其生命意识中，成为不可轻易抹杀的文化记忆。生命的火花在不断跋涉的旅程中而闪耀放射。艾芜曾经说过："如今一提到漂泊，却依旧心神向往，觉得那是人生最销魂的事。"[①]

蹇先艾的边地小说也涉及诸如盐巴客、赶马人、滑竿夫等与艾芜小说中同样的边地生命形态，但是二者之间有很大区别。艾芜是将自己放置到这群社会底层人中，"我"与"他们"是同样的人，有着相同的遭遇。"我"虽然也算是"文化人"，但"我"是个没有固定生活来源的落魄之人，"我们"都在经受着极限生活的考验。而蹇先艾的小说中虽然也有"我"的身影，但是这个"我"却是游离于这群流浪生命之外的知识分子或者说是"上等人"。"我"是在用"局外人"的眼光来观察这群人的生存状态，通过"他们"的口来了解这些人的苦痛从而再引起"我"的共鸣。所以，"我"只能算是边地生活的外来者，而非亲历者。艾芜既是边地生活的实践者又是记录者，更是让中原文坛关注边地空间的创新者。他以自己的边地体验，零距离的观察并传神地表达出这群边地流浪汉的精神风貌。在这个意义上，蹇先艾尽管也反映了贵州边地的原始闭塞与风土人情的边地野味，但是他与人物之间还存在着距离。这些压抑的边民仍然只是作家启蒙的对象，而非同路人。从"我们"到"他们"的构成就可以看出，对于边地空间，作家是怀着各种不同的心境与文化理想来表达的。他们不同的表现方式正反映出中国现代知识分子对"文化中国"的理解存在着多种内涵与多种阐释的可能。正因为"文化

① 艾芜：《艾芜文集》第10卷，四川人民出版社1989年版，第158页。

中国”存在多元文化思想的格局，所以反映到文学上就是多样态的“文学中国”。

## 三、规训生命的绝地突围

战争对于屡遭苦难的中华民族而言并不是一个陌生的话题。军人作为保家卫国的主体，一向是被歌颂和信赖的对象。因此，一谈到英雄往往就会联系到那些为民族解放事业做出贡献的军人们。边地空间同样活跃着各式各样的军人。而且，由于边地既是远离政治文化中心的边僻之地，又往往是纷争频仍的多事之所，这种地缘特征使这里的军人更加引人注目。相应的，边地小说中也涉及很多兵士形象。作家描写他们更多地是从边地文化特质出发，注重其自由生命的本质，描绘出他们在特殊文化空间中的人生遭际以及人性的复杂。他们并非都是气壮山河、拼死疆场的勇士，在驳杂的边地社会构成中，这也是一群生活在社会底层的边缘人。

周文的小说大多以川康边地的军人生活为其创作的重心。从十六岁起，作家就出外谋生，挣钱养家。他先到军阀部队当文书，随部队转战川藏边境，因此对旧社会军人的生活状况非常了解。从他的小说中，读者可以清楚地了解到在旧制度下旧式军人的精神风貌。这些被统治阶级当作“炮灰”的社会底层生命群体在现实生活中被黑暗的社会制度所钳制、挤压甚至要付出生命的代价。就如同《雪地》中那些拼着性命翻越折多山的军人们，面对恶劣的自然环境，其生命个体已经不再属于自我支配。在这里，自然主宰了一切，人类的能力已经微不足道。加之，军队中各派系的相互倾轧、排挤的黑暗状况更加导致了士兵生活的悲惨。军阀官僚和普通士兵之间严重的阶级分化也使得士兵的生命价值连随队的骡马都不如。在这片茫茫的雪地上，生命就如同摇摆不定的萤火，随时都可能熄灭。可恨的是，就在连生命都难以保障的生存绝境中，那些军阀官僚仍然不忘私运鸦片大发其财。在这些旧式军阀的观念中，士兵存在的价值似乎只是为了保护他们的私人财产不受侵害。

经过生死的搏斗后，尽管有些士兵翻过大山进入了关内，但是他们等来的却是队伍的改编，并且要再次出关的结局。面对上层的残暴和无情，这群逼急了的汉子终于觉醒，他们拿起手中的武器为争取做人的尊严而抗争。对自由的渴望与对统治者的愤恨促使他们的思想发生了质的改变，由忍气吞声服从为上的弱者变为狂暴的造反者。勇敢的造反成为他们重生的宣言。周文擅长写非状态的军人。他所塑造的军人大多都不是战争中的军人，而是一些远离战场，在现实生活中被层层盘剥而扭曲了正常人性的弱者。这是一群在旧社会不公制度下被挤压扁了的灵魂，是在不正常的体制戕害下精神上发生了异变的“畸形人”。在这些士兵身上已经很难找到真正军人的血性和献身精神，更多的是尔虞我诈的世故与阴冷。弱者的可怜与强权的蛮横形成了鲜明对比。《恨》中那个敏感脆弱的杨明就是一个可怜而懦弱的灵魂。他恨世上的一切人，包括他自己。他以庶出儿子的身份冷眼观瞧社会。家族势力的强横和生活求学的不平遭遇都让他对这个世界产生了莫名的恐惧和憎恶感。经过努力终于进入军队成为服务生后，他满以为从此之后就可以摆脱可怜人的窘状，成为上等人，但是现实无情地击碎了他的梦想。服务生的生活充满了非人的虐待，可是他的懦弱的确不能将自己从这种状况中摆脱出来，只能越陷越深。后来，在军官学校同学的影响下，他终于将满腔的愤恨化作了挣脱的勇气，毅然离开为之服务的部队，向着更光明的前途奔去。作者让杨明从地狱般的生活中挣扎出来，重新做人，并且指出只有革命才是新生的唯一出路。这种思想反映出作家的左翼政治立场。尽管周文刻写了众多萎缩而迷茫的旧式军人，但是在特定的境遇下，有些会真正体现出人之为人的光彩。《山坡上》就谱写了一曲绝境中的人性颂歌。这个小说描写的是真正的战场厮杀。虽然这种厮杀着重于在大规模的战争结束后敌我双方士兵的单兵独斗，但同样让读者感受到战争的残酷。小说描写了敌我双方在一番生死的搏斗后反而戏剧化地滋生出兄弟般的情谊的故事。王大胜在战斗将要结束的时候被敌方士兵刺中肚子昏了过去。李占魁这个被王大胜打昏了的敌方士兵在夜晚却醒转过来，恰巧他又碰上了死对头王大胜。仇人见面分外眼红，二人开始

新的厮杀。一番搏斗后，王大胜肚子上的伤口裂开，肠子流了出来，他又重新昏了过去。而李占魁并没有趁机杀死王大胜，而是在目睹了野狗疯狂地扑食死人肠子的惨烈境况后，与王大胜之间的仇恨忽然转化成人类之间的惺惺相惜。在穷凶极恶的野狗面前，他们不再是敌人，而是同仇敌忾的亲人。在荒郊野外的边地生存环境中，原本敌我的仇恨化作了与野狗搏斗的勇气，敌对的双方变成了互相扶持的兄弟。小说最令人震撼的是在荒野中野狗吃人的场景：

> 一条白狗的嘴从一个尸体的肚皮里拉出条条闪光的肠子来，长长地拖出，有许多黑液一点点地滴在地上。狗嘴一咬动，就吞进五寸光景，动几动，就吞得只剩两寸长的肠子尾巴在嘴唇外边，它长长地伸出舌条来一扫，立刻便通通卷进嘴里。刚刚跑过去的那一条黄狗，也把嘴向那尸体的肚子里插进去，含出一块黑色的东西来，一点点的黑液滴在地上。①

这种血腥的场面或许只有在边地空间才可能呈现。欣慰的是，人性的美好将动物的凶残冲淡，使这个小说在令人心悸的寒冷中感受到素朴人情的温暖。在人与兽的较量中，人性终于战胜兽性，获得了人之为人的尊严与可贵。

骆宾基的小说《边陲线上》用汪洋恣肆的笔触描绘了各种势力统治下的东北边地人们的反抗斗争的史实。其中，知识分子刘强形象的设置冲淡了些许小说的“匪气”与“野味”，使作品看起来不至于太“荒凉”。珲春一带中苏边境的“土字界碑”附近，在抗日战争来临之后变成了各种势力争霸的地方。刘司令的救国军、日本人的军队以及高丽人的势力再加上各种大大小小的本地武装组织，使得这个地方就像是一个“国际俱乐部”，各种势力的较量在不断上演。刘强作为关内人的后代接受过新知识新思想的熏陶，为国

---

① 周文：《周文选集》上集，四川人民出版社 1980 年版，第 138 页。

献身的精神在他的身上体现得很明显。这一点与他的父亲——地主刘林完全不同。刘林可以为了一己私利去投靠日本人，一副民族败类的丑恶嘴脸。可悲的是，他在听闻日本人无理强征自己的土地后竟然气绝而亡。因此，刘强参加了苇子沟李木匠的义勇军，算是真正走上反抗日本人的斗争道路。后来，苇子沟的义勇军与刘司令的救国军会合。但是，救国军却是一支充满了派系纷争和土匪习气的队伍。胡子出身的刘司令私设金矿将金子据为己有却不给部众发军饷，而且他极力排斥苇子沟的人马，妄图利用各种理由来压制和打击苇子沟的义勇军。虽然众人极力谴责，他还是接受了日本人招降的条件，并且拘禁了反对投降的团长。危急时刻，在刘强的带领下，众人闯进司令部逼迫刘司令自杀。小说结尾，中国的抗日英雄与朝鲜红党并肩战斗在一起共同抗击日本人。整篇小说涉及多个阶层、多种势力和多种民族的冲突斗争，中国地主与朝鲜佃农的关系，朝鲜红党与中国抗日队伍的合作，中国汉奸与日本主子的矛盾，高丽棒子对中国穷人的欺压，日本人对朝鲜红党的镇压等，都体现出多样化的文化交锋。尤其是“高丽人民在东北不仅作为一个亡了国的‘少数民族’，而且作为和中国人在经济上文化上密切结合的被压迫者了”[①]。这样就将民族主义与国际主义精神交织在一起构成了多彩的画面。此外，小说在描写塞外边地的原始自然风光方面也极具特色，草甸、野地是这里的地理生态特点，也是黄鼠狼子、山兔、野鸭们群居的好地方，整体呈现出一派北国边地苍伟宏阔的壮美之感。尽管小说设计了不同的军人形象，但是作者最推崇的仍然是胡子精神，即不欺凌弱小、肯定个体生命、推崇顽强的生命力从而形成一种倔强而豪放、刚烈又侠义的精神特征。从胡子到革命军人的转变既是身份的转型，也是特殊历史时期民族精神的体现。在某种程度上，胡子取代了地方实力集团成为边地空间的主宰，胡子精神也成为英雄气概的代名词而进入到主流文学的范畴中。

沈从文等现代作家对边地自由生命的赞美基本上是固定在边地下层人身

① 贺依：《论〈边陲线上〉》，骆宾基：《边陲线上》，吉林人民出版社1984年版，第190页。

上，军人也是如此。在揭露上层统治集团军队官僚的丑陋与赞美普通军士的自由生命力等方面都寄予了作家截然不同的文化理想。下层兵士有情有义的自由生命形态代表了文化边地充满朝气与希望的潜在活力，而上层官僚的丑陋人性则体现出汉儒文化急需调整与补充的空白之处。当然，体现不同的文化理想还需要恰切的承载物来表现。边地小说作家不约而同地选择鸦片这种具有边地特殊风味的意象来传达，想来颇有深意。不管是塞外草原，世外桃源的湘西还是川康边境的接壤之地，鸦片俨然已经成为日常生活的必备品，充斥在边荒之地的中国人的生活中。其实，不仅在边地小说中涉及大量鸦片，即使在中原主流文学，作家的目光也会时时对准鸦片。可以看出，在特定的年代，中国人吸食鸦片已经成为一种普遍现象，成为一种体现文化和人性的符码。既然边地多鸦片，那么周文的边地小说中就更少不了鸦片的存在。在其作品中，鸦片既是现实存在，也充当一类的文学意象。《红丸》就借鸦片刻画了丑态百出的众生相。一坛收缴的鸦片烟丸在上交的过程中杨传达、吴巡长、王科长、张科员、李督察员、郑局长、局长的胖听差等一干人都想从这坛红丸中获得利益，但是各色人等又都非常虚伪，谁也不想暴露出自己的私欲，权力的大小最终决定了利益的多寡。一坛红丸引起了许多的大小权贵的追逐，这确实具有“边荒”的味道。对鸦片的特殊感情也是边地生活的一大特色。虽然其他作家写出了鸦片的“罪恶”，但是大概没有比周文的《第三生命》中那些边兵对待鸦片的态度更具有滑稽讽刺的意味。小说中出现的那些边兵上至军官下到士兵无一例外地都吸食鸦片烟，甚至为了吸食鸦片就连平时的训练都可以放弃。这些兵士没有正常军人的威风和严整，只剩下行尸走肉般的生命。如果说手中的步枪是这群人的第二生命，那么烟枪就是第三生命。更具有讽刺效果的是，在战场上，为了鼓励杀敌竟然用鸦片作为勇士的奖赏。这就是边地军人的生活，人性都在鸦片的腐蚀下消泯殆尽。《烟苗季》用讽刺的笔法较为逼真地绘制出一幅边荒之隅的丑陋人性的众生图。小说中，下级官僚为得到某种职位，为掩盖自己鲸吞公款、修造房屋、置田买山的劣迹，他们会暂时虚伪地结成死党来讨好上司，也包括上司的妻妾亲戚甚至是丫头听差这些下人。他们那种奉迎谄媚丑态百出的样子简直令人作呕。可是一旦利益发生冲突，其貌似“稳固”的联盟就会顷刻间土崩瓦解，大行落井下石，造谣中伤之能事，竭力置对方于死地而后快。边地的旷达与诗意在他们身上已经完全演变成人性的丑恶和污浊。

周文的川康边地没有沈从文湘西世界的优美，也没有端木蕻良科尔沁旗草原的辽阔，更不同于艾芜笔下的滇缅交界地的可爱，这里整个就是一个充满了荒唐与邪恶的世界。就像他曾说过的“西康这地方，人的分别很简单：军人、官僚、商人、喇嘛、乌拉娃、做‘等因奉此’的人，每天除了机械的办公而外，就是麻将、鸦片、钻营、趋奉，乌烟瘴气，现在想起来，也真要不寒而栗。”[①] 周文对川康边地人生原生态的刻写使这个空间为中国文坛所熟知。小说浓郁的地方文化色彩使之异于其他四川作家的创作。鸦片、雪山等这些景象只有在闭塞的地域、封闭的边缘空间中才会凸显出来，也才更具有蛮荒的味道。这种蛮荒不仅仅是自然生态的荒凉所致，更是扭曲的人性与畸形的心理体现。在这里，空间与人高度融合，互为支撑。《在白森镇》作者以同情的笔描触写了一个军部派来的施服务员在白森镇惨遭失败的经历。小说充分体现了地方势力的霸道与蛮横。刘县长与陈分县长这两个地方上的强权代表根本没有把施放在眼里，认为他太年轻，也没有强大的势力背景，因此，把他玩弄与股掌之中。最后，施在阴谋的算计下狼狈大败而逃，连自己的前途也葬送。分析起来，施不仅是军人同时也是个失败的知识分子形象。由他的失败，可以透视出当地势力的强大，也折射出这些守旧分子对待外来新生事物的恐惧。他们利用强权扼杀了新生的希望以便继续作恶。在这里，边地的美好意境荡然无存，只剩下人性的阴冷与虚伪。川康边地独特的地理环境与缺少儒家文化理性约束的实际主义滋生了这种邪恶的人性。正因为，在这个空间既缺少中原汉儒家文化的道德规范与理性约束，又没有现代文明的影响，这无疑导致了强权统治者的无法无天，使他们能够毫无顾忌地投机

① 周文：《在摸索中得到教训》，《周文选集》下集，四川人民出版社 1980 年版，第 414 页。

取巧，钻营笼络。通过两相比较，反倒体现出中原汉儒文化的高明与严密的特性。周文写边地抱着批判与拯救的态度来写。与其他作家体现的边地不同，他没有指责汉儒文化的糟粕之处，也没有公开承认汉儒文化对边地文化的影响，他笔下的川康边地似乎相对单纯，几乎所有的描写都是针对那种“边荒味”而来。荒蛮的人性与蛮荒的边地空间构成了黑暗而又现实的边地中国。不过，大概周文受左翼文学的影响较大，他的作品虽然体现出了边地的风味，但是还欠缺强烈的边地意识。他不像沈从文那样对湘西怀有如此深沉的爱，并且试图借助湘西再造民族的道德；也不同于艾芜，将边地流浪视为生命历程中不可缺少的组成部分。他只是要表现出川康边地的黑暗与畸形。他在对川康边地的批判和讽刺中，在把这个地方的“罪恶”揭露出来的同时，也将这个特殊地方的野蛮性较为写实地呈现出来。通过艺术“审丑”，使川康边地进入主流文学的视野，并在中国现代文学史上占据了一席之地。当然，他的小说也不同于一般的农村小说，大量边地自然生态的描述使他的创作更加具有别样的美。他较为成功地构建出了一个与中原、沿海农村形成鲜明对比的世界，这个世界是属于边地的，是由边地文化塑造出来的审美空间。这是周文对中国现代文学的一大贡献。

沈从文的小说中也有关于军人的描写。历史上，湘西独特的地理位置与民族问题使这个地方的军事建制也具有地方特色。军事屯田制是湘西地方统治的最大特色。也因此诞生了一支驻扎在湘西的特殊队伍——“镇筸军”。筸军大概可能是从屯田军中招募而来的，而且必须服从清政府下令的调动和遣散，“但在某种程度上，它的指挥基于对个人和对地方的忠诚，基于一种特殊的少数民族气质和一种至少与在湘军和皖军中表现得同样激烈的地方统一感”[①]。在民国时期，尤其是大革命后，当地人取得了正规军和屯田军的控制权，筸军与屯田军混为一体，深深扎根于湘西，并直接演变为 20 世纪地

① ［美］金介甫：《沈从文笔下的中国社会与文化》，虞建华、邵华强译，华东师范大学出版社 1994 年版，第 6 页。

方集权的军阀部队。[①]特殊的文化构成和浓烈的地方意识都决定了在这块土地上尚武主义思想的泛滥。不可避免，沈从文的小说对于湘西箪军官兵的描写就格外用力。《连长》中那个多情年轻的上尉缺少了军人的威严却增添了情人的缠绵。他与年轻寡妇的“露水情”似乎比都市男女的恋情来得更火热也更陶醉。《传事兵》写了一个可爱而又能干的小兵。《边城》中也描写了几个军人形象：那个重情而又不想丢掉军人职守的屯田兵是翠翠的父亲，翠翠祖父的朋友杨马兵是个讲义气的军人汉子。《过岭者》中那个守在潮湿的土窟里接应情报的四十多岁的“小头颅”是一个寂寞的生命。特殊的职业使他对人生的理解多了忧郁也增添了顽强的韧劲，对生的渴望比普通人来得更强烈。《顾问官》塑造了一个军棍的形象。师部顾问赵颂三，拍马屁的本领出神入化，油滑而令人生厌，贪财势利是他性格的本质特征。他原本也是个封建知识分子却机缘巧合地混进了军队，充当了军阀政权统治的帮凶。虽然他腐败堕落，但是对又脏又矮的妻子和瘦弱的像猫一样的女儿却十分爱护。沈从文总是在批判中显现出人性的优美。《三个男人和一个女人》讲述了一个离奇的爱情故事。这个故事的参与者有两个是士兵。“我”与跛脚的小号兵都对驻地商会会长的女儿产生了朦胧的感情。尤其是跛脚的号兵，迷恋这个女孩子到了不可自拔的程度，以至于在女孩神秘死亡之后，竟然半夜跑到墓地去看望她。这些军人热烈的情感与对情爱的执着大概也就只有在沈从文的笔下才能如此哀婉动人。《新与旧》中的战兵杨金标在晚清政府时期是军队的刽子手，因为有一手“绝活”再加上年轻体健，生活得自由自在，但是在民国时期他的“绝活”无处施展，只好选择当守城门的士兵。他的光荣岁月已经随着时间的流逝消失在历史的烟尘中，大概没有人会再记得起当年的他和他的砍头“绝活”。不过，在杀害两个年轻共产党的刑场上，年老的他又被推到了历史的前台，充当了新时代的刽子手。在新的时代，自己被迫以这样的方式重操旧业并杀害了心目中的好人，他只能在不解和愤懑中凄凉地死

---

① ［美］金介甫：《沈从文笔下的中国社会和文化》，虞建华、邵华强译，华东师范大学出版社1994年版。第6页。

去。在社会的空间转换与历史的时间流转中，老兵作为旧时代的产物只能苟活于世而没有发挥本领的可能。作家以沉重的笔触书写了“最后一个刽子手”的结局，揭示出新旧对比的残酷，体现出对现代文化的疑惑以及对传统文化留恋的文化心理。以上分析可以看出，对军人进行文学审美观照，沈从文与周文的叙事手法完全不同，前者侧重写情，后者注重写恶。沈从文的军人之爱与其小说的整体风格相符，都是在这些平凡的有地域代表性的生命形态中思考中国的出路问题。而周文更多的是从批判启蒙的角度写出这些旧式军阀的卑劣与普通士兵的悲惨，引起世人的共鸣。鲁迅对中国农村社会所发出的“揭出病苦，引起疗救的注意”①的呼声在周文的创作中之置换成对旧式军阀丑陋人性的揭露。因此，这也就从另一个角度体现出对鲁迅当年忧思的“国民性改造”问题的“边地呼应”。当然巴蜀文化的熏陶也对川康边地人格的形成具有不可忽视的作用。应该说，巴蜀文化的地缘特性再加上川康边地特殊的地理环境共同促成了这个边地空间一种自由彪悍而且带有袍哥江湖气的文化特质。

战争是摧残民族精神的罪魁祸首。但是，对于中国这个饱受战乱侵扰的民族共同体来说，连绵的战争非但没有打垮中国人的意志，反倒是在硝烟弥漫的战火中涌现出了众多的勇士，他们用不屈的灵魂重塑了中国人的形象，也使中国的未来充满了希望。

## 四、女儿性与英雄气支配下的边地女性

女性永远是这个荒凉的世界不可缺少的精灵。文学如果缺少了女性的点缀会使人感到无边的遗憾。在通向缪斯女神殿堂的旅程中，女性成为作家审美艺术王国中不可或缺的灵感来源和神性载体。不论是描写边地的作家还是身居中国文化中心的作家都将女性作为他们/她们文学理想实现的承载物，

① 鲁迅：《鲁迅全集》第4卷，人民文学出版社1981年版，第512页。

塑造出形态各异的圣洁的女性个体。她们像是一群长着翅膀的天使飞翔在作家语言想象的诗意国度中。边地女性自有不同于中原女性的独有之处，她们是一群既豪放又纯情的边地女儿。具有边地体验的现代作家不仅塑造了带有“女儿性”的边地少女，也书写了成熟稳重的具有豪侠气概的边地妇人。

这些带有自然气质的边地少女与沿海都市女性和中原农村女性有着很大的差别。作家倾情描绘的这些女性已经颠覆了传统作家对她们的想象模式。那种艳丽、娇弱、满带着俗气和心计的女性在边地小说中很少见到，可以说几乎没有。尤其是相对于都市女孩的性感、魅惑与势力庸俗，边地少女就像是不愿长大的小女孩，植物一般地生长在青山碧水的山间林旁，散发着透明清亮的硬气。沈从文笔下的翠翠、萧萧、三三，端木蕻良眼中的杏子、水水、水芹子，艾芜笔下的玛米等，这些生命充满了水样的质感和自然的质朴气息。她们不造作，不奢华，没有脂粉气，没有都市女性的妖媚和虚浮，有的只是一颗长养在质朴无华的自然中的美丽心灵。她们都同样具有边地自然女儿的爽直、倔强、敢爱敢恨的特性，痴情却不矫情，各有各的风味，对于生命的理解也各有自己的方式。她们是大地母亲最钟灵毓秀的女儿。《三三》中的三三是杨家碾坊唯一的孩子，爸爸在她五岁时离开了。于是她就在先是爸爸后是妈妈满是糠灰的身影中，在哭里笑里慢慢地长大了。她是个纯净的女孩，像是一朵盛开的百合花，芬芳而又恬静，从小生长在碧水青山的怀抱中，自然天真而又活泼。即使长大了还仍然像小孩子一样，一切傍着妈妈，显得女儿性十足。因此，女儿性是边地小说中年轻女性最突出的特点，这种特性在都市小说中是很难寻找到的。林贤治曾经说过：“中国女性遗留了古老的妻性和妾性，还有娼妓性，却失落了女儿性。”[①]所幸，这种遗憾在边地小说当中得到了补偿。在边地空间中与自然零距离的接触，使得这些女性较多感受到大自然的洗礼，较少受到儒家人伦道德的约束，从而具有了更多的女儿性。《边城》中的翠翠无疑更是这种女儿性十足的典型。她虽然没有父母，但是

① 林贤治：《娜拉：出走或归来》，《林贤治自选集》，百花文艺出版社1999年版，第30页。

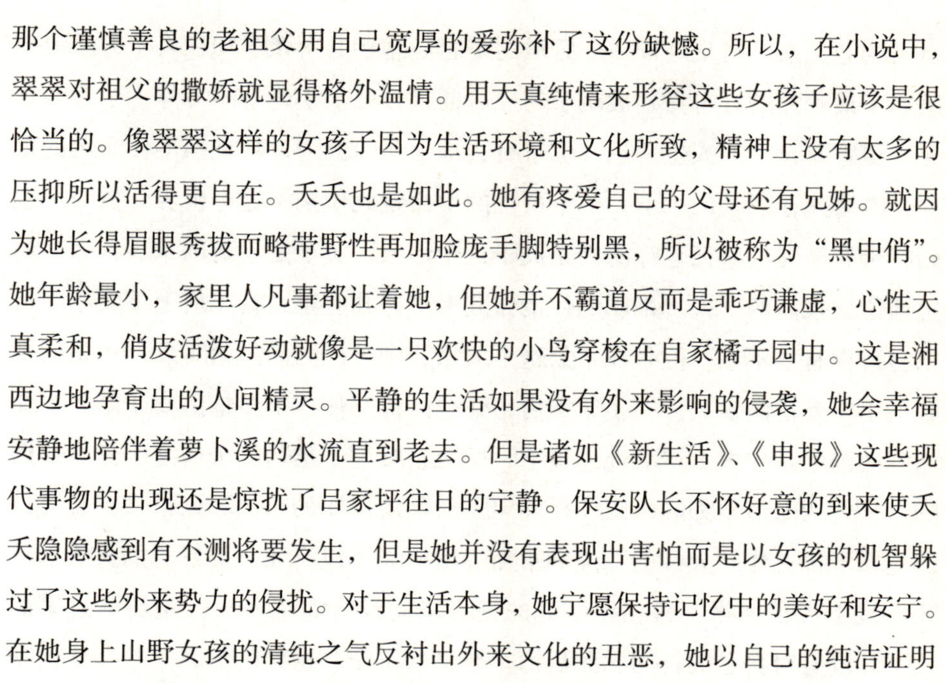

那个谨慎善良的老祖父用自己宽厚的爱弥补了这份缺憾。所以，在小说中，翠翠对祖父的撒娇就显得格外温情。用天真纯情来形容这些女孩子应该是很恰当的。像翠翠这样的女孩子因为生活环境和文化所致，精神上没有太多的压抑所以活得更自在。夭夭也是如此。她有疼爱自己的父母还有兄姊。就因为她长得眉眼秀拔而略带野性再加脸庞手脚特别黑，所以被称为“黑中俏”。她年龄最小，家里人凡事都让着她，但她并不霸道反而是乖巧谦虚，心性天真柔和，俏皮活泼好动就像是一只欢快的小鸟穿梭在自家橘子园中。这是湘西边地孕育出的人间精灵。平静的生活如果没有外来影响的侵袭，她会幸福安静地陪伴着萝卜溪的水流直到老去。但是诸如《新生活》、《申报》这些现代事物的出现还是惊扰了吕家坪往日的宁静。保安队长不怀好意的到来使夭夭隐隐感到有不测将要发生，但是她并没有表现出害怕而是以女孩的机智躲过了这些外来势力的侵扰。对于生活本身，她宁愿保持记忆中的美好和安宁。在她身上山野女孩的清纯之气反衬出外来文化的丑恶，她以自己的纯洁证明了湘西边地的美好。夭夭的命运或许会随着湘西的改变而改变，也或许在未来的日子里她仍然是这块土地上的主人。沈从文没有告诉我们，也没有机会再给出答案。湘西的过去、现在、未来都在时空的改变中慢慢展示出自己的样貌，也逐渐发生着不可逆转的改变。

端木蕻良的边地小说中同样塑造了一系列少女形象。她们大多都是清纯贞洁而又刚烈的女性，身上也体现出中国女性少有的女儿性。她们在鸶鹭湖畔，在广阔的科尔沁草原上出水芙蓉般地傲立在自然的怀抱中，就连那些不再年轻的母亲辈的女性也体现出草原人独有的豪放和热烈。当然在这其中，作家也不无痛心地写出了这些女性坎坷多艰的生活。不论是边地还是中原，大概多半的中国旧式女性都曾经体验过命运多舛的不幸境遇。端木蕻良在他的第一部长篇小说《科尔沁旗草原》中就怀着对女性的挚诚与忧郁抒写下对她们的爱与痛，还有对草原的爱和憎。在小说中，他花费单独一章的篇幅写下了水水这个不幸的女孩子。水水是个水样的女子，水里生，水里长，身上有一股天真未凿的活力。虽然不知道自己的母亲是谁，但是她有疼爱她胜过自己的老父亲。就是这样一个娇嫩的不忍心碰触的女孩子却在人生的激流中遭遇了最残酷的打击，她被胡子劫掠后糟蹋致死。小说中的另外一个女性春兄，尽管有自己的人生理想，也带有边地女儿的倔强，却抵挡不住命运的捉弄，也惨死在胡子的手下，一个可怜的生命就此作别了这个世界。贯穿小说始终带有极强的象征意味的则是灵子这个形象。灵子是丁府的丫头，太太身边地位比较高的下人。她聪明伶俐做起事来井井有条，将丁府上下大小事情都打理得有条不紊。但是在丁家这个大家族中，严酷的门第观念严重阻碍了她与丁宁爱情的发展。在丁宁走后，怀孕的惊恐使这个多情的女子陷入了命运的漩涡中。在太太严酷地逼迫下，她无奈喝下了毒药。个体之生命在所谓的大家族的名节下如同蝼蚁一样脆弱。科尔沁草原的粗放和豪情在汉儒文化的笼罩下都化作了人性的荒凉和嗜血。所幸灵子没有死，被好心的大管事从死亡线上拉了回来。科尔沁草原的良心毕竟没有完全泯灭。重新活过来的灵子并没有对自己的行为感到后悔。她喜欢丁宁，这样的情感不掺杂任何功利色彩，这个单纯而痴情的女子把自己整个奉献给爱情。相较太太的冷血和固执，对生的执着和渴望使她更加明艳动人。对此，端木蕻良感慨道："一个女人在嫉妒一个女人的时候，她比任何时候都更残酷。女人对女人的同情，是世界上很少有的，而女人对女人的嫉妒却是每天都在发展、都在表现……"[①]作家从男性的视角来探究女性的心理虽然偏激但也不无道理。灵子的命运不仅是封建大家族的威严所致，还来自于人性深处的丑恶。虽然女性的解放问题从五四一代作家始就是关注的重点，但在边地文化空间这种"后发展地带"，女性的解放问题更值得深思。应该说，只有男女两性的和谐发展，才能促进社会的进步和文明的提升。既然汉儒文化极少或者不能孕育出带有女儿性的女性，那么边地女性身上所呈现出来的女儿性就更具有阐释与研究的必要。当然也要考虑到大家族的女性总是与家族的兴衰联系在一起，不可避免地要涉及权力和地位这些世俗的问题，使人感到压抑，而小家庭的

① 端木蕻良：《端木蕻良文集》第1卷，北京出版社1998年版，第457页。

单纯与和睦相应会令人感受到边地生活的清新与淡然。基于此，端木蕻良在《浑河的激流》中又塑造了一个清纯而极富有女儿性的少女水芹子，包括她那可爱的家。她是丛老爷的独生女，在爸妈的呵护下像只无忧无虑的小燕儿一样生长着。她身上洋溢出来的青春的活力在白鹿林子和大马哈鱼的气味中弥散盛开。任性而又娇嗔的她总是父亲心头最大的牵挂，但是再乖巧的女儿也要长大，也会有自己的意中人。水芹子也如此，只不过在她情窦初开的年纪，因为其钟情的小伙子原本也姓丛，同姓结婚遭到了母亲的强烈反对。尽管他们之间可能存有家族的血缘关系，但却并没有阻挡住水芹子向爱情迈进的脚步。她倔强地和金声站到了一起，并且以真情打动了父母，赢得了幸福。她在爱情上体现边地女儿的硬气，对待外来的侵略者，她更是巾帼不让须眉。尽管非常不情愿金声的离去，但是当前方战事正紧，金声偷偷回来看望她，却被“冷漠”地拒绝了。因为她需要的是热血的英雄而不是光想着女人的懦夫。不仅如此，她还坚强地扛起了枪，尾随着老爸和金声他们勇敢地抗击侵略者。这是一朵美丽而热血的边地之花。

艾芜在《南行记》中也塑造出系列边地女孩的形象。《山峡中》中的夜猫子恰似一朵多刺而抢眼的野玫瑰。她虽然盛开在险山恶水间却也放散出别样的女儿情。夜猫子这样一个人物形象可以说是恩格斯所言及的“典型环境中的典型人物”。提刀嗜血、闯荡江湖的生命经历让夜猫子缺少很多中国传统女性的柔美，她的身上更多的是一种带有邪恶成分的野性美。看惯了中原主流作家塑造的娇柔甜美的女性形象再来接触野猫子这个浑身焕发边地野味的女土匪，别有情趣。她如同一股扑面而来的山野清风，清新中透出刚强，柔媚中隐藏着杀气。这种鲜明生动的女土匪形象在中国现代文学史上很少见，这是艾芜贡献给中国现代文学的“恶之花”。相较夜猫子的大胆，《玛米》中的玛米尽管也是边地女孩，但是她与夜猫子不同，她身上带有典型的少数民族少女的特征，敢爱敢恨，毫不扭捏做作。这个漂亮的傣族姑娘是两个民族两种文化的混血儿。母亲是傣族人，被土司手下人玩弄后赶了出来，与她的汉族父亲结婚。但是汉族父亲却抛弃了她们母女，可怜的玛米只能靠外祖母养大。这个苦命而痴情的傣族少女大胆地向“我”表示了爱慕之情，但是流浪的“我”并没有停下脚步与她结合。因此，玛米只能带着受伤的心等待在边远之地。两代人的痛苦，两种文化融合的失败映衬出边地空间的悲情和忧郁。《红艳艳的罂粟花》中的小珠和小玉姑娘，虽然是山村女孩，却各有各的美丽，也各有自己独到的动人之处。这是两朵开放在滇缅边境的汉族姐妹花。天真烂漫的小珠，像是山里的野花，愉快地开放着；待人亲切的小玉，波动的眼睛、秀美的鼻子都有着感人的魅力，一颦一笑都带着迷人的光彩。她是一个身世悲惨的孤儿，所以忧愁总是笼罩在她明媚的笑脸上。山野边地的生活始终滋润着这些年轻的生命，在她们身上能够鲜明地感受到大山的厚道和朴实。边地文化就像是渗透进这些边地人血管中的血液中一样，剔除了所谓繁冗礼节与诸多禁忌，只有尽情地挥发生命的激情。

师陀的小说《牧歌》也描写了一个聪明活泼的印迦姑娘。她是山野草原上的精灵，“生来爱笑、爱唱的人，但不喜欢那短命的愁”[①]。这是个苦命的女孩子，自出生就不受欢迎，或许因为上无兄姊下无弟妹，所以她才顽强地活了下来。侥幸存活下来的印迦在没有人注意的时空中悄悄地坚韧地生长着，像一株小树似的挺立在林中、谷中的晴空下。她既不晓得伤心，也不知道忧愁，她单纯善良又矫健。即使受了伤害，她也不会哭哭啼啼地自怨自艾而是发怒报复。她或许懂得宽恕，但是不会伤心落泪。在大自然的怀抱中生长着的生命都是这样的轻灵坚韧而又爱憎分明。在爱人雷辛战死之后，印迦勇敢地接过了他的枪走上了反抗强权统治和邪恶势力的道路。爱情的力量再加上边地女儿的血性之气将这个看似柔弱的女孩变成了复仇的女神。

生活在远离中原汉儒文化束缚的边地女性更具有地母的特性，成熟的外在体征与自然的人性特征都使得她们带有更多的自然魅力。普姬就是这样的一个边地女性。她是个花苗女孩，“和其他的花苗姑娘一样的有一个不很高的早熟的身体，一张黄而平扁的‘日本妇人型’的脸，一双黑而圆的大眼

① 师陀：《牧歌》，《结婚》，江苏文艺出版社 2010 年版，第 194 页。

睛，一对高耸丰满的乳房，终年不著鞋袜的脚有五个短而齐整的脚趾”[①]。显然，这是一个健壮而早熟的少数民族女孩子。终年不穿鞋袜的脚表明她的生活原始而又艰苦。特定的生存环境以及特殊的文化熏陶使得她们不可能成长为拥有三寸金莲的娇娇小姐。所以，边地小说中很少有女性裹脚。尽管只有十四五岁，但是普姬就要开始寻找自己的意中人了。在采花山[②]的仪式上，她那富有旺盛生殖力的躯体和热情似火的歌声尽管吸引了很多男性的目光，但是她并没有得到自己想要的人。虽然她看中了寨中著名的美少年富之磨，但是富之磨家境贫寒，不足以替她家还债，所以普姬最终无奈地选择了样貌并不出众但富有的伽莫作为自己的终身伴侣。虽然花苗地处边地，受汉儒文化的影响甚少，但是当沉重的经济压力与纯洁的爱情产生冲突的时候，爱情往往都会黯然退场。可以看出，苗族少女的择偶也并非完全是出自两情相悦，聘金的多少也会左右她们的择偶观。在相对开放自由的少数民族婚姻中，经济基础同样制约着爱情的纯粹性，这是人类的悲哀，也是对纯真爱情的嘲讽。

留恋于边地的现代作家不仅写出了带有女儿性的边地少女的清冽可人，更体现出边地妇人感天动地的英雄气概。沈从文的小说《巧秀与冬生》中，巧秀的母亲被逼沉潭时没有屈服，没有求饶的冷静体现了一种边地女性的决绝，那种对世俗族规和人性淫威的蔑视使这个形象带有了某种象征意义。这种不动声色的弱者的复仇体现出一种不可亵渎的威严，从而使她成为了永恒的静美。而拼命置她于死地的族长在她的阴影中，半年后就发疯致死。“坦诚表露其恨的人，比无所爱也无所恨的人更接近爱。……心无所忧，拒绝灵魂承受无的黑暗，无所住心地把现世中的一切拒斥在个我心意的大门之外。这种生命感觉不是承负而是强化世界的恶，靠无化一切的心智活动来逃避现实恶。”[③]巧秀的母亲用自己无言的善良无限扩大了恶的放纵，致使邪恶的嚣

---

① 蔡希陶：《普姬：一个花苗姑娘》，《文学》月刊，1933 年 7 月 1 日第 1 卷第 1 号。

② 采花山指的是每年都举办的苗族青年男女的求偶大会。苗族人极为重视采花山这种民族风俗，因此非常隆重。年轻的男女在采花山的仪式上用对歌的方式来寻找自己的意中人。

③ 刘小枫：《拯救与逍遥》，华夏出版社 2007 年版，第 164 页。

张在善的静默中自动消散。《一个多情水手和一个多情妇人》中的夭夭，虽然已经是嫁为人妇的 19 岁少妇，但仍然散发出十足的女儿气，那颗年轻的心时时在向往着摆脱既有的束缚奔向更好的世界。沈从文在忧郁和暧昧的感情中塑造了这样一个“美丽得很的生物”。[①] 他不无惬意地欣赏女性体貌之美的同时，也在惋惜命运的残酷。那份发自心底的对生命的理解体现出一个期盼通过改造人性来获得民族进步的作家的苦衷。

艾芜在《流浪人》中塑造了两个打花鼓的流浪艺人——大脚中年女人和她的女儿。大脚女人不但吸烟而且豪放大方。长年的漂泊生活使她对人情世态有着切身的体会。在荒山野岭的路途中，在几乎是男性天下的流浪者世界中，她也褪去了中原女子的内秀与温顺，养成了一种江湖习气，连说话都是“江湖上袍哥流行的话语”。(《流浪人》) 此外，作为女性，她清楚地知道该如何与同行的几个男性旅伴相处，以便引起不必要的麻烦。所以，她对他们表现出大方友好。这就是边地女性，身上刻印着边地文化的痕迹。边地特有的自然生态也将她们捶打得具有高山的开阔与峻岭的坚韧。她是中年女性而且是大脚，这本身就有阐释的必要。因为女性的脚在中国现代文学中也是一种有意味的文学意象。女性的三寸金莲既是中国文化的象征，也是中国文化的糟粕。尽管裹脚文化曾经是中国文化的一大“亮点”，但是这种文化催生出来的女性却是最具有悲惨意味的历史产物。这个大脚的边地女性，显然，她没有遭受到中原女性裹脚的非人摧残，也说明在不同文化样态混杂的边地空间，汉儒文化的钳制也相对薄弱。此外，他的中篇小说《芭蕉谷》塑造了一个姜姓女子热辣而倔强的顽强生命体。这个女子居住在中缅边境的克钦山谷里，一共嫁过四个丈夫，靠开店为生，有四个同母异父的儿女。一个女性靠着自己顽强的生存能力在乱世的荒谷中活下来，使她的人生充满了艰难和辛酸。泼辣的性格和不服输的生活态度是这个形象最打动人的特质。芭蕉谷的生态环境本来就不适合女性的生存，但是姜姓女子却在这里扎下了根，依

① 沈从文：《沈从文文集》第 9 卷，广州花城出版社 1984 年版，第 266 页。

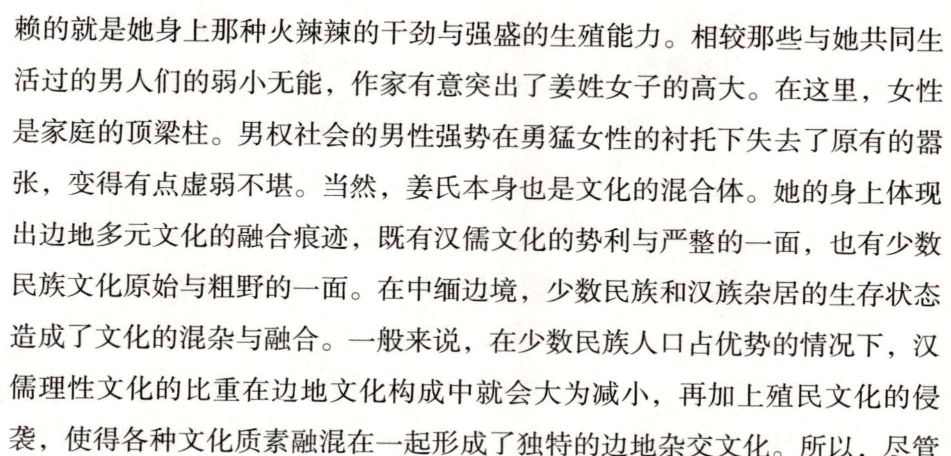

赖的就是她身上那种火辣辣的干劲与强盛的生殖能力。相较那些与她共同生活过的男人们的弱小无能，作家有意突出了姜姓女子的高大。在这里，女性是家庭的顶梁柱。男权社会的男性强势在勇猛女性的衬托下失去了原有的嚣张，变得有点虚弱不堪。当然，姜氏本身也是文化的混合体。她的身上体现出边地多元文化的融合痕迹，既有汉儒文化的势利与严整的一面，也有少数民族文化原始与粗野的一面。在中缅边境，少数民族和汉族杂居的生存状态造成了文化的混杂与融合。一般来说，在少数民族人口占优势的情况下，汉儒理性文化的比重在边地文化构成中就会大为减小，再加上殖民文化的侵袭，使得各种文化质素融混在一起形成了独特的边地杂交文化。所以，尽管边地人也是中国人，但是主流的中原汉儒思想已经不再是这个空间处于中心位置的文化样态，反倒受边地文化的影响更深，也更加适应这种多元文化交杂的状态。相应的，他们在行动上则缺少束缚，表现得蛮性十足。因此，姜姓女子可以连续嫁给四个男人，可以抛头露面照顾生意，而不用担心受到儒家伦理道德的谴责。荒劣的生态环境虽然剥夺了女性的柔情与娇美，但是却将她们那颗娇弱的心锤炼得更强悍硬朗。边地空间给她们提供了自由释放生命激情的可能。健硕肥大的大脚女人相比“三寸金莲”的中原女子来说更具有生命的活力，也更带有生活的原生态滋味。

可以看出，从弱柳扶风的中原女性到时髦动感的都市女郎抑或是英气勃发的边地妇人，中国现代作家对女性的审美并非只有一种固定不变的模式，尤其是男作家对女性的艺术想象更侧重于不同空间所呈现出的女性之美。尽管不同的文化有不同的审美标准，但是恰切体现出人性的真和善，这是边地小说和其他类型小说都绕不过去的品评标准。

蹇先艾的小说反映农村女性命运遭遇的较多，像《倔强的女人》《映姊》《春和客栈》等都塑造了能干而又命运多舛的乡村女性形象。尽管这些女性吃苦肯干，但是恐怕还不能笼统地划归为边地女性。因为，她们身上没有边地赋予的豪强气质。最能代表边地女性英雄气概的是其边地小说《血泡粑的典礼》中的何太太。客观而言，他给中国现代文学增添了一个罕见的悲壮而又强硬的边地女性形象。作为县官的太太，她并没有一般官太太的骄横与娇弱，而是丈夫事业的帮手与百姓的保护人。何太太这个执拗的复仇女神让自己的生命精魂在苗人血腥狂欢的典礼中绚烂到极致。她是一个普通的女性，也是一个看似失败的英雄。她更是边地雄强生命的代表，是宁死不屈的中国精神的化身。她的雄性气质配合边地的粗粝荒凉体现了边地人们决绝强硬的精神内涵。这个形象是现代边地小说贡献的为数不多的正面汉族女性的形象。面对死亡，她那种视死如归的硬朗与毫不妥协的坚韧遮掩了因她形貌丑陋所带来的审美冲击，使其显现出比外表之美更动人心魄的灵魂之美。作为一个血性而英勇的边地豪杰，何太太这个形象承载着作家深刻的文化意蕴。作者有意颠覆以往塑造女性的主流叙事传统，完全背离书写柔美、温柔的传统汉族女性的叙事伦理，将她刻画成既丑陋无比，又严厉冰冷的女魔头的形象，着重突出其强烈的民族情结与深厚的个人内涵，展现出其高尚的人格魅力，使这个形象成为边地小说创作中既具有边地女性的共性，又具有个人独特魅力的“独一个”。何太太刚毅的个性和雄性的外表都使她体现出一种大女人的特征。或许，只有这样的外貌描写才能更契合边地文化的气质。身处一个汉族苗族杂居且民族关系较为紧张的地域，只有这样的女性才能预示出边地文化蛮荒复杂的特性，体现出边地粗野豪放的气质。作家赋予她鲜活的个性特征，涂抹上最亮的生命底色，使她成为最美的边地女性。她决绝刚烈的个性和宁死不屈的民族气节与其他汉人的懦弱胆小构成强烈的审美反讽。何太太的大义凛然，更彰显出苗人骨子里的凶悍。作为有骨气的汉族人，面对死亡的威胁，她宁死也绝不愿意向苗子发出屈服的哀嚎。小说中，汉人的屈服背叛与苗人的团结一心形成鲜明的对比。汉儒文化中实用功利的思想支配了这些卑微的汉人，使他们屈从于苗人的强大攻势。作家激烈而又不无痛心地嘲讽了这些汉族人。苗子虽然丑陋、野蛮，但是对待同族人的事务却体现出极强的凝聚力和忠诚。反观汉人的所作所为，不能不令人扼腕悲叹。何县官夫妻的惨死不仅仅代表了那个时代民族冲突的悲剧，也进一步表明汉民族道德重建的必要性和紧迫性。自诩为“上等人”的汉人竟然在苗子的围攻中暴露出了孱弱和虚伪的本质。作家带着隐忧深刻反省汉儒文化的退化以及雄起精神的堕落。何太太的惨死更加显现出沉重与荒凉的忧伤。这种忧伤呼应着中原大地的召唤共同描画着中国人的精神世界。小说结尾出现的女鬼给整部作品附上了一层“鬼魅”气息，更增加了凝重感。而何太太做鬼也要讨回公道的执着，又体现出中国人对来世复仇的向往与对正义的渴求。蹇先艾借小说表达了对汉儒文化的痛惜，揭示并批判了汉民族道德和精神的萎缩。作者不无深意地让何太太这个汉族女性承担起民族精神雄起的重任，体现出边地文化向母体文化靠拢的心态。汉奸 / 民族英雄、汉人 / 苗子、边地 / 中原、女性 / 男性，这些两两相对的概念彰显出作者思想深处的矛盾与忧虑。他通过编织这样的边地传奇悲怆而富有深意地提出汉苗之间的民族冲突与几乎难以调和的仇恨这样深重的社会问题，试图通过文学来探讨“和而不同”的文化建构模式。

综而观之，无论是那些具备充分女儿性的边地少女，还是这些成熟英武的边地妇人以及受经济所限而牺牲了爱情的少数民族女孩们，荒凉的边地正是因为有了这些平凡而纯洁的女性而温馨亮丽起来。不仅如此，那种肆意驰骋在旷野和深谷的豪情是每一个边地人心中最美的梦幻。豪爽地大碗喝酒，粗俗低劣的玩笑揶揄，甚至是吞云吐雾般地吸食鸦片都带有边地的壮美。不求安稳的冒险精神，不愿为强权低头的“野蛮人”法则在在体现出边地文化的勃勃生命力。在这种空间，生命不再是死水一潭而是澎湃着激情的狂澜。在具有边地生命体验的作家们看来，人生的快感只有在无拘无束的边地旷野中才能真正感受到。

## 第三节　边地的爱情悲歌

爱情应该算作平凡人生谱写出的最感天动地的乐章。荒诞的世界正是因为有了爱情的点缀才充盈着人性的温度，彰显出其高贵与美好的一面。所以，爱情主题往往成为中外作家创作的共同聚焦点。在男女两性组成的世界中，爱情和婚姻既是人类精神成长不可或缺的过程，也是人类得以延续的基础，即使充满生存变数的边地世界也不例外。独特的边地文化空间造就了独有的爱情模式。可以说，边地是容易发生爱情故事的地方，也是令痴男怨女悲伤痛心的场所。在现代边地小说中，很少有令人欣慰的完满的爱情出现。这里的爱情大多都是掺和着血泪的爱情悲歌，是彷徨无奈的情感交缠，有时甚至会演变成极端的爱情悲剧。边地之所以会成为美好爱情的埋葬地，原因有很多，其中一点恐怕就是因为某些边地空间的生活环境极端恶劣，造成了边地男女两性比例的严重失调，客观形成边地爱情的匮乏，因此像周文的边地小说中固然根本不谈爱情。他笔下的边地空间不适合女性的生存，也就更谈不上男女结合的可能与安家立业的温馨。端木蕻良和沈从文的边地小说中固然不缺乏对美好爱情的颂歌，但是他们描写的爱情也大都是哀婉凄清而缺少圆满的结局。由此来看，边地爱情的缺失和消亡也构成了边地文化空间独有的人文风景，彰显出边地人生的苦涩和苍凉。在悲情的笼罩中，我们仿佛感受到边地的孤独和沉默，这既是一种文化的落寞，也是一种抗议姿态的展现。它显示出一种与喧嚣高傲的都市和宁静破败的乡村不一样的凄凉与无奈。悲情的边地在诉说着自己不被重视的命运。透过千疮百孔的残缺爱情，这些用生命建构边地的作家在无言而倔强地表达着对边地文化既迷恋又困惑的文化纠结。

尽管悲情的边地难以寻觅到完满爱情的神话，但是边地人们对自由爱情的向往却使人在伤感之余增添了些许慰藉，也为边地人生增加了生命的底色。爱情虽然残缺但是真情永在。就连《边城》这样的诗意胜地，虽然有童

话般的爱情发生，但是残破的结局却让人无奈地意识到命运的残酷与人生的荒诞，在唏嘘感叹之余更加萌生出对美好爱情的向往。既然爱情在沈从文用心营造的诗意湘西边地也遭到了命运的嘲弄，那么更遑论艾芜所流浪过的滇缅、中缅边地。就像《玛米》中玛米与“我”的朦胧爱情一样，仅有的爱情萌芽也在文化的阻隔中过早地夭折了。端木蕻良的科尔沁草原尽管有说不尽的故事也不缺乏爱情发生的可能，但红男绿女的爱情总是充斥着压抑与悲壮，造成有情人终究不能成眷属的结局。周文的川康边地本来就是爱情的沙漠，所以更别指望从这块人性荒芜的劣地中能够开出圣洁的爱情之花。细细分析，边地确实缺少大多数中原作家营造的那种缠绵悱恻令人荡气回肠的爱情佳话。诸如巴金的“知青小说”、张恨水的现代通俗小说、徐訏无名氏的新浪漫派小说等都精心编织了爱的网络，将青春男女的爱情体现得淋漓尽致。虽然这些作家编织的爱情故事并不一定都有圆满的结局，但是至少会让人感受到爱情的可能与可贵。但是在边地，即使男女之间产生了爱情，也是爱得过于干脆彻底以至于大多数都会在一种决绝的状态下结束。分析起来，正因为边地爱情沾染了边地独特的气质，因此呈现出粗放又不失热辣的特质。大自然环抱中的边地空间给边地爱情涂抹了一层自然原始的基调，更增添了一种难以名状的宿命感。“道家人士认为一个人需摆脱种种人为的羁绊，学习与自然完全和谐的生活才能获得长寿、快乐、甚至不朽。……在‘拟自然化’的情况下，性行为不仅是单纯的欲望发泄而已，它更是阴阳两种宇宙力量在人类身上具体而微的展现。”[①] 或许正是自然的滋养使得边地爱情缺少了世俗人间的混沌，增多了自然而为的纯净和彻底，这种出离人间烟火气的通透与决绝让边地之恋带有不可言说又不得不说的魅力。

---

① ［美］蕾伊·唐娜希尔:《原始的激情：人类情爱史》，李意马译，云南人民出版社 1988 年版，第 86—87 页。

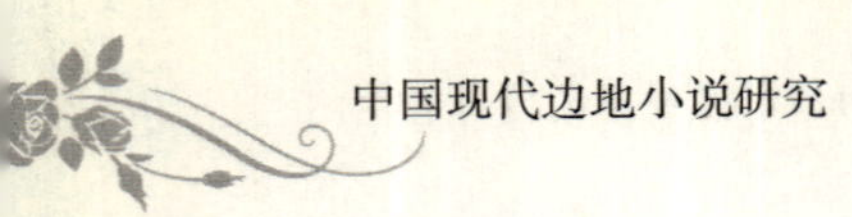


## 一、湘西边地爱情的浓烈与惨淡

沈从文不愧是弄情高手。他营构的湘西边地在自然的调节下，在多样文化的对接中，上演一出出男女爱情的悲喜剧。他用简约恬淡的笔触将原始闭塞的湘西勾画出来，在不动声色的静默中导演出一场场爱情的悲剧，起初是浓烈燃烧的爱情之火，最后却是惨淡收尾的人间苦涩。尽管沈从文清醒地意识到人生命运存在未知的悖论与逆反的可能，但爱情仍然是其用心建构的诗意湘西边地的最佳装饰，也是体现湘西人欢乐与伤痛的最佳载体。汉儒文化讲求“有情人终成眷属”的完满，但是“有情人劳燕分飞”的悲戚却是湘西边地爱情的无奈注脚。《龙朱》集子中的小说《媚金·豹子·与那羊》描写了媚金与豹子浓烈真挚而又令人扼腕的悲壮爱情。二者爱得深挚却因为互相误会导致了双双殉情的悲惨结局。媚金是白脸苗族的美女，豹子则是凤凰族里相貌品德俱佳的帅男。两人因唱歌而生情，演绎了一段纯真的爱情佳话。双方对这场纯洁美好的爱恋投入了自己全部的感情，坚信必须用生命捍卫它的圣洁。所以，当迟来的豹子终于寻找到那只象征纯洁爱情的纯白的小羊并赶到约会地点的时候，媚金已经自杀。悲剧的发生不是因为他们对爱情的怀疑，而是源于对爱情太过执着。双方信守承诺的美德却成了扼杀爱情的罪魁祸首。就这样，媚金与豹子的爱情就在命运的戏弄中化作血淋淋的记忆。美的毁灭总是令人格外伤感。大概沈从文就是要通过这个悲苦的爱情传奇揭示出命运的无常与人生的荒诞并思索苗族文化的归宿。显然，他也清楚地意识到像媚金这样充盈着苗族文化血性的女子已经不复存在，母族文化也伴随着历史前进的脚步而不断地被稀释淡化。《说故事的人的故事》中所描写的爱情更加伤感离奇。一个美貌的女土匪，虽然心狠手辣却痴情于一个答应帮她出狱的弁目。她与弁目的爱情虽然来得突然，却也轰轰烈烈。这两个被热烈感情烧昏头脑的男女竟然在监狱中发生了私情，结局是两人为此都付出了生命的代价，一段奇情就这样消亡。《三三》中纯洁如水、透明清澈的三三对城里来养病的男子那种朦朦胧胧的好感使人体会到爱情的不可言说之妙。可

是就在三三沉浸在这种美妙体验中的时候，城里白脸男人的看护——白衣的城里女人却出现了，于是三三对这个突如其来的城市女性有了某种情感上的抵触。更诡异的是，在女人出现不久之后，白脸男人却突然病重死去。在这个小说中，爱情对于三三来说就像是做了一场虚幻的梦。除却对这种似有还无的朦胧感情的描写外，沈从文也喜欢在奇情与性爱的错落交织中展现边地生活。《三个男人和一个女人》是在三男一女的爱情模式中展示出一种边地爱情的痴狂。“我”、跛脚的小号兵与驻地豆腐房的年轻老板都喜欢当地商会会长最小的女儿。在三男一女的爱情纠葛中，我与跛脚号兵在对女孩的爱慕中却与“情敌”——豆腐店的老板渐渐滋生出友谊。于是，我们一起喝酒看杀人，一起帮助他制作豆腐。就在这种看似平静的生活中，我与跛脚号兵却因为女孩酒后失言从而大打出手。诡异的是，打架之后，我们的友谊反倒更牢固。在“我”明白“我们”三个男人同时爱上女孩不久，她却离奇地吞金自杀。这场朦胧的爱情出乎想象的完结。一般意义上，这样三个男人与一个女人的故事似乎应该结束了，但是此后发生的事情才更加衬托出这个爱情故事的传奇性。跛脚号兵竟然痴情到天天到女孩的坟上去“看”她，企图把她从墓中掘出。只因为他听说吞金死去的人，只要不超过七天时间并能够得到男子的偎抱就可以复活。戏剧的是，他去晚了一步，女尸已经被人盗走。更离奇的是，那个豆腐店老板从女尸被盗那晚之后就失踪了。传闻则是他把女孩从坟墓中掘出来，放在山洞里铺满了蓝色野菊花的石床上，期待女孩能够死而复生，由此，一桩四角恋爱演变为生死两个时空的疯狂期待与守望。如此看来，湘西人表达感情既有卿卿我我、花前月下的缠绵与诗意，也有类似这种用不可理喻的痴狂去坚守自己的爱情幻梦。生死相许的决绝虽然看起来疯狂不羁，但是令人强烈地感受到边地风俗的强悍与神秘。小说《医生》也延续了这种“死而求复生的爱情坚守”的模式。文中那个执着的近似疯傻的湘西汉子正是带着一种不可遏止的爱的激情守候死去的爱人。医生被这个执拗的乡下人绑架到山峒中，陪伴着从坟墓里背出来的殉葬女尸度过了七天的时间，期待着女人能够起死回生。或许只有在边地文化空间才会诞生这样离奇的爱情传说。之所以产生如此多的奇情，湘西巫鬼文化的影响极大。因为缺乏现代科学的指引，湘西人只能依靠有限的生活经验来认识世界和自然，所以才会产生如此神秘而又滑稽的场景。尽管沈从文设计出如此恐怖而又荒谬的故事情节，但还是明显地表达出对湘西美好人性的肯定。小说中，医生虽然被绑架，但是并没有受到任何虐待。在故事结尾，他被乡下汉子扔出了山峒。如果说医生遇到了“鬼”，也只能说这是个“人鬼”。因为没有“人”能比他更疯狂地奢望爱人的复活。恩格斯曾经论述：“在中世纪以前，是谈不到个人的性爱的。不言而喻，形体的美丽、亲密的交往、融洽的性情等，都曾引起异性对于发生性关系的热望；同谁发生这种亲密的关系，无论对男子还是对女子都不是完全无所谓的。但是这距离现代的性爱还很远很远。在整个古代，婚姻的缔结都是由父母包办，当事人则安心顺从。古代所仅有的那一点夫妇之爱，并不是主观的爱好，而是客观的义务；不是婚姻的基础，而是婚姻的附加物。现代意义上的爱情关系，在古代只是在官方社会以外才有”[①]。作家倾情建构的边地文学空间作为远离官方社会的民间存在，在表达男女情感上具有大胆、开放、神秘的特质，也较为贴切地呈现出边地爱情的悲壮，但是悲哀的结局迫使人们去深思边地爱情蕴藏的文化内涵，去探究这种爱而不得的深层原因。

除去倾情演绎这些惨淡的边地爱情，沈从文恐怕最喜欢描绘的就是那些火辣缠绵的边地露水欢情。他把自己欣赏的“吊脚楼风味”统统投射到小说创作中，一方面写尽了边地男女的痴情蜜意，另一方面也展示了边地文化奔放浪漫的特性。就连边地妓女与痴情男子的私情也来得那么真切，令人唏嘘感叹。《连长》中那个年轻连长与柔情女人缠绵不舍的恋情，估计连合法夫妻的感情也没有如此热烈，令人感动。这是因为“露水的夫妇，是正因为那露水的亦消亦灭，对这份固持的生着那莫可奈何的恋恋难于舍弃的私心，自然的事啊！”[②]所以，这种没有结果的偷情更能激发男女双方的激情。《柏子》

① ［德］《马克思恩格斯选集》第4卷，人民出版社2009年版，第90页。

② 沈从文：《连长》，《沈从文小说选》，人民文学出版社1982年版，第9页。

中水手柏子与吊脚楼上的女人那种火辣热烈的感情恐怕连城市人也会羡慕。财富、门第、家族利益等这些在中原主流文化社会中必须考虑的重要问题在这里可以统统忽略不计，生命激情的肆意迸发并不会因为这些俗世的束缚而有一丝一毫的减弱。这种不计较名分与得失的纯粹感情实在令人感慨万千。水手是一群将生命交付给大自然的人，大自然的喜怒哀乐决定了他们生命的辉煌与衰败。他们在水上漂无定所，只能将对家人的思念对情人的眷念统统留存在心底。这是一群自由而悲壮的生命。漂泊不定的流浪生活使他们视钱财为粪土，为了证明生命的存在可以大把花钱、大碗喝酒、引吭高歌，不用顾忌他人的眼光，这就是他们尽情释放生命活力的最佳表现形式，那种“今朝有酒今朝醉”的人生价值观使得他们对生命的久暂看得比较淡然。或许只有将大把的金钱花费到自己心爱的女人身上，所有的生活负累和艰辛才会有意义，他们才会真正感觉到生命的实在和饱满。因此，边地水手与边地妓女的露水感情比城市文明人的爱情更真实热烈。这是沈从文对边地人生的理解，也是他思考人之为人的基点。

《雨后》中，四狗与“她”的爱情同样真挚直白。边地小儿女的感情不需要太多的铺垫只求感受生命的本质。《阿黑小史》中五明与阿黑的爱情也是在边地纯真小儿女的缠绵中完成的。沈从文惯用男性的缠绵来表达爱情的美好，这也可以看作是他特有的叙事策略，也可以视作他展示湘西边地文化的手段。他擅长把男子塑造得带有女性气质，撒娇、妩媚这些专属女性的话语统统用来表达男人的温柔。五明与阿黑的爱情当然也少不了“性”的成分，那些“缠绵”之举都是他们爱意的表达。因此，性爱描写是沈从文边地爱情叙事的一大特色。民间边地没有儒家伦理那么严格的道德约束，“男女授受不亲”式的矜持在边地空间是一种懦弱胆小的表现，也是对生命本能的嘲笑。所以，边地爱的激情更多地通过男女彼此的肉体快感来释放。这从本质上讲是一种接近于动物性原始本能的体现，但是却打破了儒家“存天理，灭人欲”的伦理桎梏，将潜藏的人性活力爆发出来。细究起来，大概只有《边城》中翠翠与二老的爱情算是不带性爱色彩的边地爱情。《边城》之所以被视为经典，除了叙事结构的精巧及人物塑造的完美之外，希望也无望的爱情结局更增添了小说的审美意义和文化内涵。只有悲情的爱情才更能直逼灵魂的深处，产生余音绕梁的震撼效果。由此来看，翠翠的爱情悲歌之所以感人至深，不仅仅是因为在美的虚幻的边地空间上演了人间最辛酸纯洁的爱情悲剧，更重要的在于，揭示了人类面临的共同的生存悖论。这种巨大的审美反差成就了《边城》，也成功地将沈从文推向了其文学创作的高峰。

沈从文的湘西边地以中世纪的纯朴与静谧演绎着男女爱情的浓烈与惨淡，强烈地冲击着读者的审美感受。尽管生命激情时刻都可能喷薄而出，但是作家却采用平静得近似冷漠的叙述来掩盖，营造出一种外在形式的轻缓而内在情绪沉重的叙事风格，这正是沈从文这个“乡下人”的高明之处。

## 二、科尔沁旗草原野地爱恋的苍凉

端木蕻良笔下的科尔沁旗草原也是有故事的边地。在这片辽阔而又偏远的大地上，边地儿女用自己的方式演绎着爱情神话。配合东北大草原的雄伟气质，这些带有传奇色彩的男男女女的爱情中也蕴含着粗放与悲壮的特质。这种草原之恋伴随着时代大潮的涌动与边地历史命运的变化展示出独有的色彩。这片辽阔而荒凉的土地迸发出无尽的生命强力，也无奈地接受阶级社会的残酷，充满了异族奴役的血泪。大地的海曾经养育了代代忠实的子民，却在异族势力的入侵下变成了“罪恶的海”。那些长养在大地母亲怀抱中的儿女带着对母亲无限的热爱与伤痛走向成熟，白山黑水的苍茫与大草原的壮阔给他们造就了最天然的爱情温床。他们的爱情也在民族危亡的关头经受住了血与火的考验。同样的，这个边地空间中的性爱关系在自然的引导下体现出自由自在的原始况味。《科尔沁旗草原》中丁宁与水水、灵子的爱情就是在顺乎自然而来的生命冲动中完成的。丁宁是接受了现代文明的地主阶级的后代，应该算作草原的新人，但是一回到故乡，他的灵魂就与草原融合在一起。尽管他所处的阶级以及所拥有的社会身份与那些社会的底层人存在着巨大差

异，但是在这种巨大悬殊中产生的爱情更能体现出边地性爱的天然与洒脱，也预示着边地爱情的苦涩与悲情。尤其是丁宁与水水之间的小儿女之情更能触动灵魂。水水并不知道父母为谁，只知道自己是北天王的后裔。她与丁宁初次见面就在男女两性的吸引中爆发出狂风暴雨般的激情。那种原始生命力的勃发掩盖了正常的理性也忽略了诗书道德礼仪。他们认为真正的爱情不需要太多的附加成分，只要能够感受到昂扬的自我生命强力就足够了。《大地的海》中的艾老爹也是如此。年轻时，强壮的他在浪荡了多年后忽然就对异性的肉体产生了浓厚的兴趣。只要看到挑水女人圆白的腿，他便焦躁不安。在生命本能的驱使下，出于义愤也是为了平息自己心中涌动的那股生命之火，他买下了被父亲出卖的外乡女子。这个女子自然也就成为艾老爹的妻子。虽然他们之间没有多少浪漫温情，但是拥有了两个结实健壮的儿子。这样的婚姻在文明人看来简直不可思议，但是在东北边地却真切地存在。在这里，爱情的表达不是靠甜言蜜语的缠绵，而是释放出强烈蛮野的生命激情。这是感染了东北边地的野蛮气质而形成的别样爱情变奏曲，是一种蛮性的温柔。艾老爹与女人之间虽然没有现代人那样花前月下的诗意，但是他以原始笨拙的方式付出全部的身心去对待自己的妻子。因为太在意这个女人的存在，所以，当不明真相的他疯狂地错杀了女人的时候，他就亲手结束了来之不易的幸福与欢乐，只能在内心的折磨中度过余生。这就是付出了生命的力量换取的边地爱情，虽然苦涩，但是令人强烈感受到生命的愉悦。

边地人既带有边地的倔强，也带有边地的洒脱。对于爱情来说，如果谁背离了边地肯定会受到边地人的蔑视。艾老爹的儿子虎头和来头的爱情也同样带有边地爱情的特质。就是因为虎头背叛边地成为了日本人的走狗，所以遭到恋人杏子的断然拒绝。来头本来就偷偷地喜欢杏子，只是碍于兄长与杏子的关系，所以深藏起自己的感情。当他明白杏子的心迹之后，他们之间就产生了热烈的感情。从分析来看，边地女儿对待爱情不像中原女子那样固守着妇道、贞节之类的伦理束缚，她们大胆热烈并且丝毫不掩饰自己爱的激情，爱得决绝而坚贞。或许“只有在不讲究‘礼道’的民族地区和东北的林莽山野中，才会有如此自由坦率、大胆野性而又美丽动人的情爱行为。”[①]所以，来头与杏子的爱情就在双方火一般的热情中燃烧起来。《浑河的激流》中那个天真活泼的水芹子是标准的边地女儿，纯真而又俏皮。在反抗强权的斗争中，她与金声的爱情更加凸显出爱的真谛。在深山茂林的生态环境中养育出来的女儿豪放、果敢，具有大女人的风范。面对个人爱情与民族利益的冲突，她宁愿放弃爱情去捍卫民族的尊严，不仅催促金声投身抗日事业，而且巾帼不让须眉，勇敢地拿起枪参加到战斗中。他们的爱情之花在反击异族侵略的斗争中盛开得更加绚烂夺目。这是感天动地的边地真情。

《雕鹗堡》应该算作端木蕻良创作中不多见的精彩短篇，甚至可以说达到了中国现代文学短篇小说的一个创作高峰。整篇小说优美而不失深刻，温情中透着悲凉。代代的清纯可爱，石龙的执着寂寞与放浪形骸都在他跌下断崖的那一刻强烈地刺激着读者的神经。曾经挥洒自如豪放不羁的端木蕻良，不再用狂风暴雨般的宣泄来表达心中的愤怒，而是选择了用含蓄深沉的无奈愤激来叙述故事。他用优美的笔触描绘了石龙和代代纯洁爱情的美好，也体现出爱情幻灭后的伤悲。石龙这个不明身份的流浪孩子却被村中的“女神”代代所喜欢，这种错位的爱情本身就预示着悲情的结局。他虽然惫懒但是真诚，不会虚伪地奉承别人。他真心喜欢代代，愿意用生命去保护她。因此他要将作乱的雕鹗捉住恢复村子往日的美好。当反叛的石龙决心爬上断崖捕捉主宰村子命运的雕鹗时，整个故事就达到了叙事的高潮。很不幸的是，他却失足跌下了悬崖。由此，他们的爱情就成为村中人的笑谈。端木蕻良把这个爱情童话编织得越完美，就越能体现出村中人的冷漠和那种“吃不着葡萄嫌葡萄酸”的阴暗心理。那只作乱的雕鹗其实就是代代的化身，是她的美貌与可爱开启了村中人欲望的闸门，但是石龙的出现却打破了众人的平衡心态。在妒忌心理的支配下，石龙成为众人讽刺的对象。恰如有论者指出的这个短篇小说是对端木蕻良与萧红的那段感情作的一个痛苦的隐喻。[②]石龙显然就

① 逄增玉：《黑土地文化与东北作家群》，湖南教育出版社 1997 年版，第 110 页。

② 孔海立：《忧郁的东北人——端木蕻良》，上海书店出版社 1999 年版，第 165 页。

是端木蕻良自己，而那个美丽能干的代代就是萧红本人。端木蕻良借小说将多年压抑在心头的愤懑发泄出来。尽管这段边地儿女的爱情布满了伤痕与无奈，但是作者完成了这段爱情佳话，也成就了自己的文学创作。

巧合的是，端木蕻良的父母的婚姻也是错位的。他以此为原型创作的《母亲》就很鲜明地体现出边地爱情的残缺。父亲作为社会上层阶级的地主看中了自家佃户漂亮的女儿，于是一场抢亲与反抢亲的大战从而隆重开幕。父亲的强势与母亲的哀告无门形成了强烈的对比。边地爱情原有的自由与欢愉在这场婚姻中荡然无存，只剩下底层弱者对上层统治者的仇恨。作为母亲最小的儿子，端木蕻良表达出对父系家族的痛恨，其中包含最多的是对草原边地命运的忧思。虽然他笔下的边地男女爱得悲壮又痛苦，但是其中散发出来的强悍与厚重的边地生命活力却令人真切地体会到关外人的生存韧性。他们把生命融汇进辽阔的土地中谱写出野地的壮美。再以《科尔沁旗草原》为例分析，端木蕻良写大家族成员的婚姻总带有红楼梦碎的幻灭感。大家族的女人不像野地的女人那样可以自主地决定自己的婚姻，她们被汉儒伦理道德所钳制，就像是困在笼子里的鸟，有心飞走却无力挣脱笼门，只能将生命消磨在无尽的等待中，然后变老死去。二十三婶这个善良的女性就在大家族的压抑中患上了肺痨，拼命吸食鸦片成了她痛苦生命中最后的精神支柱。而十三姨这个健康又风骚的女人却在性欲的折磨下将目标对准了丁宁。于是，她疯魔般地勾引喝醉酒的丁宁，试图将他拖陷进疯狂迷乱的性欲漩涡中。在人性与兽性的搏斗中，近在咫尺的二十三婶凄惨地死去。这个和善了一辈子却没有得到过爱恋的女人终于在性欲的冲击下悄无声息地消失。她是被秩序威严的大家族无情吞噬的无辜的生命。尽管丁宁极端憎恨十三姨的挑逗，但他还是陷落在原始激情的诱惑中。丁宁的堕落表明，充满生命活力的大草原已经随历史的变迁失去了固有的宽广胸怀，变得沉闷与狭隘。爽直的草原人也将自己变成了大地的奴隶和欲望的化身。人性在严酷的社会中扭曲变形，像海一般的大地随着各种外来移民的加入而变得不堪重负。豪强的大地主与凶狠的土匪将这片土地掠夺得七零八落，各种地方实力派勾结在一起共同摧毁着草原的神经。所幸，草原边地既充斥着老一辈开拓者的雄强与蛮性，也展示出草原新人变革与求新的愿望，而且边地原始而硬朗的风格并没有随着时间的推移而改变，这尤其表现在边地下层人的精神风貌上。边地爱情重视感情的自由挥洒，着重激情的恣意勃发，科尔沁旗草原上的爱情更是如此。但是，科尔沁旗草原大家族成员的爱情却渐渐丧失掉了这些爱情品质，更重视家族与家族之间联姻的重要性。丁宁的哥哥丁兰的婚姻就是这种模式的牺牲品。丁兰的妻子看不起这个地主出身的军人丈夫，所以她宁愿守活寡也不想与他产生瓜葛。而丁宁的爱情虽然看起来自由，却也布满伤痕。他所喜欢的女性都接连遭逢不幸。这就是草原大家族男女的爱情与婚姻，其中渗透着浓浓的汉儒文化的因素。

端木蕻良与同属东北作家群的“二萧”还不尽相同。尽管在创作风格上，他们都体现出关东文化同构的一面，但是不同的空间生命体验形成不同的人文关注重点。尤其是对关内文化的反思这一点上，端木蕻良有意突出了边塞之地的悲情命运。他在《新都花絮》中通过代表关内文化的官宦小姐李宓君与孤儿出身的音乐教师梅之实的爱情就充分体现出这一点。宓君是衣食无忧的美好爱情的寻觅者，而梅之实则是艰难人生的体验者，一个现代时髦而另一个则忧郁地对待生命的本质，因此，不同的人生经历与价值观念必然会导致他们的爱情以黯然收场而告终。端木蕻良作为流淌着少数民族血液的关外作家，他把自己对关内文化的思考投射到梅之实的内心深处，从而表达出一己的文化理想。无疑，他不仅具有中原作家的气度，还带有草原大地的深广胸怀。

## 三、被爱情遗忘的边缘角落

边地既是自由爱情的诞生地，也是吞噬真情埋葬爱情的沙漠。湘西边地由于其诗化特征，所以催生了很多爱情传奇；以科尔沁旗草原为主体的东北边地也谱写出青年男女爱的华章。这些都是溢满着爱的边地空间。不过，毕竟边地还是相对滞后于现代社会的较原始的空间。尤其是那些不适合安居乐业的边缘之地，由于其生态环境的特殊而导致了爱情的残破与缺失。所以，娶妻生子光宗耀祖这些在中原文化思想中占据重要位置的人生理想，在边地则被快乐的单身汉们天马行空的流浪生活所完全取代。无拘无束的个体行动与漂泊自由的精神指向构成了这些边地流浪者的精神内核。“创造的动力即来自它反对一切规格，具有超越性、开放性，浪游者弃其田土，没有比这更决绝的了。定居者所向往的家室之好，自然也不放在心上。因此，安土重迁传统中甚为强调的情爱主题，在这里便十分淡漠了。”[①] 基于这种文化心理，边地爱情的缺位与边地过于雄性化的特质实在也是吻合的。边地这种生存空间似乎就应该是男人的世界。漂泊生活本身就是为了体现出男性的豪迈与洒脱。男女两性在生理上的差别也决定了边地空间，尤其是像周文与艾芜所描绘的边地就应该是让女人远离的地方。这样分析，边地爱情的惨淡也应该具有其合理性。

周文的川康边地可以说是爱情的死海，在他的边地小说中很难找到描写爱情的情节。大概是因为军人的身份，也因为川康边地绝地般的生存环境，所以在这里根本不具备发生爱情的可能。加之，他所涉及的小说人物大多都是军人，所以在男性的世界中根本没有女性的身影，也就谈不上爱情的发生。川康边地的自然与人文生态共同组成了一幅荒野而畸形的地方风俗画。人与人的关系不是建立在友爱的基础上，相互之间只剩下野兽般的厮杀与对权势的贪婪欲望。在这个鸦片盛行，烟雾缭绕的边地审美空间中，严酷的阶级对立，军阀派系的纷争，穷苦灵魂的受挤压等都构成了边地荒蛮的特色。实力派人物的大量涌现更给这个边地空间增添了弱肉强食的血腥与严酷。“在一个现代社会秩序尚未建立的封建色彩浓重的地区，上至地方政权的把持者，下至某一具体事务的执行人，都有可能凭借自己高低不等的‘地势’形成或大或小的‘实力’。在这个地势上，在这个范围内，他们为满足一己的欲望

① 龚鹏程：《游的精神文化史论》，河北教育出版社 2001 年版，第 233 页。

而不择手段、为所欲为。”[①]这种论断贴切地总结出周文描绘的川康边地权贵的嚣张气势。而且，由于边地文化的驳杂性，更使得这个地方的实力派人物具有泯灭人性的豪狠。在这样的边地，爱情火花即使有也只能是被生生扼杀，窒息而亡。因此，在这里，既没有湘西边地那种虽然凄清但是爱得疯狂的奇情，也没有科尔沁旗草原悲壮而热烈的爱的宣言，这里只有蛮荒的人性与荒芜的爱情。周文曾经创作过一篇题目为《爱》的小说。虽然这个故事并非发生在边荒之地，但是其中透露出的对爱的扭曲同样带有冷酷与荒唐的味道。年老的寡妇跟着儿子焕章离开家乡到上海生活。焕章不喜欢年轻的姑娘，偏偏中意一个叫玉环的带着孩子的年轻寡妇。在母亲之爱与恋人之情中，焕章左右为难。最终在母亲扭曲的爱的“折磨”下，焕章与玉环的爱情夭折。虽然小说讲述了爱的故事，但是这种爱却是使人愤怒而又悲痛的变了味的爱。爱而不能爱，就造成了爱情的死亡。缺少男女爱情的川康边地，反倒是在《山坡上》升腾起一种感人的兄弟友情。本来想拼命置对方于死地的两个敌对军人却在面临动物的进攻中迸发出人性的可贵。面对自然中的凶险，同为人类的归属感使他们放弃了对抗，转而共同对付凶残的野兽。在人与兽的抗争中，把大写的“人”直立起来。恐怕，这多少弥补了爱情缺失的缺憾。

艾芜走过的滇缅边地虽然不像周文生活过的川康边地一样的压抑与势力，但是这个文学的边地同样也是贫瘠的爱情盐碱地。无论是那些自愿放逐自己的流浪者也好，被正统社会驱逐出来的边缘人也罢，还是游走四方的民间艺人，都不是爱情的宠儿。他们虽然精神自由，但是缺少居家生活的安定感。这些人既不像中原农村的乡民那样恪守着儒家“不孝有三，无后为大”的伦理信条从而忠实履行“男大当婚，女大当嫁”的伦理规范，也不像城市中的现代人一样追求灵肉结合的现代爱情。他们就是一群乐观而寂寞的流浪者。爱情和婚姻对他们来说仿佛只是过眼烟云，挥之即去，远远不如漂泊流浪的生活来得更加刺激与具有挑战性。家室的拖累或许会让他们感到自由受

① 李怡：《现代四川文学的巴蜀文化阐释》，湖南教育出版社 1995 年版，第 58 页。

到限制，妨碍尽情地挥洒生命的热感。如此分析，他们选择逃避爱情主要是因为社会与自然的双重制约从而使爱情变得匮乏，尤其是对自由的向往使他们选择了放弃爱情。当然，这并非表明流浪者一味排斥爱情。试想一下，在广袤的崇山峻岭间，人只是自然生态链上的一环，是作为忠实的自然子民而非自然的主宰者而生存。所以，作为万物灵长的人类，在现代科技缺失的地方只能听从自然的安排。因此，这些边地人的爱情势必带有原生自然的痕迹。此外，秩序社会的蛮横与霸道也是造成边地悲情的重要原因。长期居留或者短暂流浪边地的绝大多数人都是被正统社会逼迫地走投无路才选择投入自然的怀抱。他们依靠自然提供的天然屏障躲避来自世俗社会的干扰与迫害。就像《瞎子客店》中的那一对瞎眼父子。他们本来不属于边地而是中原大户人家的下人。因为父亲与主家的丫头明珠因唱戏结缘，明珠害怕被太太害死，所以两人逃到边地成婚且搭班唱戏。结果，明珠又被当地军阀抢去而自杀身亡。他被迫只好与患有严重眼疾的儿子躲到山洞中靠开店度日。这对父子被黑暗的社会无情抛弃到边地空间。他们的命运控诉了正统社会“吃人”的本质，也暗示出边地相对的宽容与自由。尽管边地生存环境恶劣，但是毕竟拥有较为宽松的氛围，所以才会成为这些社会边缘人聚集的乐园。但是，这些被无情社会所抛弃的“被侮辱和被损害者”们已经不再轻易相信人性的美好，往往将对他人的亲情爱情寄托在实在有形的物品上，闪现出人性的单纯。就像《松岭上》那个奇怪的老人。孤单的他靠走街串巷卖货为生，喜欢喝酒吸鸦片。他将酒杯视作他的小女儿，将烟枪看作大女儿。更离奇的是，他非要将他的酒杯“小女儿”与烟枪“大女儿”嫁给“我”。如果不答应，他会非常气愤。原来，老人是从正统社会逃离到边地的“杀人犯”。年轻时，为了一双嗷嗷待哺的儿女，他冒险偷窃了地主家的粮食。被发现后，妻子被迫卖身给地主。怀着巨大的屈辱，愤怒的汉子把老婆孩子与地主一家统统杀死，自己则逃到了彝族边地隐姓埋名地生存下来。所以，背负如此沉重的心灵创伤，老人将喝酒与吸食鸦片烟当作了人生最大的乐趣，试图能在醉眼蒙眬中抚慰心灵的创痛。于是，在荒郊野地，酒杯与烟枪就成了他人生最重要的伴侣。他把那份杀妻杀子的内疚换做对酒杯与烟枪的钟爱，也对“我”这个陌生人产生了极大的好感。

远离了现代文明的熏陶与中原文化的伦理秩序，与野兽为伴的边地生活缺少应有的温馨的人类情谊。置身在这种空间中，仿佛又回到人类的童年，没有严密规整的儒家伦理的约束，也缺少社会法律的制约。整个边地文化空间呈现出立体而杂质化的胶着状态，这种混杂的文化也导致边地爱情的残缺现象。如同《玛米》中玛米父母的婚姻一样。玛米的父亲是汉族人，母亲是傣族人，他们虽然结合在一起，也有了爱情的结晶，但是他的父亲终究还是抛下了母女俩回归中原。玛米也只能在想象中寻找父亲的影子。玛米虽然默默地喜欢“我”，但是“我”却不想留下来，只好将这段朦胧的感情留在茅草地中。尽管艾芜笔下的边地世界缺少爱情的滋润，但是偶尔也会闪烁出爱情的火花。《流浪人》中又老又丑的算命先生喜欢上了打花鼓的大脚女人。他对大脚女人大献殷勤的举动却引来结伴而行的其他人的揶揄。不过嘲笑归嘲笑，他的感情却是真诚的。所以，当母女二人被军官接回去唱戏的时候，他也毫无怨言地一路尾随而去。这就是朴实而简陋的边地人的爱情。没有三媒六聘的仪式也没有鸿雁传书的浪漫，只有默默的关心与无悔的付出。这样一来，有了些许爱情的点染的边地空间无形中就增添了诸多人情味。缺乏成熟爱情的边地仿佛不再是爱情的埋葬地而成了真情涌动的试验场。因为边地文化熏陶下的边地人呈现出放浪与粗野的性格特质，尤其是女性，因为较少受到汉儒文化的束缚，所以，边地的爱情就具有放荡不羁的野性色彩。《山中送客记》中拐子婆的爱情就是一个典型个案。她本来与李家马店的伙计老赵打得火热，老赵也对她一往情深。但是她并没有做到“从一而终”，而是又与偷马贼老杨产生了私情，并且丢下痴情的老赵与老杨幽会。这种看起来有点乱情的边地野恋却没有受到作家的谴责，只因为这种事情在边地发生毫不足怪。这种“边地乱情”既表明了边地空间秩序的松散与观念的驳杂，又凸显出边地爱情与中原儒家爱情在观念上的较大差异。边地爱情讲究的是原始生命本能的自然迸发，是男女两情相悦的单纯情爱，而忽略是否违背伦理

纲常，是否会牵扯到家族利益。一切都从自然人性的需求出发。合得来就一起闯荡江湖，合不来则分道扬镳的人生追求使他们的爱情带有自由放达的精神气质。

悲情的边地也上演着与中原内地同样的爱情悲剧。艾芜的小说《回家》与沈从文的《萧萧》共同反映出女性在宗法社会的悲惨命运，映射出纯真爱情在社会重压下的苦涩与无奈。小说都有一个共同的“失身”主题。《回家》中的文森嫂被有钱有势的水全糟蹋而怀孕，萧萧是被花狗大诱惑而失身。两个女性都被不属于自己丈夫的人所侵犯。前者是迫于淫威，后者源自本能需要的朦胧爱情。在封建的宗法社会中，文森嫂和萧萧的“失节”之举无论是何种原因所导致都已经触犯了男权社会对女性道德的规约。她们成为被贴上“坏女人”标签的被鄙视者。虽然丁文森在妻子哭诉事情的真相后，原谅了她，但是作为宗法社会的弱者，他不能为可怜的妻子争得任何申诉的权利，这就是旧中国的农村现实。虽然在男性话语占主导地位的社会形态中，男性掌握着女性的生杀大权，但是在严苛的社会秩序中，底层男性也同样是制度的受害者。就像丁文森一样，他虽然相信妻子的清白，也坚信他们的爱情，但是面对来自族规族法和所谓的家族名声的重压，他只能选择屈服和妥协。其实，作为已经走出农村的城里人，他完全可以把妻子带走，而不用理会所谓的家族荣誉。小说中，作家颇有深意地编织了他狠心赶走勤劳善良的妻子，就此毁掉一个家庭的情节，从而突出了作家对封建文化罪恶的痛恨与批判。在某种意义上，中国的女性和男性都是家族文化糟粕的牺牲品。中国人一直生活在严密的等级社会中，个人价值只能通过家族集体的价值才能体现，个人的得失事关整个家族的声誉，因此，绝不能因为个体的行动而损毁到家族的形象，这尤其体现在宗法社会。因此，文森嫂及她的爱情不可避免地成为传统习俗的牺牲品。相较而言，萧萧就幸运得多。尽管她也触犯了族规族法，但是她生活在沈从文的湘西边地。在这里，纯朴的人情，醇厚的世情都使她具有了与文森嫂截然不同的命运遭际。在与花狗大偷情后，她生下了一个胖儿子，这个孩子并没有影响她的正常生活。边地人没有那么浓厚的伦理观念，只要能够传宗接代，只要能够将生命延续下去，就不再追求以往的过错。萧萧就幸运地继续生活着，一边看护着自己的小丈夫，一边抚养自己的儿子。若干年后，丈夫成人了，儿子也长大了。萧萧再张罗着给儿子成亲。儿媳比儿子大六岁，就像当年的萧萧一样。尽管时间在历史的轮回中继续向前走，但是边地空间仍然在沉默中保持着原初的生命体验。明天将会是什么样子，没有答案。虽然沈从文对湘西边地充满了浓情厚意，但是仍然能从他轻灵的文字叙述中凸显出边地的荒蛮和人性的蒙昧，这在《长河》中更趋明显。

综合看来，不管是湘西边地爱情的凄婉还是科尔沁旗草原痴恋的悲壮，抑或是川康边地爱情的匮乏，滇缅边地情爱的缺失，都在在表明边地爱情虽然凄美甚至是残破，但是却体现出人类之爱的本真。边地人性格中的纯粹与被扭曲也伴随这些爱的故事展示出来。最重要的是，这些作家一直极力宣扬的生命强力在这些边地男女身上，通过情爱关系的催生而强烈地爆发出来。理论上讲，男女之恋不仅仅是为了延续后代，其本质更应该遵循快乐的原则从而获得真实的生命体验。因为，“人类是为了成对生活而存在的，也是为了生活多样化而存在的”。[①]边地世界为中国现代文学呈现了别样的爱情传奇，这也是边地小说之于中国现代文学的意义。

## 第四节　边缘族群的守望与怨羡

在相当长的时间里，由于政治文化的原因——这其中也含有民族歧视思想的较大影响，一些重要的少数民族作家有意或无意地隐匿了自我的民族身

① ［法］米歇尔·福柯：《性经验史》，佘碧平译，上海人民出版社2002年版，第475页。

份。[①]像沈从文、端木蕻良、李辉英、舒群等作家绝大部分既带有少数民族血统也带有汉族血统，这种交叉也在一定程度上模糊了民族界限。汉语文学史也因此忽视了这些作家的民族归属，将其统统纳入到汉族作家的序列中，放在统一的民族国家的语境中进行研究。他们的少数民族身份只能通过某些作品的风格体现出来。除此之外，还有为数不少的纯正少数民族血统的作家也以独有的民族风格向中原文坛讲述着边地民族的命运。在中原主流文化（学）的引领下，结合本民族的文化（学）特征创作出既属于边地也属于中国的作品。

## 一、边地子民的抗争与反思

马子华是较早地通过文学创作来体现边地少数民族生活和命运的白族作家。在他的短篇小说集《路线》中，《沉重的脚》和《月琴》都是写得较好的作品。小说都取材于云南边陲地区的生活，通过反映当地的社会关系和阶级矛盾再现当时的边地人民反抗斗争的历史，带有浓郁的异族风情和边地风味。《沉重的脚》描写的是边陲地区的一个特殊的群体——盐脚夫。他们都是失去了土地的农民，为了生存，背井离乡常年奔波在崎岖的山道上，为商人们运送食盐，换取极其微薄的工钱用来养家糊口。他们遭受雇用商人和工头的双重剥削，而且还要承受意外死亡的威胁。面对不公的命运，他们也曾抗争过，但是这种自发的朦胧的革命意识却屡次遭到统治阶级的镇压，从而以失败告终。这群社会底层的流浪者为了生活只能把痛苦压在心底继续跋涉在寂寞而艰险的山路上，像动物一般地生存着。小说选取老海这个盐脚夫的形象来集中体现这群人的不幸遭遇。老海是个善良、能干的农村小伙子，没有亲人，从小就过着穷困的日子。在被迫失去土地和房屋后，开始了盐脚夫的流浪生活。在反抗把头克扣工钱的斗争中，他被抓进牢里折磨致死。老海

---

① 据刘洪涛研究，沈从文对自己的少数民族血统长期以来一直非常矛盾，徘徊在认同和拒绝的边缘。参见《湖南乡土文学与湘楚文化》，湖南教育出版社 1997 年版。

们虽然以生命作为代价去抗争社会的严酷，但是他们的力量太微弱了并不能够撼动统治阶级的统治基础，所以盐脚夫的命运仍然没有得到丝毫的改变。作者在小说的结尾无奈而沉痛地表达了他对老海们命运的担忧。《月琴》描绘一个凄惨的爱情故事。故事发生在南国边远的小镇上。流浪的赶马人小绿禅和小店主人的女儿云姑恋爱，可是他们的爱情受到了封建观念和陈规陋习的极力阻碍，双双私奔之后，仍然没有逃脱掉悲惨的结局。最后，云姑被迫自杀，只剩下小绿禅在孤单寂寞的痛苦中苟活。这个爱情故事因为熏染了南国边地情调，具有浓浓的诗意，更彰显出苍凉的残缺之美，从而提升了小说的审美价值。此外，《滇南散记》是马子华于抗战时期在西双版纳进行考察的纪录。在这个集子中，他真实地记录了西双版纳各族人民的生活，而且和他的其他作品一起“填补了解放前没有反映边地生活的文艺作品的空白”[①]。这个集子以散文的形式描写了自然生态的边地和她的子民。其中《三道红》、《堆花酒》是反映边地人生比较出彩的作品。《三道红》描写了一群女赶脚夫的悲惨生活。“三道红”们（因为这些江外彝族姑娘在处女辫上扎有三道红线而得名）为了全家的生计，也为了赚取自己的陪嫁妆奁，被迫离家给来往于山间的客商背负、驮运货物。她们用自己的额头承载起一百斤左右的货物，所得到的却远远不及雇一匹牲口的价钱。这些女性从踏上赶脚的山路开始，就把自己等同或降低到牲口般的命运中，只能通过金钱来衡量自身的价值。她们不仅要承受体力的重负，而且还要受到精神的凌辱，甚至是肉体的摧残，有些甚至沦为“老板们”取乐和排遣寂寞的消遣品。这其中，有个叫阿芙的年轻漂亮的姑娘因为与老板有染就被其未婚夫残忍地杀死，老板也被缢死。阿芙的惨死鲜明地体现出边地少数民族文化所蕴藏的那种野蛮血腥的气质。这些带有浓郁的异族风俗画面在中国文坛并不多见。小说深刻的思想意蕴就在于作者着力揭示出造成“三道红”们悲惨命运的社会根源并展现出她们思想的局限。如此，这样的主题蕴含与中原同类小说的主题就具有时空

---

① 茅盾：《关于乡土文学》，《文学》1936年2月1日第6卷第2期。

上的呼应性，共同表达出对当时中国社会现实的批判与反思。小说《堆花酒》尽管篇幅不长，但具有较深的文化内涵。这也是一个爱情悲剧。故事发生在拉祜族姑娘和“汉官”之间。十八岁年轻美丽的拉祜族姑娘冲破了民族间的隔阂嫁给了“汉官”——党部的张书记，从而成了“张太太”。为此，她放弃了本民族的服饰和装束，装扮出“文明人”的派头，而且和张某生养了一个儿子。不仅如此，她甚至打破一般黄拉祜不离故土的传统，愿意跟随丈夫离开十八年没有离开过的故乡。但是，她的痴情换来的却是被张某绝情地遗弃。原本，张某就是个纨绔浮浪的负心人。他与她的结合只是出于贪恋她的美貌，满足自己的占有欲而已。当他奉调到别处时，便将她无情地抛之脑后，而她却还在痴痴地等待着他能回来。因此“这一悲剧便表现了美好善良、淳朴而直率的民族优良品德与丑陋、狡诈、虚伪等所谓‘现代文明’的对立”。[①] 小说通过边地文化与中原汉儒文化的尖锐交锋既揭示了不同文化样态的冲突，也不无痛心地指出纯善而豁达的民族道德已经被无情践踏并在逐渐地消隐。她的悲剧既是丑恶人性作祟的结果，也是两种不同文化在交流过程中所产生的文化阻碍所致。张姓男子代表了中原汉儒文化的强势与优势，而拉祜族女子则是边地少数民族文化弱势的象征。作者借着人物的对立冲突展示出汉儒文化霸权和糟粕的一面，从而衬托出少数民族文化中合理美好的组成部分。在边地与中原，文明与原始的对比中，作家既反思中国文化的优劣，也忧心少数民族文化的何去何从。深刻的边地体验与边地认同促使作家站在全民族文化的高度上来思考这些问题，这从而使小说在内涵上突破了阶级社会的局限，使之带有更多文化反思的意味。

《他的子民们》是马子华的代表作，也是其作品中较为全面地体现边地人生命运的中篇小说。作家写作的目的是要写出南中国的封建制度和那特有的土地关系之间的纠葛。[②] 小说呈现了中国西南边境莎土司与他的子民们之间那种原始的封建领主与奴隶之间的统治模式。这里的土地完全属于土司，

① 吴重阳：《中国现代少数民族文学概论》，中央民族学院出版社 1992 年版，第 28 页。

② 马子华：《他的子民们·跋》，《中国新文学大系·小说集5》，上海文艺出版社1984年版，第438页。

他可以任意地增加农民的赋税，他说的话就是法律，任何人都没有反抗的权力。不仅森林和林中的野物都属于莎土司，就包括金沙江里含有金沙的泥沙也属于土司。只有进了土司所开设的工厂才能淘挖金沙，而且所有的金沙都必须全部上缴给土司。在这片土地上，土司就是“皇帝”，所有的东西包括那些可怜的彝族人们的生命都归他所支配。他可以毫无顾忌地去处置他们。这种严酷的统治与被统治的关系导致了土司与子民们之间尖锐的矛盾冲突。以阿权、印根为首的淘金工人在忍无可忍的情况下起义造反。他们认为只有杀了土司，推翻土司的统治才能免除一切沉重的赋税负担，也才能过上好日子。只不过，这种自发的革命行为却在土司强大的武装反击下夭折终止。尽管失败了，但是这种英勇的反抗行为也给摇摇欲坠的封建统治敲响了丧钟。《他的子民们》在中国现代文学史上第一次真实生动地反映了边地少数民族的反抗斗争生活。它所揭示的特殊的土地生产关系与当时较为发达的沿海城市文明形成了鲜明的对比，让“文化中国”全方位地展示在现代文学史的视野中，也让中国边僻之隅的状貌为世人所了解。这个小说不仅揭示了土司制度的腐朽和非人道，而且还涉及西方文化入侵的问题。在“蓝眼睛与十字架”一节中，作家怀着痛恨的心情写出了那些国外势力对当地经济和文化侵略的罪恶。他们与土司勾结在一起，利用蛮力和手中的枪来对付这些手无寸铁的穷苦人，肆意剥夺他们的生存权利。子民们在内外势力的联合压榨下，经济上陷于破产，文化上也陷入了困境。这是边地空间特有的文化和经济双重压榨的现实。分析起来，“丰收成灾”的主题在中国现代文学多有表现，茅盾的《农村三部曲》、叶圣陶的《多收了三五斗》等作品都表现出中国沿海农村受到外国经济势力的严重冲击后所呈现出来的破败和凄惨的景象。马子华的这个作品虽然不是“丰收成灾”的主题，但是作家对国外势力在中国进行经济掠夺和文化侵略的现象所进行的揭露和鞭挞则是同构的。由此也充分说明在中国各地，虽然在人文和生态上有差别，但是会存在某种同质的文化遭遇。这也表明文化中国“和而不同”的多样性特点。西南边地的社会风俗和民族生活的面貌在小说中有生动的描写，这更加突出了小说的边地意蕴。在

美的基础上笼罩了浓重的悲剧色彩，这也是边地小说共有的叙事基调。如此，则边地文化在不断地借鉴和吸取中原文化精华的过程中呈现出自身独有的魅力。少数民族作家也在不断地向中原文坛靠拢的过程中完善着他们的小说创作，从而建构起边地少数民族文学体系。在文化与文学的交流融合中，边地与中原、支流文学与主流文学、汉儒文化与边地文化互为参考坐标，共同为描绘“中国”的风貌而努力。

纳西族作家李寒谷的创作也较有力地反映出云南边地人民在不平等的社会制度下的生存状况。《三月街》是他的代表作。小说通过揭露匪、官、绅相互勾结残害人民的罪恶行径，体现了大理、丽江一带各族人民的悲惨生活和他们自发抗争的史实。作品采用对比的手法描绘了贫富不公官匪勾结的社会现实。被土匪张结疤洗劫后的野鸡坪村落，处处是零落的村民，散落的受害人群像惊弓之鸟一样，恐怖的气氛笼罩在每个人的心头。而劣绅浦老总、金团总和省兵的贺营长却全然不顾人民的死活，躺在浦老总家的烟灯旁，过着吸食鸦片，玩弄女人的糜烂生活。更令人发指的是，他们还和土匪张结疤结拜来共同残害野鸡坪的村民。这里俨然就是人间的地狱，充斥的全是累累罪恶。金长显一家的命运遭际是这个小说着力表现的重点。金家世代为农，在野鸡坪也住了几代，受尽了地主的欺压和迫害。祖父在灾荒年间活活地饿死，父亲被催租的地主生生打死。到了他这一代，不但要遭受地主的盘剥还要遭受土匪张结疤的抢掠，对他们来说生活就像梦魇一样可怕。他在和儿子贩卖鸦片时遭到了张结疤匪兵的抢劫，踪影皆无，女儿也被官府抓去糟蹋致死。他一家的遭遇就是那时边地各族人民生活的缩影。小说把金长显的儿子金松塑造成具有自发反抗意识的觉醒农民。他在目睹了家庭的惨状，又经受了统治阶级的暴行，尤其是妹妹的惨死后，最终激发了他的复仇之心。小说的结尾，他虽然凭借个人的力量杀死了贺营长和浦老总，但遗憾的是，他并没有给穷苦人指出一条明确的革命道路。所以，他的复仇更多的是一种个体行为，并非从劳苦大众的整体利益出发所进行的革命斗争。这是作者思想的局限，也是边地民族求解放的迷茫之处。在没有更先进思想的指引和先进阶级的领导下，个人复仇式的反抗行为并不能从根本上改变受欺压者的命运。就这个问题，老舍在《骆驼祥子》中对祥子个人主义的奋斗道路进行了深刻的反思，也深刻地剖析了农民的灵魂，这些都对边地民族寻求自身的解放具有重要的启示意义。

回族作家白平阶创作的小说《古树繁花》体现了各民族团结一致共同抗敌的爱国热情。其创作目的在于："让世界人民知道中国少数民族在汉族老大哥的带领下，对抗战救国是多么积极"。[①]尽管这种民族之间的信任和互助与沈从文小说所表现出的民族分歧不同，但是从本质上看，都是着眼于"中国"这个母体的兴衰和发展，都是从不同角度思考中华民族的未来与走向。《古树繁华》以作者家族的历史和遭遇为原型，浓缩了从太平天国起义到抗日战争近百年的社会历程。描写了从外婆、祖父到父亲、母亲直至孙儿一代在战争中的坎坷和命运。他们凭借坚韧不拔的精神和顽强的毅力经受住战争的考验从而渡过了一个个险情难关，表现出中国人民生生不息的强大生命力和对生活、祖国炽热的感情。独特的云南边地风光，浓郁的异族风味给这个小说增添了浓郁的边地风情。此外，白平阶还有短篇小说集《驿运》，收入《驿运》、《跨国横断山脉》、《金坛子》、《风箱》和《神女》这五篇文章。其中除了《神女》之外，都是描写边地人民修筑滇缅公路的故事。在修路过程中，各阶层形形色色的人物都被推到了前台，虽然出身、性别、性格各异，但是为了民族抗战的胜利他们都做出了应有的贡献。《驿运》描写的是一群为前线战争运送武器弹药的马脚夫。他们赶着一群驮运的马帮艰难地跋涉在山路上，生活枯燥寂寞。他们是社会底层受压迫剥削者，为了生存将自己的生命作为搏斗的资本来完成使命。正是在"非人"的环境中更体现出他们精神的纯朴与可贵的人性。《金坛子》描绘了一幅边地女性的群像。在这些女性中，着重突出了六嫂这个女英雄。六嫂是一个除了脚，全身都结结实实的女性。她奶头大，屁股圆，如一匹正值壮年的健壮骅马，性格开朗且能干。

---

① 白平阶：《关于我的民族成分》，《回族文学的心事》，宁夏人民出版社 1991 年版，第 65 页。

她的外貌描写突破中原作家的叙事模式，将女性刻画得比男性还要强壮，并且格外强调她那勃勃旺盛的生命活力。在六嫂身上体现出边地女性自强自立的精神。她们可以做连男人都做不了的事情，以此证明一己的能力。这种鲜明的自我意识是边地女性受汉儒伦理束缚较少的明证，同时，这种叙事模式也填补了现代文学只注重描写知识女性觉醒的叙事缺憾。这些作家将笔触延伸到下层民众身上，为研究社会底层人的思想解放问题提供了参考依据。在女性形象刻画上，小说体现出与其他边地小说共同的女性审美趋向。这些边地女性并非柔美娇弱的"林黛玉"，而是泼辣壮实的"顾大嫂"。她们由娇弱变得强壮，做事风格由羞涩变为泼辣甚至是爷们气度，这样的转变既有生态环境的影响，也是生活现实的逼迫所致，否则就不能在边地空间中生存下去。这样的边地大女人的形象设置为中国现代文学的人物画廊增添了光彩。由此看出，中国女性并非都是"养在深闺人不知"似的笼中鸟，也有提前冲破"黑屋子"走出来的边地女性。

## 二、应和时代主题的文学诉求

满族作家李辉英的创作大多数是以抗日救国为主题的作品。作品真切地反映出当时北中国人民的抗日热情以及救亡图存的蓬勃激情。作为一个少数民族作家，他的作品也体现出东北各民族在这场反抗异族侵略的战争中纠葛复杂的关系。长篇小说《万宝山》是他在艺术上较为成熟的作品。小说以"九一八"前夕发生在吉林的一次重大的历史事件为原型，通过艺术加工再现了这一历史事件。地处吉林长春县境内的万宝山原本就是中国的领土，但日本侵略者收买了汉奸，成立所谓的"长农稻田公司"，擅自将万宝山五万垧土地转租给被日本人剥夺了土地而流落到中国来的朝鲜人耕种，意图造成中国农民与朝鲜农民争水争地的矛盾事端。日本人并且利用收买的汉奸和朝鲜民族中的败类，暗中推波助澜，制造和扩大事端更加剧了两个民族之间的冲突。事后，日本人派出军警进行镇压，策划了打死打伤中国农民多人的"万宝山事件”。小说最突出的特色在于借历史事实来揭露日本人侵略中国的阴谋及其帮凶的丑恶和卑鄙。汉奸郝永德是作者着力刻画的人物。他原本是流氓出身，在偶然的机会与日本人相识，然后投靠了日本人成为可耻的民族败类，以出卖民族利益作为发财晋升的阶梯。就是他帮助日本人挑动和策划了这起伤害民族感情和国家利益的事件。作者无情地批判和鞭挞了这个丑恶的灵魂，并以此体现民族抗日的复杂和艰巨性。这个小说尽管较为客观地还原了历史史实，但是由于未能真正触及发生这起惨案的根本在于日本人对中国经济的封锁和侵略从而造成了万宝山农民极度贫穷的窘境，从而使小说显得苍白单薄。这也说明作家对抗日主题的把握还没有真正深入到异族文化交锋的层面。

满族作家马加《开不败的花朵》是对作者 1946 年从延安奔赴东北的亲身战斗经历的叙写。小说虽然描写了蒙古草原这个边地空间，但并非重点写民族文化冲突而是从政治感情出发表现新的时代精神。作家赋予蒙古草原一种新鲜喜悦的感觉，给英雄人物一颗觉醒的灵魂。作品主要讲中国共产党的民族政策如何使各民族齐心投入到反对国民党的黑暗统治中，塑造了曹团长和王副团长以及西满军区的赵班长等英雄形象，着重刻画了蒙古老汉那申乌吉这个人物。那申乌吉是个 62 岁的蒙古老人，过着贫穷的放牧生活，受尽了蒙古王爷和军阀张作霖的压榨和盘剥，但他不甘于屈辱的生活，把自己的儿子送去参加了蒙古人民起义的队伍。虽然他的大儿子在战斗中牺牲，但嘎达梅林的英雄形象却永远留在他的心底。他只能借着嘎达梅林起义的歌曲表达自己的愤怒和反抗。当共产党的部队来到草原，那申乌吉又看到希望。他又把二儿子送去参加了八路军，并且自己挺身而出为部队当向导。老人的身世和经历说明，蒙古族人民和其他民族一样都遭受了帝国主义和封建主义的压迫与剥削。只有在共产党的领导下，蒙古人民组织起来争取民族的独立和解放才是蒙古民族真正的前途和出路。小说浓郁的地方民族风味以及地方风俗描写都展现出蒙古草原的边地风味，但是因其反帝反封建的宏大叙事，因此，并没有充分突出草原边地独有的边地文化及这种文化对他们产生的影

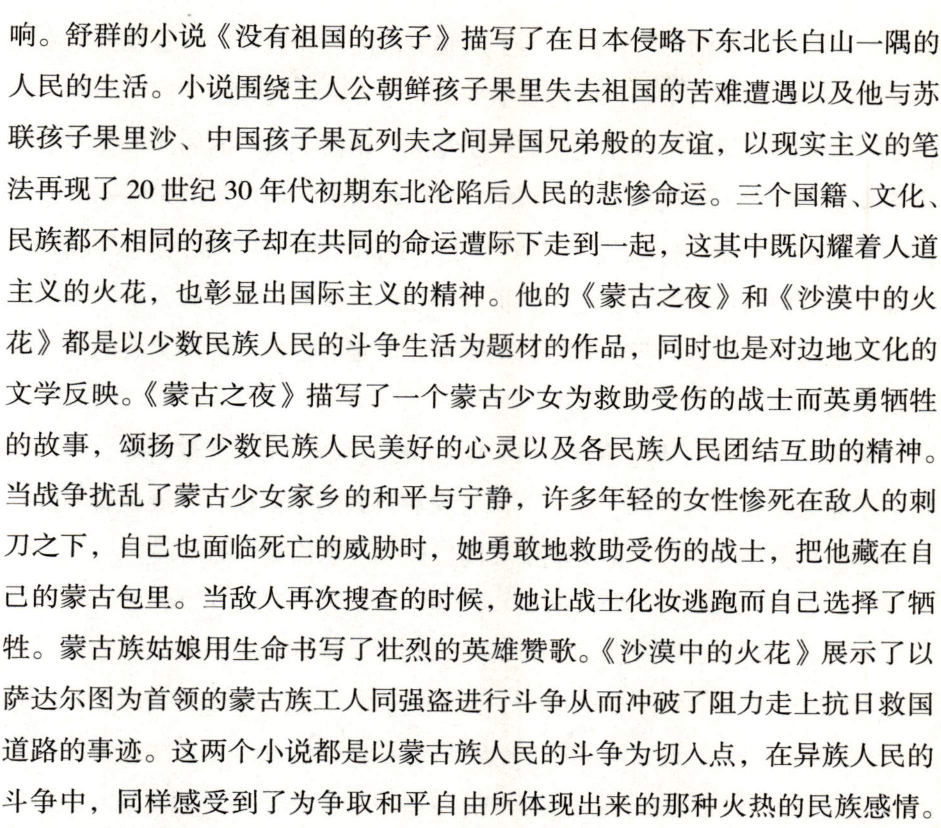

响。舒群的小说《没有祖国的孩子》描写了在日本侵略下东北长白山一隅的人民的生活。小说围绕主人公朝鲜孩子果里失去祖国的苦难遭遇以及他与苏联孩子果里沙、中国孩子果瓦列夫之间异国兄弟般的友谊，以现实主义的笔法再现了20世纪30年代初期东北沦陷后人民的悲惨命运。三个国籍、文化、民族都不相同的孩子却在共同的命运遭际下走到一起，这其中既闪耀着人道主义的火花，也彰显出国际主义的精神。他的《蒙古之夜》和《沙漠中的火花》都是以少数民族人民的斗争生活为题材的作品，同时也是对边地文化的文学反映。《蒙古之夜》描写了一个蒙古少女为救助受伤的战士而英勇牺牲的故事，颂扬了少数民族人民美好的心灵以及各民族人民团结互助的精神。当战争扰乱了蒙古少女家乡的和平与宁静，许多年轻的女性惨死在敌人的刺刀之下，自己也面临死亡的威胁时，她勇敢地救助受伤的战士，把他藏在自己的蒙古包里。当敌人再次搜查的时候，她让战士化妆逃跑而自己选择了牺牲。蒙古族姑娘用生命书写了壮烈的英雄赞歌。《沙漠中的火花》展示了以萨达尔图为首领的蒙古族工人同强盗进行斗争从而冲破了阻力走上抗日救国道路的事迹。这两个小说都是以蒙古族人民的斗争为切入点，在异族人民的斗争中，同样感受到了为争取和平自由所体现出来的那种火热的民族感情。只要面临异族的侵略，中华民族从来都是同仇敌忾，多民族团结一心的文化共同体。

侗族作家苗延秀的《红色的布包》、《共产党又要来了》应和时代的大潮，较早地反映了侗族人民的生活和命运。作家把边地少数民族人民的斗争与解放全国的斗争联系在一起，具有很强的民族性和实际斗争意义。从中也可以看出，边地文学与中原主流文学在主题表达上具有异构同质的审美诉求。两篇小说描写的是一个连续性的故事。侗族老妈妈王伯妈是一个六十岁的寡妇，靠卖柴抚养着儿子王岗。王岗刚十八岁就被国民党抓去当兵，王伯妈也被驱赶到一个穷山谷里生活。在孤苦无依中，她常常翻出珍藏的红色布包，里面包裹着当年红军路过时留下的一元柴火钱和字条。就是在这种精神寄托中，王伯妈在穷困中挣扎盼望着儿子能够活着回来。但反动当局却欺骗她说王岗被共产党活埋了，而且为了欺骗更多的侗族百姓，还假意为王刚开追悼会，并企图霸占王伯妈的房子盖别墅，千方百计地置她于死地。王伯妈虽然一时受骗，但在种种事实面前终于觉醒，认清了敌人的凶恶本性，杀死了前来监视的警士，放火烧毁了房屋，用行动来反抗国民党的黑暗暴政。王伯妈是作家提供给中国现代文学少有的具有革命意识的少数民族女性形象。小说通过王伯妈从受欺辱、忍受、愤怒到觉醒反抗的思想历程，塑造出一个坚强不屈的少数民族的母亲形象。这个形象闪耀着各族女性所共有的大无畏的抗争精神。

由个性到共性，从边地到中原，由抗争到融合，从迷茫到清醒，边地文学与中原文学在各自不同的审美空间言说着自我的中国体验，展现着不同地域的中国之美与丑，在对话交流中共同促进中国现代文学的发展。

# 第四章　中国现代边地小说承载的文化意蕴

中国现代边地小说承载着边地文化与中原文化两种相对也相互融合的文化样态，它们都是中国文化不可或缺的重要组成部分。边地与中原作为人文意义也作为地缘政治意义上的空间范畴，对文化中国都产生过重要的影响。在这个过程中，文化影响文学的生长与演变，通过文学可以了解文化的特性，展现文化的构成，文学也通过艺术审美与具体形象的构建承载文化的发展。具体到研究对象而言，现代边地小说所体现出来的强烈的文化意识、文化认同等特点也表明了中国文化构成的复杂多样性。这种小说类型所建构的出来的文化（学）边地与作为汉儒文化（学）象征的中原互为参照坐标，可以取长补短，合力打造中国文化（学）的盛景。尤其是在生态文化的世纪，调和多元文化的素质激活中国文化母体的活力，使之重新焕发出勃勃生机，增强文化感召力是新世纪的新主题。应该说，边地是自然生态的空间存在，也是地缘文化的象征。它既是不同于内地与沿海的地理空间，也是远离汉儒文化的边缘文化载体。它既是作家艺术升华的产物，也是人文理想的落脚点。从以上几章的论述可以看出，作为文化和文学意义上的边地，它具有独特的人文色彩与生态意义。而且考虑到边地文化的边缘性质，所以就具备了与处于中心位置的主流文化对话与反思的可能。从客观来看，现代边地小说的出现既成功地营构了审美边地，也较为直观地呈现了边地文化的特征。当然，边地文化空间既包括所处地域的乡村，也涵括所处地域的小城镇。因此，城市作为现代化的产物往往会成为研究边地空间的参照物。本书在绪论部分已经将研究可能会涉及的边地文化空间进行了大致的圈定，并且围绕这些空间的特性分别进行了细化阐释，在此不多赘述。

研究表明，在“中国”这个大的文化空间中既存在南北文化的差异，也存在边地与中原文化的区别。由于在边地没有真正现代化意义上的城市，所以，仍然以边地乡村为主来考察边地民间蕴藏的文化和文学的活力因素。分析来看，现代边地小说所涉及的边地审美空间既是对特定地域艺术想象的结果，也是作家边地体验的文学再现。因此，特定地域的风俗民情就体现在小说的叙事结构中所凸显出的特定的边地叙事品格。所谓特定地域的文学，指在文学的内容上突出体现某些地域特点，比如特定地域的人和事、自然环境、语言特色、风土人情、宗教信仰、民族文化心理等。基于此，边地小说就是指呈现了特定边地的自然生态、边地风致和边地文化理想的一类文学样式。地域文化的特征会极大地影响到作家的文学创作。梁启超在《中国地理大势论》中阐述了南北自然风貌对文学所产生的影响：“自唐之前，于诗于文于赋，皆南北为家数，长城饮马，河梁携手，北人之气概也；江南草长，洞庭始搏，南人之情怀也。散文至长江大河一泻千里者，北人为优；骈文之镂云刻膳移我情者，南人为优。盖文章根于性灵，其受四周社会影响特甚焉。”[①]这种阐释尽管较笼统地把中国文学分为南北两大体系，从宏观上把自然地理环境对作家的创作风格及文学品格进行了比较，但这是自魏征在《隋书·文学传序》中认为自然地理风貌参与文学风格的形成之后的比较有代表性的论述文学风格受地域特征影响的观点。这种观点为研究地域文学与民族文学的生成提供了历史依据。现代边地小说研究既属于地域文学的研究范畴，也涉及了民族文学的研究领域。尽管边地民族的多元性与文化的驳杂性给这类小说带来论述的难度与理论界定的复杂，但是也应该看到，文化边地构成质素

① 梁启超：《饮冰室合集》第10卷，中华书局1989年版，第86—87页。

的驳杂使得边地文化更具有包容性，多样文化形态在此产生碰撞交锋从而更具有审美与阐释的张力。“中国文学对地域性问题的关注与讨论，有文化价值和审美价值的认同和选择，有民族心理的潜意识承传和发扬。”[①] 因此，边地作为一种地域空间存在所体现出来的文化特征与中原汉儒文化之间存在着千丝万缕的关系，从这种关系中我们会得到诸多启迪，并且据此来反思中华文化的优劣之处，更进一步坚定文化自信。边地的存在不是一种孤芳自赏式的自我封闭，而是其边缘气质所决定的独特构成。不可否认，边地文学与中原文学的交流中，也存在着不同程度的偏激、不满与对抗。这种抵触心理表明不同形态的文化之间还缺少文化认同意识。因此，实现边缘文化与主流文化的深度交流就应该建立平等包容的对话平台，只有这样，才能更好地建构文化中国的形象。

## 第一节　对话与交融：边地文化与中原文化的双向互动

对话而非对抗这是进行文化交流最合理的方式，也是获取双方信任与理解的最佳前提。“毋宁说，对话是扩展我们的视野，深化我们自我反思以及开拓我们文化意识的机会。对话的本质特征是一种倾听的艺术。并且，只有通过面对面的互动，我们才能够作为合作伙伴开始相互理解，以便容忍、认可、尊重、欣赏并庆祝差异。”[②] 而且“在文化全部实有之中，我们不可有意或无意把我们认为‘好的’或‘要得的’看作是文化；而把我们认为‘不好’或‘要不得的’看作不是文化，而只是‘历史中的偶然’。”[③] 因此，边地文化

---

① 王本朝：《区域文化与文学研究——文学研究的“问题意识”》，靳明全主编：《区域文化与文学》，中国社会科学出版社 2003 年版，第 167 页。

② 杜维明：《儒家传统与文明对话 · 序言》，河北人民出版社 2006 年版，第 3 页。

③ 殷海光：《殷海光文集》第 3 卷，湖北人民出版社 2001 年版，第 17 页。

与中原汉儒文化也需要在相互包容中获得最佳的交流效果。

从中国社会历史发展进程来看，中原文化和边地文化存在着千丝万缕的关系。“北方诸非汉民族在历史长河里一次又一次大规模的进入中原农业地区而不断为汉族输入了新的血液，使汉族壮大起来，同时又为后来的中华民族增加了新的多元因素。这些都对中华民族多元一体格局的形成起了重要的作用。”[①] 而且“中国历史上，正统的王朝都是建立在农耕基础上的王朝，如夏商周秦汉六朝隋唐宋明清。即使是北朝及五代时期的诸政权、元朝、清朝的建立与游牧民族有关，但其政权的基础仍然是农耕”。[②] 这些论断不但从自然生态的角度阐释了农耕文化的重要性，而且还指出了中原文化的主导地位。毕竟，农耕文化的主要存在地就是中原地区。“在我国历史上，统一不能从血统着手而要看文化高低。文化低的服从文化高的，次等文化服从高等文化，而文化最高的是汉人中的士族。要统一汉人莫过于推崇士族……北魏孝文帝迁都洛阳，推行汉化，在与南朝争取文化正统地位上，做得相当成功。”[③] 由此可见，先进文化决定了民族统一的趋向。因此，边地少数民族统治者欲想统一中国必须承认汉儒文化的正统地位，才能巩固统治的基础。在历史上，少数民族政权有意识地吸收接纳汉儒文化，重用汉族知识分子。同样的，汉儒文化也为边疆之地输送成熟的文化理念，既影响了边地文化的形成也影响了边地文学的发展。“边陲政治是产生边塞传说与边塞诗歌的温床，像李广难封，汉妾辞宫的传说，像‘日光寒兮草短，月色苦兮霜白’之类的描述，则透视出边陲政治那邈远厚重的历史文化氛围。与都市文学相比较，边塞文学肩负着正义与苦难，所以总是以苦涩为多，但这种苦涩也仍然具有永恒的魅力，它虽然粗粝，依然豪放，即使荒寒，总有春温。”[④] 正因为边地文化往往是混杂了当地少数民族文化质素、汉儒文化的成分还有地域文

① 费孝通主编：《中华民族多元一体格局》，中央民族大学出版社 1999 年版，第 20—21 页。

② 王玉德：《生态视野的中华农耕文明与游牧文明》，张全明、王玉德等：《生态环境与区域文化史研究》，崇文书局 2005 年版，第 13 页。

③ 万绳楠整理：《陈寅恪魏晋南北朝史讲演录》，黄山书社 1987 年版，第 230—234 页。

④ 覃召文、刘晟：《中国文学的政治情结》，广东人民出版社 2006 年版，第 161 页。

化的特性，因此，呈现出混杂性、现实功用性、开放与蛮野性等特质。这种文化缺少中原汉儒文化的理性与严谨，而且由于此种文化内在结构成分的不稳定，使得其内在构成与外在表现形式上呈现出松散与游移的文化特性。这就使其活力因素相较中原汉儒文化来说更多也表现得更为突出。自由、活泼、放达的文化气质更适合人性的发挥，更能激发原初的生命激情，更适合接近于自然化的人类生活方式。它不像汉儒文化那样经过了两千多年的发展演变历程已经形成了超成熟稳定的理论体系，具有强大的控制与约束能力。边地文化对人的内在控制并不严密。即使像周文描绘的川康边地的那些“实力派”人物也只是依靠着外在蛮强之力来压制别人，并不能像汉儒文化从精神上钳制其臣民。所以，边地人相对粗野、朴质、单纯。自然而生、自然而长的生存状态造就出一群相对自由的生命形态。从文化辐射力来看，汉儒文化几乎覆盖了整个中原文化区域，成为封建帝国意识形态的基础。它突出强调一种理性的人生追求，特别是对士大夫阶层要求他们修身养性、克己复礼、中庸处世。对于社会下层民众，虽然没有那么严格的道德标准，但是上述思想也渗透进日常生活中而形成一种民族的“集体无意识”。如此，整个中原文化区则遵循汉儒文化的运行机制，有序而缓慢地进行文化传承。由于汉儒文化长期以来的主导地位使其不可避免地出现了僵化、滞重的文化积弊，过度的道德伦理规约极大束缚了人性的自由发挥与生命潜能的充分释放。因此，接受了现代文明熏陶的中国知识分子在文学创作中必然要对传统文化进行反思与批判，这就使得中原文学中出现了为数众多的“文化畸零人”。以至于，鲁迅尖锐地指出中国四千年的历史是“吃人”的历史，其作品中的祥林嫂、魏连殳、子君等都是汉儒文化戕害下的可怜人。巴金“激流三部曲”中诸多年轻人的生命也是被这种文化给“吃掉”的。就连端木蕻良笔下的边地草原由于受到汉儒文化的影响较深，其游牧文化的特征也渐渐消退。相较而言，现代边地小说中虽然不乏穷困潦倒的底层人形象，但是这些人物在精神上却比较自由。所以，一些被中原文化排挤出去的“可怜人”往往会选择边地作为避难所。艾芜的《南行记》中那些流浪者就是典型的例子。

这种不同民族之间的人口的流动与迁徙会促使不同文化的互动与交流，能够取长补短，激发出更多的文化活力。在历史发展过程中，文化互动对中国文化母体来说是有益的。“中原文化要维持它的权威性、维持它的官方地位，它在不断的论证和发展过程中，自己变得严密了，同时也变得模式化了、变得僵化了。这个时候，少数民族的文化带有原始性、带有流动性、带有不同的文明板块结合部特有的开放性，就可能给中原地区输进一些新鲜的甚至异质的、不同于原来的文明的新因素。”[①] 由此看来，各种文化形态的对话与融合大大有利于中国文化整体的调和与重塑。边地文化中包含少数民族文化的成分，也包括汉儒文化的质素，而且其文化因素可能要超过汉儒文化的组成比重。但是由于历史等原因，少数民族的集中聚居地基本上就处于边地，因此相比汉儒文化，少数民族文化也就长期处在一种边缘状态。当然这并非表明边地文化等同于少数民族文化，而是说边地文化自由活泼的特质与少数民族文化有文化共性。可以说，边地文化与少数民族文化也可以相互比照，同时又与中原汉儒文化互为参照。这样在多元文化样态的碰撞、交流直至融合的文化发展过程中，可以产生更多新质文化因素，从而激发出母体文化的活力使中国文化更具有竞争实力。回到文学这个主题，那些文学审美价值较高的作品往往都是多种文化因素交织碰撞的产物。四大文学名著之首的《红楼梦》至今仍然是中国文学乃至世界文学的骄傲。现代文学中，沈从文的《边城》、《长河》，端木蕻良的《科尔沁旗草原》，艾芜的《南行记》，马子华的《他的子民们》等也都是丰美的收获。文学作为反映特定文化的叙事载体，既能鲜明地体现出作家的文化理想，也能艺术地表现出文化的特征。因此，研究现代边地小说的意义，一方面在于通过具体作品来呈现文化边地与边地文化，另一方面力图将现代作家的边地空间体验挖掘出来。中国不缺少边地，也不缺少表现边地的文学作品。若要将文化中国完整地呈现出来就需要边地文化与中原文化进行有效的对话。在对话中才能发现主流文化存在的

---

① 杨义：《“重绘中国文学地图”与中国文学的民族学、地理学问题》，《通向大文学观》，安徽教育出版社 2006 年版，第 20 页。

问题，才能够不断地补充新质活力因素。假如当初中原文坛拒不接受沈从文那些异族风情的边地小说，那么读者就不会了解到中国版图上有边地湘西，也不会领略到湘西多民族混居的风俗人情之美，更不会欣赏到《边城》这样的经典作品。中国文坛也就缺少了一个拥有独特人文思想的优秀作家。同理，当年若不是鲁迅先生的提携，巴人的大力肯定，端木蕻良的“科尔沁旗草原”不会直立起来，仍会沉寂在东北大地上，伴随着岁月的流逝而荒芜衰老下去。同样的，蹇先艾笔下川黔边地的原始与压抑的乡村景象，如果不是鲁迅的慧眼识珠，也只能沉默在崇山峻岭封闭的贵州边地。周文描写川康边地同样也是得到鲁迅的首肯后才更加坚定了创作的信心。“农村工厂的题材自然重要，但当中国每个角落都陷入破产的现在，别的题材也还是很需要的。”[①]可以说，中原主流作家的认可与鼓励是边地作品大量涌现的一个很重要的因素。当然，如果具有边地体验的作家没有主动走出“边地”的包围去感受中原文化的魅力并主动接受现代文化的洗礼，相信中国现代文学同样会单调沉闷。“多民族文化融合所产生的综合功能，由于各种文化基因嵌入的位置、配比、深度等的差异，就在不同的时代、不同的地区、不同的人群中形成了各具特色的文化范式。因此，如果我们以文化范式的角度来研究文学的话，那么民族之间的胡化、汉化的问题就很值得注意。”[②]只有多民族文化进行交流融合才会出现汉化、胡化现象，也才会有文化的多元构成。

谈到中国文化，首先想到的就是以汉儒文化为主体的文化，而其他文化样态则是补充成分或者说次要文化。但是，在少数民族聚居区，汉族则被看作为“少数民族”，汉儒文化也不再是主导文化，而转换为次要文化。在这种情况下，汉儒文化往往会收缩自身的特征而被少数民族文化所收编。在边地文化空间，汉儒文化就不再是具有文化强势的中心文化而是与少数民族文化混杂在一起而出现。这种状况反映到边地小说中，就是通过不同的社会阶层所秉持的不同思想而鲜明体现出来。蹇先艾的《到镇溪去》那个年轻能干

---

① 周文：《周文选集》下集，四川人民出版社 1980 年版，第 423—424 页。

② 杨义：《重绘中国文学地图通释》，当代中国出版社 2007 年版，第 24 页。

的寡妇，春云酒店的女老板——王大嫂如果按照代表儒家人伦道德立场的场上老者们的要求就不适合再抛头露面，应该赶紧嫁人以免“破坏风化”。但代表边地文化的一般村民对此却有不同的看法，他们从王大嫂自身的权益出发，认为她没必要再为亡夫守孝而应该重新寻找属于自己的幸福。如此，不同文化因子就在边地空间产生了交锋。结局是边地文化占据了主导。王大嫂并没有像一般中原农村的女性一样被强行嫁人，而是自由地选择自己的意中人。因此，中心与边缘的设置也是相对而言的，主流的意见与倾向会发生位移。中心的存在是因为有了边缘的衬托，而边缘的活力却是中心存在必不可少的动力源泉。尽管中心与边缘在某种条件下会相互转化，但是中心的相对固定仍然是必要的。中心过多容易造成文化失重，也会形成松懈的文化姿态。虽然不同文化之间允许善意的对抗，甚至是偏激的矫正，但是多元文化之间的平等交流是最起码的前提，否则会再次造成文化的畸形。正因为，“边地文明往往带有原始性，同时又是几个文明板块之间交叉的地方，几个文明的接合部，所以它的文明带有原始性，带有流动性，带有吸收外来的开放性，不断地给中原文明输入一种新气息”[①]。所以，边地文化的存在大有裨益。从文学审美上看，边地的存在使得作家可以依托这些独特的空间来表达非同寻常的人生体验与生存感觉。这样就在主流中原文学之外增添了“另类人生”的文学想象，使得中国现代文学呈现出更加丰富多彩的时代与民族特色。并且通过有效的文化对话，既拓展了现代文学的书写领域，又获得了提升文化容量的可能。具有边地文化基因的作家们就是通过对各自体验过的边地空间进行有效书写才使得“边地中国”更加具有审美吸引力。如在《阿黑小史》中，沈从文借边地油坊的“昨天”与“今天”的变化揭示出湘西历史时空的转变。时隔六年，在《边城》中，他又预言了边城的“明天”。他沉迷在母族文化的过往记忆中将“时间”拉长，让“空间”静止。“今天”、“明天”和“昨天”的命运既是边地人生的写照，也是乡土中国的命运。周文在

① 杨义：《重绘中国文学地图通释》，当代中国出版社 2007 年版，第 44 页。

《白森镇·后记》中写道："这个中篇，和在三个月前写的一个长篇《烟苗季》的题材，都是取自于十年前我在一个边地所看见的一些生活和人物，边荒的情形究竟多少不同于内地，而且在这个不断发展和变动的社会中"[①]。边地既是作家所熟悉并产生深刻人生体验的地方，是他们审视剖析边地与内地在社会的发展变动中存在差异的入手点，也是体现文化中国多元一体构成特质的文学载体。"鲁迅特别反感'中国的精神文明主宰全世界的伟论'为洋人的枪炮击碎后，又臆想以此'开化'苗瑶一类的大汉族的自卑、自大；更愤慨统治者对新疆回民、广西瑶民等少数民族'南征北剿'、'在三万瑶民之中杀死三千人'一类的'王化'。他向中国大声喊出了孔孟之道的本质，并宁取边缘化的立场，自我放逐于汉儒文化中心。"[②]鲁迅"自我放逐于汉儒文化中心"的态度表明他可贵的生态文化观。这种对少数民族文化的包容、借鉴、赏识的大文化观使他不仅在创作理念上给予边地作家模仿借鉴的范式，而且自觉的文化认同意识也给边地作家极大的精神鼓舞，使得"边缘化"的理念获得了来自文学中心的呼应。边缘作家由此能够进入以汉儒文化为主的中原文化圈并得到肯定。

边缘不仅代表了位置，它"是在同一时代背景下两个或两个以上的区域、民族、社会体系、知识体系之间，从隔阂到同化过程中人格的裂变与转型特征，这是一种空间性、地域性文化冲突的产物"[③]。此论断进一步证明了边缘与中心在一定条件下既可能相互冲突也存在相互转化的可能。这样，边地文化与中原文化"孰为中心"的命题也就易于理解。既然不同文化之间的隔膜会造成文化的保守甚至是形成社会的动荡，那么，提出"边地"概念就是为了在文化生态学意义上，凸现出"文化边地"的审美价值，发掘出以往被文学史所忽略的边地文学史实。这些以边地小说为代表的边地文学不同于一般意义上的乡村文学。它是从文化的角度，以作家的空间体验作为突破口来补

① 周文：《在白森镇·后记》，《中国新文学大系》第7集，上海文艺出版社1984年版，第719页。

② 张直心：《边地梦寻——一种边缘文化经验与文化记忆的勘探》，人民文学出版社2006年版，第171页。

③ 叶南客：《边缘人》，上海人民出版社1995年版，第48页。

充丰富中国现代文学的全貌，尤其注重少数民族文学和多民族文学混杂这样的史实。从生态文化学的角度来看，现代边地小说的研究有助于较为深入地发掘中国文学被忽视的“边地”审美空间，以便加强理论创新和文学创作的力度，为中国文学的整体提升提供了借鉴。边地并非只是满眼荒凉、一派萧条的边僻之地，如果深入它的腹地能够发现这里蕴藏着无限的生机和活力。不同民族不同文化的交融互渗往往会产生意想不到的文化效果与精神气质。“历史上，每当中原的正统文化在精密的建构中趋于模式化，甚至僵化的时候，存在于边疆少数民族地区的边缘文化就对其发起新的挑战，注入一种为教条模式难以约束的原始活力和新鲜思维，从而使整个文明在新的历史台阶上实现新的重组和融合。”[①] 边地文化由于其驳杂的文化组成，因而形成立体交叉反复交叠的文化结构。它既带有少数民族文化的活力因素，也掺杂进了汉儒文化的基因，还有自身在历史演变过程中形成的边地特质。这是一种综合而杂交的文化形态。现代边地小说既体现了边地文化的精神内涵，同时也暴露出文化边地原始与荒蛮的特性。对于现代中国来说，边地作家的文学想象与人生体验成为记录边地发展的最佳载体。

## 第二节　包容与开放：来自边地文化的启示

边地既是与中原相对而言的文化概念，同时又是自成一体的空间存在。它既具有自然地理意义上的边僻荒蛮的外在特征，也包含青山碧水的诗化韵味，更强调其人文意义的边缘心态和非主流性。非主流性体现出一种相对而言，相互审视的姿态，既有历史原因造成的存在差距，也有理论言说的非主导性。当然，任何中心和边缘都是相互参照关系中的两端，没有边缘的支持，

① 杨义：《重绘中国文学地图通释》，当代中国出版社 2007 年版，第 147 页。

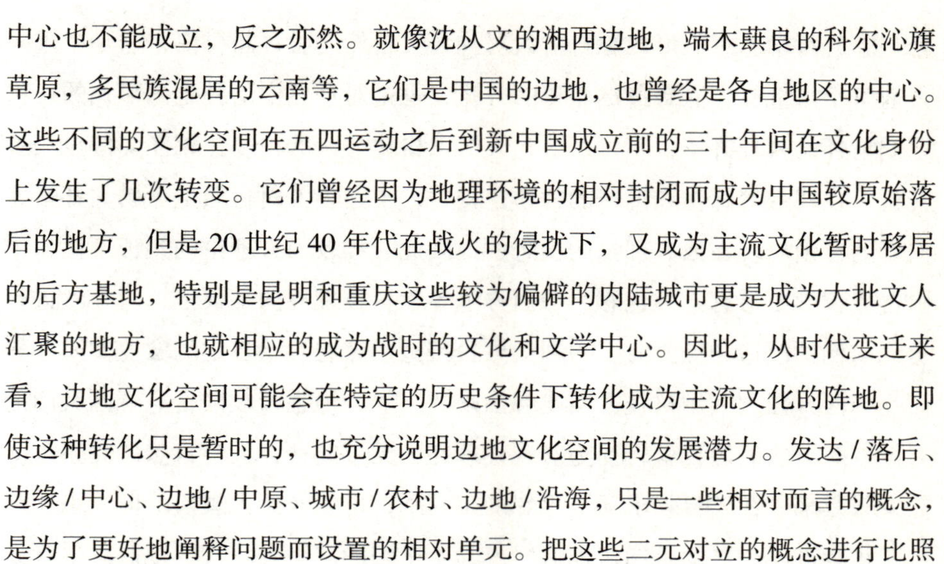

中心也不能成立，反之亦然。就像沈从文的湘西边地，端木蕻良的科尔沁旗草原，多民族混居的云南等，它们是中国的边地，也曾经是各自地区的中心。这些不同的文化空间在五四运动之后到新中国成立前的三十年间在文化身份上发生了几次转变。它们曾经因为地理环境的相对封闭而成为中国较原始落后的地方，但是20世纪40年代在战火的侵扰下，又成为主流文化暂时移居的后方基地，特别是昆明和重庆这些较为偏僻的内陆城市更是成为大批文人汇聚的地方，也就相应的成为战时的文化和文学中心。因此，从时代变迁来看，边地文化空间可能会在特定的历史条件下转化成为主流文化的阵地。即使这种转化只是暂时的，也充分说明边地文化空间的发展潜力。发达/落后、边缘/中心、边地/中原、城市/农村、边地/沿海，只是一些相对而言的概念，是为了更好地阐释问题而设置的相对单元。把这些二元对立的概念进行比照来剖析，可以发现，中国在通向现代化的征程中走过了曲折而惊险的道路。因此，处在全球化时代，现代性笼罩下的中国应该保持中华民族精神的独立。在机械复制的年代中，更应该以大方、优雅的姿态展示出本民族的特色。

必须允许差异的存在，允许不同声音的发出，这是现代生态思想的体现，也是提升中国文学品位的出路。只有存在差异才会产生对比，也只有产生对比才能有所反思，只有在痛定思痛之后才能有所提高。正因为，人类社会的精彩来自于多元文化的和谐共存，所以边地文化的存在使文化中国拥有了“另类”文化样态，实现了文化多样而和谐的可能，也在在提示文化主体进行有效的调整和反思。“对差异的宽容是任何有意义交流的先决条件。”[①]因为，“当双方建立了足够的信任从而可以怀着相互尊重的意识面对面坐下时，一种富于成效的对话才真正开始。通过对话，我们可以欣赏他者存在的价值。这种价值是我们本着相互尊重的意识从他者学来的。我们甚至会为我们之间的差异感到庆幸，因为它扩展了我们双方的视野”[②]。中国讲究“天人合一”的哲学观，这与今天倡导的生态文明恰有相合之处。深究起来，“天人

① 杜维明:《儒家传统与文明对话》，河北人民出版2006年版，第103页。

② 杜维明:《儒家传统与文明对话》，河北人民出版2006年版，第103页。

合一”的哲学思想的形成源自古人对神秘大自然的膜拜与畏惧，这是中国古人理解宇宙世界，探寻自然奥秘的方式，也是对自然中诸种生命形式的一种悲悯情怀的哲理升华。不可否认，天的人格化与人的神秘化相互支持也相互转化，在略带着感伤和温情的哲学建构中，中国哲人对自然生命的关怀带着仁者的慈爱出现在西方理论的视野中。因此，相较西方理论的刻板理性，中国古代哲学更带有人性色彩。当西方世界在科技理性的催促下，对自然进行史无前例的改造和征服时，中国仍然矜持地固守着自给自足的农业文明。然而，当西方强国利用科技文明发展出来的坚船利炮强行攻破古老帝国大门的时候，对自然的敬畏就转换为对现代理性的无限向往，人与自然的关系也陡然紧张起来。在“自强求新”思想的驱动下，中国开始大规模地向城市化与现代化奔进。相对闭塞的边地俨然成为了中国的“后发现代”地区。尽管如此，在现代浪潮的推进中，原始自然的文化边地却也成为中国本土文化的最后留存地。

中原汉儒文化是中国的中心文化，边地文化则属于一种边缘文化。中心与边缘的文化次序构成了一种文化心态的差异。这种有差异的文化心态会影响到自由平等对话的进行，也可能会造成沟通的阻碍，甚至在某种程度上影响到民族间的团结和融合。因此，有效的对话是多元文化共生的必要条件。诚然，以中原文化为代表的主流文化确实在中国文化的发展历程中显现出其强大的权威性与严密性，而且也体现出一种不可替代的霸权性。这从中国封建朝代的更替演变过程可以得到印证。虽然中国传统文化是儒释道三家相伴而成，但是对于中国的封建政治制度来说，儒家思想仍然是占据主流位置的统治思想。对中国封建社会发展历程影响较大的两个由北方少数民族建立的政权——元朝和清朝，虽然推翻了汉人的政权，某些方面也对中原文化也产生了较大的影响，但是他们入主中原之后却全面学习儒家的治国思想，采用汉制，通行汉文，学穿汉服，遵循汉代风俗等，实行一系列的“去胡化，尊汉化”的文化融合的实践。当然，在这个过程中，不可避免地也有汉民族受胡人的影响所表现的一种“胡化”倾向。这种双向互动的过程是这样完成的：

“胡人被汉化的过程是个由上而下的过程；汉人接受了胡人的风俗而被胡化的过程，是由下而上的过程。”[①] 就元杂剧而言，它本来是民间的以一种胡腔胡调来演唱的戏曲形式。后来在游牧民族入主中原之后，由于文化的融合加上统治阶级的要求从而使得这种民间戏曲形式变成了由“马上杀伐”的胡音再加上北方高亢激昂的俚调并且赋予其温柔敦厚的教化色彩混合而成的戏曲艺术体系，从而成为中国古典文学的经典艺术样式。[②] 由此可见，边地文化自古以来就参与了中国文化总体的建构。而且随着少数民族政权的建立，边地文化也成为主流文化的重要的组成部分。从不同文化的对话交流来看，“胡人汉化”情况的出现是因为胡人上层统治阶级自愿主动地接受汉文化占据主导地位这样的文化事实。这样，汉儒文化作为上层统治意图的表达，也作为主流意识形态是从上而下强力推行的结果。而汉文化受胡人文化的影响则是来自下层民间的力量，通过较长时间的文化的沟通融合，在日常的生活以及风俗中体现出来。因此，不论是汉人的政权还是少数民族掌权，汉儒文化的优势明显，这也是儒家思想在中国绵延存活的社会基石。

仔细分析，中国文化就是以汉儒文化为主体，经过各民族文化相互融合、相互对话交流从而发展形成的丰富有机体。这种文化（主要指汉儒文化）所具有的极强的吸纳力和包容性使得各民族文化和外来文化在历史发展的过程中通过不同的方式得以进入主流文化体中，并被主流文化改造兼并之后形成具有中国特色的文化质素。而且，中国文化“文化重于种族”[③] 的特性使它呈现出不同于西方文化的自身特点。梁漱溟也认为中国“其文化上同化他人之力最为伟大。对于外来文化，亦能包容吸收，而初不为其动摇变更。”[④] 并且“由其伟大的同化力，故能吸收若干邻邦外族，而融成后来之广大中华民族。

① 杨义：《重绘中国文学地图通释》，当代中国出版社 2007 年版，第 76 页。

② 杨义：《通向大文学观》，安徽教育出版社 2006 年版，第 77 页。

③ 这是陈寅恪在研究《北史》和《隋唐史》时说过的话。转引自杨义：《通向大文学观》，安徽教育出版社 2006 年版，第 42 页。

④ 梁漱溟：《中国文化要义》，上海人民出版社 2005 年版，第 7 页。

此为中国文化非惟时间绵延最久，抑空间上之拓大亦不可及。”[①] 考虑到中国文化的多元性与复杂的文化基因，在研究现代文学的生成发展时就应该充分考虑到这些不同文化基因对作家所造成的影响，以便能够更贴近地触摸到作家的文学生命特质。这也是提出边地文学概念的原因之一。具有边地体验的文学作家不同于活跃在中原和沿海的作家，他们描写边地文学作品更多的带有边地文化的味道。正因为，边地文化构成的多元性和混杂性就决定了边地文化空间的非单纯性和模糊性，所以，研究中国现代文学更应该关注这些来自边缘之地的声音。边地文化的混杂性并不意味着边地文学不可研究，而是要从更细化的角度出发，从作家独特的生命体验入手来研究具有中国风味的边地作品。因此，立足边地视角并非意味着把边地割裂出“中国”这个范畴。

由于边地文化空间的边界并非清晰划一，在阐释文学现象及作家作品的审美艺术风格时可能会产生交叉现象。例如端木蕻良的小说与“二萧”及其他东北作家的作品就都有白山黑水的烙印。毕竟他们同属于广义上的东北这片土地，带有相近的地域痕迹。其实，正是这种地域趋同性更进一步说明准确地判定作家作品的风格除了文化的影响之外，生命体验的差异也造成了文学风格的异同。现代边地小说的存在就预示着需要在中国内部展开对不同文学空间的剖析。通过对具体作品的阐释，凸显出中国作家的文学体验中存在但是没有明确指出的边地意识。这种边地意识或者说边地情结也表明中国作家一种超前的生态观。那种对边地爱恨交织的感情与对生命超功利的关怀使得中国文学的“载道传统”有了改观，尽管这种声音还很微弱但终究还是掷地有声。边地文化空间可以说是在作家边地意识的涌动下羞涩地出现在“中国”的视野中。因此，边地不应该是孤单存在的个体，它应该在“文化中国”的前提下自信而坚定地展现出独有的魅力。边地人生也不应该总是处于忧郁状态，而应该发出最欢快的生命咏叹。当然，在具体的研究阐释中对汉儒文化与边地文化的双向反思应秉持合理性与客观性。任何偏激的指责与武断的

① 梁漱溟：《中国文化要义》，上海人民出版社 2005 年版，第 7 页。

结论都非科学的态度。汉儒文化尽管不排除有糟粕的成分，但是其主流文化的地位与优秀的传统却是其他文化替代不了的。对于边地文化来说，汉儒文化是中心，也可以说是处于霸权、强势地位的文化。但这种强势和霸权并非朝夕之功，它具有历史的合理性与文化的向心力。在倡导多元文化生态的当下，边缘与中心的关系不应只是强势与弱势的对立，而应该理解成为突出说明问题而设立的一对结构关系；不应该只有孰优孰劣的价值评判，而应该具有多元文化的视野。正确的做法是，将边缘文化的活力质素补充到中心文化母体并激发出处于僵滞状态的文化的活力。因为中国文化的魅力就在于其巨大的文化包容性以及强大的改造异质文化的能力，所以，保持差异才会呈现出个性，有个性的显现才会有比较的可能，才能呈现出异彩纷呈的多元文化生态格局。因此，抹平个性，消泯差异的观点只会让中国文化走向衰退甚至走向消亡。毕竟，中国文化活泼多样的文化构成才是保持其活力、影响力和竞争力的根本所在。

在世界多元共生的文化集群中保持住本民族文化独有的个性将是生态文化发展最根本的要求。对于中国文学来说也是如此。只有保留住各民族的文化血脉才能将文化中国装点得更加完美。边地与中原的关系不仅仅是“小我”与“大我”的问题，二者都是文化中国的重要组成部分。虽然占据主流的中原文化圈更能体现中国文化的博大精深，但是这种博大精深则离不开边地少数民族文化的加盟。“胡人汉化”与“汉人胡化”的现象是文化交流所带来的，也是民族通婚联姻的结果。这种民族文化心理结构的趋同与差异虽然提升了边地文化与边地文学的研究意义，但也给细化阐释边地文化空间增加了难度。这进一步说明，边地文化圈是与中原文化圈相对而来的概念，是为了更好地研究中国文化的内在构成，呈现现代文学的全貌而设立的意义范畴。

## 第三节　先进与落后：现代与原始的重新思考

现代性的论争成为20世纪90年代以来最时髦也最俗套的话题。它充斥在社会生活的方方面面，也影响着人文社会科学的研究视角与思路。诚然，中国现代文学的研究不可避免地也要利用现代性理论来拓展研究视域。与边地寻求现代文学研究的新突破，也需要重新进行现代性的反思，重新衡量现代与原始的客观标准。

现代性既是一个历史文化概念，也是一种理论体系构建，还是一种文化殖民手段。它已经被西方的理论家作过多种阐释与界定，归纳起来基本上得出这样两种现代性：就是所谓的社会现代性和审美现代性。前者是“作为西方文明——科技进步、工业革命以及由资本主义引发的全面的经济和社会变革这三者带来的产物”。[①] 后者是作为美学概念的现代性“自波德莱尔以降，现代性的美学始终是一种想象的美学，他同任何形式的现实主义相反。”[②] 现代性具有历史性又不乏能指性、当下性、世界性，有其内在强大的阐释空间。“现代性显而易见是同作为过去了的过去的决裂，同时又把过去弹射进现在。”[③] 很显然，现代性具有强大的时间功能，它是17、18世纪以后伴随西方社会破除宗教神权走向现代和科学所应运而生的一种现代理念。这种现代理念不管其表现形式如何，总是展现着西方社会发展的状貌。现代性的特性总括起来就是主体性。它以人类中心主义为其指向，视进化论为历史发展的根本动向，科技理性和思想启蒙则是其实践方式。康德提出著名的论点：“人是目的”。[④] 费尔巴哈则认为“人本身是自然的产物和自然的客体”。[⑤] 英国著

---

① ［美］马泰·卡利内斯库：《两种现代性》，《南京大学学报》1999年第6期。

② ［美］马泰·卡林内斯库：《现代性的五副面孔》，顾爱彬、李瑞华译，商务印书馆2004年版，第52页。

③ ［美］丹尼尔·贝尔：《资本主义文化矛盾》，赵一凡、蒲隆、任晓晋译，生活·读书·新知三联书店1989年版，第148页。

④ ［德］康德：《道德形而上学原理》，苗立田译，上海人民出版社2005年版，第43页。

⑤ ［德］费尔巴哈：《费尔巴哈哲学著作选集》（下），荣震华 、王太庆、刘磊译，商务印书馆1984年版，第428—429页。

名哲学家培根和洛克则是把人类中心主义从理论推向实践的伟大思想家。人类中心主义的思想从古代萌发，随着近代哲学和科学的发展，以理性和科学为其扩张基础逐渐发展成为人类统治自然的思想和实践基础。它的思想核心是一切的人类行为都从人自身的利益出发，“人是自然界的最高立法者”。[①]所以，汤因比认为东西方诸历史观的演变，其本质莫不是为了人类本性中的自我中心。[②]哈贝马斯则把现代性称之为一种方案，他认为“现代性是一项未完成的设计。”[③]他在“现代性的终结”问题上采取了一种折中或者说较为客观的态度。福柯把现代性归纳为一种态度，他着重从现代性的消极方面来批判其对“人”的异化扭曲。他认为社会的权力关系严重阻碍压制了人性的正常发展。利奥塔则将现代性称之为宏大叙事。认为现代性伴随民族国家的出现而出现，利用启蒙理性制造出一系列“元叙事”。综合来看，现代性自身也存在着“断裂”的问题，所以对现代性的反思就一直没有中断。

从 90 年代之后，“现代性”作为一种批评话语和理论资源进入到中国现代文学的研究体系。“如果说，‘走向世界’是 20 世纪 80 年代中国现代文学研究的‘主旋律’，那么，‘现代性’则是 20 世纪 90 年代这一学科的关键词。”[④]所以，对文学现代性的反思成为学界重新审视中国现代文学研究的一大重心。文学现代性的有无成为衡量中国文学现代化工程最重要的指标。中国作家不仅从现代性理论中找到了中国文学与世界文学的契合点，也在追逐现代性的过程中感受到强势与霸权以及其负面效应。中国现代文学中能够较为鲜明地提出对现代性的质疑大概除城市文学以外就是边地文学。如前所述，中国现代知识分子对城市的态度非常暧昧，既心存反感，也欣赏向往。城市对他们来说始终是人生的漂泊地，没有像乡村一样成为一种情结留存在生命中。他们带着乡愁寄寓在都市中，又憧憬着田园梦幻，既嘲讽着城市的

---

① ［德］康德：《道德形而上学原理》，苗力田译，上海人民出版社 2005 年版，第 246 页。

② ［英］阿诺尔德·约瑟·汤因比：《一个历史学家的宗教观》，晏可佳等译，四川人民出版社 1990 年版，第 2 页。

③ ［德］哈贝马斯：《现代性的哲学话语·前言》，曹卫东译，译林出版社 2004 年版。

④ 李怡：《现代性：批判的批判——中国现代文研究的核心问题》，人民文学出版社 2006 年版，第 13 页。

虚伪与无情，也大加批判揭露北方中原农村与南方沿海的农民的愚昧与落后的精神面貌。只有在边地小说中，作家们对边地人给予了足够的宽容，使人能够感受到边地人性的温暖。这些视边地为文学创作福地的作家将自己的人文理想寄托在这个审美空间，试图在这些偏僻苍凉而寂寥的“荒野”中寻找回生命的意义与生存的价值。因此，对现代性的追问就成为这些小说体现其审美价值和文化意义的一大方面。

原始野蛮并且多民族多文化混杂的边地空间成为中国大踏步地迈向现代化征程中最具有想象力的所在。它是中国现代化推进的“盲点”，也是生态中国最后的基地。“荒野中蕴藏着一种尚未被唤醒的生机和活力。荒野也意味着美好和健康。最有活力的东西也是最有野性的东西。而最接近野性的东西，也就是最接近善与美的东西。”[①] 野性的美只有在边地才能找到。相较气候宜人的中原地区，边地空间就是中国的“荒漠地带”。向荒漠进军不仅仅是文化的需要，也是人类原初的精神追求。而对于多民族的中国来说“人类社会进入 20 世纪之后，现代文明的曙光，已经次第辉耀于我国各个历史悠久文化沉积厚重的民族，让我们许多民族的文化人，都看到了民族旧有文化的弊端与不堪，从而产生了重新认识自我民族和重新塑造自我民族的意念”[②]。这种重新塑造的过程对于整个中国文化的发展具有划时代的意义。因为“现代性的方案本身是悖论式的，因而是难以彻底完成的”[③]。因此，中国现代文学体验现代性需要保持清醒的头脑，对现代性的反思也应该着眼于正向和负向这样两个向度。人类文明的快速发展与科技理性的催生是分不开的，但是科技理性的急剧膨胀也导致了人类与自然关系的极度恶化，从而给人类的生存带来日益严重的威胁。这样的结果并非是人类文明发展的初衷。很显然，人类的进化与发展决不能以牺牲自然生态体系为代价。人与自然之间不应该是一种征服与被征服的对抗关系，而应该实现和谐共处的融洽状态。这就需

① 程虹：《寻归荒野》，生活·读书·新知三联书店 2001 年版，第 119 页。

② 关纪新主编：《20 世纪中华各民族文学关系研究》，民族出版社 2006 年版，第 72 页。

③ 汪晖：《关于现代性问题答问》，《天涯》1999 年第 1 期。

要变“人类中心主义”为“生态中心主义”。因此，生态文化的出现应和了人类决心改变目前生态困境的诉求。分析来看，现代生态思想的内涵实质上可以说是一种自然伦理，即要平等看待自然界中的生物类型，人类也只是自然生态圈中的一分子。生态文化讲究人与自然平等，因此，需要将人类从工业社会自然的主宰转变为自然的子民。人类迫切需要摆脱进化论的桎梏，从自然中寻找到新的发展契机，否则，生态文化只能是理论的空谈。

在中国现代作家“现代性恐慌”的体验中，他们一边焦灼地向现代性靠拢，一边又在保持民族性的痛苦煎熬中挣扎。现代性的魔力与民族性的纠葛始终是中国现代文学着力体现并重点阐述的问题。中国 / 西方、本土 / 海外、民族 / 世界这些概念看起来比边地与中原，边缘与中心的对比重要很多。晚清以来，华夏农业文明遭到西方现代文明的“重创”，现代科技理性利用现代化的手段在一定程度上击垮了泱泱大国的文化自信。中国现代知识分子面对汹涌而来的现代浪潮，渴望构建一个全新的现代中国的迫切心情可见一斑，但同时对传统文化的眷恋也表明了知识分子的复杂心态。但是，历史的发展不可逆转。现代知识分子向往现代化的冲动毕竟远远超过了眷恋古中国的守旧心态，因此向西方看齐，以获得西方世界的认可成为中国作家表达的一个重点。现代性的喧哗也就始终是现代中国的最强音。在这样的背景下，尽管“现代中国的‘现代意识’既是一种时间观念，又是一种空间体验，在更主要的意义上则可以说是一种空间体验。对于现代中国的思想形成是如此，对于文学创作也是如此”[①]。但是，中国文学史对现代性方案的时间意义解读远远超过对空间体验的深入，因此，相对忽视了从中国内部寻找现代文学发展的可能。中国毕竟不同于西方世界，土生土长的中国人应该比西方人更真切地理解祥林嫂的“傻”与莎菲的苦闷。这种理解的差异就来自于对不同文化的感受与体验。康科德镇对美国自然文学家梭罗的影响就如同“湘西世界”对沈从文的熏陶一样，而端木蕻良的科尔沁旗草原也是他文学生命

① 李怡：《现代性：批判的批判——中国现代文学研究的核心问题》，人民文学出版社 2006 年版，第 57—58 页。

的源泉。他们都对那个空间倾注了自己一生的激情，他们都在这个广阔的宇宙空间中选择了自己心灵的栖息地，“也向世人展示了怎样在博大世界中选择一小片土地，去发现俭朴生活的意义，全身心地爱一片土地，去赋予它以魂魄。”[①]因此，具体的文化空间体验其实比刚性的时间推进更能够真切地传达出作家的生命感受，更符合“文学是人学”的创作宗旨，也更适宜自然人性的发展。“荒野并没有提出对社会限制的要求，而是提供了个人自由发挥的空间，在那里个人能够检验他们与自然相抗衡的自我感受，没有社会责任的要求和加入社区的妥协。文化的提纯和礼貌的强调让位于注重实效的经验主义，主要力量是平均地权主义，而不是工业主义。”[②]现代工业模式限制了人性的自由发展。但是边地生产方式的相对简单却使得边地人的人际关系相对单纯。这适合沈从文的湘西边地，也符合艾芜的滇缅边地。现代性的扩张带给边地世界的不仅是体验的恐慌，还加快了对自然生态的破坏速度。就像《长河》时期的湘西已经在现代性的入侵中发生“质”的改变。其实，人类在文明的发展与维持自然的现状之间也存在一种看似无解的矛盾。“沙漠对人类而言，既危险又充满敌意，却又能令人放松，给人以慰藉；沉寂既是一种令人压抑的孤独，又是一种人们心理的需要；我们既需要经济的增长，又需要社会的稳定；我们向往着物质生活的舒适，却又梦想着一种简朴的生活。”[③]在这种物质与精神的背反中，对现代性的反思就更有必要。如果按照卢梭的观点：“只要人们还满足于自己简陋的小屋，只要他们还仅限于用树刺或鱼刺去缝他们的皮衣，用羽毛和贝壳来打扮，用各种颜色来纹身，改进和修饰他们的弓箭，用一些锋利的石片来挖出某种渔船或某种粗糙的乐器，总之，只要他们还仅仅从事于一些单独一个人可以做的工作，一些无须若干人协作的技术，他们就尽其本性所能容许的生活的自由、健康、善良而且幸

---

① 程虹：《寻归荒野》，生活·读书·新知三联书店 2001 年版，第 122 页。
② 陈许：《美国西部小说研究》，北京大学出版社 2004 年版，第 127 页。
③ 程虹：《寻归荒野》，生活·读书·新知三联书店 2001 年版，第 228 页。

福，就继续在彼此之间享受着一种独立交往的乐趣。”[①] 在这种原始素朴的生活中，自然人以一种惬意而自在的状态存在。他们做到了真正的自由与平等。存在与生存作为一对哲学范畴，同时也是生命价值意义的体现，始终是人类发展绵延不断的重大命题。萨特认为“人的能动性的最高价值是存在”。[②] 海德格尔存在主义理论所关注的重点仍然是生存存在论的问题。“人最初的感情是对于自己的存在的感情；人最初的关怀是对于自己的生存的关怀。”[③] 当然，追问现代性，提倡生态文化并非退回人类历史的起点，而是在现代的基础上对人类如何更好地生存进行反思。

以生态的眼光看待生命、理解生命、敬畏生命，只有这样才会对人类社会的持续发展，人与自然的融洽相处营造出更具有人文情怀和包容之心的生态氛围。人类需要在历史的前进过程中不断反思和调整自己的行为。对自然的态度也从根本上决定了人类社会能否健康稳步协调地发展下去。边地人的人生信条中虽然生存是第一位的，在极端的情况下也可以不择手段地强取豪夺，但对自然的崇拜仍然是他们最大的精神寄托。大自然的天然屏障将正统的伦理社会隔开，构成了他们边地生存最温暖的“家园”。丹纳论及希腊艺术时曾说道：“希腊人没有经过这么多的加工，没有变得这样专门，离开原始状态没有这样远，给他活动的政治范围更适应人的机能，四周的风俗更有利于保持动物的机能：他和自然的生活更接近，少受过度文明的奴役，所以他更接近于本色的人。”[④] 现代人在现代社会中遭受了过多现代化的改造从而将原本从自然的洗礼中得来的纯朴和天真统统磨蚀掉，所以在边地小说作家的创作中，对现代城市的抨击着重从保持人性本色这个角度展开。“从中我们可以领悟到，在迅速都市化的现代社会中，受危害最大的并不是自然环境，而是人类本身。如果人类想走出包围和困扰着他们的自相矛盾的山谷，他

---

① ［法］让·雅克·卢梭：《论人类不平等的起源和基础》，李常山译，商务印书馆1962年版，第182页。

② ［法］萨特：《存在与虚无》，陈宣良译，安徽文艺出版社 1998 年版，第 608—609 页。

③ ［德］马丁·海德格尔：《存在与时间》，陈嘉映、王庆节合译，生活·读书·新知三联书店2006年版，第 127 页。

④ ［法］丹纳：《艺术哲学》，傅雷译，河南人民出版社 1998 年版，第 281 页。

们必须寻求一种折衷和平衡。”[1] 在这个意义上，中国现代边地小说以“落后”的姿态暗合了现代生态文明的内涵。这种价值趋向的共鸣来自于对原初生命存在的关注，也来自于对中国命运的思考。“在中国现代性强烈变革现实，与传统决裂的诉求中，也有可能包含着反思现代性的那些思想意识。”[2]

从边地小说中，可以窥视到边地中国的景象，也能够展现出多彩的异域风情。它与主流文学叙事共同表达出乡土中国的记忆。无论是沈从文倾心建造的湘西边城，还是科尔沁旗草原的雄伟与辽阔，亦或是艾芜心之所向的滇缅边地，还是少数民族作家据守的民族家园都遭遇过与中原中国相似的命运。那些经过边地文化淘洗过的边地子民尽管在习俗、理念等方面与中原地区的人们存在差异，但是作为文化中国的儿女们，他们也共同拥有相似的关于中国的文化记忆与创伤。“孔乙己的长指甲的手，打折的腿，以及用手走路的姿势；祥林嫂不断重复的语言障碍；阿 Q 的癞疮疤；闰土的粗糙的手等等。这些身体的物化形式其实就是乡土的凝聚，它们与鲁迅的小说不断地书写的乡土中国的那种氛围相关。这些无助的人们，并不只是标示着国民的麻木，标示着一种劣根性，同时——也许更重要的在于，鲁迅表达了一种乡土中国的记忆，这些记忆从中国现代性变革的历史空挡浮现出来，他们表示了与现代方向完全不同的存在。鲁迅在这里寄寓的不只是批判性，而是一种远为复杂的关于乡土中国的命运——那些始终在历史进步和历史变革之外的人群的命运。这种情绪无疑显得相当微弱，也许还隐蔽得非常深，只不过是无意识泄露的一种隐忧。但它们却又构成文学更为深厚的那种质地，更为真实的与个人经验和记忆相关的一种书写。”[3] 不可忽视，这种个人记忆与体验的书写构成了中国文学史自身独特的民族化特色，也建构了边地小说叙事的审美指向。作家的边地书写或许可以视作中国文学现代性体验中独特的“现代性叛逆与生态先锋”。在全球现代性蔓延的浪潮中，中国现代作家始终在以

① 程虹：《寻归荒野》，生活 · 读书 · 新知三联书店 2001 年版，第 229 页。
② 陈晓明：《现代性与文学研究的新视野》，《文学评论》2002 年第 6 期。
③ 陈晓明：《现代性与文学研究的新视野》，《文学评论》2002 年第 6 期。

自己的生命体验与文学记忆抗拒，但也在迎接着现代性的考验。在这一点上，边地小说表现得更加透彻。沈从文的生态人性观，端木蕻良的自然生态观，艾芜的荒野情怀，周文的蛮荒边地记忆，蹇先艾的贵州边地风情还有少数民族的边地人生都突出了民族特色，也体现出对现代中国的文化还原。这种还原弥补了现代文学的边地文学经验，增添了现代文学的现代生态意识。而且“在进入新世纪以来，出现了相当一批颇有影响的，以中国边疆地区的少数民族生活为主要表现对象的边地小说。在另一个意义上说，这种写作热潮的出现，与文化全球化时代人们对于文化多元状况的重视与强调，也有着相当重要的联系。假若说面对着所谓的西方文化中心主义，我们在突出强调着中国文化的重要性的话，那么，面对着中国文化内部文化的强势地位，突出强调边地少数民族文化的重要性，当然就是一种合乎情理逻辑的现实选择。在一种深层的思维方式上看，二者之间的同构色彩其实相当明显的。”[①] 这样一来，边地文化不应该是被放逐的文化“他者”，而应该是独特的具有生命活力的文化样态。

作为表现乡土中国的现代作家，师陀的作品注重揭示人性恶劣，发掘生活的灰暗，生存的无望与生命的虚无飘忽感。其小说的基调总是灰扑扑地显示着生的沉闷和忧郁。沈从文尽管也体现出对生命的忧愁，但是他的小说总是在优美的基调中表达出对湘西边地的热爱以及惋惜之情。师陀或许是对人存在的价值产生了一种西方式的绝望。他对荒诞生存的质疑不断发泄在对人性恶的鞭挞和揶揄中，那种对世界存在和人生荒凉的无所适从而又无法逃避的压抑像无边无际的黑暗涌到眼前，流淌在字里行间。酗酒、死亡、阴暗是他善用的捉拿人心的手段。在酒精的麻醉下，在死亡的笼罩中，在人性的阴暗里，没有任何希望的灵光闪现，只有心的下坠和思绪的纠结淤积在历史的烟尘中。其作品本质上带有太多西方现代主义的幻灭感。或许对现代性的质疑不是师陀的本意，可是他那飘散着绝望气息的文字表达有力地讽刺了现

① 王春林:《乡村与边地的双重变奏——2006年长篇小说一个侧面的考察与分析》,《南方文坛》2007年第2期。

实人性的良善。沈从文更多地接受了湘西边地文化的感染，道家的出世精神和楚文化的瑰丽旷达使其作品在淡淡的忧愁中带有明显的边地况味。他创造的“湘西边地世界”，可以说在中国现代文学史对以北京和上海为主体的主流文学造成了一种“惘惘的威胁”。这种独具风格而又不想屈服于现代文明的“边地理想”使他成功立足于主流文坛，也使得湘西边地进入了文学中国的视野。他将湘西作为思考中国未来出路的试验场，试图给文化中国开出一方重振民族雄风的良药。他力图以“反现代性的现代性”[①]姿态来重铸民族精神的魂魄，当然，他也想让中国清楚地知道苗民的苦楚。沈从文的“反现代”现在看来不仅有其思想的深刻，更带有一种试图重树文化自信心的决绝与悲壮。他构筑的原始生态的“湘西边地”，风景优美，人性纯朴，这正切合了古典主义的率真和纯朴，在在昭示出这才是人类生存的最本真最完满的状态。不过，这样的地方或许只能出现在文字的营构中，只能是现代社会的一种理想状态而已。

应该认识到，边地可以产生美，也存在着固有的缺陷。因此，在倡导生态文明的当下，在一味地谴责现代科技理性带给人类生态环境巨大破坏的同时也应该考虑到科技的发展所带来的丰裕的物质成果和精神享受。诚然，现代生态文化是在反思“人类中心主义”的基础上产生的，但不能为了提倡生态文化而去偏激苛刻地指责现代性的一无是处。毕竟，人类的发展并非一蹴而就，任何现代思想的产生都是为人类的未来服务的。现代 / 传统、生态中心 / 人类中心这些二元对立概念的设置不能简单地归结为视野的狭窄和武断，在更大的程度上是为了操作的方便和可能。[②]此外，从东西方文化的差异来看，从十八世纪工业革命以来，西方文化无疑就占据了霸权地位。“西方”从空间意义或者说现代性的追诉来讲，或许都是“东方”力图看齐的榜样。从中国文化内部来看，汉儒文化是主导中国文化前进的最重要的力量。相较而言，边地文化就是劣势文化，处在边缘地带带有自生自灭的文化落寞感。因此，

① 杨联芬：《沈从文的“反现代性”》，《中国现代文学研究丛刊》2003 年第 2 期。
② 李泽厚：《实用理性与乐感文化》，生活 · 读书 · 新知三联书店 2005 年版，第 186 页。

不论是从全球文化来考察，还是从中国文化的自身出发，边缘 / 中心、强势 / 弱势、边地 / 中原、汉儒文化 / 边地少数民族文化等这些概念对立关系都需要在多元生态文化的思维下进行再调整。这都需要兼顾历史发展与文化自身的特性再结合具体的时代要求进行深入探讨。构建多元生态文化需要的不仅仅是勇气，还要有包容的精神与一体多维的思考深度和力度。面对全球生态恶化所带来的人类危机，边地文化所蕴含的活泼泼的民间韵味，培养而成的原始自由生命形态以及其固有的精神文化资源都为现代社会构建文化生态体系，反思现代性的优劣，修复民族文化生命机体提供了最后的参照物。“走向荒野不是走向原始和过去，不是历史的倒退。相反，荒野意味着前途和希望。”因为“只有在荒野中才能保护这个世界”。[①]

① 程虹：《寻归荒野》，生活·读书·新知三联书店 2001 年版，第 119 页。

# 第五章　中国现代边地小说的审美建构及文学史意义

既然现代边地小说作为一种具有独特审美价值和叙事特征的小说类别出现在中国现代文学的发展历程中，那么就要在阐述完其自身体现出的文化价值之后再回归到文学本身来探讨其审美价值。综合审视它在审美风格及艺术表现形式上所具有的特点。它的出现对调整和丰富中国现代文学史版图提供了有意义的思考视角，也相对拓展了现代文学的有效书写空间。这一章就着重从文学审美的角度来探讨现代边地小说的叙事特点及文学史意义。

## 第一节　精篇微构的丰盈意蕴

因为边地文化空间的构成驳杂，生态多样，现代化进程的推进较为迟缓，再加上中国现代作家对边地中国的相对陌生，因此，对边地人生的文学审美大多集中在那些生活在边地的少数民族作家或者像沈从文、端木蕻良、艾芜这样具有自觉的地方文化意识的作家手中。他们满怀深情渴望将边地的生命体验与人生的喜怒哀乐通过文学作品传达出来，为世人所知。但是，对边地空间的审美却缺乏既有的创作模式可以借鉴，因此，从篇幅上来看，中国现代边地小说大多数都是中短篇，缺乏长篇作品。就目前的资料研究得出，端木蕻良的《科尔沁旗草原》与沈从文的《长河》可以称得上是描写边地的长篇力作，其他作家的边地作品基本都是中短篇，而且以短篇创作为主。从形式来分析，这样的美学风格也将边地人生的忧郁气质表达出来。短篇小说就如同绘画艺术的速写手法一样能够以简洁的语言、浓缩的内容与精炼的结构将边地人生迅速而生动地呈现出来，也有助于体现边地生活的流转性与变幻性。谢六逸认为："长篇小说是描写人间生活的纵面，富于时间连续的性质。短篇小说则写人生的横断面，属于空间的，富于暗示的性质。"[①]根据这个理解，现代边地小说对边地文化空间的描绘无疑具有强烈的空间表现力，蕴含着较深的文化寓意。边地小说存在的一个重要意义就是要从空间结构上反映出中国现代文学发展过程中的"中国因素"，而并非一味地去迎合西方叙事传统的线性时间的推进方式。因此，中短篇的叙事结构也体现出边地空间存在的文学意义。"胡适认为，短篇小说在内容上是描写事实'横截面'从而反映事实之全貌，这才是短篇小说的本质特征所在。"[②]并且，"'横截面'从共时性的角度看待世界，试图通过对一个或几个富有意味的空间场景的呈现来表现生活。用胡适的话说，叫'代表'生活，从这种角度关照生活，生活就是片段化了的场景，呈现出空间化的结构特征"[③]。

沈从文曾明确宣称："我还没有写过一篇一般人所谓小说的小说，是因为我愿意在章法外接受失败，不想到在章法内得到成功。"[④]他的小说《渔》"是很有代表性的一篇探索人类灵魂意识深处的小说。在小说中，残杀生灵的宝刀与美化心灵的大地的野花交迭出现，充满爱情之渴望的山歌誉为罪恶忏悔的木鱼诵经声，此起彼落，哥哥进入人类心灵深处那角落，充满黑暗与

① 谢六逸：《小说作法》，《文学旬刊》1921年10月11—21日第16、17期。署名六逸。
② 刘涛：《中国现代小说范畴论》，河南大学出版社2005年版，第233页。
③ 刘涛：《中国现代小说范畴论》，河南大学出版社2005年版，第233页。
④ 沈从文：《石子船·后记》，《沈从文文集》第3卷，花城出版社1982年版，第89页。

野蛮，而弟弟进入的却是浪漫美丽的心灵世界。”[①] 在这个小说中，作家将吴姓和甘姓两个族姓世代仇杀的传奇背景融汇在吴姓孪生兄弟的夜渔经历中，通过他们各自的心理活动与对世事的理解，隐喻出两种不同的人生空间。不管是仇杀还是女人都在和尚参透人生的了悟中化作了对往事的忏悔和对人世的反思。这个小说体现出沈从文对边地传奇极强的营构能力。从以上对短篇小说的界定及沈从文自己的创作宣言来看，短篇小说在体现空间特征上具有长篇小说所不能比拟的长处，但无可讳言其也不具备长篇小说所有的厚重的内容构成与深厚的历史沧桑感。在体现人文精神内涵上，中短篇小说限于篇幅也不能够铺展开宏阔的架构与复杂多线的情节安排，难免显得相对单薄。但是中短篇的篇幅容量却能够将边地生活的清苦、寂寞与纠结交织的文化特质从外在形式上体现出来。不论是沈从文极力讴歌的湘西诗化边地，还是端木蕻良不无痛心但又放怀不下的科尔沁旗草原，还是艾芜萦绕在心久久难以忘却的滇缅边境，抑或是周文憎恨厌恶着的川康边地，他们用文学的形式提供的边地人生都不是中国文化尤其是儒家文化所赞成的热闹和美而有差序格局[②] 的人生图景，而反映的是无论颠沛流离抑或生活安定的状况下都充满了温情、苦情与人情的边地生活。

中国现代作家描写大家族生活的目的既是意在呈现中国人的日常生存状态，更多的亦是为了体现出打破这种差序格局，冲破家庭的牢笼，走出高墙厚壁的阻碍，投身到社会生活中的个体的价值，从而成为现代意义上的人。但是，尽管现代作家立志要打破家庭这厚障蔽旧牢笼，但是蕴藏在心底的对家庭生活的依恋也体现出现代作家对传统文化固有的文化依赖。对接受了现代思想的作家们来说，重视亲情伦理的文化特质也曾经深深地影响过这些试图冲破牢笼的旧文化的叛逆者们。因此，巴金不无愤慨地创作出的《激流三部曲》尽管揭露了大家族的罪恶和腐败，但是其中流露出的对亲情的留恋乃

---

① ［新加坡］王润华：《沈从文创作的理论架构》，刘洪涛主编：《沈从文研究资料》（下），天津人民出版社 2006 年版，第 715—716 页。

② 费孝通：《乡村中国》，江苏文艺出版社 2007 年版，第 29 页。

说明了家庭仍然是现代青年最可靠的港湾。端木蕻良的《科尔沁旗草原》虽然反思了草原精神的堕落与衰朽，写出了大家庭生活的糜烂与无情，但是那种对父辈贵族生活钦羡的感情也时时充溢其间。若从大家庭生活的描写的奢华程度来看，把《科尔沁旗草原》称为“边地版”的《红楼梦》也未尝不可。其实，边地小说中更多的还是展现人生的悲情与流离失散、居无定所的漂泊生活。沈从文那些充满人情味的湘西边地小说仍然时刻昭示着人生无常的感慨和世事变迁的苍凉之感，就连边地爱情也充满了变数与转折。悲情的边地或许真的承载不了太多历史的重负。边地文化虽然驳杂包容，但是也现实功利，不太具有汉儒文化结构上的严谨与相对完善。基于此，边地小说表现的更多的是空间场景的人世变幻，而在时间推进上就相对凝滞。有限的几个人物，并不复杂的情节安排就将边地生活一端呈现出来。当然，这样阐释并非否认边地小说的审美价值。毕竟，边地文化的性质与边地人生的特点都决定了作家在创作边地小说时需要考虑篇幅长短的问题。沈从文的《长河》虽然可以视作边地小说，但是与《边城》相比，它已经大大减少了边地意味。在时代的重压之下，没有变化的只有边地的人性和人情，变化的却是渐渐远去的边地桃源梦幻。湘西边地已经在外在势力的侵扰下失去了独立存在的可能。《科尔沁旗草原》也是这样，端木蕻良并没有把科尔沁旗草原的命运变幻继续下去，只是写到丁宁的离开就作罢。边地人生在无奈而痛苦的世事变迁中化作了边地历史的缩影。

边地小说不仅在篇章结构上具有独有的特征，在描写对象上也带有自然边地风情。动物的人化及人的自然化是这类小说的一大特点。沈从文小说中喜欢设置狗的形象，狗是人类伙伴与朋友。《边城》中的大黄狗就是翠翠家中的一员。翠翠对待它就像是对待自己的亲人一样。《三个男人与一个女人》中当地商会会长家也养着两只狗：大白与二白。它们并且和小说的主人公成为朋友。这种友谊关系的存在来自于对狗的主人的爱慕，爱屋及乌，狗就成为“我们”和漂亮的会长女儿接近的最佳“中间人”。《牛》这个小说把牛作为人的形象来塑造。这种叙事不同于一般作品的拟人化手法而是把牛当作了

小说真正的出场人物来处理。牛具有人类的感情能理解主人的意图，也会有心事，还能做梦。人与牛之间建立了心灵的默契。对比牛的乖巧与“人性”，人类的有些行为反倒接近野兽。沈从文借拟人化的牛来讽刺人性的丑恶。他仍然坚持只有在自然中才能寻找到纯真人性的思想，只有自然才是所有道德评价体系中最完满的标准，所以牛的人性化与人的自然化成为这个小说的主旨。

端木蕻良的《憎恨》中也设置了狗的形象，老虎就是一条狗的名字。它长得威武雄壮而且通人性。它是农民老朱全的忠诚伴侣，为他看家解闷，还为他提供猎物。为了它，老朱全屈辱地给地主下跪；也为了它，园子拼着性命也要将它从火海中救出来。同样的，狗与农民心灵相通，对地主及其帮凶则充满了憎恨。小说中，人与狗的情感胜过了人与人之间的感情。狗不再只是普通的动物，而是在某种意义上更为人性化的拟人类。《遥远的风沙》中塞外的马、高傲的鹰、不十分漂亮的百灵等都是带有灵性的草原的主人。这些动物的形象在边地小说中如同不会说话的人具有浓厚的人化特征。大自然与人之间不再是征服与被征服的关系，而是演变为一种“你中有我，我中有你”的生态伦理。这种伦理关系在端木蕻良的《大地的海》中，体现得更为透彻，也更具有生命质感。作家认为大地并不是一个没有生命感觉的必然存在，而是充盈着饱满生命力并且孕育了无数生命的源泉。她有疲惫和痛苦，也有伤痛和呜咽。如果漠视了她的存在和尊严，就会掀起狂风巨浪将人类淹没。在这里，人与自然的关系如同相互扶持的朋友，彼此之间相互渗透影响。因此，只有在边城那样的自然氛围中才会生长出像翠翠这样清新自然的精灵，也只有在萝卜溪吕家坪才会有夭夭这样活泼灵动的女儿。艾芜的滇缅边地尽管充满了变数，但是在大自然的熏陶中，那些从正统社会逃离出去的边缘人也带有自然的通透与朴质。处身在自然的怀抱，人世的复杂与纷争都化作了摇曳在风中的往事，飘散在自然宽容的天地中。人的自然化与自然的人性化，人与自然相互依赖，相互信任，这是边地小说在叙事上的一大特征。这种叙事模式在其他小说类型中并不多见，这些小说中自然的存在只是为了人类活动提供必要的背景。

《丈夫》这个小说不仅仅描写出湘西人的生活状态，还传达出一种信息，即湘西边地在文化上的相对独立，其“男主内，女主外”的叙事模式与一般的汉语小说传统的“男主外，女主内”的模式形成了强烈的反差。这种丈夫持家守业，妻子出外当妓女赚钱养家的生存现状对于男尊女卑的汉儒伦理具有极大的挑战意味和讽刺效果。而且，在湘西，这种现象并非个例：“这样的丈夫在黄庄多着，那里出强健女子同忠厚男人。地方实在太穷了，一点点收成照例要被上面的人拿去一大半，手足贴地的乡下人，任你如何勤省耐劳的干做，一年中四分之一时间，即或用红薯叶子拌和糠灰充饥，总还不容易对付下去。地方虽在山中，离大河码头只三十里，由于习惯，女子出乡讨生活，男人通明白这做生意的一切利益。他懂事，女子名分上仍然归他，养的儿子归他，有了钱，也总有一部分归他”[①]。如此，在一切既得利益不被损害的情况下，丈夫允许甚至是乐意妻子出去。当然，在汉儒文化“饿死是小失节是大”的规约下，这种丈夫大概除了羞愤而死外，就是苟活着沦为千夫所指的无用之物，而这样的妻子估计也会在家法族规的折磨下仓促结束掉自己的生命作罢。在封建伦理道德左右的等级社会中，个体生命根本无权属于自己。更何况是如此明目张胆地挑战千百年来等级社会设定的伦理底线。可是在湘西边地，这种现象为大家所普遍接受而且这就是生活的实质。解释这种现象存在的合理性除了受湘西边地文化的影响之外，自然在这里也成为维持习俗秩序重要的砝码。一切都需要在自然的状态下完成。尽管这种文化看起来宽松、自然，但是这样的文字叙述还是暴露了作者对这种生存现状的忧虑。这种忧虑并非因为丈夫和妻子社会角色的“错位”，而是从湘西边地的命运出发来思考中国这些带有独特的政治和经济特征的区域究竟会在愈演愈烈的现代大潮中发生怎样的改变。因此，基于这些原因使得小说不但在道德阐释上不显牵强，而且也通过具体的文学现象揭示了边地文化的异质之处。小说

① 沈从文：《沈从文文集》第4卷，花城出版社1982年版，第5页。

中，丈夫这类男性对现实生活的执着、无奈与尴尬，甚至是其隐隐约约的羞辱都体现出湘西社会不同于中原文化圈的伦理法则。所以，对于这样的男性就不能简单地用儒家道德伦理标尺来衡量，边地自有自己的评价标准，不是基于等级体系的建构而是出于生活本身的需要。在此，沈从文以平静的笔触写出了不平静的世态。妻子出去做妓女养家糊口的现象无疑使严肃正统的儒家道德面临失语的可能，也只有沈从文如此大胆地将妻性、母性与娼妓性融为一体，描写出一个个善良而又诗意的边地女子。对于边地的人们，特别是那些少数民族子民（主要指苗族），他总会满怀着温情写出诸如丈夫这类纯朴的乡下汉子，有意无意地传达出对他们的同情和喜爱。客观来说，沈从文成功地借助小说体现出了汉苗文化的差异以及伦理习俗的截然不同，而且用湘西边地的纯净优美凸显出了都市的藏污纳垢与冷漠僵硬。在他看来，生命有不可承受之重也有不可承受之轻，但是人性的美好却在在昭示生命的终极意义。

## 第二节　忧郁的情感基调

研究现代边地小说必定强调其人文意义，但同时也要体现出边地空间独有的地方风情，更重要的是探讨作家以何种姿态来表达自己的文学理想。沈从文的湘西，端木蕻良的科尔沁旗草原，艾芜的滇缅边境，周文的川康边地等是中国版图上真正存有的地域空间。在作家的人生体验、文学想象和现实存在的互相纠葛中，这些特定的地方就以独有的姿态出现在中国现代文学史版图中。因此，他们将力图呈现出边地中国别一番的风貌视作文学的着眼点，也将边地视作实现其文学梦想的处女地。爱恨交织的复杂情感，多元文化的对话冲突与边缘心态的惴惴不安，这些都使他们的边地小说创作呈现出一种忧郁的叙事基调。这种忧郁主要来自于对边地文化与中原汉儒文化相互缠绕而又互相指责的文化忧思。这尤其体现在沈从文和端木蕻良的作品中。或许文化“混血儿”身份使他们对自身所处的边地文化空间更具有一种其他作家所体会不到的文化压抑和尴尬。基于对母族文化的热爱与对中国出路的思考，他们决心用手中的笔写下边地人的苦痛与挣扎以及自然边地的美丽与哀愁。沈从文和端木蕻良并非狭隘的地方民族主义者，他们用小说构建的文学边地是“把自己的地区看作整个民族与国家潜在活力的特殊表现，通过将地方的长处融合入整个团体，来探寻建立起新的民族精神气质的途径。”[①]这应该是判断现代边地小说审美价值的重要依据。综观沈从文一生的小说创作，他的作品大致可分为三类。一类是以湘西边地为主的边地传奇，这类小说最能够体现出沈从文的人文理想；另一类是以都市生活为题材的作品，在这类作品中，作家借讽刺都市文化来美化边地文化，是作家多种文化因素交流碰撞的产物；还有一类是他的仿十日谈小说，这类小说借用一些佛经故事延伸了作家对于湘西世界的时间跨度。[②]在这其中，以湘西边地为文化背景的作品是成就沈从文文学史地位的重要依托。不论是前期那些为生活所迫而写就的应景之作，[③]还是后来像《边城》、《长河》这类在思想和艺术上都取得很高成就的作品，都成为他建构自己的“湘西桃源”的重要元素。他从边地湘西获得文学生命的延展。端木蕻良也是如此。他将科尔沁旗草原以文学的形式“直立”起来，《科尔沁旗草原》也让他在中国文坛脱颖而出。艾芜的滇缅边地充满了不确定的因素，但是那些“野人”的出现却树立起他文坛独行侠的美名。正因为边地文化与中原汉儒文化呈现出对抗的姿态，边地乡村与现代都市两种空间也形成对立之势，使得边地作家成为游走在多种文化交织中的孤独者和寻梦人。他们的审美趋向和文化理想决定了必须要呈现出独有的文学世界才能够描绘出不一样的文化中国。因此，这些描写边地中国的作品就

① ［美］金介甫：《沈从文笔下的中国社会与文化》，虞建华、邵华强译，华东师范大学出版社1994年版，第109—110页。

② 刘洪涛：《湖南乡土文学与湘楚文化》，湖南教育出版社1997年版，第193页。

③ 沈从文的《旧梦》、《长夏》等作品应属此类，就连《阿丽丝中国游记》这样的长篇写得也不尽如人意。

具有了别样的精彩。正所谓，“伟大的小说家都有一个自己的世界，人们可以从中看出这一世界和经验世界的部分重合，但是从它的自我连贯的可理解性来说，它又是一个与经验世界不同的独特世界”①。

沈从文的前期作品中以苗族文化为背景的小说《龙朱》、《媚金·豹子·与那羊》、《说故事人的故事》等都蕴含着浓郁的寂寞和忧郁之情，那种对母族文化前途命运的担忧渗透在异族风情的描绘中，也体现在对汉族文化的讽刺和指责中。龙朱的忧郁在于找不到自己心仪的对象；媚金和豹子的爱情虽然是悲剧，但是他们爱的热烈专一，只是令人叹息的是，此后白脸苗族女性再也没有像媚金那样对待爱情如此的忠贞与彻底的投入。土匪头领的爱情带有浓烈的传奇色彩，但是现实中，他的结局却令人扼腕。《神巫之爱》中神巫的爱情也充满了忧伤之感，因为他的爱情受到了不应该有的挫折。《七个野人与最后一个迎春节》更是鲜明地体现出沈从文对汉族文化强势的责问与思考。北溪本来是个风俗纯朴的边地村镇，但是随着都市文明的侵袭，这里潜伏着丢掉自己文化传统的危机。尽管七个倔强的汉子建立起属于自己的“独立王国”，试图对抗外界的干扰，但是在汉儒文化控制日渐严密的状态下，这样的文化抗争被强行中断，等待七个野人的只有杀戮。小说的字里行间都充斥着忧郁愤慨的情感。《边城》最能够代表沈从文的创作风格。它最亮丽之处就在于深蕴其中的文化反思。小说交织着作家的边地理想，但现实环境的错位却预示着理想的终将破灭。在湘西边地文化和现代都市文化的双重影响下，《边城》在艺术形式与内在人文思想之间产生了极大的“冲突”，这使得小说呈现出一种少有的冷漠与凄清的格调。湘西边地对于沈从文来说既是精神的家园，也是产生忧郁与矛盾的源泉。这种忧郁一方面来自于对当时中国命运的关注，思考民族道德的重建的可能，尤其是苗汉两种文化的冲突。因为他认为“苗人所受的苦实在太深了。……所以我在作品里替他们说话。”②他在《边城》题记中也明确提出希望通过这个小说：“认识这个民族过去伟

① ［美］韦勒克、沃伦：《文学理论》，刘象愚等译，生活·读书·新知三联书店1984年版，第238页。

② 凌宇：《风雨十载忘年游》，《从边城走向世界》，岳麓书社2006年版，第503页。

大处与目前堕落处……”[①]另一方面，这种忧郁也来自对湘西边地即将在时代的变迁中失掉自己独特的风貌而产生的惋惜和痛心。尽管沈从文已经是成名的作家，也已经清醒地意识到纯朴的湘西边地存在着愚昧和落后，但是在感情上，他试图坚守着自己苗人的身份。他或许已经默认了汉儒文化的强势地位，但是仍然选择了这个化外之境的边地小镇，以青年男女的悲剧爱情作为寄托他文化思想的载体，来抒发对湘西边地命运的忧虑。因此，不管《边城》的风景多么宜人、人性多么优美、民风多么纯朴，它却总是笼罩着一层化不开的忧郁，这无疑是非常残酷与痛苦的。“一些小人物在变动中的忧患，与由于营养不足所产生的‘活下去’以及‘怎样活下去’的观念和欲望，来做朴素的叙述。”[②]他似乎想借这个作品掩埋掉很多心中的隐痛。在他成为“城里人”之后，这种对故乡的眷念与对母族文化的反思更加鲜明地体现在作品的叙事中。尤其是将故乡湘西边地与以北京上海为代表的都市相比较之后，更使他对中国文化的未来产生了不可名状的忧思。或许他的深刻就在于他赋予湘西边地独特的想象与内涵。他对“边城”的忧郁还源于面对少数民族文化日趋边缘化所产生的焦灼以及无力抗争的虚无脆弱。湘西是土家族、苗族、汉族等多民族混居的特殊文化空间，在历史上，乃是民族矛盾激烈冲突的纷争之地。作为湘西人，沈从文虽然有苗族血统，但是出于各种原因，他没有公开宣称自己的苗人身份。尽管他的作品尤其是前期作品能很明显地表露出他对湘西少数民族文化的赞美，但是《边城》中的人物的身份特征和故事设置却模糊了其苗族文化的特性。他采用既不表明也不否定的叙事技巧，将自己对湘西文化的深忧掺杂在复杂矛盾的心理中展开。从表层来看，《边城》就是一个普通平常的青年男女的爱情悲剧，只不过这个悲剧在作者创造的诗意环境下发生会更令人伤心而已。在看似舒缓平静的叙事推进中，沈从文传达出深隐在心的民族情结，揭示出少数民族文化所遭受的命运。朱光潜对《边城》的评价很有深意：“它表现出受过长期压迫而又富于幻想和敏感的少

① 沈从文：《边城·题记》，《沈从文文集》第6卷，花城出版社1983年版，第72页。
② 沈从文：《边城·题记》，《沈从文文集》第6卷，花城出版社1983年版，第72页。

数民族在心坎里那一股沉忧隐痛，翠翠似显出从文自己的这方面的性格。……他不仅唱出了少数民族的心声，也唱出了旧一代知识分子的心声，这就是他的深刻处。”[①] 这种深刻的痛苦恰恰笼罩在人性美的光环下，悲剧的产生不是因为善与恶的胶着，而是命运无常的罪与罚的交错。“《边城》在骨子里，是一场苗汉文化冲突的悲剧。”[②]

《雪晴》这个小说集蕴含着独有的意蕴。这个写作于20世纪40年代的“怀旧”作品集已经不再像前期作品带有对都市的揶揄与嘲讽之气，而是较为客观地写出了一个不再算作是“传奇”的“传奇”。《赤魇》、《雪晴》、《巧秀和冬生》和《传奇不奇》，这四篇小说组成整个小说集子，虽然每篇分开讲述，实则可以视作是接续而来的一体存在，着重讲述了“我”当兵时在“高枧”这个边地村子的见闻。小说中所有的人情世故都以自然的手法铺展开。满家人的婚娶，巧秀的出场以及她的突然私奔都在一种平静似水的状态中进行。“我”以一个外来人的身份旁观并叙述了亲眼目睹到的整个事件的发生与发展。在这里，沈从文化身为叙述者“我”亲自深入边地人的日常生活。尽管湘西边地从表面看来仍然没有发生变化，但是“我”却发生了改变。这种改变来自于身份的转变，“我”已被视作“城里人”从而与湘西产生了一种文化的隔膜。他对巧秀母亲被辱沉潭的痛心以及对边地农村宗族制度的愤恨都已经不似当初那个自诩为“乡下人”的沈从文，他已经无力继续美化着湘西。《雪晴》中的巧秀是个初长成的少女，带有诱人的青春气息，触发了“我”无限的遐想。那半部石刻的《聊斋志异》与现实中的美丽姑娘都将“我”交织进梦幻的传奇中。这种传奇却在《巧秀与冬生》中被现实所取代。巧秀跟随吹唢呐的中寨人私奔了。她的私奔似乎冥冥中带有宿命的味道。因为她的母亲当年年纪轻轻守寡，不甘心这样的命运而与一个打虎猎人产生了私情，结果被族中人发现，以至于酿成被沉潭的人生悲剧。可以看出，这个时期的沈从文写边地农村的风俗人情已经不再像以前那样一味去赞美，他

---

① 朱光潜：《从沈从文先生的人格看他的文艺风格》，《花城》1980年第5期。

② 凌宇：《从边城走向世界》，岳麓书社2006年版，第456页。

开始痛心地指责边地的恶劣，尤其是对处于统治阶层的势力集团。他在《萧萧》、《贵生》、《边城》、《丈夫》等作品中把这些势力集团的代表写得非常具有人性的魅力，不像内地作家写乡村强势集团都是带着强烈的批判色彩，体现出他们的丑恶和吃人的一面。但在这个小说中，巧秀母亲的死却完全是人性作恶的结果，是因为族中人的贪财与变态的忌妒心导致了她的惨剧。她所体现出来的对宗族势力的蔑视使族中人的权威受到了挑战，加之族长阴险邪恶心理的作祟，巧秀母亲的命运只能是死亡的结局。但是她的身上却体现出了边地女性的决绝和坚韧。面对死亡与来自族人的重压，她没有求饶屈服，更没有流露出可怜的一面，而是选择平静从容的应对。她没有满足那些好事者的变态心理，以冷漠嘲讽了私欲的膨胀，也以宽容彰显了仇人的丑恶。她并不希望自己的后代复仇。巧合的是，半年后，那个疯狂的族长无法忍受内心的折磨终于在祠堂自杀。传奇已远，但现实存在。巧秀长大后，却又重蹈了她母亲的覆辙。两代人虽然经历不同，但在对待感情上却有着惊人的相似。因此，在传奇氛围的笼罩中，巧秀和冬生也拥有了传奇的爱情。《传奇不奇》中满大队长带队去围剿田家兄弟和吹唢呐的中寨人的情节也充满了传奇的味道。在惨烈的斗争后，冬生和巧秀被中寨人以生命换得放生的机会。故事结束了，但传奇或许仍然会继续下去，因为巧秀又怀了中寨人的孩子。当然，传奇人生也是人生，只不过在平静状态下隐藏着的巨大生活波澜却正揭示出人生不平凡。边地人生如此，中原人生也有共性。沈从文以边地传奇隐喻了人生普遍的困境，实属难得。

创作于 1928 年的《阿黑小史》是沈从文早期描写边地的作品，带有浓厚的边地味道。他惯用的叙事手法是将小儿女的浪漫爱情置于人情纯善的环境中展开。五明与阿黑的爱情如果去除那些性爱描写，看起来更像是小孩子“过家家”的嬉闹。一切都笼罩在一种自然和轻松的气氛中，带有边地儿女的朴质气息。但是阿黑一场突如其来的“病”却将这种和美的氛围彻底打破。从“生病”到“下雨”，阿黑就这样不明不白地被沈从文消隐，而五明却变成了一个癫子。从一个撒娇任性缠人的小孩子到伤心痴情的癫子，五明经历

了人生最大的转折，油坊也经历了历史风雨的洗礼。从文中设置的时间来看，这应该是一段并不太长的时间段，但小说带来的感觉却像是隔了一个世纪一般的漫长。油坊的破败，五明的发疯仿佛距离当年已经很久远才发生。小说中的时间尽管看起来似乎停滞不动，但是一切仍然都在改变。唯一没有改变的是五明心中那份对阿黑的深情。在沈从文看来，“过去”虽然美好，可终究只是记忆中的，“现在”很残酷，却真实存在，唯有活在“过去”的美好中，才能真切体会到人生的乐趣，而未知的“将来”却只能意味深长地去等待。阿黑的命运如何，小说并没有给出答案，只有癫子五明的思念还能依稀揣测到当年那个令人唏嘘感叹的爱情故事。在这里，沈从文将时间的推进突然掐断，只剩下空间的存在，物是人非的现实有一种无言的悲戚和苍凉。他以传奇的形式将自己的地方意识或者说边地意识穿插在“过去”“现在”“将来”的时间交错中，以看似轻灵的文字叙述体现出沉重而又复杂的文化纠结。湘西仍然是那个湘西，改变的只是它内在的精神与文化传统。正是湘西外在的“不变”在应对着内在的“千变万化”从而执拗地保持了那份湘西情怀。这正如同沈从文自己，无论身份如何变换，不变的永远是心中的湘西梦幻。他仍然在心中为湘西保留一份最纯真的感情。尽管沈从文的作品在叙述风格上看似平静如水，其内心的焦灼却显露无遗。这也导致了其边地小说的审美风格整体上呈现出忧郁的气质。沈从文将湘西边地成功地引入中国文坛，使这个处在中国偏僻一隅且多民族混杂的地方成为蕴含着独特文化意味的空间建构，引起了国人的普遍关注，成为世界了解中国文化的一个重要窗口。这是湘西的魅力，更是边地中国的价值所在。

端木蕻良以科尔沁旗草原为轴心创作的边地小说明显地带有东北大地的豪气与硬朗，而这种硬朗中也有着抹不去的忧伤和诗意。大家族的家庭背景与满汉两种血缘的个体特征使得他的边地小说与沈从文的边地创作具有了相同的叙事基调。与沈从文南方人的平和细密相比，端木蕻良的忧郁更多的是在塞外大漠的粗疏、荒寒与硬朗的映衬下体现出来的。他们共同的着眼点在于身处中原文化圈中反思边地文化的优劣以及中原汉儒文化对边地文化的侵蚀与同化。沈从文刻意地嘲讽都市人的“阉寺性”，端木蕻良则是用压抑不住的激情无情地撕裂掉草原大家族的虚强外表，暴露出其内在的卑陋与孱弱，试图狂热地去拯救日益衰败的草原精神。但令人惋惜的是，他的努力在丁宁的身上最终流于华美的形式，却并没有改变草原的颓势。尽管如此，他又不无激赏地写出了东北边地“普通人的庄严与伟大”。他笔下的边地子民，不论是农人、士兵、落草为寇的土匪，还是揭竿起义的义勇军，就连白山黑水的女儿们都同样具有东北大漠的豪爽与血性。或许是塞外凛冽的寒风吹硬了他们的骨头，也吹醒了他们那颗抗争的心，广阔的沃野造就了他们刚硬的性情。他们身上既带有一股夹杂着粗糙的豪狠之气，同时也具有那个时代特有的忧郁之气。艾老爹父子、铁岭、大山等都是在命运的抗争中展现着自己生命的价值。这些普通的生命在民族救亡的背景下转化为时代的英雄矗立在那片神奇的土地上。端木蕻良塑造的土匪形象虽然匪气十足、粗野蛮横，但是在时代的感召与民族的大义面前仍然保持住作为一个中国人的气节。这些升华了的英雄形象是配合边地文化气质而创作的一群特殊而正常的小人物。老北风、李三麻子、煤黑子还有螺蛳谷那一群抗日的土匪都是这样的典型代表。

可以看出，沈从文与端木蕻良的边地小说在人物设置上存在着很大的区别。沈从文的边地小说基本没有英雄，都是些普通平常的凡夫俗子，就连那些边地军人、土匪大王也都不具有鲜明的英雄气质。他们大多都在作家平静而细致的描写中演绎着不平凡却又自然化的人生故事。一切出自自然的安排。这决定了沈从文小说人物的“非英雄化”特质。而且沈从文也不像端木蕻良一样把人物放置在全民抗日的大背景下来描写，他写的只是湘西边地那一小部分中国人的人生命运。尽管他也以平和但却蕴含着激愤的心情多次写到“嘉善保卫战”和“南昌保卫战”中湘西军人为民族抗战所作出的巨大牺牲，但他考虑最多的仍然是如何将湘西边地一隅的惨状通过他的文字传达出去为世人所熟知。基于政治观念的差别，沈从文更多的是将抗日这样的宏大叙事消解在普通人的生活中，而端木蕻良却将民众抗日的热情毫无保留地铺

展开，宣泄出民众抗战的激情。端木蕻良后期的作品，尤其是在萧红去世后所创作的短篇小说，其身影总是闪烁其间。《早春》、《初吻》中那个懵懂人事的“我”，《雕鹗堡》、《红夜》中那个忧郁而美丽但是屡遭排斥的男子无疑都是作家自己影子的投射。特别是后两篇小说，在经历了萧红去世的伤痛后，端木蕻良将自己的处境和无言的悲愤融合进小说发泄出来。这个外表并不强壮的东北人用喧腾的诗情与奔放的热情以及骨子里透出来的忧郁将“科尔沁旗草原”矗立在中国现代文学史上。

蹇先艾的小说同样具有较为鲜明的地域文化色彩。他的作品主要以描写贵州村镇生活为题材。对于这一点，他说：“我因为感觉着以都市生活来作材料的创作太普遍了（虽然不乏佳作），便妄想换一个新的方面来写，——这新的方面即是边远省份乡镇中的人物和风景。”[①] 对边地生活的描写使得他的部分作品不同于王鲁彦、许钦文等所描写的中国南部沿海受过现代文明冲击的农村生活的作品，而是着力体现出地方文化的特色以及这种文化浸润中的人与事。湘黔、川黔交界地带的崇山峻岭阻碍了交通，造成这一地区的封闭与不畅，再加上野蛮的原始习俗与残酷的阶级压迫，使得这一地带充满了人性的粗野与荒凉。作家抓住这种野蛮和荒凉的特质来凸显出贵州一带的风俗人情与阶级矛盾。小说《在贵州道上》，作者放弃了知识分子的话语叙事方式而改用川黔方言写成，具有浓厚的地方文化味道。作品刻画了在贵州路滑坡陡的山路上加班抬轿的赵世顺这个“烂干人”形象。没有父母的他永远处在漂泊的状态中，像乞丐一样地生存在世界上。他从小打烂仗，当过土匪，加班抬轿未到目的地就被军队捉住处决。他的命运较为典型地折射出边地人生的悲凉。像他这样飘零在乱世的生命，如果没有正确的引导根本不可能有太多生存的机会。作者借这个崎岖险峻的贵州道表明了愚昧落后的山区人生存环境的严酷。在非人性的环境中，赵世顺充当了封建礼教习俗的牺牲品。这样的处理一方面体现出贵州边地的原始习俗和剥削阶级的“吃人”本质，

① 蹇先艾：《我与文学》，《城下集》，作家出版社 1956 年版，第 85 页。

另一方面也体现出边地文化对人性的影响与塑造。所以“蹇先艾的乡土小说，既有那种乡愁之中对母爱伟大之歌哭和对乡间中人性戕害之冷酷的人道主义的愤懑内涵，又充分地展示了那个边远地区风土人情的‘异域情调’之灰暗阴冷，有着动人的悲情色彩。”①

综合分析，以沈从文为代表的边地小说创作之所以会出现这种分裂的状态是当时的历史文化语境和作家的创作心态的双重作用下的结果。边地，作为处于边缘的劣势文化空间，它终究是主流的中原文化没有完全辐射到的边僻之地。尽管按照多元一体文化的格局来审视中国文化，边地文化应该是中国文化重要的组成部分，但是在当时的文化语境中，特别是在现代性突入中国的初始阶段，强势的进化论观点遮蔽了边地文化存在的价值。这也使得沈从文后期创作中湘西边地的味道越来越淡，最后就失去了当初对抗都市文化的那种尖锐与偏执。诚然，边地文化虽然给严密成熟的中原文化带来了刺激，引起了好奇，产生了反思，但是作为边缘文化，它能为中原主流文化提供一种文化经验、心理体验及别一种文化意识。这就证明其存在的必要。尽管，它并不具备取代强势的中原文化的资质。应该承认，以沈从文为首的现代作家所创造的边地审美空间给中国现代文学带来了别样的审美感觉和文学体验。他们给中国现代文学提供了类似于美国西部那样的地方文化空间，将自然的魅力借助较为原始的边地空间展现在急速追寻现代化经验的中国面前。

## 第三节　多维人性的立体呈现

以鲁迅为代表的现代知识分子最为关注的是改造国民性的问题，这也是中国现代小说所着力表现的主题。所以，自 20 世纪 30 年代以来，现代作家

① 丁帆等：《中国乡土小说史》，北京大学出版社 2007 年版，第 28 页。

创作的大多数作品多是表现农村生活的。作家批判的重点是广大的农村和农民，以此揭示中国民众的愚昧、麻木和乡村宗族势力的强大与虚伪。不过，这种状况在边地小说的创作中有所改观。尽管边地的自然生态环境复杂凶险，隐藏着作家深重的文化隐忧，但是边地依然是孕育本真人性的基地，也是测试人性复杂的最佳场所。

沈从文的边地小说是对湘西边地人生的诗意颂歌；端木蕻良对塞外雄强生命的狂爱同样也是出自对这里原始人性的认可；艾芜那个“野蛮人的世界”中生活着一群闪着真正人性光芒的“反着写的人”；蹇先艾的川贵边地尽管地方实力派的蛮横与虚伪暴露无遗，但更多的是普通人的坚强。不过，周文的川康边地却是一个“生存绝地”，人性已经在地方文化的侵袭下荡然无存，只剩下贪婪和卑劣。虽然边地小说对人性的丑恶也进行了毫不保留的抨击，但是相较而言，歌颂人性美好还是占据了多数创作。分析起来，边缘与中心两种不同的文化和文学空间孕育出了不同的人性，原因主要有三个方面：首先，中原主流文学对“现代性”的体验要远远超过这些还处在“落后”状态的偏僻之地，但现代文明带来的负面效应却又造成了人性的异化，而边地的野性与原始反倒成了保持人性纯洁的最后的温床。其次，“大自然那种神秘莫测的力量和浩瀚无边的气象把人的心灵熏陶的宽广博大起来”。[①]作家的自然生态意识促使他们肯定边地人性的美好，其边地文化心理也催生出了一系列令人感动的边地生命。身处在大自然的怀抱中，感受着自然的抚慰，可以让人暂时找回失落掉的灵魂。再次，中国古代“天人合一”的思想也极大地影响了这些具有边地体验的作家们的创作。无处不在与无所不能的“上天”带给这些边地子民生的狂热与死的坦然，因此，边地儿女对待生命就更具有一种洒脱与无畏的姿态。所以，尽管这些边地小说并非是作家在边地创作出来的，但是边地的痕迹却牢牢地固守在他们的生命记忆中。

倾心于边地的作家在具体描写边地人生时往往带有复杂的创作心理。边

① 沈庆利：《“铁屋子”之外的“别一洞天”——滇缅边境与艾芜的南行记》，《中国文学研究》2001年第3期。

地是他们人生体验的发源地，也是他们文学灵感的原发地。边地人生对他们来说既是一种现实的存在，更是一种文学梦幻的载体。文学边地成就了他们文坛的地位，也成为其剖析中国另一面的入口。作家创作边地小说的重要一环就是塑造出风采各异的边地人物形象。这些边地人物承载着边地文化的意蕴，揭示出边地人性的良善与邪恶，更显现出边地文化空间的审美价值。沈从文的湘西边地生活着一群自然山水孕育出来的男女，人性的通透与灵秀在他的笔下可以说得到了最极致的发挥，这尤其体现在那些包蕴着水性的女子身上，三三、翠翠、夭夭、阿黑等都是这样的典型。边地人性风俗的纯美与和谐也是他着力营造湘西世界必备的因素，所以涉及的地方实力派人物也都是一些品德美好，仗义善良之辈。像《边城》中的顺顺、《长河》中的滕长顺都是典型，就连《丈夫》中的水保,《贵生》中的五爷四爷也是那样的通情达理充满人情味。当然，沈从文也并非一味地为湘西人性唱赞歌。他也写出了湘西地方势力的丑恶。像《传奇不奇》中的那个因为贪欲陷害巧秀的母亲而发疯致死的族长就是他批判的对象。尽管沈从文写尽了湘西边地的优美与珍贵，但是他的伟大之处就在于以不动声色的静美体现了人类无可奈何的命运之悲剧。这一点，在普通的湘西人身上体现得尤为明显。《萧萧》的命运既有命定的成分，也有边地人看似自然原始的地方风俗在起作用。最有意味的人物形象还应该是《边城》中出现的那些男男女女。翠翠父母的殉情与祖父的暧昧态度、翠翠与二老的爱情、大老与二老的兄弟情都在种种不应该中产生了逆转。善良的人性突变成终结生命的罪魁祸首，美好的爱情变成了屠杀兄弟情谊的元凶。大老的默然退出直接造成了自己生命的终结，二老的负疚之意将无辜的翠翠抛向了无望等待的边缘，等等，善与美的交织换来的却是上天最残酷的惩罚。就连那个妩媚的祖父也在风雨交加之夜黯然死去。“边城”所有的美好都化作命运的悖论。在这场命运的角逐中，各色人物都体现出复杂立体的特征。虽然，沈从文竭力歌颂纯美的人性，但是不可捉摸的复杂现实却使他产生了深切的忧虑。

端木蕻良边地小说中的男性大多都彪悍、雄强而且拥有粗野的力量，特

别是那些“匪型”化人物，基本上都具有东北草原蛮野而质朴的特性。他对女性的描写也是抱着赞赏的态度，写出了一系列具有边地气质的“大女人”。与大多数中原女性的娇弱不同，她们是生性豪放、生命力极强的生命群体。这些女性吃苦耐劳，善解人意，身上满溢着边地女性的爽直美。水水、灵子、杏子等都是这样的女性代表。沈从文与端木蕻良笔下的边地生命，虽然不同的边地文化与边地自然生态导致了人物性格的差异，但是对边地人性的溢美之意无疑暴露了作家的审美旨趣。即使像蹇先艾的《水葬》这样着力描写农村生活题材的作品也带有“边地”的蛮荒味道。尽管边地农村地方势力的强权和高压与中原农村宗法制度的冷酷具有内在的同构性，但《水葬》更多地强调其强势的一面。这种强势不仅是家族势力的庞大，还代表着经济实力的强势。这种势力有恃无恐地欺压着边地乡民。比较而言，鲁迅的乡土小说虽然深刻地描摹出江南农村封建宗法对人性的压制和扭曲，但是他的作品中那些道貌岸然的封建卫道士们却采用“杀人不见血”的手法来统治和愚弄那些善良而又蒙昧的村民。隐蔽的手法和冠冕堂皇的理由是他们控制村民思想，处理乡村事物的惯常做法。由此看出，边地文化无论在表现形式还是内在实质上都带有赤裸裸的蛮性。这样，文化的差异将沿海农村与边地农村的封建势力区别开来。不仅如此，边地人不会被外来变故轻易打垮。骆毛身上就带有边地山民不服输的狠劲。“再过几十年，又是一条好汉”的硬气更显示出生命的强硬与精神的韧性。他与鲁迅《故乡》中那个在“兵、匪、官、绅”的重压下麻木而活的中年闰土相比较，充分体现出边地文化与中原文化的差异。前者粗疏荒寒但是硬气，后者成熟规范但是软弱。

艾芜带着自己特殊的感情和体验生动“再现”了边地生活和边地风情。他不无赞赏地刻写了那些挣扎在边鄙之地的野蛮人的命运遭际。正因为他也曾经是南行队伍中的一员，所以从感情上来讲，他与笔下的人物具有某种亲情维系，是感同身受的惺惺相惜。不似蹇先艾那样，虽然也是怀着同情和悲悯来创作，但总感觉作家和他塑造的边地子民存有隔膜感。艾芜的“‘南行’则真正使作者获得了个体的民间经验和民间情感，开始以被压迫者的视角建构民间的世界”[①]。不过，艾芜终究还不同于一般的边地流浪者，他有意识地“放逐”自己，有目的地带着思考去体验这“别样的人生”。所以，他笔下的边地人也是性格复杂的多元个体。他不但描写了这些被正统社会驱逐出去的可怜人的悲惨往事，也描写了他们身处边地的普通平凡而又传奇的生活。因为边地文化空间的特殊属性，所以他所塑造的边地流浪者几乎都是外表简陋、行为粗野但却闪现着人性光辉的形象。他对他们充满了深情，也忧虑重重。他写出了这些像野兽一样生活着的人们的状貌，也指出了他们身上存在的种种缺点。这样，极限生存下所暴露出的人性的缺点和弱点与闪着人性光芒的美好品德交织在一起构成了艾芜边地小说独有的魅力。就像《松岭上》中那个以烟枪和酒杯为“女儿”的孤独老人一样。作者用饱蘸同情的笔触不无感伤地描写了这个可怜而又孤独的老人，既写出他关心照顾别人的富有人情味的一面，同时也指出他小商贩的奸猾和狡黠；既表达了他对过往生活的美好回忆，也通过别人的口说出了他血腥而痛苦的往事。不同的画面相互交织，烘托出这个试图通过烟酒来忘掉自己苦痛人生的孤寂生命。虽然往事不堪回首，但是现实中的他仍然指使“我”将卖给当地人的货物中掺假、注水，以此获取不义之财。人性的良善与丑陋错综地缠绕在这个人物身上。显然，艾芜把这个年轻时因犯下命案而逃离中原的“边缘人”进行了艺术的升华。虽然他存在众多的缺点，但是其纯真的人性却有效地遮掩了这些不足。他的杀人之举不是有意为之，而是被逼到绝路的无奈反击。边地文化空间虽然荒蛮却有温情。它接纳并收留了很多被中原正统社会“排挤”出来的无家可归者。艾芜在边地文化空间思考何为人性的纯美。因此，他创作了一系列具有缺陷美的人物。《七指人》中只有七个手指的放浪的游方和尚；《流浪人》中的那伙形态各异的流浪者；《我们的友人》中的老江；《快活的人》中的胡三爸等都是一些带有瑕疵但纯真朴实的人。

不难看出边地人身上尽管存在着很多缺点，但是闪耀着人性光芒的他们

---

① 王光东等：《20世纪中国文学与民间文化》，复旦大学出版社2007年版，第105页。

看起来却如此的高大。正是这些带有人性温度的尚未脱掉原始野性的人的存在才使得边地文化空间具有独特的品评价值。正是因为边地人的不尽完美才能更好地展现出人性的复杂，也才能更好地凸显出边地文化的驳杂和多义性。比较来看，师陀的作品充满荒原的荒凉感。他的大多数小说都会牵扯到死亡的问题，其作品中忽隐忽现的鬼魅跳动并诉说着世界的虚无、人生的荒诞。小说滞重而晦涩的叙事风格处处体现出作者对人性之恶的极度失望与厌倦，以至于，即使他在写《胡子》这种赞颂马庆龙那样的侠义土匪的作品时，也流露着难以掩饰的悲凉。相对而言，中国现代作家对人性的认可或许只能存在于边地文化空间中。通过综合探讨边地小说的审美风格及其叙事艺术可以看出，此类小说以其独有的文化质感呈现出独特的艺术魅力。沈从文、端木蕻良、艾芜、马子华、蹇先艾等人的边地小说都有着浓郁的地方文化色彩和鲜明的地方意识，体现出边地文化空间的特异之处。像《边城》、《科尔沁旗草原》、《血泡粑的典礼》等，这些小说所体现出来的对中原汉儒文化的反思是其他类型的小说涵括不了的。此外，作家复杂纠结的文化心理以及多向度的文化选择都使得边地小说成为衡量作家的创作价值及其文学史意义的重要参考指标。

## 第四节　重绘现代文学地图

承认中国文化多元构成的基本特征，就应该把边地文化作为特有的文化形态进行重新估价分析，对于边地文学也应该重新考虑其文学史定位。这有助于中国现代文学史摆脱掉中原思维的束缚，全面立体地展示中国现代文学的创作实绩与艺术价值。

边地与中原，既是一种文化和空间上的对立，也是边缘族群文化与汉儒文化对话交流的意识范畴。中国现代文学史是以中原文学的现象史实为主体来构建的，其理论思维、话语模式、意识主导、文学心态等也都以中原和沿海文学创作作为入史的依据与参考。边地文化所催生的边地文学尽管也反映出中国发展的历史痕迹，但是却因为其边缘化特征而被忽略。诚如有些学者所言：“‘边缘’相对于‘中心’而言，往往意味着挑战、革新、整合。但在某种传统心志的支配和某种现实境遇的影响下，‘边缘’又往往成为一种‘放逐’，一种轻视，甚至成为中国文学的一种命运，从而也成为20世纪中国文学史，乃至20世纪汉语文学史建构要关注的一个重要问题。”[①] 边地文学空间的提出就是基于这样一种构想，不仅从整体上考虑中国现代文学的生长过程，而且要从中国内部不同的文化分布带来探讨现代文学的成长机制。这种生态多元的阐释方法从一定程度上避免了将中国现代文学史平面化、格式化与标签化，从而在统一的“文化中国”的背景下通过文学来构建出现代中国的多面形象。“那些能融会不同文化背景与生活方式于一身的边缘性个性，他们在其‘边缘体验’基础上，不论是走向‘边缘意识’的理性言说，还是走向‘边缘情感’的文学展现，都让人感到一种追求更自由、更平等、更积极的人类交往的价值观在建立中。”[②] 这样的理论思维和“边缘”心态无疑具有现实和文学的双重意义。当文学作为民族文化的情感表达和意识传输的纽带时，不论是出于“边缘”还是“中心”的世界各民族文学都应该始终秉持自身独有的个性，从全人类的高度来思考人与自然的问题。可以说，边地文学与中原文学在既对立又交融的状态下共同完成了对现代中国的文学审美。“边地”这个“边缘”与“中原”这个“中心”通过反思彼此文化的优劣以及这种文化优劣在文学中的不同表现，从而将中国现代文学的生态格局较为客观地呈现出来。在这个过程中，只有平等的对话、理性的认识与宽容的心态才能够促使中国现代文学向更全面、更有民族特色的方向发展。假如我们

① 黄万华：《“边缘”的活力》，黄万华主编：《多元文化语境中的华文文学：第十三届世界华文文学国际学术研讨会论文集》，山东文艺出版社2004年版，第152页。

② 黄万华：《“边缘”的活力》，黄万华主编：《多元文化语境中的华文文学：第十三届世界华文文学国际学术研讨会论文集》，山东文艺出版社2004年版，第159页。

能够真正践行此种理念，或许就能够把边地那种忧郁、孤独而又凄凉的体验转化为个性、独特而又坚持的生命轨迹，也因此更能推动边地文学自身的发展，为“文化中国”提供更多精妙的文学形象。

较早注意到20世纪30年代现代文学中的地域文化特征和边地文学风貌的应该是李欧梵，他这样阐释自己的观点：

> 在20世30年代的中国文坛，一种新的文学流派正在逐渐呈现——“地区文学”，作者力图摄取一个特定的农村地区——常常是作者家乡的泥土气息和地方色彩（乡土）。一大批创作可以归入这一范畴。除吴组湘的小说、张天翼的某些作品和茅盾的农村三部曲（都以长江中下游的乡村为背景）外，我们还发现一些突出范例，如沈从文关于中国南部和西南部的作品（《边城》以及他关于苗族人的故事），老舍以北京为背景的长篇小说（一种以乡土用语描绘的城市环境），以及沙汀（关于四川西北部）、艾芜（关于云南）、叶紫（湖南西南部的村寨）和其他许多作家的短篇小说。在所有这些作品中，对“大地”的强烈的爱是与敏锐的意识到社会经济危机结合在一起的。由于大多数作家却是来自他们在小说中所刻画的农村地区，他们对自己生长环境根深蒂固的热忱，使乡村的艰辛和苦难变得愈加悲切。……但是无论他们的动机如何，中国城乡之间的显著差距——这个20世纪30年代的社会经济危机的根源，被这些与国民党政府格格不入的文学界的知识分子痛苦地观察到，并生动地表现出来。这样，他们的乡村文学无论是讽刺的，田园牧歌式的，现实主义的，或鼓动性的，事实上几乎都成为对那个极少注意改善人民生活的政权，表示抗议和不满的文学。[①]

在这里，他比较敏锐地意识到了中国现代文学中曾经被忽略的地域文化

① ［美］费正清、费维恺编：《剑桥中华民国史1912—1949》（下），刘敬坤等译，中国社会科学出版社1993年版，第516—517页。

特征。他以“地区文学”为这些有特色的文学命名，本身就表明了一种文化态度。他能从20世纪30年代越来越高涨的阶级斗争的热情中脱身出来，冷静地以地方特色来概括当时中国不同文化地域的文学状貌，体现出一种纯文学研究的趋向。在他标注出的地区文学中，除了茅盾、老舍、吴组湘与张天翼之外，涉及的其他作家所呈现出来的文学地域几乎都是中国的边地，是实有的边僻之地，也是文学中所呈现出来的诗意边地。中国现代文学很重要的历史任务就是要体现出现代化风暴中城市与乡村的差别，体现出乡村落后闭塞中的纯朴，体现出城市喧嚣浮躁却又现代时髦的复杂。当然，这大多数限定在中原汉儒文化圈的作家作品。边地通常会作为现代中国和现代文化不可或缺的组成部分成为作家审美视野中的“后发地带”。其实，那些描写边远地区的作品更加突出了30年代中国的另一面所存在的原始经济的状态，展示了“边地中国”的人生百态。如此一来，沈从文用文字所达出来的偏激、冷漠与落寞在当时的中国应当有其客观性、策略性与可能性。这个身上流淌着苗族、土家族血液的作家本身就是一个文化“复合体”。出于对母族文化的热爱和初登中原文坛的卑怯之心，他采取对抗的方式激烈地抨击汉儒文化的劣根性，试图从边地寻找优美人性的做法都使他成为中国现代文学的“另类”。他能成功地登上中原文坛依托的就是承载着他诸多人文思想的边地湘西。他以自己的理解“创造了一个古朴明净，清野蒙茸的艺术世界。这是一个远离时代漩涡的汉苗杂居的边缘地区。”[①]他利用这个艺术审美化了的湘西边地吸引住了当时充斥着左翼文学、现代派文学、鸳鸯蝴蝶派文学等各色文学的中国文坛，也使主流文学对他这个“乡下人”刮目相看。可以说，他以地方文化作为创作的突破口的尝试无疑是成功的。同样是反映边地文化，端木蕻良不同于沈从文。端木蕻良踏上文坛与左翼文学的大潮有相当密切的联系，也与鲁迅先生的提携分不开。作为东北作家群中的一员，他的创作风格与普遍意义上的东北作家在文化心理积淀上有相似之处。以往的研究往往把

---

① 杨义：《二十世纪中国小说与文化》，上海三联书店2007年版，第86页。

端木蕻良与萧红、萧军组合之后进行关注，就是因为他们的创作都体现出东北这块黑土地的地域风貌与人文风情。当然，这样捆绑式的研究在宏观把握中也存在疏漏之处。从文学审美上看，端木蕻良与“二萧”的创作也有很大的差别。这种差别出自民族不同所持有的文化态度就不同。端木蕻良是具有满汉两种民族血统的作家，对养育他的科尔沁草原怀有不可磨灭的感情。这种感情投射到作品中就是对汉儒文化劣根性的反思和批判。对比来看，“二萧”作品中对汉儒文化的反思和批判与端木存在质的差异。端木这种潜藏在心的母族意识与沈从文的湘西痴恋不谋而合。二者立足边地提出了“民族精神再造”的文化主题。他们试图以文学作为革新的利器来调整中国文化的发展方向。端木蕻良倾心的科尔沁旗草原处在边地文化与汉儒文化的交互影响中，游牧民族的豁达精神，东北边地的彪悍民风，儒家伦理道德的日渐渗透都使草原变得拘禁、老迈和僵化。那些高高矗立在草原上的贤孝牌坊如同将草原的蛮性与狂放禁锢起来的紧箍咒，将草原人世代相继的人文传统压缩并放置进汉儒规范之中加以审视。汉儒文化从社会制度、精神涵养等方面约束着草原自身的发展，通过各种手段从根本上改变草原原有的文化构成机制，将其同化。同时，在渐趋老迈的科尔沁旗草原，现代文明的冲击伴随历史的发展愈演愈烈，尤其是外来新思想对草原年轻一代的冲击。如此，“挣脱樊笼”走向新生的愿望不仅是中原文学涉及的主题，也是边地草原新时代的选择。这种求新求变的时代诉求鲜明地体现在春兄的身上，但是她却以死亡终结了这一理想追求。丁宁主义在草原上的施行也是以失败而告终。草原仍旧是延续千百年的那个故地。只是成为被各种意识形态控制了的文化杂交地。在现代文明的日益逼近下，边地人或许有一天也终将被改造同化。

以往文学史的书写往往奉行一元文化主义。研究者将边地少数民族文学作为不同于汉族文学的“他者”来审视，将其作为补充或者是点缀放进文学史的框架中，以为这就是突出了中国各民族文学多元一体的全貌。其实，这只是一种蜻蜓点水似的浅尝辄止的做法。鉴于此，边地概念的运用就是要打破这种惯例，着重于将现代文学史作为完整的生态链看待。中国现代文学的每一部分都是这个生态链上的链条，缺少了哪一个链条，文学史都将是不完整的。把边地与中原对等来看，在边地思考中原，在中原观照边地，形成互动互审的参照格局，以此来调整和完善中国现代文学史的书写秩序。作为多民族国家的中国，本身存在诸多的文化样态，要构建多元一体的文学史就需要有宏观建构的指导思想，秉持大文学史观，不但将各民族文学作为一个整体来看待，还要突出催生出这些文学现象的不同文化空间的特点，并要体现出不同文化语境下的文学生成状貌，以此建构较为科学的中国现代文学史。在这里重申加强边地少数民族文学的研究力度，特别是现代少数民族文学的研究。因为这一直是中国现代文学研究的薄弱环节。在古代中国向现代中国过渡的进程中，随着疆域版图的改变和分化，中国这个多民族的文化共同体也呈现出异彩纷呈的多元局面。在历史的变迁和民族的交流融汇中，汉族文化和其他少数民族文化有了相互渗透和影响的机会，体现在文学中就是文学的创作形式、形象体系、审美内涵和语言运用的多元立体的交叉互动格局。在这种繁复的多重旋律中，如何甄别出具有审美价值和文学史收录意义，而且能够体现多民族文化共同体建构可能的文学史实非常关键。汉族文学没有史诗的记载，但蒙古史诗《江格尔》与藏族的《格萨尔王传》以及柯尔克孜族的《玛纳斯》一起被誉为中国三大英雄史诗。它们填补了中国文学史诗缺位的空白。这些史诗不但是属于中国的，也是属于全人类的宝贵的文化遗产。如果把它们摒弃在中国文学史的书写秩序之外显然是不合适的。虽然这些史诗是属于中国古代文学史的范畴，但是它们的存在直接影响了各自民族的文化传统，特别对后世民间文学的影响是巨大的。因此，适当引入这些文学史诗对现代文学史的书写是有必要的。而且，在民间文学转化到作家文学的发展历程中，前者是后者得以成熟和发展的培养基，后者则是保存前者精华的载体。壮族的歌舞剧《刘三姐》就是从民间传说中获取创作的素材和灵感而演变为作家文学的创作。它不但为壮族人们所熟知，而且传播到中原文化圈中为汉族人们所喜爱。虽然汉儒文化占据中国文化的主导地位，其强大的包容性与吸纳力以及超稳固的结构形态使得边地少数民族文化在交流融汇中更

多地呈现出汉化的趋向，消解了母族文化的某些特征，但是这种文化的趋同性并没有完全终结少数民族文化的生命力。上述三大文学史诗以及《阿诗玛》等民间神话就经受住时间的考验较好地保存了本民族文化的特性。

沈从文、端木蕻良、李辉英、马子华、张承志、霍达、阿来等这些在中国文坛上占据一定位置的现代作家都是流淌着少数民族文化的血液成长起来的。他们的创作既是母族文化的骄傲，也是中国现代文学史不可忽视的文学奇葩。“有地方色彩的，倒容易成为世界的，即为别国所注意。打出世界上去，即于中国之活动有利。”[①] 因此，兼顾边地少数民族文学不仅仅是将那些已经在文学史上成名的作家挖掘出来，也要充分考虑到那些攫取了边地少数民族文学精华并将之融会贯通到文学创作中的其他少数民族或汉族作家。如果他们的文学创作不但凸现出本民族文学的特点而且也提升了中国文学的现代品格，就要考虑纳入到文学史的构建中。从地域分布上看，这些边地民族大多生存在经济欠发达的边远之地，相对来讲，现代性的体验也会有某种“体验的差距”。因此，在现代化进程中如何将边地少数民族的文学史实合理地编排进中国现代文学史的中将会是今后文学史家亟待考虑的问题。如何在现代文学史中体现出文化的平衡性和多元化，这也是新世纪需要突破的命题。客观合理的文学史书写应该秉承大文学史观，将在现代中国版图上所产生的文学创作、文学现象、文学理论、文学运动和文学批评等统统纳入到研究的范围，摒弃以往奉行的汉儒文化中心主义，兼顾边地少数民族文化和文学现象，在现代精神的烛照下对这些文学史实进行深化与梳理，从中筛选有文学审美价值和历史存留可能的文学精华，并且以宽泛多元的学术思维来处理不同文学板块之间的关系，构建出较为理想的现代文学史。当然，构建大文学史并非对各民族文学平均用力，那些没有文学审美价值或者是没有艺术观照可能的文学碎片是不能进入文学史写作视野的。以现代人的气魄书写中国现代文学历史应该遵循突出重点，选取特色，结构合理，论述有力的写史标准。基

① 鲁迅:《鲁迅全集》第12卷，人民文学出版社1981年版，第391页。

于汉儒文化巨大的文化涵括力和覆盖性将选取汉语作为文学史的书写语言，或者是在边远少数民族地区实行双语文学史的写作，以便能够将中国现代文学的历史发展进程较为生态化和科学化地呈现在各族人们的面前。

尽管作为相互审视的坐标，边地文学和中原文学是一种“我和你”的关系，但是这种关系随着边地与中原，边缘与中心对话交流的日益增多，随着再造“文化中国”历史使命的全面展开，“我和你”的关系最终将演变为“我们中国”与“个性中国”这样的理论格局。构建多元一体的生态文学史符合新世纪的历史要求，也为中国现代文学拥有边地发出的声音提供了保障。在中华民族伟大复兴的历史征程中，重铸民族精神的魂魄不仅能够凝聚中国人的民族自尊，而且能够持续保持中华文化旺盛的生命活力。

# 结语

中国现代边地小说为现代文学呈现了边地中国的风貌，丰富了中国现代文学的审美建构与叙述样式，提供了多样的中国文化样本和文学体验。可以说，边地文学创作为重新审视文化中国，“重绘中国现代文学地图”做出了应有的贡献。现代边地小说对边地中国的想象与构筑是中国现代文学独有的审美体现。它对自然人性的建构与赞颂丰厚了中国现代文学的人性内涵；它对边地风情的描写无疑为世界了解文化中国打开了一扇窗口。当然，对现代边地小说的研究由于时间和精力所限，有些边地小说文本有待于进一步发掘，一些新的文学史料也有待于再深入梳理，在此只好表示遗憾，也期待在以后的研究中能够更深入地探讨边地小说创作的文化及文学意义。

在当代文学视野中，边地这一概念的内涵既与现代文学一脉相承，也有自己新锐的时代特质。伴随着新中国的建立，各少数民族聚居的边远地区陆续得到解放，中国大地重新呈现出“天下大同”的民族格局。由于在历史上，中华民族遭受了其他民族想象不到的苦难，尤其是近代鸦片战争以来，连续不断的外族入侵以及随之而来的民国各种政权的频繁更迭造成了整个社会的动荡不安。八年的民族抗战几乎压垮了中国人的心理承受能力，随之而来的三年内战使中国人民渴望和平期盼稳定的诉求达到了高潮。因此，新中国的建立终结了民族苦难的继续发生，将亿万中国人从连绵不断的战争阴影中解放出来，这无疑给了全体中国人最大的心理安慰。随着各地人民政府对地主的镇压和土改政策的实施，过去受压迫的贫苦农民和边民们也有了属于自己的自由支配的土地，开始了全新的生活。新的中国、新的理念和新的思想也给这些身处边地的人们带来了新的希望和新的憧憬。他们从过去单纯信仰当地的宗教权威和地方权威开始转向认同新中国的红色领导，各族人民都沉浸在翻身得解放的巨大喜悦中。在这种全民热情高涨的新生活中似乎暂时忘却了民族的差异，边地意识弱化，不再区分所谓的边地还是中原。由此，也使得文学作品中的“边地风味”大大减少，并且，“随着城市‘心态’的丧失，中国现代文学也丧失了它那主观的热忱，它那个人主义的视角，它那有创造力的焦虑，以及它那激烈的批判精神，虽然它依靠农村的主流达到了名副其实普及的广度，并取得了更加‘积极’的观点。‘摆脱不了的中国情’被颂扬祖国及其人民所取代。”成为作品的主旋律。[①] 这种状况在 1949—1966 年的十七年中得以持续发展。1979 年之后，新时期文学蓬勃发展，各族作家特别是少数民族作家开始重新思考“边地”的命运。带着对母族文化命运的忧思，他们在现代化建设的经济潮流中面对汹涌而来的现代文明和汉儒文化的强势同化深感焦虑。他们已经意识到失去了太多的话语权利，丧失掉过多的本民族文化的元素，处于一种文化的“无名”状态。因此，在拒绝“汉化”与“欧化”的“反现代姿态”中，“边地”意识又重新复燃。20 世纪 80 年代的文学“寻根热”将这种对中国文化之根的寻找推向了一个顶峰。郑万隆、韩少功、张承志、乌热尔图等都在各自的“文学边地”中寻找“文化的根”，他们创作出了一批较为优秀的作品，让中国和世界重新感受到中国古老文化特别是少数民族文化的魅力。鄂温克族的青年作家乌热尔图的《七岔犄角的公鹿》展示出他的母族人们生活的原生态状貌，使中原民族对鄂温克族所生活的“原始边地”有了最直观的印象。“鄂温克族是我国人口最少的民族之一，世代生活在祖国东北的大兴安岭林区和呼伦贝尔草原。该民族的‘雅库

① ［美］费正清、费维恺编：《剑桥中华民国史 1912—1949》下卷，刘敬坤等译，中国社会科学出版社 1994 年版，第 562 页。

特’人，历来以狩猎为业，是一个直接由原始公社的狩猎部落制跨入社会主义历史阶段的人们共同体。在他们的文化传统中，还较多地保留着原始宗教‘萨满教’的残存观念。由于这个民族经济生活和文化传统与中原差异较大，该民族过去知识分子又少，故而造成了长久以来鄂温克人难以为外界了解的状况。”[①] 交流不畅阻碍了民族文化对话的可能，造成了文化的缺失。乌热尔图边地小说的意义就在于用文学作为媒介打破汉儒文化与边缘族群文化之间的壁垒，把现代中国的文化边地发掘出来，为多元一体的文化中国提供了边地审美样本和边地文化经验。

新世纪以来，随着全球生态文明的倡导，中国也开始重视自然生态问题。文学生态批评话语体系的建构以及生态文艺理论的大量涌现使生态文化成为了这个世纪的“显学”。中国现代文学的“绿色革命”也在悄然兴起。作家对于“西部中国”的文化探寻日益升温，描写西部边地生态环境的小说也纷纷出炉。杨志军继《环湖崩溃》、《海昨天退去》后又写出了宣扬獒性，凸显人与自然关系的“《藏獒》三部曲”。姜戎的《狼图腾》则鼓吹狼性，与杨志军的獒性观念形成对比。不管是獒性还是狼性，作家的着力点都在于寻找现代文化语境中人性的突破，呼唤血性之士的出现。红柯《西去的骑手》重点虽然不在人与自然的关系上，但是他在作品中极力赞美民族的血性精神，使这个小说的精神内涵与沈从文、端木蕻良等人的民族精神再造的问题在新世纪有了承传。迟子建带着女性的敏锐与细腻，以悲悯的姿态写出了一系列像《额尔古那河右岸》这样的关于东北原住民文化的小说。这些小说的出现给高速运转在现代化道路上的中国开辟出现代之外的“原始生态边地”。

公允评价，现代边地小说创作具有特殊的文化意义与审美价值，但也存在一些亟待破解的问题。首先就是文化的定位问题。边地文化的驳杂与开放性，不可避免地导致这种文化的藏污纳垢。再加上边地文化不像汉儒文化那样具备极强的文化的免疫力与自律性，能够将不符合自身文化要求的文化异

① 关纪新、朝戈金编著：《多重选择的世界：当代少数民族作家文学的理论描述》，中央民族中央大学出版社 1995 年版，第 61 页。

质清除掉，改变外来文化的质素为我所用。因此，在这种文化影响下产生的边地小说创作就具有很明显的文化游移的特征。就连沈从文这样的具有强烈文化自觉意识的作家也避免不了融入主流文化的命运。这不仅仅是沈从文的问题，也是边地文化自身的原因。边地文化要想在多元生态的中国文化大格局中保持住自我文化的立场，必须经过一系列蜕变与淘洗的过程。这其中最重要的是摒弃懦弱、胆怯的文化不自信，克服少数族群观念，以宽容开放的发展姿态发挥出文化的吸引力，由此，才能重铸中国文化的辉煌。其次，不同文化的对话问题。边地文化空间涉及很多少数民族文化集聚地，由于民族语言、思维方式、文化传承、地理环境的差异造成了中原汉民族与边地少数民族交流出现了种种障碍，没有真正挖掘出少数民族文化的价值。谈到边地往往就意味着落后与异端。此外，边地少数民族文学创作没有更好地发扬母族文化传统以及利用好固有的民族精华，基本上以中原汉语文学作为范式和模板。因此，少数民族边地小说的创作在叙事上尚欠缺独创性与边地化。这种边地化并非只描写蛮荒的边地现象，而是要凸显出边地自身的文化内涵。这就需要从语言的运用、叙事的姿态、艺术审美的构建上体现出边地民族自由活泼的人文精神特质。最后，边地原生态的瑰奇之美的表达力度不够。边地不管是强调其文化价值还是着重其表现出来的审美意义，终究还是一些自然生态相对恶劣的地区。在这样的生态环境下，作家的创作必定会受到影响。普列汉诺夫曾指出："每一个民族的气质中，都保留着某些为自然环境的影响所引起的特点，这些特点，可以由于适应社会环境而有几分改变，但是绝不因此完全消失。"[①] 这样就从客观上造成了边地作家的自卑心态，使边地文化难以准确有效地得以文学体现。沈从文的湘西边地无疑是经过美化粉饰的；端木蕻良的科尔沁旗草原也进行了艺术的拔高；周文的川康边地看起来俨然就是生存绝地；蹇先艾的黔贵边地处处充斥着败落的灰暗。少数民族作家则更多地把边地空间的自然风情作为人物活动的背景，而非真正的主角体现出

① ［俄］普列汉诺夫：《没有地址的信》，《普列汉诺夫美学论文集》，曹葆华译，人民文学出版社1983年版，第348页。

来。边地小说的创作不仅应该把边地自然生态之美体现出来，也应当把边地野性之美渲染出来。

欣喜的是，当代边地小说的创作在这一点上有所突破和创新。现代生态思想的传播容易使当代作家摆脱生物进化论思维的束缚，加之面临现代性累积的负面影响，这些都促使他们开始重新考虑人类的生存问题。他们从生态文化角度来反思现代性的优劣，着重提升边地人的人文精神，以严谨开放的现代姿态来丰满边地的文化个性。因此，无论是现代边地小说创作还是当代边地小说审美，书写边地并非只是突出边地的荒凉和闭塞，而是要展现出边地文化空间的魅力与价值，体现出边缘中国独特的人文风情。在现代中国的文化语境中，文化边地就如同美国的西部世界，是“上帝的花园”。我们在这里会寻找到意想不到的文化惊喜。那些带有着原始古朴味道的边地景观与自由放松的边地生活给沉闷压抑的现代人带来了别样的人生体验，也给中国文化的发展保留了尚未被现代文明冲击的最后的文化借鉴物与参考模板。在建设“和而不同”的文化强国时代，容许不同的文化类型相互并存，相互交流，能够不断地为文化中国提供着大而不僵、老而常新的文化营养和精神资源。现代边地小说应该继续留存住可贵的边地精神，绽放出更绚丽的文学异彩。

# 主要参考文献

## 一、哲学类、心理学、美学、思想史类

1. 杜维明：《杜维明文集》(1—5卷)，武汉出版社2004年版。

2. 费孝通：《乡土中国》，江苏文艺出版社2007年版。

3. 葛兆光：《中国思想史》(1—2卷)，复旦大学出版社2001年版。

4. 黄仁宇：《中国大历史》，生活·读书·新知三联书店1997年版。

5. 梁漱溟：《中国文化要义》，上海人民出版社2005年版。

6. 李泽厚：《中国古代思想史论》，安徽文艺出版社1999年版。

7. 李泽厚：《中国近代思想史论》，安徽文艺出版社1999年版。

8. 李泽厚：《中国现代思想史论》，安徽文艺出版社1999年版。

9. 李泽厚：《实用理性与乐感文化》，生活·读书·新知三联书店2005年版。

10. 刘小枫：《拯救与逍遥》，华夏出版社2005年版。

11. 刘小枫：《儒教与民族国家》，华夏出版社2005年版。

12. 李炳全：《文化心理学》，上海教育出版社2007年版。

13. 鲁枢元：《猞猁言说：关于文学、精神、生态的思考》，社会科学文

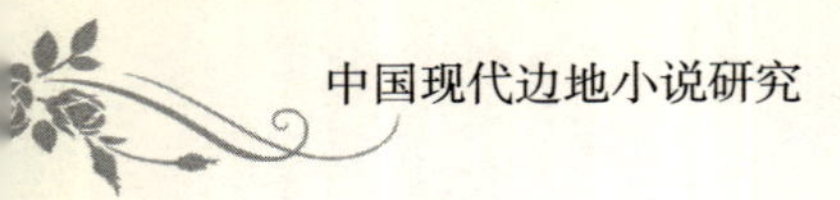


献出版社 2001 年版。

14. 罗钢：《叙事学导论》，云南人民出版社 1994 年版。

15. 汪晖：《现代中国思想的兴起》(1—2 卷)，生活 · 读书 · 新知三联书店 2004 年版。

16. 徐苏民：《文化哲学》，上海人民出版社 1990 年版。

17. 郗慧民：《西北民族歌谣学》，民族出版社 2001 年版。

18. 余英时：《士与中国文化》，上海人民出版社 2003 年版。

19. [ 英 ] A. 汤因比：《一个历史学家的宗教观》，晏可佳等译，四川人民出版社 1990 年版。

20. [ 美 ] 艾布拉姆斯：《镜与灯——浪漫主义文论及批评传统》，郦稚牛等译，北京大学出版社 1989 年版。

21. [ 美 ] 爱德华 · 萨义德：《东方学》，王宇根译，生活 · 读书 · 新知三联书店 1999 年版。

22. [ 美 ] 爱德华 · 萨义德：《知识分子论》，单德兴译，生活 · 读书 · 新知三联书店 2002 年版。

23. [ 德 ] 奥斯瓦尔德 · 斯宾格勒：《西方的没落》，吴琼译，上海三联书店 2006 年版。

24. [ 美 ] 本尼迪克特 · 安德森：《想象的共同体：民族主义的起源与分布》，吴叡人译，上海人民出版社 2005 年版。

25. [ 美 ] 布斯：《小说修辞学》，华明译，北京大学出版社 1987 年版。

26. [ 美 ] 丹尼尔 · 贝尔：《资本主义文化矛盾》，赵一凡等译，生活 · 读书 · 新知三联书店 1989 年版。

27. [ 德 ] 丹纳：《艺术哲学》傅雷译，河南人民出版社 1998 年版。

28. [ 法 ] 福柯：《性经验史》，佘碧平译，上海人民出版社 2002 年版。

29. [ 法 ] 福柯：《知识考古学》，谢强、马月译，生活 · 读书 · 新知三联书店 2007 年版。

30. [ 法 ] 福柯：《规训与惩罚》，刘北成、杨远婴译，生活 · 读书 · 新知三联书店 2007 年版。

31.［法］福柯：《疯癫与文明》，刘北成、杨远婴译，生活·读书·新知三联书店 2007 年版。

32.［德］弗洛伊德：《精神分析引论》，程小平等译，国际文化出版公司 2000 年版。

33.［德］海德格尔：《存在与时间》，陈嘉映、王庆节合译，生活·读书·新知三联书店 2006 年版。

34.［德］黑格尔：《美学》（1—3 卷），朱光潜译，商务印书馆 1979 年版。

35.［美］亨廷顿：《文明的冲突与世界的重建》，周琪等译，新华出版社 1998 年版。

36.［美］杰姆逊：《后现代主义和文化理论》，唐小兵译，北京大学出版社 1997 年版。

37.［美］卡林内斯库：《现代性的五副面孔》，顾爱彬等译，商务印书馆 2004 年版。

38.［捷克］昆德拉：《小说的艺术》，唐晓渡译，生活·读书·新知三联书店 1992 年版。

39.［英］卢梭：《论人类不平等的起源和基础》，李长山译，商务印书馆 1962 年版。

40.［英］罗素：《论历史》，何兆武译，生活·读书·新知三联书店 1991 年版。

41.［法］利奥塔：《后现代主义》，赵一凡译，社会科学文献出版社 1997 年版。

42.［美］露丝·本尼迪克：《文化模式》，何锡章等译，华夏出版社 1987 年版。

43.［德］马克思·韦伯：《儒教与道教》，王容芬译，商务印书馆 1995 年版。

44.［德］马克斯·舍勒：《价值的颠覆》，曹卫东译，生活·读书·新知

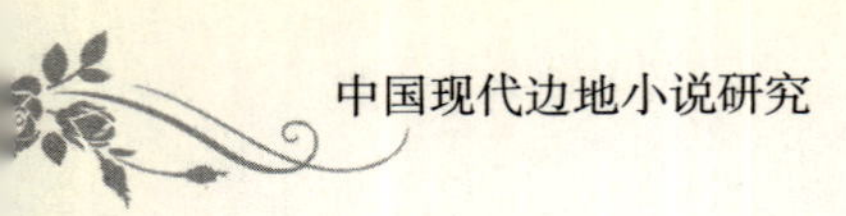


三联书店 1997 年版。

45.[德] 尼采:《悲剧的诞生》，刘琦译，作家出版社 1986 年版。

46.[美] 浦安修:《中国叙事学》，北京大学出版社 1996 年版。

47.[俄] 普列汉诺夫:《普列汉诺夫美学论文集》(1—2 卷)，人民文学出版社 1983 年版。

48.[法] 萨特:《存在与虚无》，陈宣良等译，安徽文艺出版社 1998 年版。

49.[美] 苏珊·桑塔格:《苏珊·桑塔格文集》，程巍译，上海文艺出版社 2003 年版。

50.[德] 瓦尔特·本雅明:《发达资本主义时代的抒情诗人》，王才勇译，江苏人民出版社 2005 年版。

51.[美] 韦勒克、沃伦:《文学原理》，刘象愚等译，生活·读书·新知三联书店 1984 年版。

## 二、文学史与文学理论类

1. 陈继会等:《中国乡土小说史》，安徽教育出版社 1999 年版。

2. 陈平原:《中国小说叙事模式的转变》，北京大学出版社 2003 年版。

3. 陈许:《美国西部小说研究》，北京大学出版社 2004 年版。

4. 程虹:《寻归荒野》，生活·读书·新知三联书店 2001 年版。

5. 丁帆主编:《中国西部现代文学史》，人民文学出版社 2004 年版。

6. 丁帆:《中国乡土小说史》，北京大学出版社 2007 年版。

7. 范家进:《现代乡土小说三家论》，上海三联书店 2002 年版。

8. 费孝通主编:《中华民族多元一体格局》，中央民族大学出版社 1999 年版。

9. 关纪新、朝戈金编著:《多重选择的世界：当代少数民族作家文学的理论描述》，中央民族大学出版社 1995 年版。

10. 关纪新主编：《20 世纪中华各民族文学关系研究》，民族出版社 2006 年版。

11. 龚鹏程：《游的精神文化史论》，河北教育出版社 2001 年版。

12. 李怡：《现代性：批判的批判——中国现代文学研究的核心问题》，人民文学出版社 2006 年版。

13. 刘以鬯：《端木蕻良论》，香港世界出版社 1980 年版。

14. 刘洪涛等主编：《沈从文研究资料》（上、下），天津人民出版社 2006 年版。

15. 凌宇：《从边城走向世界》，岳麓书社 2006 年版。

16. 马良春、张大明编：《中国现代文学思潮史》，北京十月文艺出版社 1995 年版。

17. 毛星主编：《中国少数民族文学》（上、中、下），湖南人民出版社 1983 年版。

18. 钱理群、温儒敏、吴福辉：《中国现代文学三十年》（修订本），北京大学出版社 1998 年版。

19. 司马长风：《中国新文学史》，香港昭明出版社 1982 年版。

20. 覃召文、刘晟：《中国文学的政治情结》，广东人民出版社 2006 年版。

21. 王光东：《民间理念与当代情感：中国现当代文学解读》，广西师范大学出版社 2003 年版。

22. 王光东等：《20 世纪中国文学与民间文化》，复旦大学出版社 2007 年版。

23. 王书奴：《中国娼妓史》，上海书店出版社 1992 年版。

24. 王晓明：《潜流与漩涡》，中国社会科学出版社 1998 年版。

25. 王学泰：《游民文化与中国社会》（上、下），同心出版社 2007 年版。

26. 吴重阳：《中国现代少数民族文学概论》，中央民族学院出版社 1992 年版。

27. 夏志清：《中国现代小说史》，刘绍铭编译，台湾台北传记文学出版

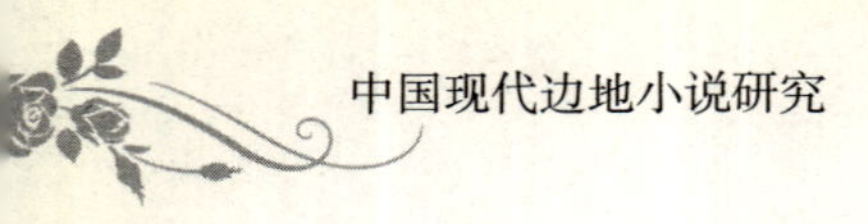


社 1985 年版。

28. 严家炎、吴福辉、钱理群等编:《二十世纪中国小说理论资料》(2—4 卷), 北京大学出版社 1997 年版。

29. 严家炎主编:《二十世纪中国文学与区域文化丛书》, 湖南教育出版社 1997 年版。

30. 杨义:《杨义文存》(第 2 卷), 人民出版社 1998 年版。

31. 杨义:《重绘中国文学地图通释》, 当代中国出版社 2007 年版。

32. 余虹:《艺术与归家: 尼采 · 海德格尔 · 福柯》, 中国人民大学出版社 2005 年版。

33. 张全明、王玉德等:《生态环境与区域文化史研究》, 崇文书局 2005 年版。

34. 张英进:《中国现代文学与电影中的城市: 时间、空间与性别构形》, 江苏人民出版社 2007 年版。

35. 张直心:《边地梦寻——种边缘文化经验与文化记忆的勘探》, 人民文学出版社 2006 年版。

36. 钟耀群、曹革成编:《大地诗篇——端木蕻良作品评论集》, 北方文艺出版社 1997 年版。

37.[美] 李欧梵:《未完成的现代性》, 生活 · 读书 · 新知三联书店 2000 年版。

38.[美] 李欧梵:《上海摩登: 一种新都市文化在中国 1930—1945》, 北京大学出版社 2001 年版。

39.[美] 王德威:《想象中国的方法: 历史 · 小说 · 叙事》, 生活 · 读书 · 新知三联书店 1998 年版。

40.[美] 费正清:《伟大的中国革命(1800—1985)》, 世界知识出版社 2000 年版。

41.[美] 金介甫:《沈从文笔下的中国社会与文化》, 虞建华、邵华强译, 华东师范大学出版社 1994 年版。

42.［美］蕾伊·唐娜希尔：《原始的激情：人类情爱史》，李意马译，云南人民出版社 1988 年版。

43.［美］明恩溥：《中国乡村生活》，陈午晴、唐军译，中华书局 2006 年版。

44.［英］贝思飞：《民国时期的土匪》，徐有威等译，上海人民出版社 1992 年版。

## 三、作品资料类

1. 艾芜：《艾芜文集》（1—6 卷），四川人民出版社 1986 年版。

2. 艾芜：《艾芜短篇小说选》，人民文学出版社 1978 年版。

3. 巴金主编：《中国新文学大系》（1—7 卷），上海文艺出版社 1984 年版。

4. 碧野：《乌兰不浪的夜祭》，四川人民出版社 1980 年版。

5. 迟子建：《额尔古纳河右岸》，北京十月文艺出版社 2005 年版。

6. 端木蕻良：《端木蕻良文集》（1—4 卷），北京出版社 1999 年版。

7. 红柯：《西去的骑手》，云南人民出版社 2002 年版。

8. 蹇先艾：《女人的容貌》，华夏出版社 1999 年版。

9. 姜戎：《狼图腾》，长江文艺出版社 2004 年版。

10. 江浩：《江浩文集》（1—3 卷），华艺出版社 1995 年版。

11. 鲁迅：《鲁迅全集》（1—12 卷），人民文学出版社 1981 年版。

12. 玛拉沁夫主编：《中国新文艺大系·少数民族文学集》，中国文联出版社 1985 年版。

13. 沙汀：《沙汀文集》（1—6 卷），上海文艺出版社 1986 年版。

14. 沈从文：《沈从文文集》（1—12 卷），花城出版社 1982 年版。

15. 沈从文：《沈从文小说选》，人民文学出版社 1982 年版。

16. 司马文森：《南洋淘金记》，人民文学出版社 1986 年版。

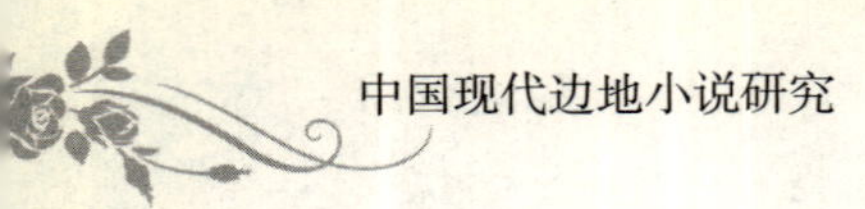


17. 师陀:《师陀全集》(1—4卷),刘增杰编校,河南大学出版社2004年版。

18. 王统照:《王统照文集》(1—4卷),山东人民出版社1980年版。

19. 乌热尔图:《乌热尔图小说选》,内蒙古人民出版社1986年版。

20. 杨志军:《藏獒》,人民文学出版社2005年版。

21. 杨志军:《环湖崩溃》,人民文学出版社2007年版。

22. 萧红:《萧红全集》(上、下),哈尔滨出版社1991年版。

23. 周文:《周文选集》(上、下),四川人民出版社1980年版。

24. 周文:《周文选集》,人民文学出版社1981年版。

25. 张承志:《张承志中篇小说选》,上海社会科学院出版社2004年版。

26. 张承志:《金牧场》,时代文艺出版社2001年版。

27. 张承志:《黑骏马》,长江文艺出版社1993年版。

28. 赵家璧主编:《中国新文学大系》(1—7集),上海良友图书印刷公司1935年版。

## 四、民国期刊、报纸及现代期刊类

1. 白平阶:《古树繁华》,《世界文艺季刊》,1945年第1卷第1期。

2. 毕基初:《界碑》,《文学杂志》,1947年第2卷第2期。

3. 胡风主编:《七月》,1937年创刊,中华图书公司发行,包括以下作品:

4. 胡明树:《瑶山里》,1940年第5卷第3期。

5. 木枫:《边疆动脉》,1940年第5卷第3期。

6. 凝木:《野店之夜》,1940年第5卷第2期。

7. 徐盈:《汉夷之间》,1940年第5卷第1期。

8. 胡适:《文学改良刍议》,《新青年》,1917年第2卷第5期。

9. 蹇先艾:《血泡粑的典礼》,《文学季刊》,1934年第1期。

10. 李寒谷:《三月街》,《国闻周报》,1935年第12卷第25期。

11. 李寒谷:《三月街》,《国闻周报》，1935 年第 12 卷第 25 期。

12. 李敬泰:《关于民间文学》,《西北研究》，1931 年第 1 期。

13. 雷加:《鸭绿江》,《文学月报》，1941 年第 2 卷第 15 期。

14. 刘西渭:《边城与八骏图》,《文学季刊》，1935 年第 2 卷第 3 期。

15. 马子华、王元亨主编:《文学丛报》，1936 年创刊，文学丛报社出版，包括以下作品:

16. 马子华:《勾结》，1936 年第 1 期。

17. 马子华:《南溪河检察长》，1936 年第 5 期。

18. 少苇:《赶夜路》，1936 年第 1 期。

19. 王西稔:《夜店》，1936 年第 3 期。

20.《文学》月刊，1933 年创刊，上海书店发行，包括下列作品:

21. 艾芜:《山中送客记》，1933 年第 3 卷第 2 期。

22. 蔡希陶:《普姬：一个花苗姑娘》，1933 年第 1 卷第 1 期。

23. 蔡希陶:《四十头牛的惨剧》，1933 年第 3 卷第 1 期。

24. 蔡希陶:《爬梯：一个赶马人的日记》，1933 年第 3 卷第 3 期。

25. 蔡希陶:《蒲公英》，1938 年第 8 卷第 4 期。

26. 黑丁:《北荒之夜》，1937 年第 7 卷第 4 期。

27. 刘白羽:《清河崩裂了》，1938 年第 9 卷第 1 期。

28. 芦焚:《牧歌》，1936 年第 6 卷第 7 期。

29. 舒群:《没有祖国的孩子》，1936 年第 6 卷第 4 期。

30. 王萍草:《牧女》，1938 年第 8 卷第 3 期。

31. 张露薇:《生路》，1933 年第 2 卷第 4 期。

32. 谢六逸:《小说作法》,《文学旬刊》，1921 年第 16 期。

33. 陈晓明:《现代性与文学研究的新视野》,《文学评论》2002 年第 6 期。

34. 沈庆利:《“铁屋子”之外的“别一洞天”——滇缅边境与艾芜的南行记》,《中国文学研究》2001 年第 3 期。

35. 谭桂林:《中国现代文学的漂泊母题》,《中国社会科学》1998 年第

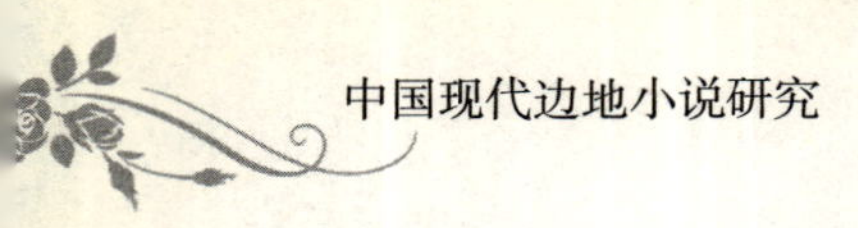


2 期。

36. 王春林:《乡村与边地的双重变奏——2006 年长篇小说的一个侧面的考察与分析》,《南方文坛》2007 年第 2 期。

37. 王富仁:《时间 · 空间 · 人》,《鲁迅研究月刊》2000 年第 1 期。

38. 王富仁:《文事沧桑话端木——端木蕻良小说论》,《中国现代文学研究丛刊》2003 年第 4 期。

39. 汪晖:《关于现代性问题答问》,《天涯》1994 年第 1 期。

40. 杨联芬:《沈从文的“反现代性”》,《中国现代文学研究丛刊》2003 年第 2 期。

41. 赵园:《沈从文构筑的“湘西世界”》,《文学评论》1986 年第 6 期。

42. 朱光潜:《从沈从文先生的人格看他的文艺风格》,《花城》1980 年第 5 期。

# 跋

我给山东师范大学文学院本科生开设的选修课是中国现代小说史论。据我了解，同行们开设这门课各有各的讲述中心：有的主要是讲中国现代小说的编年史，有的主要是讲人物形象史，有的主要讲思潮流派史，有的主要讲小说文体史，也有的讲成了中国现代思想史……我讲的是中国现代小说的主题史。我所讲的中国现代小说主题，多是学术界公认的主题形态，只有少数主题来自于学术界的前沿成果和我本人的研究心得，其中就有“边地”主题。二十多年前，我给本科生讲中国现代小说“边地与流浪”主题的时候，起初只是一种尝试和探索。几年下来，我不但越讲越自信，而且准备把它作为自己下一步的学术研究课题。可惜，那些年行政工作占去了我大量的时间，再加上自己的懒惰，这一课题迟迟没有动笔。就在这一课题的新意快要变旧的时候，王晓文考取了我指导的博士研究生。她苦于找不到理想的论文选题，于是我给了她这个题目《中国现代边地小说研究》。我一般不给研究生出学位论文题目，是听从严家炎先生等老一辈专家告诫。他们认为，选题的过程是研究生接受学术训练的重要一环，导师直接给学生题目，这种学术训练就得不到了。对王晓文我的破例，实在是因为我怕中国现代边地小说研究这个课题被别人抢先。

在以往中国现当代文学研究中，有两个重要的学术坐标。从时间维度上是“传统 / 现代”，在空间维度上是“中国 / 西方”。仔细追究，“中国 / 西方”是世界视阈，单就中国而言，应该寻找属于自己的空间坐标。五四以后，现代中国形成的文化空间的特点，不同于美国的“东部 / 西部”，也不同于法国的“巴黎 / 外省”，而是“中心 / 边地”。与古代中国的边塞文学相比，现代中国的边地文学有很大的不同，古代中国的边塞文学更多一些独特地域的特殊性，现代中国的边地文学更带有与中心文化的互补性。近百年来，我们以往中国现当代文学研究者的眼光，主要聚焦于以上海、北京为代表的文化中心区域的文学，后来偶尔有人涉猎一点“外省”诸如“齐鲁”“巴蜀”“三晋”“秦地”“江南”等地域文学，近年来出现了少数人对“西部”文学的关注。然而，以上区域之外，还有幅员辽阔的广袤的边地世界，那里的文学大都没有进入中国现当代文学的研究视野。以“中国现代边地小说”整体作为博士论文的研究对象，在王晓文之前是检索不到的。

王晓文就是这样白手起家：既没有个人的学术积累，也没有多少前人研究成果可资借鉴。她以自己的勤奋、坚韧和心无旁骛的专注，一点一点地建造着属于她王晓文的中国现代边地小说研究大厦。刚开始写博士论文的时候，王晓文已经超过 28 岁了，可她一点也没有要谈恋爱的样子，不交际、不打扮，常常穿着一身蓝色的运动服穿行于图书馆——食堂——宿舍之间。与她失去一些美好东西的同时，她的中国现代边地小说研究大厦越建越高。

王晓文的这篇博士学位论文从文学与文化互动生成的思路，在对中国现代边地小说进行文化解读和审美开掘的基础上，获得了一系列新的学术发现。

首先，这篇博士论文推进了对中国现代“边地小说”的认识，从中开掘出了三个世界：第一个世界的作家出身于边地，有边地少数民族血统，用汉语创作，有强烈的边地文化意识和长期的边地生活体验，像沈从文、端木蕻良等；第二个世界的作家不是边地出身，也没有边地少数民族血缘，但他们在边地生活过，他们用小说讲述边地的故事，如艾芜、周文、蹇先艾等；第三个世界是生长于边地的少数民族作家，他们走出边地来到内地的汉族中心

文化区，创作边地母族生活的文学作品，像马子华（白族）、李乔（彝族）、陆地（壮族）、李寒谷（纳西族）、白平阶（回族）等。这三个世界的文学创作共同组成了中国现代边地小说的完整形象。

对以上作家，前人并非缺乏研究，只是缺乏从"边地"视角的研究，尤其缺乏从文化对话视角的研究。王晓文的博士学位论文将中国现代边地小说置于中国现代文化的整体框架中，在边地文化与中原文化、边地农村文化与现代都市文化、边地少数民族文化与中原汉族文化，以及边缘文化与主流文化等几组对话关系中，重新研究中国现代边地小说。在王晓文的博士论文中，既从边地视角反思和审视中原文化，也从中原文化的视野反观边地文化。一方面揭示了边地小说独特的文化价值和审美内涵，另一方面揭示了边地小说对建构现代中国文学多元一体格局重要意义。

从"边地"视角观测，王晓文看到了以往研究所遮蔽的东西。例如，以往的沈从文研究主要是把沈从文的创作置于湘西地域小说或乡土小说的研究视野之中，那么"边城"式的故事就像是谁不说咱家乡好的故事，甚至像是独立存在的世外桃源的故事。在王晓文的论文中，她把沈从文小说作为边地小说来解读，湘西就不仅仅是沈从文的故乡，更不只是对故乡的赞美。故乡只是相对于他人而言，边地是相对于中原而言。沈从文站在中原文化圈内看湘西，既是美丽的，又是落后的；既是欢唱的，又是需要疗救的；既写出情歌唱响，又写出爱情死亡。这才是对沈从文及其湘西小说的完整把握。从"边地"入口走进端木蕻良、艾芜、周文、蹇先艾、马子华等作家的创作，王晓文的论文也都有不同程度的刷新，挖掘出这些作家独特的"边缘书写"，不仅丰富了中国现代文学的构成，而且是与中原既对峙又互补的别样的有意味的空间审美想象。

当然，这篇博士论文还存在许多问题。首先是我的问题。作为指导教师，我对边地小说的研究水平较低，这无疑会影响被指导论文的水平。其次，中国现代边地小说极为丰富，而王晓文论文涉及的作品非常有限，难免有挂一漏万之遗憾。最后，王晓文借助多种理论武器研究中国现代边地小说，在使用中常显捉襟见肘，论证不周之处还有很多。

尽管如此，这篇博士论文还是很有出版价值的。其价值不仅在于它的学理意义，还在于它的现实意义。在倡导文化多元、“和而不同”的今天，在物质文明、精神文明和生态文明并举的今天，在强大的中国崛起、要向世界讲述中国故事的今天，在中国现当代文学界呼唤“重绘中国现代文学地图”的今天，本书所研究的内容和提出的问题，都是值得思考的。

是为跋。

2016年6月4日

# 后记

又是一年春来早。当窗外的白杨树从单调的灰扑扑的颜色悄然变幻成满眼的绿色的时候，时光的流逝竟然如此的“触目惊心”。昨日里，那些随记忆飘飞的人和事是如此的清晰而生动。孤寂枯燥但是充满了激情的求学时光已经渐行渐远，只留下一种岁月的惆怅伴随自己小心翼翼地领略寒来暑往的平凡人生。

这本书是在博士论文的基础上修订润色写成的。屈指算来，猛然发觉距离博士毕业已经七年了，而我还以为刚刚离开学校。时间真的很是无情。对于中国现代边地小说研究而言，这七年中，学界有了更多新的有分量的研究成果，也涌现出更多新的作家作品。虽然当初，怀着对中国现代文学的好奇或者说敬畏的心理“悲壮”地选择了去边缘寻求文学之魅，其中的酸甜苦辣都在构思成文的过程一一品尝过，但是，如今再来重温，仍然认为这种“自我放逐”式的研究冲动还是具有其自身的价值意义。那个时候，论文的后记是这样写的：

在论文即将付梓之际，用我的心写下诸多的感怀与感谢。漫长也短暂的求学之路将随着毕业的临近缩短为一个句点。纯净的校园生活也将在人生新的一页翻开前化作永恒的记忆镌刻在心底，满带着惆怅和伤感。当最后一下敲击落在键盘上，这种感觉就更强烈地氤氲在心间。在将自己奉献给校园之

前，并没有想过真的会在象牙塔中蛰居了如许的年月，以至于蓦然回首，发现过往的岁月竟然如此单纯。盛世的喧嚣与人世的繁华都只是文字的修辞与想象的描述。寒来暑往的季节变换中，唯一不变的是书桌上寂寞的小台灯，忠实陪伴在眼前。人生因为充满了挑战和苦恼而获得在世的意义。就像现在一样，每天陪伴着论文度过的日子，尽管多的是黑白颠倒，少的是朗晴惬意，但却增添了生命的丰盈与深度。当黑夜慢慢隐去，天空渐渐变成灰白色的时候，自己的“夜晚”才刚刚开始。也许生命的厚重就在于无悔的坚守与不懈的拼搏。整日沉浸在文字的纠缠中，任时间的沙漏无情地流掉岁月的芳华。当窗前的法桐重新披上绿装时，自己却仍旧包裹在冬日般的寒冷中。一路走来跌跌撞撞，心有向往，也存迷惘。执拗地坚持只为心中那份神圣的期待，希冀能够真正触摸到文学的脉搏，感受生命的律动。

现在再来仔细体味这段文字，忽然有种莫名的感动。为自己也为那些逝去的青春岁月。那些难忘的日子虽然已经烁然溜走，但留下的却是无尽的回味，同时还给予我不断奋争的勇气。

对于中国现代边地小说的研究让我从另一个视角对整个中国现代文学进行了一次“边缘之旅”。寻找边缘是为了更好的突破中心。为了实现这个目标，我阅读大量的边地小说作品并查阅了大批原始史料。这奠定了本书的基础。中国现代边地文学研究是一个可以无限拉长的未来空间，其中所涉及的作家作品的艺术审美、美学品格、精神追求、个体体验以及文化价值等需要在不断地深化探寻中获得更丰美的收获。尤其是在中国的现代化推进过程中，边地的存在无疑更具有了意味深长的话语能指与阐释可能。当然，这些都需要在进一步的“向边地进发”的过程中获得更多的灵感，得到更为细化而系统的阐释。本书分为五章，首先从中国现代边地文化空间的文学构型谈起，在圈定研究对象的“势力范围”的同时，明确其研究意义。然后又分别从现代边地小说的民间野性魅惑与边地传奇人生以及这类小说承载的文化意蕴等方面探寻具有边地体验的作家创作的审美理想及文化诉求，然后再立足边地小说的艺术价值挖掘此类小说的审美建构及对调整和丰富中国现代文学史的书写的意义。可以说，中国现代边地小说的研究力图从空间视角，从作家的边地体验入手来考量中国现代文学发生发展的边地经验及其对中国现代文学版图的勾勒。当然，本书传达的只是作者对中国现代边地小说理解的一家之见，那些不足与遗憾也期待在未来的岁月中能有所弥补。

感谢业师魏建先生。作为国家重点学科中国现当代文学的学科带头人，先生日常的生活可以用一个词来形容："飞人"。繁重的教学科研任务以及各种繁杂的社会事务占去了他绝大部分时间。当我央求他为这本书写序的时候，他告诉我，学生出书，他只写跋，不作序，于是就有了这篇带有魏师风度的跋文。现在回想，读博三年，他对我的学业精心指导、不吝赐教。先生治学以严厉著称，跟他读书绝无偷懒的可能。他睿智的学术眼光和扎实的学术素养使我获益匪浅。在深深铭记业师教诲并感谢这份深情的同时，唯有坚定自己的学术之路，才会不负老师的期望与用心。

感谢业师朱德发先生。当年，我还是一个稚气而胆怯的孩子的时候，他把我纳入朱门，渡过了难忘的三年，至今仍倍感荣幸。在他身上，我感受到老一辈学者严谨治学的风范与魅力。我像蹒跚学步的孩子紧抓住他思想的衣角，在他那里了悟文学的真谛，获得学术的激情。每一次去探望他，都感觉与文学的距离又拉近了一步，同时，也心有戚戚。先生那种对文学的激情与坚守令我感佩，也心生惶恐。他为这本书拔冗作序，既是对我的鼓励更是一种鞭策，激励我在今后的学术道路上砥砺前行。

工作之后，尽管所从事的职业与文学似乎离得有点远，接受学科前沿理论与学术养分的机会相对少一些，但不妨碍继续领悟文学的玄妙。在那些普通而又冗长的日子里，这种所谓的文学情结在在提醒自己曾经如此近距离地接触并迷恋过她。这种迷恋就如同我对母亲的依赖。母亲尽管只是一个中学老师，但是她对语言的感觉或许真的遗传给了我，使我在万千繁华中选择了文学作为看待人生的基点，并为此收获了诸多关于麻辣生活的感悟。我是母亲最小的孩子，也是她最深的牵挂。这么多年的寂寞求学路，我始终笼罩在母亲温暖的注视中。特别是做论文的那段时间，几乎每隔一天她都会打电话

询问论文的进展情况，以至于每次听到宿舍的电话铃声，我都感到一种莫名的紧张。无论走多远，她永远是我最可靠的港湾。

本书系国家社会科学基金项目“中国现代文学边地书写研究”（批准号：15BZW138）的阶段性成果。感谢中共山东省委党校各位领导的关心与支持，感谢文史教研部和学校其他部门各位同仁的帮助，感谢人民出版社林敏编审的厚爱。

最后，感谢我的先生陈夫龙博士。他对文字近乎“完美”的咀嚼，让我在汪洋恣肆的语言宣泄中能够静下来仔细感受字斟句酌后的喜悦，这或许就是一种文学的力量吧。

王晓文

2016 年 7 月 7 日定稿于济南

责任编辑：林　敏
封面设计：肖　辉

**图书在版编目(CIP)数据**

中国现代边地小说研究/王晓文 著. —北京:人民出版社,2016.9
ISBN 978-7-01-016648-3

Ⅰ.①中…　Ⅱ.①王…　Ⅲ.①现代小说-小说研究-中国　Ⅳ.①I207.42

中国版本图书馆 CIP 数据核字(2016)第 210411 号

**中国现代边地小说研究**
ZHONGGUO XIANDAI BIANDI XIAOSHUO YANJIU

王晓文　著

人民出版社 出版发行
(100706　北京市东城区隆福寺街 99 号)

北京龙之冉印务有限公司印刷　新华书店经销

2016 年 9 月第 1 版　2016 年 9 月北京第 1 次印刷
开本:710 毫米×1000 毫米 1/16　印张:17.25
字数:240 千字

ISBN 978-7-01-016648-3　定价:45.00 元

邮购地址 100706　北京市东城区隆福寺街 99 号
人民东方图书销售中心　电话 (010)65250042　65289539